btb

Ein Mann und eine Frau treffen in einem Hotel im Alpenvorland ein. Sie bemerken einander und tauschen von da an geheime Zeichen aus. Kleine Botschaften, Hinweise auf Lektüren und Musikstücke – und ohne dass die beiden auch nur ein einziges Wort miteinander wechseln, verwickeln sie sich in das Mysterium der Annäherung, das von fernöstlichen Liebesritualen inspiriert ist. So entsteht eine vom Gewohnten und den üblichen Auseinandersetzungen weit entfernte Liebe, für die nur eines zählt: die Liebe selber.

Hanns-Josef Ortheil wurde 1951 in Köln geboren. Er ist Schriftsteller, Pianist und Professor für Kreatives Schreiben und Kulturjournalismus an der Universität Hildesheim. Seit vielen Jahren gehört er zu den bedeutendsten deutschen Autoren der Gegenwart. Sein Werk ist mit vielen Preisen ausgezeichnet worden, darunter mit dem Thomas-Mann-Preis, dem Nicolas-Born-Preis, dem Stefan-Andres-Preis und zuletzt dem Hannelore-Greve-Literaturpreis. Seine Romane wurden in über zwanzig Sprachen übersetzt.

Hanns-Josef Ortheil

Liebesnähe

Roman

btb

Sollte diese Publikation Links auf Webseiten Dritter enthalten, so übernehmen wir für deren Inhalte keine Haftung, da wir uns diese nicht zu eigen machen, sondern lediglich auf deren Stand zum Zeitpunkt der Erstveröffentlichung verweisen.

Penguin Random House Verlagsgruppe FSC® N001967

5. Auflage
Genehmigte Taschenbuchausgabe September 2013,
btb Verlag in der Penguin Random House Verlagsgruppe GmbH,
Neumarkter Str. 28, 81673 München

Umschlaggestaltung: semper smile unter Verwendung eines
Motivs von @ Corbis/ Fine Art Photographic Libary
Druck und Einband: GGP Media GmbH, Pößneck
KS · Herstellung: sc
Printed in Germany
ISBN 978-3-442-73977-6

www.btb-verlag.de
www.facebook.com/btbverlag

I

Die Annäherung

every word is like an unnecessary stain on silence …

(Samuel Beckett)

I

Er fährt die schmale, hellgraue Straße entlang, die jetzt von dunklen, dichten Nadelwäldern gesäumt wird, die wenigen, vereinzelten Wolken hoch oben setzen sich scharf vom tiefen Himmelsblau ab, er fährt immer langsamer, diese stille Vorgebirgslandschaft hat etwas wohltuend Einsames. Die Straße hat keinen Mittelstreifen, und ihr heller Asphalt wirkt wie improvisiert oder bloß wie eine dünne Erdschicht, die den Weg bahnt und sich kaum abhebt von den noch schmaleren Seitenstreifen. Er lässt die Fenster des Wagens herunter, der Wagen rollt aus und kommt dann zum Stehen.

Er stellt den Motor aber nicht ab, weil er die Fahrt nicht unterbrechen, sondern nur für einen Moment die Waldluft atmen und einen Schluck Wasser trinken will. Seit Tagen hat er sich auf diese Ankunft gefreut, und nun ist diese Freude sogar regelrecht spürbar, denn sein Herz klopft und reagiert damit instinktiv auf all diese starken Bilder.

Er trinkt Wasser aus einer Sprudelflasche, er schüttet eine kleine Ladung davon in die hohle Hand und fährt sich mit ihr durchs Gesicht, diese Frische passt genau zu der Frische der Landschaft, die an diesem Spätsommermorgen etwas Hellwaches und Aufgekratztes hat, als forderte sie einen auf, sofort aufzubrechen und auf einer langen Wanderung dem nächstbesten Pfad hinauf in die Berge zu folgen.

Er atmet tief durch, dann fährt er weiter, er lässt den Wagen bei sehr niedriger Geschwindigkeit dahinrollen, als fände er ganz alleine den Weg. Die Bäume gleiten vorbei wie ein scheues Spalier und treten dann immer weiter zurück, die Szene öffnet sich, während die Straße in leichten Schwingungen abschüssig ins Tal führt.

Dann, plötzlich, ist der Blick frei, und er sieht die ganze Weite des Raums: Die hellgrünen, gemähten, welligen Wiesen, den sich anschließenden Ringsaum der dunkleren Nadelwälder und das Schiefergrau der hohen Berge, über deren Spitzen einige kleine Wolken verstreut sind.

In der Mitte dieses Bildes aber lagert das so genannte Schloss, in dem ein großes Hotel untergebracht ist. Seine Flügel kauern sich auf eine kleine, unmerkliche Erhebung, und hinter ihnen ragt ein weißer, mächtiger Turm mit einer hellgrünen Spitze wie ein markantes Zeichen in die Höhe. Er hält noch einmal an und nimmt einen weiteren Schluck Wasser, jetzt ist er endgültig den üblichen Tagesgeschäften entkommen, ja, jetzt wird er sich für einige Tage in diese Stille zurückziehen, um mit nur sehr wenigen Menschen ein Wort zu wechseln.

Vor lauter Vorfreude schlägt er mit der rechten Hand auf das Lenkrad und stellt das Radio an, als bräuchte diese Freude nun auch einen hörbaren Ausdruck, etwas Musik, am besten wäre so etwas wie hohe Oper, eine starke Arie oder ein guter Song, der den Raum noch weiter öffnet.

Er sucht kurz danach, gibt dann aber schnell auf, und so summt er, statt Radio zu hören, lieber selbst vor sich hin, er summt etwas bei herabgelassenen Fenstern und fährt mit dem Wagen jetzt weiter die hellgraue Straße auf das Schloss zu, in dem er vor etwa einem Monat ein Zimmer gebucht hat.

Schließlich biegt er nach links ab und fährt dann die schmale Auffahrt hinauf, die aussieht wie eine Allee mit lauter kleinen, in die Landschaft getupften Pappeln. Vor dem Hoteleingang parkt er den Wagen an diesem sonnigen, beinahe strahlenden Tag, den er sich genau so erträumt hat: ein Tag in der Mitte der Woche, an dem nicht allzu viele Hotelgäste an- oder abreisen, ein günstiger Tag für eine unauffällige Ankunft.

Kaum dass er ausgestiegen ist, kommt auch schon ein Hotelangestellter nach draußen, um sich nach seinem Gepäck zu erkundigen. Er öffnet die Heckklappe des Wagens und zeigt dem Mann seinen Koffer, die Reisetasche und die schwere Kiste mit den Büchern und dem Arbeitsgerät. Der Mann beginnt sofort, alles hineinzutragen, während er selbst das Hotel betritt und nach den ersten Schritten kurz stehen bleibt.

Ein Geruch von reifen Äpfeln, einem schwach flackernden Feuer und etwas Zimt, zu dieser Jahreszeit ist oft genau dieser Geruch da, als wäre der ganze Bau mit einem Herbstduft geschwängert und als wäre die Küche unablässig dabei, die reifen Äpfel einzukochen oder einen Most herzustellen, den man dann zu einem frischen Zwiebelkuchen trinkt. Äpfel, Zwiebelkuchen, Steinpilze – mit dem Betreten des großen Foyers hat er diese Herbst-Palette vor Augen, er geht jetzt gut gelaunt auf die Rezeption zu und begrüßt die jungen Frauen, die ihn anlächeln, als hätten sie gerade ihn seit Tagen herbeigesehnt. Natürlich weiß er, dass das nicht so ist, diese jungen Frauen lächeln jeden so an, der an der Rezeption auftaucht, sie haben dieses Lächeln gut drauf, denn es wirkt weder verbraucht noch künstlich, sondern immer wieder so frisch, dass er darauf hereinfällt und selbst zu lächeln beginnt, als wäre wirklich er gemeint.

Er wird herzlich begrüßt, er ist in diesem Hotel kein Fremder, denn er ist früher schon einmal von München aus für einige Tage hierhergekommen, um ungestört zu arbeiten, spazieren zu gehen und in den schön gelegenen Pools des Hotels ausgiebig zu schwimmen. Die junge Frau, die sich um ihn kümmert, braucht ihm also kein Anmeldeformular zu reichen, das Formular ist vielmehr längst ausgefüllt, so dass er nur noch zu unterschreiben braucht. »Johannes Kirchner« schreibt er, und in der Zeile direkt über dieser Unterschrift steht bereits seine Münchener Adresse.

Er plaudert noch einige Sätze mit der jungen Frau, er spricht kurz von der kaum einstündigen Fahrt hierher, erwähnt aber nicht, wie sehr er diese Vorgebirgslandschaft mag und wie sehr er sie gerade im Spätsommer und Herbst mag, wenn die Reisehektik allmählich zum Erliegen kommt und die oft tief stehende Sonne einen flimmernden, weichen Glanz über sie legt. Dann aber bricht er gleich ab, er hat bereits zu viel geredet, eigentlich hatte er sich vorgenommen, dieses Empfangszeremoniell kurz zu halten, denn er möchte sofort untertauchen und anonym werden, ja, er möchte sich in einen Hotelgast verwandeln, der von niemandem bemerkt wird.

Er räuspert sich etwas verlegen, dann merkt er sich den Namen der jungen Frau, der auf dem kleinen Schild am Revers ihres Kostüms steht, er lächelt noch einmal, dann bedankt er sich bei ihr und nennt dabei bewusst nur ihren Vornamen, ein paar geheime Verbündete benötigt er für seinen Aufenthalt, und diese junge Frau mit Vornamen Lea wird, das ahnt er jetzt schon, zu ihnen gehören.

Er wendet sich ab und geht dann die breite Treppe aus dem Foyer hinauf in den ersten Stock, er durchläuft einen angenehm zurückhaltend erleuchteten Flur und sieht an dessen Ende schon die Tür seines Zimmers. Wie bei seinem letzten Aufenthalt hat man ihm auf seinen Wunsch hin ein Eckzimmer mit Blick auf das steil hinter den Wiesen und Wäldern aufsteigende Gebirgsmassiv gegeben, er geht hinein und bedankt sich bei dem Angestellten, der das Gepäck bereits hinaufgebracht hat. Er gibt ihm ein Trinkgeld, dann schließt er die Tür hinter ihm, zieht das Sacco aus und betritt kurz das Bad, um sich die Hände zu waschen.

Auf dem breiten Schreibtisch zwischen zwei großen Fenstern steht eine Schale mit Obst und eine Wasserflasche, er schenkt sich ein Glas ein, trinkt, zieht die Vorhänge der Fenster beiseite, nimmt Platz und wartet still einige Minuten. Dann schaut er auf die Liste der Telefonnummern und wählt die Nummer der hoteleigenen Buchhandlung. Er lächelt, wie eben an der Rezeption. Als sich die Stimme einer älteren Frau meldet, sagt er:

– Guten Morgen, Katharina. Ich bin gerade angekommen, es ist alles in Ordnung. Wenn ich ausgepackt habe, komme ich sofort bei Dir vorbei. Ich freue mich.

2

Sie verlässt den Zug und bleibt dann auf dem schmalen, kleinen Bahnsteig zwischen den wenigen Gleisen stehen. Sie dreht sich um, jemand reicht ihr das Gepäck hinterher: Zwei Koffer, eine große Reisetasche und eine Aktentasche, die sie als Einziges in der Hand behält, während sie sich nach dem Fahrer des Hotelbusses umschaut, der sie anscheinend sofort erkannt hat und über die Gleise hinweg zu ihr kommt. Sie begrüßen sich herzlich, sie kennen einander, schon mehrmals hat dieser Fahrer sie von hier abgeholt und die wenigen Kilometer bis zum Hotel gefahren.

Er verstaut ihr Gepäck, und sie setzt sich nach hinten, und wie schon oft macht er einen Scherz darüber, dass sie sich nicht neben ihn, sondern nach hinten setzt, sie setzt sich in jedem Taxi und also auch in diesem Hotelbus nach hinten, weil sie einmal einen Unfall in einem Taxi erlebt hat, sie saß vorne, neben dem Fahrer, und war verletzt worden. Der Wagen fährt los, und sie lehnt sich etwas zurück, sie öffnet noch einen weiteren Knopf ihrer Bluse und fährt sich mit der rechten Hand kurz über den Hals, als müsste sie die Haut straffen und nach der Zugfahrt ein wenig aufmöbeln.

Der Fahrer schaut in den Rückspiegel und lächelt ihr zu, er spricht nicht sofort, sondern konzentriert sich zunächst darauf, den Weg aus der kleinen Ortschaft um den entlegenen Bahnhof herum hinter sich zu bringen. Ein paar wenige Abbiegungen, noch drei oder vier Straßen, dann verschwindet der Ort auch schon, und sie fahren nun auf dem hellgrauen Asphalt einer Landstraße ohne Mittelstreifen, auf der sie in kaum einer Viertelstunde das Hotel erreichen werden.

Sie stellt ein paar höfliche Fragen, sie erkundigt sich nach dem Befinden des Fahrers, nach seiner Frau und dem vor zwei Jahren geborenen Kind. Der Fahrer antwortet langsam und spricht davon, was er Tag für Tag mit dem Kind anstellt, er spricht sehr begeistert und so, als dächte er an nichts anderes mehr als an diese Tochter, seine Frau erwähnt er kaum, sie kommt nur noch zusammen mit dem Kind vor, als lenkte und dirigierte das Kind alle Bewegungen der Eltern von früh bis spät.

Diesmal fällt ihr dieses Sprechen von den Vorlieben und Leistungen des Kindes auf, es erscheint ihr beinahe etwas manisch und zu viel, sie sagt das aber nicht, sondern erkundigt sich pflichtbewusst weiter. Der Fahrer hört daraufhin nicht mehr auf, sondern schwelgt in seiner Vaterliebe und in Erzählungen darüber, wie er das Kind Tag für Tag mit einer anderen Kleinigkeit, die er aus dem Hotel mitbringt, überrascht.

Nach einigen Minuten hat sie dann aber endgültig genug von diesen Berichten, sie bittet den Fahrer, die Fenster herunterzulassen und langsamer zu fahren, dann holt sie das Aufnahmegerät aus ihrer Aktentasche und postiert es auf ihren Knien. Sie überzeugt sich, dass es funktioniert, dann hält sie das Gerät bereit und sagt dem Fahrer, dass er nun ganz langsam fahren und für einige Minuten nicht sprechen solle, weil sie diese Fahrt aufnehmen wolle. Der Fahrer kennt das schon, sie hat ihm einmal ausführlich erzählt, dass sie immer wieder ihre Umgebung aufnimmt, sie hält das Mikrophon einfach in das Spätsommerlicht und fängt dieses schwache Rauschen und Summen ein. Kurze Zeit später bittet sie ihn, am Straßenrand zu halten. Als der Wagen stehen bleibt, ist es vollkommen still, nicht einmal der Wind ist zu hören.

Sie schließt die Augen und horcht in diese Stille hinein, das Aufzeichnungsgerät läuft, und der Fahrer sitzt unbeweglich und etwas verkrampft auf seinem Sitz, als versuchte er, sich unsichtbar zu machen. Eine schwache Kühle legt sich auf ihr Gesicht, sie hat die Augen weiter geschlossen, und obwohl anscheinend nichts zu hören ist, glaubt sie doch, etwas zu hören: ein Ausatmen, ein kaum merkliches Strömen, gleichmäßig und konstant, etwas Dunkles, Tiefes. Kurz darauf aber ist auch noch etwas anderes da, ein Flirren, hell, sanft an- und abschwellend, als hätten die Spätsommerstrahlen der Sonne sich in einen Cluster aus lauter dicht nebeneinanderliegenden Tönen verwandelt.

Sie weiß, dass sie noch viel mehr hören würde, wenn sie sich jetzt Zeit dafür nehmen würde, sie kann sich regelrecht in die Klangräume ihrer Umgebung vertiefen und von Minute zu Minute mehr und mehr hören, oft nimmt sie eine ganze Palette von Klangfarben wahr, und diese

Klangfarben sind auch bereits orchestriert, als wäre zum Beispiel das helle Flirren ein Flirren von Querflöten und als wäre der dunklere, tiefere Klang ein Rumoren von Tuben.

Ihre Anspannung ist so groß, dass sie sich unmerklich mit der Zunge über die Lippen fährt. Als sie aber die Zunge spürt, öffnet sie die Augen und schaltet das Aufnahmegerät gleich wieder aus. Sie bittet den Fahrer weiterzufahren, und damit sie sich nicht weitere Familiengeschichten anhören muss, erzählt sie von ihren letzten Tagen in München und davon, wie sehr sie sich nach dem Aufenthalt in dieser Vorgebirgslandschaft gesehnt habe. Manchmal, erzählt sie, sei während eines Einkaufs plötzlich das Bild des Schlosses da gewesen, wie eine Erscheinung, und einmal, als ihr das Herumlaufen durch die Stadt am frühen Abend endgültig zu viel gewesen sei, habe sie bloß die Augen schließen müssen und gleich wieder dieses Bild gesehen, die geduckten Flügel des Baus und den dahinter aufragenden Turm mit der grünen Spitze.

Sie fahren jetzt etwas bergab, der Fahrer bremst ein wenig, dann aber fährt er langsamer und sagt auch noch, dass er langsamer fahre, denn jetzt ist das eben noch beschworene Bild des Schlosses auch wirklich da, und sie sagt nichts mehr, sondern sie schaut nur noch starr: Die grauen Schieferdächer der beiden Hotelflügel mit den vielen kleinen Mansardenluken liegen im Licht, und die hellgrüne Turmspitze ragt aus diesem Licht hervor, als wollte sie ihr Grün wie ein mächtiger Sender in die ganze Umgebung der Wälder verstreuen.

Der Fahrer schweigt, und auch sie spricht jetzt nicht mehr, sie fahren langsam die schmale Straße entlang und biegen dann ab und auf das Hotelgebäude zu, durch die Allee mit den Pappeln, die ihr vorkommen wie eine Prozession von beinahe gleich großen Paaren. Sie ist jetzt etwas aufgeregt, jedes Mal, wenn sich der Bus dem Hotel nähert, befällt sie diese Unruhe, dort hinzukommen kann ihr gar nicht schnell genug gehen, und so öffnet sie die Tür des Wagens schon, während er ausrollt und dann direkt neben dem Eingang zum Stehen kommt.

Der Fahrer lacht und ruft ihr nach, dass er das Gepäck gleich aufs Zimmer bringen werde, sie aber hört kaum noch darauf, sondern ist schon in der Lobby und winkt den jungen Frauen an der Rezeption zu. Sie wird erkannt, und die jungen Frauen lachen mit ihr, weil sie bereits wissen, dass sie jetzt nicht sofort an der Rezeption vorbeikommt, sondern erst einen kleinen, sehr raschen Gang machen wird: durch das Restaurant, an dem am Abend ein Büffett für die Hotelgäste aufgebaut wird, durch den Tearoom und die große Bar mit dem schwarzen Flügel, nach draußen, wo jetzt an der Front eines Hotelflügels entlang einige Liegen postiert sind.

Sie beachtet das aber kaum, sie geht weiter, einen kleinen Pfad quer über eine Wiese, bis sie an ihrem Rand endlich zum Stehen kommt und hinab in die Schlucht blickt, wo das Sonnenlicht auf dem hellblauen Wasser eines leeren Pools tanzt. Genau diesen Pool wollte sie jetzt als Erstes sehen, genau diesen Lichttanz und all diese Helligkeit, sie verengt die Augen und blickt jetzt auf dieses Detail: ein blaues Rechteck mit einigen gleißenden, sprunghaft umherzuckenden Linien. Am liebsten würde sie sofort hinunterlaufen und ein Bad nehmen, sie versucht stattdessen aber, sich zu beruhigen: Alles stimmt, alles ist so, wie sie es bereits seit Tagen vor Augen hatte.

Sie wendet sich von der Schlucht ab und geht jetzt bewusst langsamer und schlendernd zurück ins Hotel, einige Frauen vom Service haben von ihrer Ankunft erfahren und wollen sie begrüßen, sie gibt ihnen allen die Hand und spricht kurz mit jeder, das Wetter, hört sie immer wieder, wird in den nächsten Tagen sehr gut, das Wetter könnte nicht besser sein.

Sie geht durch das Restaurant zur Rezeption, die jungen Frauen haben das Anmeldeformular schon ausgefüllt, und sie unterschreibt mit ihrem Namen, während in der Zeile darüber bereits ihre Münchener Adresse eingetragen ist.

Sie spricht mit den jungen Frauen über ihre Zugfahrt von München hierher und darüber, was ihr alles aufgefallen ist und was sie beobachtet hat, der Zugführer hat die Durchsagen diesmal nicht nur auf Deutsch und Englisch, sondern auch noch auf Französisch und Italienisch vorgetragen, die halbe Fahrt verging mit all diesen in der entlegenen Landschaft kurios klingenden Details, so dass einige Fahrgäste in einem Anfall von Komik in anderen Sprachen weitergemacht haben: in Spanisch und Portugiesisch, schließlich sei ein mitfahrender Japaner sogar noch gebeten worden, eine Durchsage auf Japanisch beizusteuern.

Ein ganzer Zug als Sprachenkonzert, das hat ihr gefallen, und sie will noch weitere Details schildern, bricht ihre Erzählung dann aber doch ab, indem sie sich nach ihrer Zimmernummer erkundigt und schließlich den Aufzug hinauf in den zweiten Stock nimmt. Ihre Zimmertür ist verschlossen, und sie muss ein Plastikkärtchen vor ein kleines, rot aufglimmendes Licht halten, bis direkt hinter dem Licht ein leicht schnurrendes Geräusch zu hören ist und das Rot danach sofort auf Grün springt.

Sie betritt das große Zimmer und sieht gleich, dass der Fahrer ihr Gepäck bereits im Raum verteilt hat. Die große Reisetasche steht neben dem niedrigen Tisch, einer der Koffer ruht schwer auf einer hölzernen Ablage, während der andere vor einem der Schränke kauert. Sie zieht ihre helle Jacke aus und geht kurz ins Bad, sie schaut in den Spiegel und kippt dann das Fenster, sie wäscht sich die Hände, geht zurück in den Schlafraum, sucht in ihrer Tasche nach einer Bürste und fährt sich damit mehrmals durchs Haar.

Dann nimmt sie einen Schluck aus der bereitstehenden Wasserflasche und setzt sich an den Schreibtisch. Sie räumt alles, was an Prospekten darauf herumliegt, in ein Fach und holt das Aufnahmegerät aus ihrer Aktentasche. Sie postiert es vor sich, lässt es laufen und beginnt, einen Pfirsich in mundgerechte Stücke zu schneiden. Sie schneidet die Stücke zurecht und isst sie dann langsam auf, während sie hinaus auf die mächtigen grauen Rücken der nahen Berge schaut.

Sie ist etwa eine halbe Stunde in ihrem Zimmer, dann wählt sie die Nummer der hoteleigenen Buchhandlung. Als sie die Stimme einer älteren Frau hört, sagt sie:

– Guten Morgen … – ja, ich bin's, Jule, ich bin gerade angekommen. Ich packe meine Sachen aus, nehme ein Bad und komme dann bei Dir vorbei. Ich freue mich.

3

ALS ER das Gepäck ausgepackt und alles in den Schränken und im Badezimmer untergebracht hat, wirft er noch einen letzten Blick auf den großen Schreibtisch. Der Laptop ist geöffnet und angeschlossen, steht aber ganz am linken Rand, während sich in der Mitte des Tisches ein Stoß weißer Blätter befindet, neben dem unzählige Stifte und mehrere Füller in Reih und Glied liegen. Am anderen Rand des Tisches aber sind Bücher und einige schwarze Notizkladden untergebracht, er schaut sich das alles an, als hätte nicht er selbst dieses Bild komponiert, sondern ein Fremder, dessen Arbeit er begutachten müsse. Schließlich steckt er eines der Notizhefte in die rechte Tasche seiner Jacke und nimmt noch zwei Stifte zum Schreiben mit: einen Bleistift und einen Kugelschreiber. Dann verlässt er sein Zimmer und geht hinunter ins Erdgeschoß, wo er sich auf die Suche nach der Buchhandlung begibt.

Wie schon bei seinem ersten Aufenthalt in diesem Hotel irrt er zunächst wieder ein wenig herum, weil er den Plan der Anlage noch nicht im Kopf hat. Das Ganze hier hat etwas Labyrinthisches, in dem er sich erst wieder zurechtfindet, wenn er alle Stockwerke einmal durchlaufen hat. Diesmal kommt er in der Lobby des Erdgeschosses an, wo die jungen Frauen an der Rezeption ihn etwas ratlos anstarren, weil er dort stehen bleibt und sich umschaut. Rasch tut er so, als betrachte er eines der Bilder an den Wänden, dann geht er vorsichtig weiter um eine Ecke und trottet dann leicht verlegen den Gang entlang. Er weiß wahrhaftig nicht, wo er jetzt landen wird, erst als er erneut um eine Ecke biegt, begreift er, dass er den richtigen, direkten Weg gewählt hat, denn nun sieht er von ferne bereits die großen Glasscheiben der Buchhandlung, die in einem der langen Hotelflure untergebracht ist.

Er geht langsamer und bleibt dann einen Moment stehen, er genießt es, Katharina, die Buchhändlerin, wiederzusehen, wie sie da in ihrem Lehnstuhl in einer eher dunkleren Ecke der Buchhandlung neben einem kreisrunden Tisch unter einer an einem Regal angebrachten Leselampe sitzt. Sie trägt ein langes, dunkelrotes Kleid, die schwarzen Haare hat sie hochgebunden, zum Lesen benutzt sie eine kleine, ebenfalls schwarze Brille, aber sie ist so in ihr Buch vertieft, dass sie nicht einmal aufschaut, als er den Raum betritt.

Er sagt zunächst nichts, er bleibt im Eingang stehen und schaut sie weiter an, sie ist eine schöne, bereits ältere Frau mit einem markanten, schmalen Gesicht. An der rechten Hand trägt sie einen Goldring, und auf dem kreisrunden Tisch steht eine Schale mit Tee, den sie gerade erst eingegossen zu haben scheint, denn auf der goldbraunen Flüssigkeit dreht sich noch eine kleine Dampfwolke.

Schließlich löst er sich vom Eingang und geht auf sie zu. Er begrüßt sie, da schaut sie auf und lächelt sofort. Sie legt das Buch beiseite, erhebt sich und kommt ihm entgegen, dann umarmen sie sich und verweilen in dieser Umarmung ein paar Sekunden.

– Ich habe uns einen Tee gekocht, sagt sie und lächelt weiter, ihm geht die herzliche Begrüßung etwas nach, deshalb antwortet er nicht gleich, vielmehr steht er da wie ein Kind, dem man erst erklären muss, was es als Nächstes zu tun hat.

– Was ist? Warum sagst Du denn nichts? fragt sie, er schluckt einen Moment und beginnt dann endlich zu reden. Er erzählt etwas umständlich von der Anfahrt und dass er sich reichlich Arbeit mitgebracht habe, sie nickt und holt eine zweite Schale, die sie mit dem noch heißen Tee füllt. Dann setzen sie sich beide an den kreisrunden Tisch und trinken, während er nun etwas freier zu sprechen beginnt.

Sie unterbricht ihn nicht, sie hört ihm eine Weile lang zu, dann erzählt sie von der Buchhandlung, sie arbeitet erst seit Kurzem in diesem Hotel, vorher hatte sie eine eigene Buchhandlung in München.

– Hier ist es natürlich viel ruhiger, sagt sie, und hier kann ich mir jetzt endlich auch ein viel kleineres Sortiment leisten. Nur Bücher, die ich selbst mag und von denen ich glaube und hoffe, dass die Hotelgäste sie auch mögen. Viele der Gäste kenne ich inzwischen schon gut, sie kommen zu mir in die Buchhandlung und erzählen mir ihre Geschichten und von ihren Sorgen, und dann überlege ich, welches Buch das richtige für sie wäre.

– Na so was, sagt er, eigentlich hattest Du doch immer eine Distanz zu allem, was mit Therapeutischem zu tun hat, Du hast darüber doch immer Deine Witze gemacht.

– Früher habe ich das, antwortet sie, aber je älter ich werde, umso mehr therapeutische Qualitäten entdecke ich an mir. Dabei sage ich den Hotelgästen ja gar nichts Besonderes, ich sage nur ein paar klare und vernünftige Dinge und überlege, wie ich selbst in dieser oder jener Situation handeln würde. Und genau das reicht vielen Gästen schon, denn sie schätzen die Eindeutigkeit und die Klarheit, und dass ihnen einfach mal jemand sagt: Das würde ich tun und das nicht, das mag ich, das nicht, und zwar aus diesen oder jenen Gründen. Daneben aber erfahre ich natürlich auch etwas über die Bücher, ich gebe vielen Gästen eine kleine Auswahl mit aufs Zimmer, sie lesen die Bücher an und erzählen mir dann, wie ihnen diese Buchanfänge gefallen haben. Inzwischen habe ich sogar begonnen, die Kommentare der Gäste auf kleinen Karteikarten zu notieren. Mit Datum und Namen, einfach nur das, was sie erzählen.

Sie erhebt sich und verschwindet hinter einem kleinen Vorhang. Dann taucht sie wieder auf und winkt ihn zu sich heran. Er kommt zu ihr und schaut in die kleine Kammer, die sich hinter dem Vorhang befindet. Auf den Regalen stehen lauter Karteikästen mit Hunderten von Karteikarten, anscheinend in den verschiedensten Farben beschriftet.

– Das ist mein geheimes Archiv, flüstert sie, und er muss nun doch darüber lächeln, wie sie das alles mit beinahe kindlichem Stolz präsentiert.

– Darf ich mal hineinschauen? fragt er sofort.

– Vielleicht später einmal, antwortet sie.

Dann aber schließt sie die Kammer wieder ab und zieht den Vorhang hinter sich zu, sie nimmt ihn für einen Moment an die Hand und geht mit ihm zum Eingang.

– Komm, sagt sie, wir laufen ein paar Schritte, Du kannst Dir gar nicht vorstellen, wie ich mich darauf gefreut habe, mit Dir ein paar Schritte zu laufen.

Sie holt ein kleines Schild aus ihrem Schreibtisch und hängt es an einem Haken an der Innentür auf: *Ich bin gleich wieder da*, steht darauf, und weiter: *Wenn Sie es eilig haben*, *rufen Sie folgende Nummer an …*

– Du benutzt jetzt ein Handy? fragt er.

– Ja, antwortet sie, während sie die Buchhandlung abschließt, ich sagte doch, ich bin jetzt auch eine Therapeutin, und Therapeutinnen sollten eben gleich zur Stelle sein.

Sie verlassen das Hotel und biegen auf einen Spazierweg ein, der in die nahen Wälder und weiter hinauf bis ins Gebirge führt. Er ist von ihrem Projekt, Karteikarten mit Notizen über die Lektüren ihrer Kunden anzulegen, beeindruckt, er fragt sie, warum sie nicht schon während ihrer gemeinsamen Telefonate in den letzten Wochen davon erzählt hat.

– Weil ich mir nicht sicher war, ob ich das Projekt durchhalten würde, antwortet sie. Hätte ich das Projekt aber nicht durchgehalten, hätte ich Dir auch nichts davon erzählt, nein, bestimmt nicht, das wäre mir zu peinlich gewesen.

– Ich erzähle Dir immer von meinen Projekten, antwortet er, Du bist der einzige Mensch, dem ich davon erzähle, das weißt Du, Du bist in diesen Dingen meine wichtigste Vertrauensperson. Immer, wenn ich ein Projekt habe oder an einem schwierigen oder heiklen Punkt angekommen bin, spreche ich mit Dir. Das hilft, ja, es hilft wirklich fast immer.

– Und, wie steht es? fragt sie, bist Du wieder an einem heiklen Punkt angekommen und brauchst meine Hilfe?

– Ja, sagt er, Du vermutest richtig, ich brauche Deine Hilfe.

Sie hakt sich bei ihm ein, sie gehen nun den ockergelben Spazierweg entlang, und er spricht sie noch einmal auf ihr Notierprojekt an. Er kommt nicht von diesem Thema los, es erstaunt ihn, dass sie derart konsequent an diesem Projekt gearbeitet hat, ein so unermüdliches Notieren und Schreiben passt eigentlich gar nicht zu ihr, während ihrer Münchener Jahre hat sie nie von so etwas gesprochen.

Während sie weiter davon erzählt, denkt er darüber nach, ob sie sich verändert hat. Ja, wahrhaftig, es kommt ihm so vor, als hätte sie sich gegenüber ihrer Münchener Zeit stark verändert und als wäre sie ruhiger und entschiedener geworden, vielleicht ist ihr das gar nicht so genau bewusst, er selbst empfindet die Veränderungen an diesem Vormittag aber ganz deutlich. Er sagt nichts und denkt vorerst auch nicht weiter darüber nach, stattdessen hört er ihr genau zu, bis ihr Handy sich plötzlich durch ein lautes Summen bemerkbar macht.

– Aha, sagt er, leicht ironisch, das ist wohl ein Notfall?

Sie lächelt und meldet sich an ihrem neuen, winzigen, in ihrer Hand beinahe verschwindenden Handy. Sie geht ein paar Schritte zur Seite und spricht sehr leise, nach dem kurzen Gespräch kommt sie wieder zu ihm.

– Ich gehe zurück in die Buchhandlung, sagt sie, ich möchte einen lieben Kunden nicht länger warten lassen.

– Weißt Du schon, mit welchen Texten Du ihn ruhig stellen wirst? fragt er.

– Du hast mein Projekt anscheinend noch nicht richtig verstanden, antwortet sie, Du wirst es aber sehr bald verstehen, da bin ich sicher.

Sie umarmt ihn kurz, dann dreht sie sich um und geht eilig den Feldweg zurück. Er überlegt, ob er allein noch weiter in die Höhe gehen soll, aber nein, dazu hat er jetzt keine Lust, und so macht auch er kehrt und geht langsam zurück zum Hotel. Dort durchquert er die Lobby und das Hotelrestaurant, bis er auf der anderen Seite des Flügels die Liegewiesen erreicht, die sich direkt an das Hotel anschließen. Er geht bis zu ihrem Rand, wo eine einzelne Bank steht, er setzt sich und schaut hinab auf das im Sonnenlicht hell vibrierende Wasser des Pools unten in der Schlucht.

4

Nach einer Weile holt er das kleine Notizheft aus seiner rechten Jackentasche und legt es auf seine Knie. Er schlägt es aber nicht sofort auf, er muss erst seine Gedanken sortieren. Seit Katharina ihre Münchener Buchhandlung geschlossen hat und hierher gezogen ist, hat er sie nicht mehr gesehen. Ungefähr einmal pro Woche haben sie telefoniert, aber es waren kurze Gespräche, schließlich weiß sie, dass er nicht gern telefoniert. Vor wenigen Minuten sind sie sich zum ersten Mal wieder begegnet, und obwohl sie kaum eine Stunde miteinander gesprochen haben, spürt er doch schon, wie gut ihm dieses Sprechen tut.

In ihrer Münchener Buchhandlung war sie eine umtriebige Buchhändlerin mit zwei jungen Angestellten, immer auf der Suche nach dem Neusten, dem Interessanten, dem Besonderen. Sie war eine hemmungslose, unersättliche Leserin, und wenn sie vom vielen Lesen genug hatte, trieb sie sich in Cafés, im Theater oder im Kino herum. Nun aber lebt sie auf einer Insel, stundenlang sitzt sie allein in ihrer Buchhandlung und vertieft sich in ihre Bücher, vielleicht sind sie in ihren Augen inzwischen zu Therapeuten geworden, und vielleicht versucht sie sogar, solche Therapien dann auch an ihre Kunden weiterzugeben, ja, so könnte es sein. Letztlich hat sie aber wohl nach Lesedrogen gesucht, nach Lektüren, die gleich in die Gehirn- und Blutströme gehen, ohne einen umwegigen Bezug zu so etwas wie Bildung oder zu flüchtigen Tagesthemen – das nämlich sucht sie nicht, sie sucht Lesedrogen, deren Lektüren einen nicht unberührt lassen.

Er schaut auf, als er eine Frau erkennt, die sich dem Pool in der Schlucht nähert. Sie trägt einen hellgrünen Bademantel und beugt sich hinab, um mit der rechten Hand kurz durch das Wasser zu fahren. Dann zieht sie den Bademantel aus und legt ihn auf eine Liege, neben der auch bereits eine dunkelblaue Sporttasche steht. Sie bindet ihre langen, blonden Haare zusammen, dann geht sie langsam an den Beckenrand und springt mit einem Kopfsprung ins Wasser.

Er zuckt kurz zusammen, als spürte auch er die plötzliche Kühle, er sitzt da mit leicht geöffnetem Mund, als hätte er noch nie eine Schwimmerin gesehen, die in diesen hell leuchtenden Pool dort unten springt. Er schaut ihr zu, wie sie langsam eine Bahn schwimmt, sie wendet und bleibt dann eine Weile unter Wasser. Sie schwimmt in einem sehr konstanten, zügigen Tempo, ändert aber immer wieder den Stil, meist schwimmt sie Brust, dann aber auch auf dem Rücken, er starrt jetzt hinunter auf dieses kleine Schauspiel, als würde es eigens für ihn gespielt und präsentiert.

Nach einigen Minuten schüttelt er über sein unablässiges Starren aber den Kopf, er versucht, sich an etwas zu erinnern: Wo hat er einmal Bilder eines Pools mit einem derartig gleißenden Hellblau gesehen, war es nicht neulich in einer Ausstellung, oder war ein solches Motiv unter den Fotografien, die er sich vor Kurzem in einer Münchener Galerie angeschaut hat?

Die junge Frau trägt einen schwarzen Badeanzug aus einem Stück mit einem orangefarbigen Oberrand, sie wirkt wie eine geübte Schwimmerin, vielleicht ist sie sogar eine Leistungssportlerin, jedenfalls macht dieses Schwimmen einen durchaus gekonnten Eindruck. Ohne ihr Tempo auch nur minimal zu verändern, zieht sie ihre Bahnen, das alles sieht sehr leicht und lässig aus, als machte es ihr nicht die geringste Mühe.

Er beginnt, die Bahnen im Stillen zu zählen, er bekommt den Blick gar nicht los von diesem glitzernden Schwarz, das wie aufgedreht im Wasser hin und her gleitet.

Als müsste er auf das alles sofort reagieren, öffnet er sein Notizbuch und schreibt, nachdem er zunächst Zeit und Ort notiert hat: *Der tief gelegene Pool und die Schwimmerin … – mein hypnotisiertes Schauen auf diese Erscheinung von Hellblau und Schwarz, mit einer Minimalspur von Orange. Dazu das starke Blond ihrer Haare. Eine reine Erscheinung von Farben, für das Auge sehr wohltuend, weil das Hellblau sich kaum verändert, während das Schwarz eine sehr einfache, vorhersehbare Spur zieht. Die reine Entspannung, für diese Frau, aber vielleicht noch mehr für mich, dessen Sehgenuss noch größer sein mag als der Genuss, den die Schwimmbewegungen verursachen.*

Er zieht einen kleinen Strich unter diese Notiz, als wollte er strikt dafür sorgen, dass er nicht weiterschreibt, er starrt in die Tiefe, seine Gedanken aber treiben noch einmal zu Katharina zurück. Früher hat er ihre Münchener Buchhandlung regelmäßig besucht, er fühlte sich als ein Teil dieser Buchhandlung, oft hat er sich stundenlang dort aufgehalten, und immer gab es in den drei kleinen, durchgehenden Räumen mit den schön geschwungenen Jugendstilpfeilern etwas zu entdecken.

Er hat den Geruch dieser Buchhandlung sehr gemocht, diesen leichten, sofort etwas melancholisch stimmenden Bücherdunst, dieses Ausatmen der gedruckten Werke, von denen manche schon etwas Versumpftes, Müdes,

Unbewegliches hatten, weil sie nie aus dem Regal geholt wurden, sondern oft Monate, ja vielleicht sogar Jahre darauf warteten, endlich beachtet und gekauft zu werden. Den Büchern, die Katharina besonders mochte, räumte sie lange Aufenthaltsfristen ein, obwohl das natürlich nicht effizient war.

Manchmal hat sie auch noch geraucht, und dann setzte sich der Duft ihrer kleinen Zigarillos wie sinkender Nebel in der Buchhandlung ab und vermischte sich aufs Schönste mit dem ja ebenfalls trockenen Geruch der Bücher. Er hat sie noch genau vor Augen, wie sie häufig in der Tür ihres Geschäftes stand, ein Zigarillo in der Rechten, die Brille auf der Stirn, neugierig auf jeden, der sich der Buchhandlung näherte.

Er hat sie oft zum Schreiben animiert, aber sie hat sich seinem Drängen mit leicht fadenscheinigen Ausreden entzogen. Jetzt aber hat sie anscheinend wirklich zu schreiben begonnen, und das wohl nicht zufällig hier, in dieser Abgeschiedenheit. Vielleicht sind ihr Schreiben und Notieren genau das Projekt, auf das ihr Leben zuläuft. Vielleicht erlebt sie an diesem Ort, abseits von München und abseits von all den Begegnungen und Aktivitäten ihres bisherigen Lebens, eine Art von neuer Erfüllung.

Er starrt noch immer hinunter auf den Pool, die Schwimmerin zieht ihre Bahnen jetzt etwas langsamer, sie schwimmt aus und aalt sich beinahe im Wasser, mal auf dem Rücken, mal auf der Seite, sie spielt einen leicht selbstverliebten Fisch, der in einem Aquarium von Hunderten müder Augen beobachtet wird und schließlich resigniert und sich kaum noch bewegt. Und wahrhaftig, er sieht jetzt, wie sie sich am Beckenrand hochzieht und das Becken verlässt, sie schüttelt sich kurz und eilt dann hinüber zur Liege, wo sie ein Handtuch aus ihrer Sporttasche zerrt.

Er befürchtet einen Moment, dass sie zu ihm hinaufblicken könnte, deshalb duckt er sich ein wenig, als könnte ihn diese Verlegenheitsgeste wirklich unsichtbar machen. Er überlegt auch, ob er aufstehen und davonschleichen soll, dann aber ruft er sich zur Vernunft und senkt den Kopf und blickt stur in sein Notizheft, in das er auf einer neuen Seite notiert: *Wer ist diese Schwimmerin? Ich habe ihr beim Schwimmen zugeschaut, und ich habe noch nie jemanden so gelöst und entspannt schwimmen sehen.*

Er reißt die Seite heraus und faltet sie zusammen. Dann steckt er den Zettel in eine kleine Spalte der Holzbank. Vielleicht sieht und findet sie ihn, vielleicht auch nicht – er will das dem Zufall überlassen. Er schaut noch einmal hinunter in die Schlucht, sie trocknet sich gerade die Haare und schwingt sie zwischendurch heftig nach links und rechts. Dann reibt sie sich mit dem Handtuch sehr gründlich ab und schlüpft in den Bademantel. Gleich wird sie ihre Sachen zusammenpacken und den schmalen Pfad hinaufkommen.

Er atmet aus, dann steht er auf, steckt den gefalteten Zettel noch etwas tiefer in die Holzspalte und verschwindet, um die Sache wirklich ganz dem Zufall zu überlassen.

5

Im bad ihres Hotelzimmers öffnet sie ihre Sporttasche und greift nach den nassen Handtüchern. Sie breitet sie über dem Rand der Badewanne aus, entledigt sich ihres Bademantels und streift dann ihren Badeanzug ab, den sie neben die Handtücher legt. Einen langen Moment schaut sie in den großen Spiegel, sie steht jetzt nackt da, eine schlanke, durchtrainierte Frau, müde und etwas kraftlos geworden vom schnellen Schwimmen. Sie tritt näher an den Spiegel heran und streicht sich mit zwei Fingern über die dunklen Ringe unter den Augen, dann holt sie eine Hautcreme hervor und maskiert das Gesicht mit einem dünnen weißen Film, der schon kurz nach dem Auftragen seinen Glanz verliert und matter wird.

Sie geht hinüber in den Wohnbereich und drückt kurz auf die Wiedergabe-Taste ihres Aufnahmegeräts, dann legt sie sich mit dem Rücken auf das breite Bett. Sie schließt die Augen und hört nun plötzlich die Naturmusik ihrer Ankunft vor kaum zwei Stunden, sie hört das Knistern und Flirren des Lichts, als wären die Sonnenstrahlen Musik geworden, und sie hört das regelmäßige Atmen eines sehr schwachen Windes wie ein kindliches, feines Pusten.

Wer ist diese Schwimmerin? – die seltsame Frage geht ihr nicht aus dem Kopf. Seit sie den kleinen weißen Zettel, der wie eine winzige Flagge aus dem Spalt einer Holzbank direkt auf ihrem Weg herausragte, gefunden hat, denkt sie ununterbrochen über diese Zeile nach. Stammt er von einem Voyeur, der sie beobachtet und jeden ihrer Schritte verfolgt? Oder steckt etwas Harmloseres dahinter? Jedenfalls glaubt sie sicher zu wissen, dass ein Mann diese Frage notiert hat, sie hat die bestimmte, ruhige und graphisch sehr ausdrucksstarke Handschrift dauernd vor Augen und bringt sie mit einem Mann in Verbindung, mit einem Mann, der allein ist …, mit einem Mann, der sich die Zeit genommen hat, sie aufmerksam und in aller Ruhe beim Schwimmen zu beobachten … – so treiben ihre Gedanken und bekommen nichts Konkretes zu fassen.

Sie kann von ihnen aber nicht loslassen, denn diese ersten Bilder eines noch fernen Fremden wecken eine gewisse Sehnsucht in ihr, sie spürt diese Sehnsucht genau, es ist die Sehnsucht nach einer starken, wohltuenden, fast brüderlichen Nähe, die Sehnsucht nach einem Menschen, mit dem zusammen man auf diesem Bett liegen könnte, ohne in irgendwelche Problemdebatten verwickelt zu sein. Diese Gedanken und Bilder beherrschen sie so stark, dass sie ihre stärker werdende Müdigkeit überlagern. Normalerweise wäre sie jetzt vielleicht für einige Minuten eingeschlafen und hätte sich so von ihrem anstrengenden Schwimmen erholt, nun aber wird sie von Minute zu Minute wacher, die Wachheit kriecht unter dem Müdigkeitsmantel ihres Körpers hervor und macht sie etwas unruhig.

Als die Naturmusik beendet und in ein monotones, stumpfes Rauschen übergegangen ist, steht sie auf und schaltet das Aufnahmegerät aus. Sie schaut nach, ob in der im Kleiderschrank versteckten Minibar eine kleine Flasche Sekt für sie bereitsteht, und als sie eine dunkelgrüne, gut gekühlte Flasche findet, öffnet sie rasch den Verschluss und gießt den gesamten Inhalt in das große Wasserglas auf ihrem Schreibtisch.

Sie mag kleine, schmale Sektgläser nicht, sie mag höchstens Sektkelche, häufig trinkt sie den Sekt aber auch aus großen Gläsern, so wie jetzt, als wäre Sekt gar nichts Besonderes, sondern ein ganz normales Getränk, das sie jetzt einfach braucht, um den Durst etwas zu stillen. Überhaupt kann sie mit all der Feierlichkeit, die das Trinken von Champagner, Sekt oder Wein begleitet, nichts anfangen, sie hasst all dieses Getue, das Anheben eines Glases, das Zuprosten, das Zurschaustellen des Genusses.

Ein Genuss, den man zur Schau stellt, verliert doch sofort an Wirkung, Genuss stellt man niemals zur Schau, der reichste Genuss ist der vollkommen stille Genuss, still und selbstverständlich und zu einem gehörig wie eine bestimmte Musik – das alles geht ihr jetzt durch den Kopf, und sie erwischt sich dabei, dass sie wieder an den fernen Fremden denkt, dem sie gerne erzählen würde, was ihr gerade durch den Kopf geht. Warum aber denkt sie immer wieder an ihn? Was lässt sie eine solch starke Nähe zu einem Unbekannten empfinden, angesichts einiger weniger, flüchtig auf ein Notizblatt gekritzelter Worte?

Sie geht wieder ins Bad und zieht den Bademantel über, dann setzt sie sich an den Schreibtisch und trinkt das Glas Sekt gleich zur Hälfte leer. Sie glaubt zu spüren, wie der kräftige Schluck durch den ganzen Körper rauscht, so hellwach macht er sie. Sie greift nach der hoteleigenen Schreibmappe, öffnet sie und lächelt ein wenig, als sie die vielen Bögen Briefpapier, die Briefumschläge und den

Block mit den Notizzetteln erkennt, alle in einem matten Hellgrau mit dem Namen des Hotels versehen.

In Hotels regen diese Papiermengen sie immer an, etwas zu notieren, ja sie ist geradezu versessen darauf, diese schönen Bögen vollzuschreiben. Eigens dafür hat sie immer mehrere Stifte mit sehr feinen Minen in den verschiedensten Farben dabei. An jedem Tag ihres Aufenthalts lässt sie sich neue Lagen Briefpapier aufs Zimmer bringen, und häufig schickt sie ihre Hotel-Aufzeichnungen dann an ihre eigene Adresse, nach München. Sie besitzt eine große Sammlung solcher Aufzeichnungen aus den verschiedensten Ländern der Erde, hellgrüne, dünne Briefumschläge aus London, ockergelbe, dick gefütterte aus Indien, gelbweiße mit dem päpstlichen Wappen aus Rom, im oberen rechten Eck leuchten die kleinen Briefmarkengemälde, und ihre Schrift gefällt ihr, wie sie da ihren eigenen Namen und ihre Münchener Adresse fixiert hat.

Sie nimmt einen Fineliner aus ihrer Tasche, legt eine Seite des Briefpapiers vor sich hin und notiert jeweils auf Mitte:

Wann und warum ich gern Sekt trinke

Ich trinke Sekt gern zur Begrüßung – um einen Ort zu begrüßen oder um mich selbst an diesem Ort zu begrüßen.
Ich trinke Sekt gern allein, in kleinen Mengen.
Ich trinke Sekt gern am späten Vormittag oder am frühen Abend, kurz vor einer größeren Mahlzeit.
Ich trinke Sekt fast niemals zu Haus, sondern meist nur »auswärts«, wenn ich irgendwo »ankommen« möchte.

Während ihres letzten Aufenthaltes in diesem Hotel hat Katharina, die Buchhändlerin, ihr ein kleines Buch mit einem alten japanischen Text aus dem elften Jahrhundert geschenkt. Es war das Tagebuch einer Hofdame, die am japanischen Kaiserhof lebte und alle paar Tage ihre Vorlieben und Abneigungen notierte. Jede Notiz hatte ein Thema und unter dem Thema waren dann ein paar lose, noch ungeordnete Gedanken aufgeschrieben.

Das kleine Tagebuch hieß »Kopfkissenbuch« – dieser Titel hatte ihr sehr gefallen, wie sie auch die kurzen, nie allzu nachdenklichen, sondern eher wie spontan dahingesagten Aufzeichnungen beeindruckt hatten. Sie hatte begonnen, selbst Aufzeichnungen in dieser Art zu verfassen, und sie hatte einige dieser Aufzeichnungen Katharina geschenkt, darunter auch diese, an die sie sich noch genau erinnert:

Warum ich Katharinas Hotelbuchhandlung mag

Weil es in dieser Buchhandlung nur Bücher gibt,
die Katharina ausgewählt hat
Weil es in ihr nach Tee, Gewürzen und Wein duftet
Weil die Bücher nicht alphabetisch geordnet sind,
sondern nach Themen
Weil die Themen nicht die üblichen Themen sind, sondern
poetische, von Katharina erfunden und entworfen
Weil diese Buchhandlung Katharinas große,
intime Welterzählung ist
Weil man in dieser Buchhandlung auch Musik hören kann
Weil ich in dieser Buchhandlung ein gut Stück zu Hause bin

Die Erinnerung an diesen Text stimmt sie froh, deshalb legt sie die gerade mit den Sekt-Notaten beschriebene Seite Briefpapier mit einem gewissen Schwung in die Schreibmappe und klappt sie zu, sie leert das Glas bis auf den Grund und wartet noch eine Weile, bis sie den Geschmack ganz ausgekostet hat. Dann steht sie auf, legt den Bademantel ab und zieht sich ein langes, schwarzes Kleid über.

Im Bad bürstet sie sich kurz durchs Haar, zieht mit einem Lippenstift die Schwingung ihrer Lippen nach und verlässt dann ihr Zimmer, um sich auf den Weg zur Buchhandlung zu machen. Als sie die Tür ihres Zimmers schließen will, geht sie noch einmal an den Schreibtisch zurück. Sie greift nach dem Notizzettel, den sie dort abgelegt hat, und sie überfliegt erneut die fremde Schrift: *Wer ist diese Schwimmerin?* Dann steckt sie den Zettel in eine Tasche ihres Kleides und verlässt nun endgültig ihr Zimmer.

6

Er zieht einen dunkelblauen Pullover über und öffnet den Kragen des darunter getragenen weißen Hemdes weit. Er trägt eine dunkelbraune Cordhose und schwarze Schuhe, er fühlt sich jetzt »herbstlich« gekleidet, und in dieser herbstlichen Kleidung verlässt er sein Zimmer und geht den Hotelflur entlang, hinüber zum Aufzug.

Er muss eine Weile warten, dieser Aufzug bewegt sich

unglaublich langsam, er erinnert sich jetzt daran, denn schon während seines vorigen Aufenthalts hat er sich über das Tempo dieses Aufzugs gewundert, dessen Fahrbewegung man in seinem Innern nicht einmal wahrnimmt. Endlich öffnet sich aber doch die Tür, und er schaut kurz auf. Dicht vor der Rückwand der ringsum mit Spiegeln gesäumten kleinen Kabine steht eine Frau in einem langen schwarzen Kleid. Sie zuckt kurz zusammen, während er eintritt, sie stehen sich jetzt dicht und direkt gegenüber, und er wendet den Blick kurz zur Seite, um zu überprüfen, ob die Taste des Erdgeschosses auch aufleuchtet.

Ja, die Taste leuchtet auf, und hinter ihm schließt sich jetzt die Tür, so dass er noch einen kleinen Schritt näher an die schwarz gekleidete Frau herantritt. Sie schaut ihn nicht an, sie blickt zu Boden, er aber kann den Blick nicht von ihr abwenden, denn er begreift sofort, dass es sich bei dieser Frau um die Schwimmerin handelt, die er vor Kurzem noch beim Schwimmen im Hotelpool beobachtet hat.

Sie hat eine breite, schöne Stirn, ihre blonden Haare gehen an den Spitzen leicht ins Rötliche über. Sie scheint ein wenig zu schwitzen, denn zwischen den Haaransätzen erkennt er einen schwachen Film minimaler, leuchtender Schweißperlen. Sie hat die Haare streng nach hinten gekämmt, so dass die Stirn frei ist und die Ohren das dichte Haar wie zwei hellrote Spangen rahmen. Von der Nasenwurzel aus verteilen sich einige Sommersprossen über die oberen Backenknochen, sie wirken wie künstliche Tupfer, als habe sie diese Tupfer ganz bewusst in bestimmten Abständen platziert, um in den sonst ausdrucksarmen Partien des Gesichts ein paar Akzente zu setzen.

Ihre Augenbrauen und die Augenwimpern sind dunkelblond und verdecken ihre Augen, er gäbe etwas darum, in diese Augen schauen zu können, aber das ist nicht möglich, denn sie blickt, während sich der Aufzug unmerklich bewegt, weiter starr nach unten. Er aber schaut sie ununterbrochen an, er erlaubt es sich, weil sie es anscheinend nicht mitbekommt, er schaut auf ihre breiten, mit dunkelrotem Lippenstift nachgezogenen Lippen, und er bemerkt schließlich ihre großen Hände, eng anliegend zu beiden Seiten des Kleides.

Er genießt diese langen Sekunden sehr, es stört ihn nur, dass er diese Frau nicht berühren kann, denn es drängt ihn, sie genau jetzt mit einer kleinen Geste näher an sich heranzubitten. Er glaubt sogar zu spüren, dass sie ein Paar sind, es ist seltsam und beinahe unglaublich, aber er spürt es sehr direkt, und es ist, als würden nicht nur ihre Körper, sondern auch ihre Empfindungen aufeinander reagieren.

Entsteht nicht bereits eine Verbindung zwischen ihnen beiden und bewegen sich ihre Körper nicht unmerklich aufeinander zu? Ja, genau dieses Gefühl hat er, es ist wie eine Art feiner Sog, als löste sich der eigene Körper wie der Inhalt eines auslaufenden Gefäßes im Körper des Gegenübers auf. Dieses Gefühl verwirrt ihn aber sofort, er will seine Gedanken ordnen und der Sache rasch auf den Grund gehen, dafür ist jetzt aber keine Zeit, denn die Tür des Aufzugs öffnet sich nun im Erdgeschoss, und er muss sich zum Ausgang hin umdrehen, damit er den Aufzug verlassen kann.

Zum Glück fällt ihm ein, dass er ihr den Vortritt lassen könnte, er macht also eine kurze Bewegung zur Seite und deutet mit der rechten Hand an, dass sie den Aufzug vor ihm verlassen soll, da schaut sie zum ersten Mal auf, sie schaut ihn an, und er erkennt jetzt ihr offenes, bestimmtes Gesicht. Genauso hatte er es sich vorgestellt: ein freies, zur Ruhe gekommenes Gesicht ohne alle Spuren von falscher Eile und Eitelkeit.

Sie schauen sich beide einen Moment lang an, und es kostet ihn starke Überwindung, sie jetzt nicht einfach an der Hand zu nehmen, es wäre doch so einfach und richtig, genau das jetzt zu tun. Sie sind etwa gleich groß, sie würden gut zueinander passen, langsam nebeneinander hergehend, sich leise unterhaltend … – so denkt er und ist zugleich irritiert darüber, was ihm da durch den Kopf geht.

Sie lächelt einen sehr kurzen Moment und nickt dann, als wollte sie sich für den gewährten Vortritt bedanken, dann verlässt sie den Aufzug und biegt nach links ab, während er ihr ganz selbstverständlich folgt, obwohl er gar nicht vorhatte, nach links und damit in die Richtung der Buchhandlung zu gehen. Er geht aber dennoch einige Schritte hinter ihr her, ihr langes schwarzes, sonst vollkommen schmuckloses Kleid gefällt ihm, auch ihr leichtes, fast flottes Gehen mag er sehr, während ihm weiter noch auffällt, dass sie nichts in Händen hält, nicht einmal eine kleine Tasche oder sonst ein Accessoire hat sie dabei, sie geht sehr locker und beinahe beschwingt den Gang entlang, und sie geht wahrhaftig direkt auf die Buchhandlung zu.

Als er das endlich begreift, macht er vorsichtig kehrt, er möchte nicht den Eindruck erwecken, sie zu verfolgen, deshalb geht er die gerade gegangene Strecke langsam wieder zurück. Es ist kurz vor zwölf. Da er nur sehr wenig gefrühstückt hat, hat er jetzt etwas Appetit. Die beiden Hotel-Restaurants im Erdgeschoss, von denen das eine im Außenbereich, das andere aber drinnen, in einem lang gestreckten Hotelflügel, untergebracht ist, haben jedoch noch nicht geöffnet, er sieht aber, dass bereits die Tische eingedeckt und die Kellnerinnen und Kellner mit den letzten Vorbereitungen für die Mahlzeiten beschäftigt sind.

Um die Zeit bis zum Mittagessen zu überbrücken, geht er in die Hotelbar, die Bar ist vollkommen leer, deshalb wird er gleich bedient, als er vor der Theke haltmacht und sich einen Campari bestellt. Er zieht sich in eine Ecke der Bar zurück, dort findet er einen bequemen, breiten Sessel und einen kleinen, runden Tisch, auf dem ihm der Barkeeper den bestellten Campari serviert. Die rote Flüssigkeit zerläuft auf einem breiten Sockel von zerstoßenem Eis so künstlich und dramatisch wie auf einem Popart-Gemälde, er starrt auf das Glas und schüttelt den Kopf, dann aber trägt er es zurück zur Theke und erklärt dem Barkeeper, dass er kein Eis im Campari mag, das Glas soll vielmehr beinahe randvoll sein, gut gefüllt, ein kompakter, roter Körper ohne zerstoßenes Eis.

Der Barkeeper nickt kurz und füllt sofort ein anderes Glas mit Campari, es kommt ihm so vor, als hörte der Mann gar nicht mehr auf, Campari in das Glas zu gießen, deshalb macht er eine kurze Geste, dass es nun genug sei, und geht dann mit dem gut gefüllten Glas wieder zurück an seinen Platz. Er nippt an seinem Getränk, er schaut durch die großen Fenster ins Freie, wo einige orangefarbene Sonnenschirme die vielen weiß gedeckten Tische in ein schwaches Schattenlicht tauchen.

Etwas Unvorhergesehenes, Irritierendes ist mit ihm geschehen, er spürt es genau, und er beginnt zu grübeln, wie er mit diesen unvorhergesehenen Ereignissen und Zeichen umgehen soll.

7

Sie geht immer schneller auf die Buchhandlung zu, sie kann es gar nicht erwarten, Katharina endlich wieder zu sehen. Sie steht gerade hinter der Kasse an der kleinen Verkaufstheke, umrundet sie dann aber und ist sehr rasch an der Tür.

Die beiden umarmen sich, und als sie sich wieder voneinander lösen, sagt Katharina:

– Was für ein schönes Kleid!

– Ja, nicht wahr? antwortet sie, eigentlich mag ich ja keine schwarzen Kleider, aber das hier habe ich mir sofort gekauft, in einem Secondhand-Laden. Es hing ganz allein im Fenster, als hätte es irgendwer dort vergessen. Ich bin hineingegangen und habe mich nach der Größe erkundigt, und als es genau meine Größe hatte, habe ich es gekauft.

– Du hast es gekauft, ohne es anzuprobieren?

– Ja, ich habe es einfach sofort gekauft.

– Sehr gut, so ist es richtig. Auf Dinge, die einem gefallen, sollte man sofort zugehen. Kein Zögern, kein Drumherum, einfach sofort kaufen.

– Sehe ich in diesem Kleid nicht zu ernst aus?

– Zu ernst? Ach was, Du siehst doch nicht ernst aus, nein, wirklich nicht. Du bist weder ernst noch sonst was, Du bist interessant, Du erregst Interesse, das ist es. Kaum einer, der Dich zum ersten Mal sieht, wird ahnen, was Du so treibst, womit Du Dich beschäftigst und was Du so magst. Das alles ist ein schönes Geheimnis, und das sollte es auch möglichst lange bleiben.

Sie lacht etwas verlegen und umarmt Katharina ein zweites Mal, als habe sie ihr ein großes Kompliment gemacht. Dann geht sie langsam durch die Buchhandlung und schaut sich um.

– Lass mich einen Moment nach Deinen Lieblingen schauen, sagt sie, danach können wir sofort losziehen. Wollen wir zusammen zu Mittag essen?

– Gern, antwortet Katharina, wir könnten draußen im Freien sitzen, ach, ich freue mich so darauf, mit Dir zusammen bei diesem herrlichen Wetter auf der großen Terrasse zu sitzen. Bist Du schon schwimmen gewesen?

– Ja, antwortet sie, und ich behaupte jetzt einmal stolz und selbstbewusst: Niemand schwimmt so gelöst und entspannt wie ich.

– Wie bitte? Wie kommst Du denn darauf?

– Niemand schwimmt so gelöst und entspannt, Du kannst es mir glauben. Ich habe hier im Hotel nämlich bereits einen Verehrer, der es mir auch schon schriftlich bestätigt hat.

Sie holt den kleinen Zettel aus einer Tasche ihres Kleides und legt ihn auf die Verkaufstheke, dann setzt sie ihren Rundgang durch die Buchhandlung fort. Sie bemerkt, dass der Zettel Katharinas Neugierde erregt, sie hat ihn in die Hand genommen, und nun steht sie da und liest ihn anscheinend immer wieder.

– Woher hast Du das?

– Der Zettel steckte in der Rückenlehne einer Parkbank, direkt oberhalb des Pools.

– Er war dort einfach so deponiert? Und Du weißt nicht, wer ihn dorthin gesteckt und wer diese Zeilen geschrieben hat?

– Nein, das weiß ich nicht.

– Wie seltsam!

– Ja, nicht wahr?

– Und Du hast wirklich nicht die geringste Ahnung, wer das getan haben könnte?

– Na hör mal, ich bin kaum eine Stunde hier und in diesem Hotel noch kaum einem Menschen außer Dir begegnet – wie soll ich da ahnen, wer das geschrieben hat?

– Da hast Du recht, Du kannst es nicht ahnen.

– Ich kann es nicht ahnen, aber *Du* könntest es, Du kennst die Hotelgäste doch gut.

– Ich?! Wieso ich?! Nein, ich weiß das auch nicht.

– Katharina?!

– Was ist, Jule?

– Katharina, verschweigst Du mir etwas?

– Aber Jule! Warum sollte ich Dir etwas verschweigen?

Warum sollte ich denn so etwas tun? Dafür gibt es doch gar keinen Grund.

– Stimmt. Eigentlich gibt es dafür keinen Grund.

Es ist einen Moment sehr still. Sie geht weiter langsam durch den Raum, nimmt hier und dort ein Buch in die Hand und blättert darin. Ihr fällt auf, dass Katharina noch immer den Zettel in der Hand hält und darauf starrt, als wäre das Geschriebene schwer zu entziffern. Sie fragt aber nicht weiter nach, es ist ihr unangenehm, schließlich ist sie gut mit Katharina befreundet, und sie möchte nicht, dass es gleich zu Beginn ihres Aufenthaltes eine Missstimmung gibt.

Deshalb geht sie länger durch den Raum als sie eigentlich vorhatte, sie kann sich aber nicht richtig konzentrieren, so dass sie die Buchtitel kaum zur Kenntnis nimmt und in jedem Buch nur ein paar Zeilen liest. Kaum gelesen, verschwinden diese Zeilen aber sofort wieder aus ihrem Gedächtnis, denn dieses Gedächtnis hat momentan vor allem mit einem einzigen Text zu tun: *Wer ist diese Schwimmerin …?*

Schließlich hält sie es nicht mehr aus und geht zu Katharina zurück, die noch immer auf den Zettel schaut.

– Na sag schon, was ist mit dem Text? Erkennst Du die Handschrift? Oder fällt Dir sonst etwas Besonderes auf?

Katharina reagiert einen Moment nicht, dann sagt sie leise:

– Mir fällt auf, dass der Schreiber anscheinend nicht an einen Adressaten denkt. Schließlich hätte er doch auch schreiben können *Wer sind Sie, schöne Schwimmerin?* Oder *Wer bist Du, schöne Schwimmerin?* Stattdessen schreibt er *Wer ist diese Schwimmerin?*, als schriebe er das alles nur in etwas nachdenklicher Manier in ein Notizbuch oder ein Tagebuch. Wenn er das alles aber nur für sich selbst notiert, warum behält er seine Zettel nicht für sich? Ich verstehe das nicht.

– Ach, Katharina, was redest Du da? *Wer sind Sie, schöne Schwimmerin?* … – wer schreibt denn so etwas? So etwas schreiben doch nur peinliche Figuren, die sich mit Schmeicheleien aufspielen. Mein Verehrer will mir aber nicht schmeicheln, mein Verehrer ist sachlich und hält nur ganz nüchtern fest, was er beobachtet hat. So einfach ist das.

– So einfach, Jule, kommt es mir aber nicht vor. Es könnte nämlich auch sein, dass all diese Sachlichkeit nur gespielt ist und in Wahrheit etwas anderes dahintersteckt.

– Das ist mir zu kompliziert, Katharina. Ich habe Hunger, ich möchte jetzt mit Dir zu Mittag essen. Komm, lass uns auf die schöne Terrasse gehen, da können wir uns weiter unterhalten.

Sie greift nach dem Zettel und steckt ihn in ihre Tasche. Dann nimmt sie die ältere Freundin an der Hand und zieht sie wie ein kleines Kind, das noch etwas Widerstand leistet, zur Tür. Katharina lacht und tut wahrhaftig so, als müsste man sie mit sanfter Gewalt aus der Buchhandlung führen, dann aber gibt sie nach. Sie löst sich von ihrer Begleiterin, schaut sich kurz noch einmal im ganzen Raum um, bleibt einen Moment wie gedankenverloren in der Nähe der Kasse stehen, schüttelt den Kopf und folgt ihr dann endlich. Draußen, auf dem Hotelflur angekommen, schließt sie die Buchhandlung ab, dann gehen die beiden Frauen den Flur entlang, durchqueren das Restaurant und suchen sich im Freien, unter den orangefarbenen Sonnenschirmen, an einem der vielen weiß gedeckten Tische einen Platz.

8

Er sitzt noch immer in der Hotelbar, er hat das Glas Campari fast leer getrunken und könnte jetzt nach draußen schlendern, aber die Bilder und Gedanken, die ihm durch den Kopf gehen, lassen ihn nicht los. Gerade eben ist ihm die Schwimmerin im Hotelaufzug begegnet, und er hat es nicht geschafft, ein einziges Wort mit ihr zu wechseln. Dabei spürte er die Anziehung noch viel stärker als zuvor, als er sie beim Schwimmen im Pool beobachtet hatte. Die Anziehung war sogar so stark, dass er das Gefühl gehabt hatte, regelrecht sprachlos zu werden.

Es war wie eine kleine Überwältigung, aber als er jetzt in Ruhe darüber nachdenkt, kommt es ihm sehr passend und richtig vor, dass er sie nicht angesprochen hat. Bestimmt hätte er lauter Unsinn geredet und den schönen Augenblick durch die üblichen Gespräche zerstört. Warum auch gleich sprechen und reden? Warum nicht erst einmal schauen und der Versuchung widerstehen, die billige Gelegenheit zu nutzen, alles in die bekannten Bahnen zu lenken? »War das Wasser nicht zu kühl?« – »Welches Wasser? Was meinen Sie?« – »Das Wasser im Pool, ich habe Sie beobachtet, als Sie unten im Pool ihre Runden drehten …« – »Ah, Sie waren das, na so was …« Dieses flotte Reden hat er schon immer gehasst.

Als er aufschaut, sieht er die beiden Frauen, die gerade unter den orangefarbenen Sonnenschirmen an einem Tisch Platz genommen haben. Sie sitzen mit dem Rücken zu ihm, aber wenn sie sich unterhalten, sieht er sie von der Seite, im Profil. Er starrt das nahe Bild an, es erscheint ihm wie eine Inszenierung, ja wie eine Szene auf einer Theaterbühne: Die beiden Frauen, in Dunkelrot und Schwarz, die orangefarbenen Sonnenschirme, das Weiß der Tischdecken – und dazu die offenkundige Vertrautheit der beiden, die sie wie nahe Verwandte oder gute Freundinnen erscheinen lässt.

Er schaut sehr genau hin, er wendet den Blick keinen Moment ab, es kommt ihm beinahe so vor, als forderte dieses Bild ihn auf, nach draußen zu gehen. Das aber wird er auf keinen Fall tun, denn diese Eile hat er sich verboten, er will nichts Vorschnelles sagen und tun, er will den Bildern und Erscheinungen ihren Lauf lassen.

Katharina und die schöne Schwimmerin – sie sitzen kaum zehn Meter von ihm entfernt, sehen ihn aber nicht. Es ist wie ein Bild von Mutter und Tochter, und es ist beinahe sogar so, als führte seine alte Vertrautheit mit Katharina auch bereits zu einer gewissen Vertrautheit mit der Schwimmerin und als ergäbe sich aus dem einen auf vollkommen selbstverständliche Art auch das andere. Ob sich die beiden bereits aus Katharinas Münchener Tagen kennen? Ob die Schwimmerin vielleicht auch eine Kundin in Katharinas Buchhandlung war?

Er überlegt, ob es vielleicht nur die starken Bilder sind, die ihn so anziehen. Eben war es das Bild des Pools, jetzt ist es das Bild einer Tischszene, beide Bilder erschienen sehr frisch, leuchtend und wahrhaftig »wie gemalt«, alles in ihnen ist auf eine zentrale Empfindung hin konzentriert, das eine auf so etwas wie Schwerelosigkeit, das andere auf die Intimität eines guten Gesprächs. Aber ihn interessieren nicht nur diese Bilder und ihre schönen Oberflächen, ihn interessieren auch und noch viel mehr die Empfindungen, die sie auslösen. Längst ist nämlich auch seine Phantasie im Spiel, seine Phantasie nimmt sich dieser Bilder an und ergänzt sie um Fragen oder Geschichten. Er will wissen, was Katharina und die schöne Schwimmerin miteinander verbindet, und vor allem will er wissen, warum er sich nach so kurzer Zeit bereits mit der schönen Schwimmerin eng verbunden fühlt.

Er sieht, dass die beiden sich nun aus den Speisekarten vorlesen, ja, wahrhaftig, beide halten kleine Speisekarten in den Händen, und die schöne Schwimmerin lässt ihren rechten Zeigefinger auf einer Kartenseite langsam von oben nach unten gleiten. Manchmal stockt diese Bewegung, dann schaut sie kurz auf und blickt Katharina an, er glaubt zu begreifen, dass Katharina bestimmte Gerichte kommentiert und dass sie nun gemeinsam überlegen, was sie bestellen. Und was würde er selbst jetzt bestellen?

Er stutzt einen Moment, dann gibt er dem Barkeeper ein Zeichen und lässt sich ebenfalls die Speisekarte bringen. Der Barkeeper nickt kurz und kommt sofort mit der Karte zu ihm, alle Gerichte können auch hier drinnen, in der Hotelbar, serviert werden, das bekommt er jetzt ausdrücklich zu hören, so dass auch er jetzt nickt, als hätte er wahrhaftig vor, bei bestem Wetter hier in der Hotelbar zu speisen.

Um den Barkeeper aber etwas auf Distanz zu halten, bestellt er ein Glas Sekt und liest dann die Karte langsam von oben nach unten, während er darüber nachdenkt, was Katharina der Schwimmerin wohl gerade empfiehlt. Einen Feldsalat mit frischen Steinpilzen? Ja, gut möglich. Stockfisch mit gegrilltem Gemüse? Vielleicht, jedenfalls nicht unwahrscheinlich. Lammhüfte mit Rosmarinkartoffeln? Nein, bestimmt nicht.

In München hat er manchmal mit Katharina zu Mittag gegessen, meist sind sie in eine nahe Brauereiwirtschaft gegangen und haben eine Wurst mit Gurken-Kartoffelsalat bestellt und ein frisches, schäumendes, goldgelbes Helles dazu getrunken. Katharina mag einfache, würzige Speisen, mit einem guten Kartoffelsalat kann man sie mehr locken als mit jeder italienischen Gemüse-Vorspeise, die in irgendeinem Sud von Olivenöl schlummert und letztlich nach kaum etwas anderem schmeckt als nach ebendiesem Öl. Überhaupt hat er, jetzt fällt es ihm auf, mit Katharina fast immer nur Bier getrunken und fast niemals Wein, ja, es stimmt, sie lieben beide ein gutes Bier. Katharina hat ihm einmal erzählt, dass sie sich mit ihrem vor einigen Jahren verstorbenen Mann auch immer mittags zu einem

Bier und einer einfachen Speise getroffen habe. Katharinas längst verstorbener Mann … – seltsam, dass er jetzt an ihn denkt. Haben sie je länger über ihn gesprochen? Hat sie je ausführlicher von ihm erzählt?

Seltsam, nein, er kann sich nicht daran erinnern, dass sie sich länger über ihren Mann unterhalten hätten, er weiß kaum etwas von ihm, nein, er weiß eigentlich nur, dass Katharinas Mann ein bekannter Galerist war und eine große Galerie im Zentrum von München besaß.

Er legt die Speisekarte einen Moment zur Seite und holt sein Notizbuch aus der Tasche. Dann notiert er: *Katharinas Mann … – wir haben uns fast nie über ihn unterhalten. Warum nicht? Warum war sie, was dieses Thema betraf, immer so schweigsam?*

Er schaut auf und sieht, dass Katharina und die schöne Schwimmerin jetzt das Essen bestellen, und plötzlich weiß er genau, dass Katharina zwei Gläser Bier bestellt und einen Feldsalat mit Steinpilzen und schließlich noch Stockfisch mit gegrilltem Gemüse. Genau in diesem Moment bringt ihm der Barkeeper das Glas Sekt, er würde es jetzt am liebsten wieder zurückgehen lassen und ebenfalls ein eiskaltes Bier bestellen, aber nein, so eine Korrektur will er sich nicht erlauben, zumal er bereits einmal eine Bestellung korrigiert und sich ein zweites Glas Campari ohne Eis hat bringen lassen. Und überhaupt! Campari, Sekt, Bier – was für ein Durcheinander …, ja, er ist etwas durcheinander, es gibt keine Linie in seinen Aktionen, er sollte sich jetzt zusammennehmen.

Er steckt das Notizbuch wieder ein und legt die Speisekarte zur Seite, auch die beiden Frauen haben ihre Karten zur Seite gelegt, und Katharina ist jetzt aufgestanden, anscheinend, um kurz zur Toilette zu gehen, jedenfalls sitzt die Schwimmerin jetzt allein da. Sie fährt sich mit der Rechten durchs Haar und schaut in die Höhe, sie blickt hinauf zu den Spitzen der sehr nahen Gebirgsformationen, sie blinzelt etwas, da das Sonnenlicht von diesen Höhenkämmen aus hinunter ins Tal schießt. Dann aber dreht sie sich plötzlich um und wendet sich ein wenig zur Seite, und er erkennt, dass sie jetzt in diese Hotelbar schaut, sie schaut direkt hinein in diese Bar, und sie erkennt ihn, ja, sie erkennt ihn genau.

Sie schauen sich beide an, plötzlich wird ihm ganz heiß, verdammt, warum dreht sie sich nicht wieder um und warum sitzt er da wie eine erstarrte Skulptur, anstatt eine Zeitung oder ein Buch in den Händen zu halten? So aber, ganz ohne Zeitung, Buch oder einen anderen Gegenstand, sieht es beinahe so aus, als sei er die ganze Zeit mit nichts anderem beschäftigt gewesen als damit, die beiden Frauen draußen auf der Terrasse zu beobachten.

Sie lächelt ein wenig, sie lächelt ihn an, mein Gott, sie glaubt wohl zu verstehen, warum er hier sitzt, ja, sie glaubt anscheinend, dass er sie beobachtet, aus welchen Gründen auch immer. Er fühlt sich ertappt, warum war er auch so ungeschickt, sich gerade in ihre Blickrichtung zu setzen, warum ist er nicht vorsichtiger und behutsamer gewesen, er muss ihr ja vorkommen wie ein Voyeur, der es auf sie abgesehen hat.

Er macht eine hilflose, zerfahrene Geste mit der rechten Hand und greift nach der Speisekarte, er steht auf und bringt sie dem Barkeeper zurück, er sagt ihm leise, dass er noch nicht essen wolle, dann aber verlässt er die Bar, als habe auch er vor, kurz die Toilette aufzusuchen.

Draußen, im Flur, bleibt er stehen. Er schwitzt ein wenig, ihr unentwegtes Schauen hat ihn in eine leichte Panik versetzt. Hätte er nicht einfach aufstehen und zu ihr gehen sollen? Er hätte ihr erklären können, dass er Katharina gut kennt, so wie sie selbst anscheinend auch. Die peinliche Situation hätte sich auflösen lassen, ja, die Peinlichkeit wäre nach ein paar Sätzen verflogen. Dann aber wäre alles banal geworden, der intensive Moment des Blickkontakts hätte sich in trivialen Wortwechseln aufgelöst, und sie hätten zu dritt schließlich über eine Münchener Buchhandlung geplaudert, bis hin zu dem faden Moment, in dem diese Themen sich erschöpft hätten und andere Trivialitäten das Gespräch hätten in Gang halten müssen.

Er räuspert sich, er braucht sich nichts vorzuwerfen, nein, er hat alles richtig gemacht, es ist besser, einen peinlichen Moment zu ertragen als die gespannte Neugierde gleich wieder zu ersticken. Er geht langsam den Flur entlang und macht eine kleine Runde, er sucht tatsächlich eine Toilette auf und wäscht sich kurz mit kaltem Wasser das erhitzte Gesicht. Dann geht er zurück in die Hotelbar und setzt sich wieder auf seinen Platz.

Als er auf den kleinen Tisch neben sich schaut, erkennt er dort ein hellblaues Blatt Papier mit einer handgeschriebenen Notiz:

Warum ich so gerne schwimme

Weil ich beim Schwimmen wachse
Weil ich beim Schwimmen das Meer austrinke
Weil ich beim Schwimmen verschwinde
Weil ich beim Schwimmen mit offenen Augen dem großen Blau näherkomme

Er liest den Text zweimal, dreimal, sehr langsam. Dann steht er auf und nennt dem Barkeeper seine Zimmernummer, damit er die beiden Getränke auf diese Nummer anschreibt. Er schaut noch einmal sehr kurz nach draußen und erkennt, dass für die beiden Frauen gerade Feldsalat mit Steinpilzen serviert wird.

Er nickt und verlässt die Bar, um hinauf auf sein Zimmer zu gehen.

9

Er nimmt den Weg durch das Foyer, doch als er sieht, dass Lea noch immer an der Rezeption im Einsatz ist, geht er direkt auf sie zu. Er fragt sie, ob sie ihn für einen Moment nach draußen, ins Freie, begleiten könne, und er ist erleichtert, dass sie weder erstaunt ist noch nachfragt, warum sie das tun soll, sondern einfach hinter ihrem leicht geschwungenen Tisch hervorkommt und ohne ein weiteres Wort mit ihm nach draußen geht.

Er erzählt ihr, dass er bereits kurz nach seiner Ankunft

eine junge Frau im Pool des Hotels habe schwimmen sehen, ausgiebig und konzentriert und dabei doch locker und vollkommen entspannt. Dann fragt er Lea, ob sie eine Ahnung habe, wer das gewesen sein könne.

Ja, aber sicher, Lea hat nicht nur eine Ahnung, sondern weiß ganz genau, dass es sich bei der Schwimmerin um Jule Danner gehandelt haben muss. Jule Danner ist, wie Lea weiter weiß, ebenfalls an diesem Vormittag hier im Hotel eingetroffen und ohne Zögern schwimmen gegangen, Jule geht nach jeder Ankunft in diesem Hotel sofort schwimmen, sie schwimmt auch tagsüber mehrmals in den verschiedenen Pools des Hotels, fast alle Angestellten wissen, dass sie auf Schwimmen geradezu versessen ist.

Er fragt, ob sie eine Sportlerin sei, aber Lea verneint das. Nein, sie sei keine Sportlerin, das nicht, niemand wisse aber im Grunde genau, welchen Beruf sie ausübe, sie habe nie darüber gesprochen und natürlich stehe es den Angestellten nicht zu, sie danach zu fragen. Er will von Lea weiter wissen, ob sie denn eine Vermutung habe, da antwortet sie, sie vermute, Jule sei eine Journalistin oder Fotografin. Jedenfalls habe sie Jule Danner schon mehrmals mit einem Aufnahmegerät, einer Kamera oder einem Fotoapparat im Freien gesehen, und das lasse sie eben vermuten, dass Jule an Artikeln oder Reportagen arbeite, vielleicht sogar an Artikeln über dieses Hotel.

Es beruhigt ihn sehr, mit Lea über die Schwimmerin zu sprechen, er hat dabei das Gefühl, sich der Fremden auf eine angemessene, vorsichtige Weise zu nähern, nein, er überstürzt nichts, er will sich nur ein genaueres Bild machen und der Faszination, die ihn nicht loslässt, einen Hintergrund geben.

Er geht mit Lea zurück ins Hotel, er dankt ihr für die Informationen und fügt noch hinzu, dass sie seine Nachfragen vertraulich behandeln solle. Dann aber entschließt er sich, auch noch die letzte, ihn beschäftigende Frage zu stellen, die Frage nach Jules Zimmernummer. Die dürfe sie ihm eigentlich nicht geben, antwortet Lea leise, aber dann schleicht sie hinter ihre Rezeptionstheke, schaut kurz nach und schreibt eine Nummer auf einen Zettel, den sie ihm ohne weiteren Kommentar zuschiebt.

Er schaut auf den Zettel, einen Moment lang kann er gar nicht fassen, so unkompliziert an eine wichtige Auskunft gekommen zu sein. Etwas hilflos steckt er den Zettel ein, verbeugt sich kurz, sagt aber nichts mehr, sondern geht durch das Foyer zum Lift. Er drückt den Liftknopf und lässt sich dann in das Stockwerk fahren, in dem sich das Zimmer der schönen Schwimmerin befinden muss.

Eine Journalistin? Eine Fotografin? Ja, das hält auch er für möglich. Er kann sich aber nicht vorstellen, dass sie ihre Tage in einem Redaktionsbüro oder an einem anderen festen Arbeitsplatz verbringt, nein, er ist davon überzeugt, dass sie viel unterwegs ist, ja, er kann sich gut vorstellen, wie sie große Städte durchstreift und durchwandert, immerzu auf einer neugierigen und hellwachen Suche nach etwas Besonderem. Seltsam ist nur, dass er sich keine Begleitung für sie vorstellen kann, in seinen Phantasien ist sie *allein* unterwegs, *allein*, *ganz allein*. Plötzlich denkt er das mit starker Betonung, als müsste er es sich eintrichtern oder sich versichern, dass es so ist. So ist es, es ist bestimmt so, denkt er dann sogar immer wieder, er versteht nicht, was in ihn gefahren ist. Entwirft er ein Bild, so, wie es ihm gerade passt? Oder lassen seine ersten, noch flüchtigen Eindrücke wirklich den begründeten Schluss zu, dass sie allein lebt und viel unterwegs ist? Gerade diese Vermutung, denkt er weiter, trägt einiges dazu bei, dass er sich so stark für sie interessiert, ja, das stimmt, aber diese Phantasien über ihr Alleinsein reichen noch weiter, denn sie gaukeln ihm vor, dass sie den richtigen Begleiter noch nicht gefunden habe, und sie lassen ihn sogar davon träumen, dass genau *er* und niemand anderes dieser Begleiter sein könnte, ja sogar sein *müsste*. Dabei macht sie überhaupt nicht den Eindruck, unbedingt einen Begleiter nötig zu haben, ganz im Gegenteil, sie macht einen durch und durch selbständigen, souveränen Eindruck, als passe das Alleinsein zu ihr und als sei sie nicht aus einer Schwäche, sondern aus einer Stärke heraus allein. Also was nun und wie? Seine Gedanken bewegen sich im Kreis, er kommt nicht recht voran, einerseits beeindruckt ihn ihre offenkundige Selbständigkeit, andererseits stellt er sich vor, dass ausgerechnet er die richtige Person sein könnte, dieser Selbständigkeit noch einen neuen, starken Akzent hinzuzufügen. Für wen hält er sich eigentlich?

Als er sich ihrer Zimmertür nähert, sieht er plötzlich, dass die Tür weit offen steht. Er verlangsamt seinen Schritt, er kann sich nicht vorstellen, dass Jule Danner ihre Mittagsmahlzeit unterbrochen hat, nein, das wird auch nicht so sein, denn er erkennt jetzt einen kleinen Wagen mit Getränken, der etwas im Abseits, in der Nähe der Tür, steht. Anscheinend ist eine der Hotelangestellten dabei, die Getränke der Minibar nachzufüllen, er nähert sich vorsichtig der geöffneten Tür und schaut dann hinein in das große Zimmer, ja, richtig, die Minibar wird gerade nachgefüllt, genau, wie er es sich gedacht hat.

Er grüßt die junge Frau und bleibt in der Tür stehen, er unterhält sich mit ihr und schaut dabei in das Zimmer, um sich möglichst viele Details einzuprägen. Auf dem Schreibtisch entdeckt er ein Aufnahmegerät, daneben steht ein großes Wasserglas zusammen mit einer wohl vor Kurzem geleerten kleinen Sektflasche. Weiter rechts liegt eine dicke, mit einem großen Stapel Schreibpapier gut gefüllte Schreibmappe, einige Briefumschläge quellen aus ihr heraus, das Ganze macht einen irgendwie satten, üppigen Eindruck, wie auf einem Stilleben eines barocken Meisters.

Das breite Bett wird von einem hellgrünen Bademantel mit weit ausgebreiteten Ärmeln bedeckt, es sieht beinahe so aus, als hätte dieser leblose Gegenstand menschliche Züge und wartete begierig darauf, jemanden umarmen zu dürfen. Weiter bemerkt er zwei Koffer, eine große Reisetasche und eine schmale Aktentasche, er ist sich jetzt ganz sicher, dass Jule Danner eine leidenschaftlich Reisende ist, eine *Frau auf Reisen*, wie er es insgeheim nennt, um dann noch zu ergänzen, dass sie eine *allein reisende Frau auf Reisen* ist, kein Begleiter hat je diese Koffer und Taschen getragen, nein, ganz ausgeschlossen, sie würde niemand anderem den Zugriff auf diese Gegenstände gestatten.

– Wonach riecht es denn hier? fragt er die junge Hotelangestellte.

– Es riecht nach Pfirsich, antwortet sie.

– Stimmt, das ist Pfirsich, sagt er verwundert und fragt die junge Frau, ob sie Jule Danner kenne.

– Ja, antwortet sie, ich weiß, wen Sie meinen, aber ich habe noch nie mit ihr gesprochen.

– Ich möchte ihr eine Nachricht hinterlassen, sagt er und fragt nach, ob es möglich sei, dass er einen Zettel auf dem Schreibtisch hinterlege.

– Ja, antwortet die junge Frau, warum nicht? Soll ich Ihnen ein Blatt Papier geben?

– Neinnein, vielen Dank, sagt er, ich habe Papier dabei, ich notiere die Nachricht kurz und Sie legen den Zettel dann auf den Tisch. Ist das in Ordnung?

– Natürlich, antwortet die junge Frau, geben Sie mir den Zettel, ich lege ihn dann auf den Schreibtisch.

– Ja genau, antwortet er, legen Sie ihn auf den Schreibtisch, und legen Sie ihn bitte auf die Mappe mit den Briefbögen.

– In Ordnung, sagt die junge Frau und beginnt selbst, auf einem Formular die Getränke zu notieren, die sie gerade in die Minibar gestellt hat.

Er nimmt sein Notizbuch aus der Jackentasche und presst es gegen sein rechtes Knie. Gebückt, tief nach unten gebeugt, schreibt er:

Feldsalat mit Steinpilzen. Stockfisch mit gegrilltem Gemüse. Ein großes Helles.

Ein Espresso. Und ein Gespräch – aber worüber?

Er reicht der jungen Angestellten die Notiz und gibt ihr ein kleines Trinkgeld.

– Das wäre nicht nötig gewesen, sagt sie.

– Doch, sagt er, das geht schon in Ordnung. Sie haben mir geholfen, ganz einfach und unkompliziert. Vielen Dank!

Er wendet sich ab und geht den schwach erleuchteten Flur zum Lift zurück. Er fährt hinunter in das Stockwerk, in dem sich sein eigenes Zimmer befindet. Es kommt ihm so vor, als spielte seine mächtig arbeitende Phantasie jetzt mit ihm verrückt, denn er glaubt fest, nach dem Öffnen seiner Zimmertür, einen hellgrünen Bademantel auf seinem Hotelbett vorzufinden: mit weit ausgebreiteten Armen!

Er schwitzt etwas, er wischt sich mit den Fingerkuppen die Stirn, und sofort ist das Bild der feinen Schweißperlen da, die er auf der Stirn der schönen Schwimmerin entdeckt hat, als sie gemeinsam den Lift benutzten. Ich bin etwas verrückt, flüstert er und schüttelt den Kopf. Seit er in diesem Hotel eingetroffen ist, hat ein unheimlicher Zauber von ihm Besitz ergriffen, längst ist er nicht mehr ganz Herr seiner selbst, nein, er ist nur noch Teil einer verwirrenden Geschichte, an der ein anderer oder etwas anderes schreibt. Ja, wahrhaftig, er kommt sich vor wie eine Romanfigur, deren Bewegungen von einem fernen Erzähler gelenkt und bestimmt werden. Ach was, so ein Unsinn! Natürlich hat er die Geschichte im Griff, jederzeit kann er aussteigen, jederzeit kann er seine Sachen packen und dieses Hotel verlassen!

Aber warum denkt er an Aufbruch und Abfahrt? Denkt er etwa an eine Flucht? Ist es schon so weit mit ihm, dass er sich vor der Schwimmerin zu fürchten beginnt und dass sie ihm unheimlich wird? Ja, so weit ist es anscheinend bereits, aber gerade weil es bereits so weit ist, könnte er der Sache auch eine andere Richtung geben: Vielleicht befreit ihn diese Geschichte Schritt für Schritt von all den Gedanken und Befürchtungen, mit denen er hierhergekommen ist, vielleicht ist diese Geschichte dazu bestimmt, ihn abzulenken oder sogar einige der Fragen zu beantworten und ein paar jener Probleme zu lösen, mit denen er sich nun schon so lange herumgeschlagen hat.

Er öffnet die Tür seines Hotelzimmers und schaut sofort auf sein Bett. Na bitte, kein dunkelgrüner Bademantel, nichts davon, ein Stückchen Vernunft und Klarheit sind ihm also immerhin noch geblieben! Er setzt sich an den Schreibtisch und öffnet den Laptop. Nach einer Weile tippt er den Namen von Katharinas Mann in das Suchfeld einer Suchmaschine und widmet sich dann den Links, die auf dem Bildschirm erscheinen. Er geht sie kurz durch und speichert die Informationen in seinem Gedächtnis. Katharinas Mann ist also vor etwa drei Jahren gestorben, sogar das genaue Datum ist zu finden und außerdem die genaue Todesursache: Herzversagen. Er stöbert noch ein wenig in den verschiedensten Artikeln und Nachrichten herum, dann rekapituliert er: Katharinas Mann Georg ist an einem plötzlichen Herzversagen gestorben, es war während eines Aufbruchs zu einer Reise nach London, anscheinend ist er in einem Taxi gestorben, völlig unerwartet.

Katharina und Georg scheinen keine Kinder gehabt zu haben, jedenfalls ist von Kindern nirgends die Rede. Sonderbar, dass er mit Katharina nie darüber gesprochen hat, sie haben nie über ihren Mann oder über etwas Familiäres gesprochen, nein, sie haben sich nie allzu privat unterhalten. Aber worüber haben sie sich dann unterhalten? Über Bücher, vor allem darüber, und dann und wann über das, was Katharina meist *Das Aktuelle vom Tag* genannt hat. *Das Aktuelle vom Tag* – das waren neue Nachrichten von Theateraufführungen, Musik oder auch Filmen. Katharina mag es sehr, sich mit ihm darüber zu unterhalten, und vor allem mag sie es, seine Meinung zu hören. Na los, raus damit! sagt sie in solchen Fällen, und dann freut sie sich, wenn er mit einer möglichst eindeutigen und prononcierten Meinung auftrumpft, mit ein paar zupackenden Sätzen, mit etwas Forschem oder Harschem, mit ein paar Bemerkungen, die sie zum Lachen bringen oder ihren Widerspruch provozieren.

Mit niemandem hat er sich so gestritten wie mit Katharina, sie haben es beide immer genossen, das heftige, scharfe Streiten, das Auf-die-Spitze-Treiben eines Disputs, und sie haben dabei oft Tränen gelacht, weil sie das Ganze immer auch als eine Inszenierung begriffen haben, als theatralische Szene, als große Bühne, Oper, als Schlachtfest der Worte!

Er hält inne und starrt auf den Bildschirm. Warum eigentlich hat er jetzt gerade begonnen, einige Auskünfte über Katharinas Mann einzuholen? Vielleicht, weil er auf diesem Weg einer Spur folgt, die zu Katharinas Privatleben führt. Und warum interessiert ihn plötzlich dieses Privatleben, das ihn doch früher nie interessiert hat, um seine Verbindung zu Katharina damit nicht zu belasten? Es interessiert ihn, weil er den Verdacht nicht los wird, dass

Jule Danner mehr ist als Katharinas gute Bekannte. Gerade eben, im Hotelflur, auf dem Weg zu ihrem Zimmer, hatte er einen Moment sogar den Verdacht, sie könne Katharinas Tochter sein, so verwandt und miteinander vertraut erschienen ihm die beiden. Anscheinend ist das nun aber doch eine falsche Fährte, ja, er hat sich wohl etwas vorgemacht, oder besser, die Szene draußen im Freien hat ihm wohl etwas vorgemacht.

Er nimmt sich vor, Katharina möglichst bald danach zu fragen, ob sie Kinder hat, hier draußen in der Einsamkeit herrschen andere Regeln und Gesetze, hier geht es nicht um *Das Aktuelle vom Tage*, sondern hier geht es um Tieferes, um die letzten Geheimnisse! Er lacht kurz auf, als er das denkt, er kommt sich wahrhaftig wie ein Spurensucher auf labyrinthischen Wegen vor, und er glaubt jetzt zu ahnen, dass diese Wege letztlich auch etwas mit ihm zu tun haben. Das alles ist aber vorläufig noch reine Spekulation, ja er weiß nicht einmal, was er als Nächstes tun könnte, um die labyrinthischen Wege ein wenig mehr zu erhellen. Er nimmt sich vor, auch weiterhin nichts zu übereilen, sondern Schritt für Schritt vorzugehen und dabei seiner Intuition zu folgen.

Langsam greift er wieder nach seinem Notizbuch, fährt den Laptop herunter, schiebt ihn beiseite und notiert: *Katharinas Mann Georg ist vor etwa drei Jahren an plötzlichem Herzversagen gestorben. Anscheinend passierte das alles in einem Münchener Taxi, während eines Aufbruchs zu einer Reise nach London. Kurze Zeit später habe ich zum ersten Mal ihre Buchhandlung besucht. Sie trug wochenlang Schwarz, aber ich habe mir nichts dabei gedacht. Ich habe gedacht, sie möge Schwarz, ich habe damals gedacht, Schwarz sei ihre Farbe.*

Er sitzt noch eine Weile still am Schreibtisch und liest in den Notizen, die er sich seit seiner Ankunft in diesem Hotel gemacht hat. Das liest sich beinahe wie eine Geschichte, denkt er, aber ich verstehe noch nicht, wie ihre Figuren miteinander zusammenhängen. Darum sollte ich mich als Nächstes kümmern, ja, ich sollte versuchen, etwas über diese Zusammenhänge herauszubekommen.

Er steht auf und geht ans Fenster. Durch den dünnen Vorhang blickt er hinunter auf die weiß gedeckten Tische und die orangefarbenen Sonnenschirme. Katharina sitzt jetzt allein am Tisch, anscheinend hat Jule Danner die Mahlzeit bereits beendet. Er steckt das Notizbuch in seine Tasche, zieht die Jacke über und verlässt sofort den Raum.

10

Sie betritt ihr Zimmer und streift das schwarze Kleid über den Kopf, sie hängt es in den Schrank und zieht ein weißes T-Shirt an. Dann öffnet sie die große Reisetasche und nimmt langsam und betont vorsichtig ein Gerät nach dem anderen heraus: eine Videokamera, ein schweres Stativ, eine Fotokamera der Marke »Nikon«, ein leichtes Stativ.

Sie legt die Geräte auf das breite Bett und geht noch einmal kurz zurück an den Schreibtisch. Sie schaut auf den Bildschirm des Laptops und klickt den Musik-Ordner an. Wenige Sekunden später ist eine leise, asiatische Musik zu hören. Sie sitzt einige Minuten still und hört zu, sie schließt die Augen und hat für einen Moment eine japanische Bambusflöte vor Augen, eine von der Art, die sie sich neulich in einem Museum angesehen hat. Sie sieht ein dichtes, kompaktes Hintergrund-Grau, und vor diesem Grau erkennt sie die Flöte, als hätte sie jemand genau so ins Bild gesetzt, von der Seite beleuchtet. Es ist das Museumsbild, das sie sieht, sie erinnert sich, sie versucht, das Bild eine Weile zu fixieren, und wahrhaftig, es gelingt, sie ist hoch konzentriert.

Sie will wieder aufstehen und sich den Geräten auf dem Bett zuwenden, als ihr der Zettel auf der Schreibmappe auffällt. Sie hält ihn mit den Fingern der beiden Hände und zieht ihn straff, sie starrt auf die Schrift, die sie bereits kennt, und schüttelt den Kopf. Sie ist ein wenig erschrocken, doch das legt sich rasch, denn sie hat ja längst gespürt, dass diese Geschichte nicht mehr aufzuhalten ist.

Sie denkt einige Zeit nach, eigentlich möchte sie etwas notieren, doch sie tut es nicht, sondern legt den Zettel zunächst in die Schreibmappe und steht dann auf, um auch den anderen Zettel, der in der Rückenlehne der Parkbank steckte, zu holen und ebenfalls in die Schreibmappe zu legen. Sie nimmt das Briefpapier und die Briefumschläge aus der Mappe und legt die Stapel auf einen kleinen, runden Tisch seitlich. Dann geht sie noch einmal zurück zu ihrem Laptop und erhöht die Lautstärke der asiatischen

Musik: eine japanische Bambusflöte, keine Melodie, sondern ein unendlich langsames, meditatives Abschreiten eines leeren Raums, Ton für Ton.

Als der Klang ihr Zimmer füllt, randvoll, denkt sie, gleich ist das Zimmer randvoll von diesem Schweben, gleich hebt es ab …, beginnt sie, zügig zu arbeiten. Sie baut das schwere Stativ direkt vor dem Schreibtisch auf und befestigt die Videokamera darauf, sie zieht alle Vorhänge beiseite und lässt das Licht hineinströmen. Dann postiert sie das handliche, leichte Stativ in der rechten, vorderen Ecke des Zimmers, direkt am Fenster, und richtet es auf die Außenanlage des Hotels: Die Liegestühle in Reih und Glied, die beiden kleinen Hütten an den Seiten der weiten Wiesen. Sie wischt mit einem dünnen, feinen Tuch das Objektiv sauber, sie poliert es, schließlich schaut sie hindurch und macht einige Aufnahmen: Zwei Liegestühle, die beiden Hütten, das dunkelgrüne Herbstgras der Wiesen, keine Menschen.

Dann geht sie ins Bad, zieht das T-Shirt und alle anderen Kleidungsstücke aus und beginnt, den nackten Körper mit einer mattweißen Körper-Lotion einzucremen. Als sie damit fertig ist, tritt sie nahe heran an den Rundspiegel über dem Waschbecken, greift nach einem Lippenstift und schminkt sich die Lippen dunkelrot. Sie geht nackt und barfuß zurück in das Zimmer und blickt durch den Sucher der Videokamera. Sie verändert die Position von Stativ und Kamera noch ein wenig, dann tritt sie etwas zur Seite und schaltet die Kamera ein. Sie wartet, sie hört auf die Musik, die Kamera ist jetzt auf das breite Bett und den grünen Bademantel gerichtet und nimmt genau dieses Bild zusammen mit der Musik auf. Nach einer Weile schleicht sie durch den Raum, öffnet die kleine Aktentasche und zieht ein schmales, kleines Buch heraus.

Sie tritt nahe heran an das Bett und rollt sich von der Seite auf den grünen Bademantel. Dann streckt sie sich und liegt danach mit dem Rücken auf ihm, im Idealfall wird das Grün des Mantels ihren nackten Körper an den beiden Körperseiten umranden. Sie hält sich das Buch vor die Augen und liest, sie liest im »Kopfkissenbuch« einer japanischen Hofdame aus dem elften Jahrhundert, und genau das nimmt jetzt die Kamera auf: Einen nackten, weiblichen Körper, dessen beide Hände das Buch so halten, dass die Augen nicht zu erkennen sind, wohl aber die dunkelrot geschminkten Lippen.

Sie wartet zwei, drei Musikstücke ab, die alle nicht länger dauern als wenige Minuten. Dann legt sie das Buch weg, rollt sich seitlich vom Bett und steht still, während die Kamera wieder das breite Bett und den grünen Bademantel filmt. Sie zählt langsam bis dreißig, dann schaltet sie die Kamera ab. Sie greift nach dem Bademantel und zieht ihn über, sie fühlt sich etwas erschöpft und geht ans Fenster. Sie schaut hinunter auf die orangefarbenen Sonnenschirme und die weiß gedeckten Tische und erkennt Katharina, an deren Tisch gerade ein Mann Platz nimmt. Sie ist zunächst wieder für einen kurzen Moment erschrocken, dann aber dreht sie die Fotokamera zur Seite und beginnt zu fotografieren.

Sie fotografiert hastig, sie fotografiert zunächst das Paar, Katharina und den Fremden, dann aber fokussiert sie auf den Kopf des Mannes und zoomt, so nahe es geht, heran: Das kurze, blonde Haar, die ungewöhnlich breite Stirn, die hellblauen, wegen des starken Sonneneinfalls etwas zusammengekniffenen Augen. Vom Kopf aus geht sie dann langsam nach unten, sie schießt ein Bild nach dem anderen, und es gefällt ihr, wie die Schnellschussautomatik jetzt rhythmisch rattert und zu einer zweiten Musik neben der asiatischen Bambusflöten-Musik wird.

Sie bemerkt ihren heftiger werdenden Atem, ja, sie atmet kurz und hastig, als antwortete dieses Atmen auf das Rattern der Kamera, sie kann gar nicht genug davon bekommen, Bilder von diesem Mann neben Katharina zu schießen, der ihr an diesem Tag bereits zwei Botschaften geschickt hat. Wer ist das? Ein guter Bekannter von Katharina? Vielleicht sogar ein Freund? Oder doch nur ein Gast, der an ihrem Tisch Platz genommen hat, weil alle anderen Tische besetzt sind?

Während sie seinen ganzen Körper weiter von oben nach unten mit ihren Aufnahmen abtastet, glaubt sie zu begreifen, was ihr an ihm so gefällt: Er hat etwas Gelassenes, Ruhiges, er wirkt wie ein Mann, mit dem man sich gut unterhalten und lange Gespräche führen kann. Er ist also nicht einer, der auftrumpft oder sich wichtig tut, das spürt sie, nein, ganz im Gegenteil, er hat etwas Konzentriertes, als beobachtete er gut und als machte er sich zu allen Beobachtungen seine eigenen, klugen Gedanken.

Genau das aber mag sie: Gelassenheit, Ruhe, Klugheit,

hinzu kommt noch etwas anderes, wie soll sie es nennen, vielleicht könnte man es »Sanftmut« nennen oder »Geduld«, nein, sie hat das treffende Wort noch nicht gefunden, aber sie spürt es: Dieser Mann hat etwas Geduldiges und Verschlossenes, als ließe er sich bei seinen Aktionen ausreichend Zeit und als hätte er genau die notwendige innere Stärke, um nicht die halbe Welt in diese Aktionen mit hineinzuziehen.

Seltsam, sie kann sich nicht vorstellen, wie er sich in einer großen Gesellschaft bewegt, »eine große Gesellschaft« passt nicht zu ihm, wohl aber ein weiter Spaziergang zu zweit, ja, genau, plötzlich packt sie richtiggehend die Lust, mit ihm einen weiten Spaziergang zu machen, sie stellt sich vor, wie schön das wäre: zu zweit einige Stunden in aller Ruhe hinauf in die Berge zu gehen.

Und sein Beruf? Womit beschäftigt sich dieser Mann? Sie kann sich nicht vorstellen, dass er einen der gängigen Allerweltsberufe hat, nein, sie hat aber keine gute Idee, sie kann sich höchstens vorstellen, dass er ein Forscher ist, der jahrelang ein Projekt begleitet und es langsam, aber stetig vorantreibt. Ein paar Vorträge im Jahr, zwei, drei Forschungskonferenzen, über das ganze Land verteilt, ja, so könnte es sein, dieser Mann könnte ein zurückgezogen lebender Forscher sein, der seinen Projekten viel Zeit widmet und daneben einige Passionen hat, die er vor seinen Kollegen geheim hält.

Passionen? Aber welche Passionen? Und wie ist sie jetzt darauf gekommen? Die emsigen Forschungen, stellt sie sich vor, sind für diesen Mann eine Art Trainingsprogramm, mit deren Hilfe er eine dauerhafte Konzentration aufbaut und am Leben erhält, daneben aber hat er einige undurchschaubare Passionen, über die er Stillschweigen wahrt. Die Passionen sind geheim, da ist sie sich sicher, kein Mensch weiß von ihnen, sie spürt aber genau, dass es sie gibt, sie glaubt es an den Blicken und Bewegungen dieses Mannes, die etwas Spannungsreiches und Emotionales haben, ablesen zu können, so, als gäbe es im Hintergrund eine dramatische, verborgene Geschichte, von der niemand etwas ahnt.

Eine Geschichte? Aber welche Geschichte? Nein, an dieser Stelle führen die Fragen nicht weiter, sie hat noch nicht einmal eine Vermutung, aber immerhin, sie ahnt, dass es eine solche Geschichte gibt, und sie glaubt auch zu wissen, dass unter anderem diese geheime Geschichte der Grund dafür sein könnte, dass sie sich von diesem Mann so angezogen fühlt.

Als wäre die Kamera heiß gelaufen, zieht sie plötzlich die Hände zurück und wendet sich ab. Sie geht langsam ins Bad und versucht, wieder ruhiger und regelmäßiger zu atmen. Im Bad wirft sie einen Blick in den Spiegel, ihr Gesicht ist stark gerötet, und ihre blonden Haare sehen wirr aus, wie wilde Flechten. Sie kühlt das Gesicht mit kaltem Wasser und geht dann zurück in das Zimmer, sie legt sich mit dem Rücken auf den Bademantel und schließt die Augen: die sonoren, leicht vibrierenden Töne einer japanischen Bambusflöte, ein langsamer Gang, winzige Schritte.

11

Er sitzt jetzt neben Katharina, und er sitzt genau auf dem gleichen Stuhl, auf dem zuvor noch Jule Danner gesessen hat. Er tut aber so, als hätte er davon nichts mitbekommen, stattdessen erzählt er von dem kleinen Spaziergang, den er unternommen habe, angeblich hat er sich ein wenig verlaufen und deshalb leider mit etwas Verspätung zurück zum Hotel gefunden.

Katharina fragt zum Glück nicht weiter nach, sie freut sich, dass er sie gerade noch rechtzeitig hier draußen im Freien entdeckt hat, bevor sie wieder zurück in die Buchhandlung muss.

– Ich habe noch etwas Zeit, sagt sie, bestell Dir etwas zu essen, ich leiste Dir Gesellschaft.

Er greift nach der Speisekarte, die er längst kennt, er tut so, als überflöge er sie. Als die Bedienung kommt, bestellt er einen Feldsalat mit Steinpilzen und gegrillten Stockfisch mit etwas Gemüse. Er schaut kurz auf, um zu beobachten, wie Katharina darauf reagiert, sie sagt aber nichts, sondern rückt nur ihren Stuhl etwas zurück, um weiter im Sonnenlicht und nicht im heranziehenden und sich langsam breitmachenden Schatten zu sitzen.

Sie schließt die Augen und genießt die Sonne, dann sagt sie:

– Ich wette, Du bestellst jetzt ein Bier.

– Ich bestelle ein großes Helles, wie immer, sagt er und fährt fort: Während meines Spaziergangs ist mir kurz durch den Kopf gegangen, dass wir beide eigentlich nie etwas anderes zusammen getrunken haben als Bier. Bier! Immer nur Bier! Und dazu gute Würste oder sonst eine kleine Brotzeit!

– Na so was, sagt sie, über so etwas denkst Du nach?

– Ja, sagt er, und jetzt, wo wir uns zum ersten Mal nicht in München, sondern hier, auf dieser Insel, begegnen, fällt mir erst so richtig auf, dass wir uns in all den Münchener Jahren fast nie über Privates unterhalten haben.

– Ah, antwortet sie, das fällt Dir erst jetzt auf? Mir ist das schon immer aufgefallen, dass wir uns nie über Privates, sondern meist über Bücher oder etwas Aktuelles unterhalten haben. Das war von Anfang an so, seit wir uns kennen, und ich habe es respektiert, weil ich das Gefühl hatte, dass Du nichts Privates erzählen willst. In dieser Hinsicht warst Du übrigens so verschwiegen wie kein anderer Mensch, den ich kenne. Bis heute weiß ich beinahe rein gar nichts von Dir, und wir kennen uns jetzt, warte mal, ich rechne nach, wir kennen uns jetzt seit mehr als drei Jahren.

– Du erinnerst Dich so genau?

– Ich erinnere mich ganz genau, mein Lieber, ich habe die Bilder des Tages, an dem Du zum ersten Mal meine Buchhandlung betreten hast, noch lebhaft vor Augen.

– Wirklich? Dann erzähl mal, das interessiert mich.

– Das interessiert Dich? Na gut, wenn es Dich interessiert: Du kamst am frühen Nachmittag in meinen Laden, ich habe Dich freundlich begrüßt, aber Du hast kaum reagiert, sondern nur sehr leise ein paar undeutliche Wortfetzen gemurmelt. Dann bist Du unglaublich langsam an den Regalen entlanggeschlichen, immer mit dem

Rücken zu mir. Du trugst einen langen, schwarzen Mantel, und Du hast ihn, obwohl es doch in meinem Laden recht warm war, nicht geöffnet oder gar abgelegt. Ab und zu hast Du Dir etwas in ein Notizbuch notiert, aber so, dass ich nicht sehen, sondern höchstens vermuten konnte, dass Du gerade etwas notierst. Du hast Dich abgeschottet in Deinem Mantel und mit Deinen Notizen, Du hast den Eindruck erweckt, niemand dürfte und sollte sich nähern, und das habe ich dann auch nicht getan.

– Mein Gott, ich muss ein seltsamer Kunde gewesen sein.

– Damals warst Du der seltsamste, den ich je gehabt hatte. Ich habe Dich heimlich beobachtet, und ich habe mich laufend gefragt, was bloß mit Dir los ist. Wieso durchstreift ein Mensch bei bestem Spätsommerwetter in einem viel zu warmen, schwarzen Mantel ausgiebig eine Buchhandlung, anscheinend ohne die geringste Neigung, mit der Buchhändlerin Kontakt aufzunehmen und wenigstens einmal irgendeine Frage zu stellen oder irgendeine Bemerkung zu machen? Als Du Dich nach Deinem Endlosspaziergang wieder der Tür genähert hast, habe ich es nicht mehr ausgehalten, erinnerst Du Dich?

– Ja natürlich, ich erinnere mich. Du kamst zu mir und hast mich gefragt, ob ich mit Dir einen Tee trinken wolle.

– Richtig, und Du hast sofort »nein, danke!« gesagt, und das so bestimmt, als hätte ich einen ganz und gar unmöglichen Vorschlag gemacht.

– Ich weiß, ja, ich erinnere mich, und als ich »nein, danke!« gesagt habe, hast Du reagiert: »Ich würde mich aber sehr *freuen*, wenn Sie mit mir einen Tee trinken würden, *verstehen Sie*?«

– Ja, das habe ich wirklich gesagt, mit genau dieser Betonung, wie schön, dass Du Dich so gut erinnerst! Du hast mich noch immer so angeschaut, als gehörte sich dieser Vorschlag nicht, da bin ich einfach hinüber zu dem kleinen Teetisch gegangen und habe zwei Tassen mit Tee gefüllt. Und dann habe ich mich an den Tisch gesetzt und auf Dein Kommen gewartet.

– Richtig, und da habe ich mich wahrhaftig getraut.

– Ja, Du hast Dich getraut, das ist genau das richtige Wort, mir ging es damals schon durch den Kopf, dieses Wort: Sich trauen, er traut sich, als seist Du noch ein kleines Kind, dem man gut zureden musste, sich so etwas zu trauen.

– Vielleicht war es ja so, vielleicht war ich damals ein kleines Kind, dem man gut zureden musste.

– Wie meinst Du das? Ich verstehe Dich nicht.

Er rückt seinen Stuhl ebenfalls etwas zurück in die Sonne, als er sieht, dass der Barkeeper sich nähert und ihm ein großes Helles bringt. Der Barkeeper stellt das Glas auf den Tisch und macht eine freundliche Bemerkung, erwähnt aber zum Glück nicht, dass sie sich vor Kurzem in der Hotelbar begegnet sind und dass er ihm dort die Speisekarte gebracht hat.

Katharina hat weiter die Augen geschlossen und reckt das Gesicht den Sonnenstrahlen entgegen. Er nimmt einen großen Schluck Bier, dann sagt er:

– Übrigens trugst Du damals ebenfalls Schwarz, Du trugst ein schwarzes Kleid, ohne jeden Schmuck. Wieso trägt diese Frau keinen Schmuck?, habe ich mich ernsthaft gefragt, weil ich das Gefühl hatte, dass der Schmuck richtiggehend fehlte, und weil ich gleichzeitig vermutete, dass Schmuck Dir gut stehen würde.

– Weißt Du inzwischen, warum ich keinen Schmuck trug?

– Nein, woher sollte ich das wissen?

– Ich trug keinen Schmuck, weil mein Mann wenige Wochen zuvor gestorben war.

Er setzt das Glas vorsichtig auf dem Tisch ab, er schweigt, er wartet darauf, dass sie die Augen öffnet und ihn anschaut. Es ist einen langen Moment sehr still, dann öffnet sie wirklich die Augen und schaut ihn an:

– Hast Du wirklich nichts vom Tod meines Mannes gewusst?

– Nein, antwortet er, damals nicht. Ich kannte natürlich seinen Namen, wer kannte ihn in München nicht, aber ich wusste nicht, dass ihr verheiratet wart, ja, ich wusste nicht einmal, dass ihr ein Paar wart.

– Wir waren damals auch erst seit Kurzem verheiratet, unsere Beziehung war ein großes, schwieriges Drama, verstehst Du?

– Nein, sagt er, ich weiß nicht, was Du meinst.

Sie schaut ihn weiter an und rückt mit ihrem Stuhl etwas näher zu ihm.

– Georg hatte sehr früh geheiratet, mit kaum zwanzig Jahren. Kurz nach seiner Heirat hat er die Galerie gekauft und daraus dann in vielen Jahrzehnten eine der ersten Galerien Münchens gemacht. Wer kannte ihn nicht …, ja, da hast Du recht. Auch Menschen, die mit Kunst nichts zu tun hatten und nicht jede Woche zu einer Vernissage gingen, kannten seinen Namen. Er war eine Kapazität, und er war ein unglaublich lebendiger, einfallsreicher, ach was, ein vor Einfällen sprühender Mensch, der einen sofort in seinen Bann zog.

– Heißt das, Ihr habt Euch erst sehr spät kennengelernt?

– Nun ja, wir kannten uns flüchtig, schließlich besuchte ich dann und wann seine Galerie, wir haben uns aber nie länger allein unterhalten, immer waren andere Menschen dabei. Ich habe ihn ein wenig angestaunt und bewundert, das war alles, aber ich habe natürlich nicht im Traum daran gedacht, mich diesem Mann zu nähern. Er hatte eine fleißige Frau, die ich mochte, und er hatte sechs Kinder, sechs!, stell Dir das vor! Manchmal tauchten sie in kleinen Gruppen in der Galerie auf, tadellos gekleidet, hübsch und stinknormal, obwohl sie doch laufend mit Künstlern zu tun hatten, von denen viele alles daransetzten, ihnen den Kopf zu verdrehen. Ich habe das alles aus der Ferne beobachtet, aber ich habe mir dazu nicht viele Gedanken gemacht.

– Das heißt, Du hast ihn bereits viele Jahre gekannt, bevor es ernster wurde?

– Ja, genau. Es wäre aber nie ernster geworden, wenn er nicht eines Tages in meine Buchhandlung gestürmt wäre. Er war zufällig in der Nähe, und er suchte ein bestimmtes Buch, das ich auch wirklich vorrätig hatte. Wir unterhielten uns eine Viertelstunde, dann steckte er das Buch ein und verschwand. Kaum zehn Minuten später kam er wieder. Es war sehr seltsam, weißt Du, er kam wieder und setzte sich, und dann fragte er, ob er eine Zigarre rauchen dürfe, und da haben wir dann zusammen geraucht, er seine Zigarre und ich ein Zigarillo. Ich habe ihm Tee angeboten, aber er mochte keinen Tee, und da habe ich einen Portwein ausgeschenkt, und wir haben einen Portwein getrunken. Wir haben uns sehr gut, ja, wirklich sehr gut unterhalten, und ich glaubte plötzlich zu begreifen, welcher Mann da vor mir sitzt. Von einer Minute auf die andere habe ich mich in ihn verliebt, und ich weiß, dass es bei ihm genauso war. Nach kaum einer Stunde habe ich die Buchhandlung geschlossen, und wir sind zusammen essen gegangen. Er liebte es, in einem Brauhaus essen zu gehen, eigentlich mochte er keinen Wein, er trank Bier, Unmengen von Bier, ich hatte noch nie einen meiner doch vielen Bekannten so viel Bier trinken sehen. Und ich weiß noch genau, dass er zum Bier Milzwurst bestellte, ja, so war es, er bestellte »Milzwurst abgebräunt«. Ich hatte so etwas noch nie gegessen, ich stellte mir etwas Grausames darunter vor, doch er bestellte es einfach auch für mich, und es schmeckte fantastisch. Ich bin nicht mehr in die Buchhandlung zurückgegangen, und am frühen Abend haben wir uns ein Hotelzimmer genommen und unsere erste gemeinsame Nacht in einem Münchener Hotelzimmer verbracht.

Wieder ist es einen langen Moment still. Er schweigt, er möchte ihr Erzählen jetzt nicht unterbrechen. Als der Feldsalat mit Steinpilzen serviert wird, lässt er ihn sogar stehen, als gehörte es sich nicht, jetzt allein etwas zu essen.

– Nun iss doch, sagt sie da, warum isst Du denn nicht?

Er nickt und zieht seinen Stuhl näher an den Tisch. Dann greift er zur Gabel und beginnt zu essen. Der Feldsalat ist mit einem leichten, sehr fruchtigen und doch scharfen Essig angemacht und daneben liegt ein kleiner Haufen Steinpilze, anscheinend in Butter gebräunt. Der Salat schmeckt ihm, dann wechselt er zu den Steinpilzen, sie schmecken nussig und erdig, lange hat er nicht mehr so gute Steinpilze gegessen.

– Das hätte Georg wohl auch bestellt, sagt Katharina und lacht.

Er ist etwas erleichtert, dass sie jetzt lacht, denn er weiß, dass ihr Erzählen den Ausgang der Geschichte noch ausgeblendet hat. Er will aber nicht weiter so verstockt dasitzen, deshalb fragt er nach:

– Ich habe von alledem, was Du erzählst, natürlich nicht das Geringste gewusst. Ich erinnere mich nur gut, dass wir etwa einen Monat nach meinem ersten Besuch in Deiner Buchhandlung ebenfalls in einem Brauhaus essen gegangen sind und dass Du damals Bier und Milzwurst, abgebräunt, bestellt hast.

– Ach ja, habe ich das?

– Ja, das hast Du, ich erinnere mich nämlich so genau, weil auch ich damals noch nie Milzwurst gegessen hatte. Ich habe jedenfalls damals irgendetwas anderes bestellt, und als Du Deine Milzwurst gegessen hattest, habe ich mir auch eine bestellt, weil ich unbedingt wissen wollte, wie so etwas schmeckt.

– Und?! Und es schmeckte fantastisch, habe ich recht?

– Absolut. Ich habe mich danach übrigens auch genauer erkundigt, woraus so eine Wurst besteht, und ich habe herausbekommen, dass wirklich die Milz vom Kalb dazu verarbeitet wird …

– Die Milz und Kalbsbries, vergiss das nicht, das Bries macht die Wurst luftig und leicht, und dazu passt natürlich ein kleiner Würfel Butter, der das Ganze anbräunt, so dass es einen intensiven Geschmack bekommt.

Er isst langsam weiter und nimmt wieder einen Schluck Bier. Jetzt sind die Erinnerungen an ihre gemeinsamen Münchener Mahlzeiten plötzlich wieder da. Früher haben sie sich aber über ganz andere Themen unterhalten, früher gab es solche Gespräche nicht.

– Und wie ging es dann weiter, mit Dir und Georg? fragt er vorsichtig.

– Es ging so weiter, dass die Geschichte sofort unglaublich Fahrt aufnahm und dann sogar ein rasantes Tempo bekam. Georg war kein Mann, der etwas für sich behalten konnte, nein, wirklich nicht. Also stürzte er sich in diese neue Beziehung, die übrigens die erste und einzige war, die er nach seiner Jahrzehnte zurückliegenden Heirat eingegangen ist. Ich sage das, weil immer gemunkelt wurde, er habe diese oder jene Beziehung gehabt, er hatte aber solche Beziehungen nicht, er war dafür überhaupt nicht der richtige Typ. Eigentlich lebte er komplett im Gehäuse seiner Familie, er kümmerte sich um seine Kinder, und er hing an seiner Frau. Als wir uns ineinander verliebten, habe ich keine Sekunde daran gedacht, dass er einmal den Wunsch haben würde, mit mir zusammenzuleben. Ich hatte das Liebesprojekt unterschätzt, ich hatte mir nicht vorstellen können, wie er so etwas anging und vorantrieb.

– Warst Du davor eigentlich selbst einmal verheiratet?

– Nein, ich war nie verheiratet, und ich hatte und habe keine Kinder. Ich habe ans Heiraten und Kinderkriegen niemals gedacht. Ich hatte einige Beziehungen, die zum Teil auch länger hielten, und ich hatte einen sehr großen Freundeskreis, der sich in meiner Buchhandlung traf. Im Grunde war ich mit dieser Buchhandlung verheiratet und mit all den Menschen, die mit ihr zu tun hatten. Ich führte ein geselliges, munteres Leben, das meinen damaligen Wünschen vollkommen entsprach. Es hätte viel passieren müssen, dass ich ein solches Leben um einer Heirat willen aufgegeben hätte.

– Und dann hast Du doch geheiratet …

– Na ja, so einfach war das nicht. Zunächst ist Georg zu Hause ausgezogen und hat sich in einem Hotel einquartiert. In den Münchener Kreisen, die in seiner Galerie verkehrten, war das ein Skandal. Was aber war der Skandal? Nicht sein Verhalten erschien skandalös, der Skandal war die Frau, die der Grund dafür war, dass er sich von seiner Familie trennte. *Ich* also war der Skandal, und ich habe es zu spüren bekommen, dass ich es war. Anonyme Anrufe, Rüpeleien, Besucher in meiner Buchhandlung, die mich übel beschimpften – das ging wochenlang so.

– Aber Du hast Dich nicht beirren lassen?

– Natürlich nicht. Ich habe nur oft gedacht, dass es am Ende Georg zu viel wird, dass er es nicht mehr erträgt und dass es ihm auch gesundheitlich schadet. Schließlich dauerte der ganze Prozess bis hin zur Scheidung einige Jahre.

– Seine Frau hat um ihn gekämpft?

– Ich glaube, seine Frau war nicht entscheidend, ich glaube sogar, dass seine Frau vom ersten Moment an verstanden hat, wie ernst es Georg mit der Geschichte war. Ganz anders sahen das seine sechs Kinder, die Kinder haben gekämpft, die Kinder wollten um jeden Preis, dass der Vater seine führende Rolle weiterspielte.

– Wie alt waren die Kinder?

– Na, sie waren alle mindestens dreißig. Die meisten von ihnen hatten längst eigene Partner und Familien und wohnten nicht mehr im Elternhaus. Sie wollten ihren Vater aber nicht ziehen lassen, sie wollten sich das schöne Bild erhalten, das sie sich als Kinder von ihm gemacht hatten. Deshalb übten sie Druck auf die Mutter aus, dem Vater die Scheidung so schwer wie möglich zu machen.

– Hat seine Arbeit in der Galerie nicht darunter gelitten?

– Keine Spur, ganz im Gegenteil, während der Scheidungsphase lief er zur Hochform auf, als hätten seine Energien sich noch einmal verdoppelt. Wir waren damals viel zusammen unterwegs, wir waren auf Kunstmessen und haben viele seiner Künstler jeweils zu Hause besucht, wir haben zusammen Kataloge und Bücher gemacht, wir waren ein Paar, von dem viele, die uns zum ersten Mal sahen, fest glaubten, dass wir seit Jahrzehnten zusammenlebten. Wie macht ihr das, nach so vielen Jahren noch ein so glückliches Paar zu sein, hat mich damals eine neugierige Freundin eines Künstlers gefragt. Ich musste ihr erzählen, dass wir noch nicht lange zusammenlebten, sie hat es mir nicht glauben wollen.

Er hört ihr weiter gespannt zu, denn die ganze Zeit über hat er das Gefühl, in der Geschichte, die sie ihm zum ersten Mal erzählt, am Ende ebenfalls eine Rolle zu spielen, ja, er glaubt sogar, dass auch die schöne Schwimmerin in dieser Geschichte eine Rolle spielt. Das Spiel geht weiter, denkt er und korrigiert sich rasch, denn ihm wird jetzt klar, dass es viel mehr als ein Spiel ist. Er erinnert sich daran, dass er herausbekommen wollte, wie die Figuren dieser Geschichte zusammenhängen, ein wenig Licht ist bereits in das verwirrende Dunkel gekommen, am einfachsten wäre es, Katharina gegenüber jetzt auch Jule Danner ins Spiel zu bringen, das aber lässt er sein, weil sie ihre Geschichte noch nicht zu Ende erzählt hat.

Er hat den Salat mit den guten Pilzen jetzt gegessen und trinkt sein Glas leer. Als die Bedienung vorbeikommt, um das Glas und den leeren Teller mitzunehmen, fragt er, welches Bier er eigentlich gerade getrunken habe.

– Du hast Ergenzinger Ochsenbräu getrunken, sagt da Katharina.

– Richtig, meint die Bedienung, Ergenzinger Ochsenbräu, so heißt es.

– Von der gleichen Brauerei gibt es auch ein Kellerbier, sagt Katharina, das solltest Du unbedingt einmal probieren, es ist noch besser als das Helle, das Du gerade getrunken hast.

– Trinkst Du eines mit? fragt er.

– In Gottes Namen, antwortet sie, setzen wir unsere Münchener Bier-Orgien fort!

– Ergenzinger Ochsenbräu ..., ich habe noch nie davon gehört.

– Es war das Lieblingsbier meines Mannes, seit wir zusammen waren, lagerte ich davon immer einige Flaschen im Kühlschrank der Buchhandlung.

Er schweigt, er hat das Gefühl, dass ihm die Geschichte wieder entgleitet, deshalb steht er auf, entschuldigt sich und verschwindet nach drinnen. Jedes Detail scheint eine Rolle in dieser Geschichte zu spielen, ja, so ist es, nicht einmal ein Bier kann er erwähnen, ohne dass auch dieses Bier gleich wieder den Zusammenhang der Geschichte berührt. Er betritt noch einmal die nahe Toilette, und als er zum zweiten Mal in so kurzer Zeit in den Spiegel des Toilettenraums schaut, lacht er auf. Ergenzinger Ochsenbräu, ruft er belustigt, es ist nicht zu fassen, ich kann machen, was ich will, die Geschichte schreibt sich auch ohne mein Zutun fort! Wahrscheinlich gehört die Brauerei am Ende noch Frau Jule Danner, wahrscheinlich ist sie eine Brauereierbin oder die Erfinderin des Kellerbiers, ja, das könnte doch sein!

Er lacht weiter, dieses Lachen, bemerkt er, erleichtert ihn, er will sich den Ernst vom Leib halten, mit dem er es in wenigen Minuten zu tun haben wird. Dann aber geht er langsam wieder nach draußen und nimmt wieder Platz, zwei leere Gläser und zwei Flaschen eisgekühltes Bier stehen bereits auf dem Tisch. Er schenkt das Bier aus den Flaschen ein, dann stößt er mit Katharina an, er trinkt, das Bier schmeckt in der Tat besonders gut, es ist ein leicht trübes Bier, sehr frisch, nicht allzu herb.

– Die Liebe zu Georg hat Dein Leben also vollkommen verändert, setzt er die Unterhaltung fort.

– Nach außen hin zunächst nicht, antwortet sie. Ich habe mein schönes Buchhändlerinnen-Leben weitergelebt, ich habe mich auch weiter mit meinen Freundinnen und Freunden getroffen. Langsam aber erhielt die Liebe immer mehr Gewicht, und ich bemerkte, dass ich manchmal bereits daran dachte, die Buchhandlung aufzugeben und zusammen mit Georg in der Galerie zu arbeiten. Ich konnte mich aber nicht richtig entscheiden, vielleicht habe ich auch gezögert, weil sich die Scheidung so lange hinzog. Doch als Georg dann geschieden war und wir kurz darauf heirateten, dachte ich, das sei das Ende der Buchhandlung.

Er schaut sie an, sie erzählt, als habe sie über das alles oft nachgedacht, so sicher und bestimmt ist ihr Ton. Anscheinend hat sie den Tod ihres Mannes inzwischen verarbeitet und überwunden, so hört sich dieses Erzählen jedenfalls an, er ist aber nicht sicher, ob er mit seiner Einschätzung richtig liegt.

Die Bedienung bringt jetzt den gegrillten Stockfisch mit Gemüse, er beginnt gleich zu essen, für einen Moment ist er erleichtert, dass er wegen des Essens nicht weiter fragen und sprechen muss. Sie schweigen beide, Katharina nimmt noch einen Schluck Bier, dann hört er sie fragen:

– Was hast Du am Nachmittag vor?

– Ich gehe ein wenig spazieren, antwortet er.

– Du gehst allein? fragt sie nach.

– Natürlich, antwortet er, ich kenne doch außer Dir niemanden hier.

– Ich kann Dich leider nicht begleiten, ich habe bis zum frühen Abend in der Buchhandlung zu tun.

– Ja, ich weiß, sagt er, dann lade ich Dich am frühen Abend in der Hotelbar zu einem weiteren Glas Ergenzinger Ochsenbräu ein. Einverstanden?

– Sehr einverstanden, sagt sie und steht auf.

– Gehst Du schon? fragt er.

– Ich muss zurück in die Buchhandlung, es ist schon früher Nachmittag, antwortet sie.

– Einen Augenblick, sagt er, setz Dich bitte noch für einen kurzen Moment, ich habe noch eine letzte Frage.

Auf sein Bitten hin nimmt sie noch einmal kurz Platz.

– Na los, sagt sie. Was willst Du noch wissen?

– Ich will wissen, woran Georg gestorben ist, sagt er.

– Er ist an einem Herzinfarkt gestorben, antwortet sie. Ich sagte ja schon, wir hatten gerade geheiratet, da ereilte ihn dieser Infarkt. Er saß in einem Taxi und war auf dem Weg zum Flughafen, er wollte für ein paar Tage nach London. Er hatte einen wichtigen Termin, dort in London, mein Gott, ja, er hatte einen wirklich wichtigen Termin … – aber, nein, ich kann Dir das jetzt nicht erzählen, ich kann es einfach nicht, es ist eine andere Geschichte, und es ist ein anderes schwieriges Drama.

Er sieht, dass sie plötzlich sehr bewegt ist. Sie schluckt, anscheinend hat er mit seiner Nachfrage eine empfindliche Sache berührt, sie schüttelt den Kopf, sie schweigt, dann steht sie entschlossen auf und verlässt den Tisch. Instinktiv steht er auch auf, ihr Aufbruch zieht ihn regelrecht nach oben, er steht einen Moment hilflos neben ihr, dann umarmt er sie.

– Es tut mir leid, dass ich nachgefragt habe, sagt er.

– Ich erzähle es Dir ein andermal, antwortet sie, jetzt ist es erst einmal genug. Ich bin mit all diesen Dingen noch nicht im Reinen, verstehst Du?

– Ja, sagt er, ich verstehe Dich gut, ich verstehe Dich sogar sehr gut.

Er räuspert sich, seine Stimme wird schwächer und beinahe tonlos, er räuspert sich ein zweites Mal und bemerkt, dass sie sich von ihm löst und ihn anschaut.

– Was hast Du? Geht es Dir nicht gut? fragt sie.

– Ich habe Dir, was mich betrifft, auch einiges zu erzählen, antwortet er.

Sie schaut ihn unverwandt an, sie schüttelt den Kopf.

– Muss ich mir Sorgen machen? fragt sie.

– Nein, musst Du nicht, antwortet er.

– Wir sehen uns am frühen Abend, sagt sie und zieht ihn zu sich. Er beugt sich etwas zu ihr herab und gibt ihr einen Kuss auf die Stirn.

– Verlauf Dich nicht, sagt sie.

– Keine Sorge, antwortet er, bis heute Abend!

Sie geht jetzt davon, aber er schaut ihr nicht nach. Er nimmt wieder Platz und schiebt den Teller mit dem gegrillten Stockfisch und dem Gemüse weit von sich. Einige Minuten bleibt er regungslos sitzen, ihm ist kalt.

Er leert sein Glas, dann holt er sein Notizbuch hervor. Er schlägt es auf und zögert einen Moment. Dann notiert er:

Feldsalat mit Steinpilzen. Gegrillter Stockfisch mit Gemüse. Ergenzinger Ochsenbräu. Kein Kaffee. Und was für ein Gespräch!

12

Sie sitzt im grünen Bademantel an ihrem Schreibtisch und sortiert die Fotos, die sie von Katharina und dem Fremden gemacht und eben ausgedruckt hat. Sie wählt drei Aufnahmen aus und legt den restlichen Stapel in die Schreibmappe. Die beiden Botschaften des Fremden nimmt sie heraus und steckt sie zusammen mit den ausgewählten Aufnahmen in eine kleine Umhängetasche, dann packt sie noch einen Notizblock und mehrere Stifte ein. Sie überlegt kurz und entscheidet sich schließlich, weder die Video- noch die Fotokamera mitzunehmen. Sie möchte das Hotel jetzt verlassen, sie möchte ein wenig spazieren gehen.

Sie legt den Bademantel ab und zieht eine weiße Bluse, Jeans und einen roten Pullover an, schließlich holt sie noch eine dunkelbraune Lederjacke aus dem Kleiderschrank, greift nach der Umhängetasche und verlässt das Zimmer, die Lederjacke über dem linken Arm. Sie hat die japanische Musik noch im Ohr, diese langsam daherkommenden Klänge einzelner alter Instrumente tun ihr gut, Katharina hat ihr die CD während eines früheren Aufenthaltes in diesem Hotel einmal geschenkt. Sie geht langsam und vorsichtig, als fiele es ihr schwer, sich von ihrem Zimmer zu entfernen, und wahrhaftig, sie hat das unbestimmte Gefühl, dass die Erlebnisse in diesem Zimmer noch nicht hinter ihr liegen, sondern unvermindert nachwirken.

Was ist bloß mit ihr los? Sie denkt kaum noch an das Projekt, das sie sich für den Aufenthalt in diesem Hotel vorgenommen hatte, stattdessen beschäftigt sie beinahe ununterbrochen dieser Fremde, der sich seit ihrer Ankunft Schritt für Schritt in ihr Leben gemischt hat. Mit einer solchen Begegnung und Irritation hatte sie am wenigsten gerechnet, sie hatte ihr Projekt wie immer sehr gut geplant, sie hatte die einzelnen Schritte genau vor Augen, jetzt aber glaubt sie, dass sie das Projekt korrigieren, ändern oder erweitern sollte, sie hat aber noch nicht die geringste Ahnung, in welche Richtung das Ganze sich entwickeln könnte.

Vielleicht fällt ihr während eines Spaziergangs etwas ein, ja, sie hofft auf diesen Gang, allein, weg von den Schauplätzen dieses Hotels. Normalerweise wäre sie jetzt in dem hoch oben auf dem Dach des Hotels gelegenen Pool schwimmen gegangen, von dort oben hat man eine weite Aussicht über das nahe Land, und meist riecht es zu dieser Jahreszeit ein wenig nach Rauch und den verstreut in der Nähe glimmenden Feuern. Sie mag diesen Geruch besonders, sie mag das Beizige, Rauchige, sie mag diese Herbststimmungen, der Herbst ist ihre liebste Jahreszeit, konkurrenzlos.

Sie benutzt nicht den Lift, sondern läuft rasch die Stufen des Treppenhauses hinunter, biegt kurz vor dem Foyer ab und geht vor ihrem Aufbruch noch einmal zur Buchhandlung, als sie dort eintrifft, schließt Katharina gerade die Tür auf.

– Du hast Dich verspätet, sagt sie.

– Ich habe mich verplaudert, antwortet Katharina.
– Ah, mit wem hast Du geplaudert?
– Mit einem guten Bekannten.
– Mit einem guten Bekannten? Kenne ich ihn?
– Nein, Du kennst ihn nicht.
– Ich glaube, Du irrst Dich, ich kenne ihn doch, oder besser gesagt, ich kenne ihn bereits ein wenig.

Sie betreten zusammen die Buchhandlung, Katharina schaut sich nach ihr um, deutlich ist zu erkennen, wie überrascht sie ist.
– Na, da bin ich aber gespannt, sagt sie.

Jule legt ihre Lederjacke auf einen Sessel und öffnet ihre Umhängetasche. Sie zieht die Fotos heraus und legt sie dicht nebeneinander, in einer Reihe, auf den ovalen Tisch in der Mitte der Buchhandlung.
– Voilà, sagt sie, schau Dir die Bilder an, ich habe erste, flüchtige Bekanntschaft mit Deinem guten Bekannten gemacht.

Katharina tritt nahe an den Tisch und nimmt die Fotos nacheinander in die Hand. Sie schaut jedes von ihnen eine Weile lang an.
– Verrätst Du mir, wer das ist? fragt Jule.
– Das ist Johannes Kirchner, antwortet Katharina.
– Ihr kennt Euch gut?
– Wie man es nimmt. Jedenfalls kennen wir uns lange, schon seit einigen Jahren. Er war ein regelmäßiger Besucher in meiner Münchener Buchhandlung, hier aber besucht er mich zum ersten Mal.

– Er ist hier, um Dich zu besuchen?

– Nein, natürlich nicht nur. Er arbeitet an einem Projekt, er ist zum Arbeiten hier, und nebenbei besucht er mich, so könnte man sagen.

– An welchem Projekt arbeitet er?

– Das weiß ich nicht. Wir haben noch nicht darüber gesprochen.

– Habt ihr früher in München über seine Projekte gesprochen?

– Ja, das haben wir, da haben wir sogar häufig, und zwar häufig und gründlich, über seine Projekte gesprochen.

– Du bist seine Beraterin?

– Ich versuche, ihm zu helfen, manchmal gelingt es, manchmal kommen wir aber auch keinen Schritt weiter.

– Und um welche Projekte handelt es sich?

Katharina legt die Fotografien wieder zurück auf den Tisch. Sie atmet tief durch und wendet sich Jule zu.

– Jule, sei mir nicht böse, aber ich kann darüber nicht reden. Die Beziehung zwischen Johannes und mir ist ein Vertrauensverhältnis, ich weiß nicht, ob er es gut finden würde, wenn ich einer Außenstehenden von bestimmten Einzelheiten erzähle. Er würde mir Vorwürfe machen, ja, bestimmt, er würde das nicht verstehen.

– Du meinst, ich bin eine Außenstehende?

– Na ja, antwortet Katharina, wie soll ich es sonst nennen? Schließlich kennt ihr euch nicht einmal.

– Wir kennen uns nicht?

– Nein, ich denke, ihr kennt euch nicht. Oder täusche ich mich?

– Ja, Du täuschst Dich, sagt Jule, Du täuschst Dich sogar gewaltig. Schau!

Sie öffnet noch einmal ihre Umhängetasche und nimmt die beiden Zettel-Botschaften heraus, sie legt die kleinen Papiere auf die Fotos, Katharina beugt sich sofort darüber und liest sie, zweimal, dreimal.

– Ah, Du glaubst, dass Johannes diese Botschaften geschrieben hat?

– Natürlich hat er sie geschrieben, antwortet Jule, die Handschrift auf den beiden Zetteln ist identisch. Er hat uns während unserer gemeinsamen Mahlzeit von der Hotelbar aus beobachtet, er hat sogar genau mitbekommen, was wir bestellt haben. Lies doch: Feldsalat …, Stockfisch, er hat es exakt notiert.

– Er hat, während wir gegessen haben, in der Hotelbar gesessen? Woher willst Du das wissen?

– Als Du auf der Toilette warst, habe ich zufällig in die Bar geschaut, er saß an einem Ecktisch, er starrte mich an wie ein Weltwunder.

– Er starrte Dich an? Bist Du ganz sicher?

– Er starrte mich sehr intensiv an, und er wurde verlegen, als ich zurückstarrte. Er stand auf und verschwand, als fühlte er sich ertappt.

– Ertappt? Wobei ertappt?

– Na, ich habe das Gefühl, er ist hinter mir her, er verfolgt mich, er hat irgendwas mit mir vor.

Katharina lacht laut auf.

– Johannes verfolgt Dich? Aber nein, das ist nicht Dein Ernst! Johannes verfolgt niemanden, Johannes ist auch hinter niemandem her, nein, ganz bestimmt nicht. Er sendet kleine Botschaften, das ist es, er sendet ein paar unauffällige Signale, mehr würde er niemals tun. Es ist ein Spiel, oder vielleicht hat es auch mit seiner Arbeit und seinen Projekten zu tun, das könnte sein, ich weiß es nicht. Auf keinen Fall aber ist er ein Voyeur oder jemand, der es auf Dich abgesehen hat.

Jule sammelt die Fotos und die beiden Zettel wieder ein und steckt sie zurück in ihre Umhängetasche.

– Verrätst Du mir wenigstens, welchen Beruf er hat? fragt sie.

– Auch darüber möchte ich lieber nicht sprechen, antwortet Katharina.

– Er hat keinen der gängigen Berufe, habe ich recht?

– Stimmt, sagt Katharina, das hast Du schon gut erkannt. Und was hast Du noch weiter über ihn herausbekommen, sag schon, ich behalte es für mich, das weißt Du, mit mir kannst Du doch darüber sprechen.

– Ich vermute, dass er eine Art Forscher ist, ja, er ist vielleicht so etwas wie ein ruhiger, geduldiger Forscher mit irgendwelchen Langzeitprojekten. Er macht einen so ausgeglichenen Eindruck, als verfolgte er bestimmte Sachen mit Hingabe.

– Er gefällt Dir, stimmt's?

– Das kann ich noch nicht eindeutig sagen. Mir gefallen seine kleinen Signale, wie Du sie nennst, mich erregen diese Signale, und außerdem finde ich es gut, dass er sich nicht aufdrängt. Ich vermute, er ist ein stiller, konzentrierter, viel mit sich selbst beschäftigter Mensch, der seinen Passionen nachgeht.

– Ja, das ist er, aber mehr, Jule, sage ich nicht mehr dazu. Was hast Du denn jetzt vor?

– Ich werde ein wenig spazieren gehen.

– Du wirst ein wenig spazieren gehen?!

– Ja, mein Gott, was ist daran so seltsam?

– Nichts, gar nichts. Ich wundere mich nur ein wenig über dies und das.

– Du wunderst Dich, aber Du verrätst nicht, worüber, habe ich recht?

– Ja, ich werde nichts mehr verraten, ich werde schweigen, das ist das Beste.

– Ich habe aber noch eine Bitte. Du hast doch bestimmt seine Handy-Nummer.

– Du möchtest mit Johannes telefonieren?

– Ich möchte die Nummer.

– Jule, ich muss Dich warnen, er telefoniert nicht gern.

– Ich will nicht mit ihm telefonieren, ich will die Nummer, um ihm ebenfalls ein paar kleine Signale zu schicken, verstehst Du?

Katharina schweigt einen Moment, dann geht sie quer durch ihren Raum, während sie einige der kleinen Bücherstapel auf dem ovalen Tisch zurechtrückt. Jule beobachtet sie genau, Katharina denkt nach, ja, sie überlegt, ob sie die Handy-Nummer preisgeben soll.

– In Ordnung, sagt sie schließlich, ich gebe Dir die Nummer.

– Danke, sagt Jule, und hab keine Sorge, ich nutze Dein Vertrauen nicht aus.

Katharina geht zurück in die Nähe der Kasse. Sie öffnet eine Schublade und holt eine schwarze Kladde heraus.

Sie öffnet das kleine Heft und durchblättert einige Seiten, dann schreibt sie die Handy-Nummer auf einen Notizzettel und reicht ihn Jule.

– Wohin wirst Du gehen?

– Ich weiß es noch nicht, antwortet Jule, ich gehe einfach drauflos.

– Hier, nimm das mit, nimm dieses Buch mit, sagt Katharina und geht zu einem Regal, zieht ein schmales Bändchen heraus und schaut kurz auf den Umschlag.

– »Auf schmalen Pfaden durchs Hinterland«, das ist der Titel, ich finde, das passt, sagt Katharina.

Jule lacht, dann steckt sie das Buch in ihre Tasche und verlässt die Buchhandlung. Sie geht weiter, durch das Foyer, und dann hinaus aus dem Hotel. Zur Rechten führt ein mit grauem Schotter bedeckter Weg in die nahen Wälder. Sie bleibt einen Moment stehen, zieht die Lederjacke über, knöpft sie vorne zu und geht los.

Johannes Kirchner … Irgendwo hat sie den Namen schon einmal gehört. Es wäre ganz einfach, diesen Namen in eine Suchmaschine einzugeben und dann bald ein Ergebnis zu haben, so einfach möchte sie es sich aber nicht machen. Sie will keine voreiligen Vorstellungen wecken oder entwickeln, sondern sich nur auf ihre Beobachtungen verlassen. Seltsam ist jedenfalls, dass er aus genau denselben Gründen hier ist wie sie: Er arbeitet anscheinend an einem bestimmten Projekt, und er besucht außerdem Katharina. Ist das nun ein Zufall oder steckt mehr dahinter? Katharina könnte ihr bei der Beantwortung dieser Frage vielleicht weiterhelfen, aber Katharina ist in dieser Hinsicht noch verschwiegen. Katharina und sie – sie sind viel mehr als bloße Bekannte oder Freundinnen, Katharina und sie – sie gehören eng zusammen, viel enger, als jemand in diesem Hotel oder sonstwo es ahnt. Sie sprechen darüber aber nicht, auch nicht miteinander, sie wahren darüber ein strenges Stillschweigen.

Der Weg wird jetzt schmaler, in seiner Mitte ist ein Grasstreifen, der wegen der spätsommerlichen Trockenheit schon eine leicht goldene Färbung hat. Sie durchquert mehrere kleine Wäldchen und kommt zwischendurch immer wieder ins Freie, wo sich der Weg lang gestreckt durch die hügeligen Wiesen schlängelt. Dann führt er dicht an das Gebirgsmassiv heran und zieht an ihm entlang, sie mag dieses einsame Gehen sehr, stundenlang könnte sie so unterwegs sein.

Aber wie steht es nun mit ihrem Projekt? Eigentlich hatte sie vor, morgen in der Frühe damit anzufangen, sie hat die gesamte Ausrüstung, die sie dafür braucht, schließlich dabei. Normalerweise würde sie im Pool auf dem Hoteldach beginnen, so war es jedenfalls mit der Hotelleitung vereinbart, sie hatte vor, in der Umgebung des Pools die ersten Fotoserien zu schießen und die ersten Tonaufnahmen zu machen. Hat sich daran nun etwas geändert? Im Grunde nicht, aber sie ist nicht mehr so bei der Sache, wie sie es im Normalfall wäre. Außerdem muss sie zugeben, dass ihr das Projekt nun irgendwie lückenhaft vorkommt, sie hängt nicht mehr mit vollem Ehrgeiz an diesem Vorhaben, irgendein Teil von ihr hat sich davon getrennt.

Seltsam, immer von Neuem löst der Anblick von Johannes Kirchner in ihr ein Vertrautheitsgefühl aus, und das, obwohl sie ihm zuvor noch nie begegnet ist. Dieses Vertrautheitsgefühl ist wie das Gefühl einer Verwandtschaft, ja, wirklich, er ist ihr so nahe wie ein älterer Bruder. Könnte sie so etwas auch beweisen? Ja, und zwar dadurch, dass sie vor ihm keine Geheimnisse hätte, sondern gleich bei der ersten Begegnung über alle nur erdenklichen Themen vollkommen offen mit ihm sprechen würde.

So etwas hat sie noch nie erlebt, denn ihre bisherigen Beziehungen zu Männern waren keineswegs einfach und entwickelten sich nur langsam, nach vielen Abwägungen und Prüfungen. Einen Schritt vor und mehrere zurück … – so haben sich diese Beziehungen bisher immer gestaltet, und wenn es denn einigermaßen geschafft und ein Mann, wie man so sagt, endlich »an ihrer Seite« aufgetaucht war, blieb sie doch misstrauisch und vorsichtig und bemerkte jeden kleinen Fehlgriff.

Rund und stimmig waren ihre so genannten Beziehungen also noch nie, spöttisch hat sie diese Verhältnisse immer ihre »Installationen« genannt, und am Ende kam es ihr wahrhaftig so vor, als hielten diese »Installationen« etwa für die Vorbereitungs- und Präsentationszeit einer ihrer Ausstellungen, also etwa von Vernissage bis Finissage. Sie hatte sich an diesen raschen Wechsel gewöhnt, aber mit der Zeit wurde sie es leid, und nun lebt sie seit über zwei Jahren allein, ohne Beziehung, eine strenge Arbeiterin, die nur noch an ihre Projekte, aber nicht mehr an so etwas wie »Liebe« gedacht hat. »Liebe« ist keine Installation, nein, wahrhaftig nicht, »Liebe« ist etwas, das auf Zeitlosigkeit hin angelegt ist.

Obwohl sie schon einige Zeit unterwegs ist, wird sie nicht müde. Das tief über die Wiesen dahinflutende Sonnenlicht tut ihr gut, es ist windstill, nirgends ist ein einziger Mensch zu sehen. Die Spitzen der Berge erstarren jetzt in einem kompakten, granitfarbenen Grau, das mit feinen, weißen Rissen durchzogen ist, und die Bergwälder haben etwas ungewohnt Lichtes, als bewegten sich die einzelnen Bäume wie in Trance langsam voneinander weg.

Sie muss wieder und wieder an ihn denken, nein, es ist einfach nicht mehr zu vermeiden, dass sie jetzt mit ihm Kontakt aufnimmt und seine zweite Zettel-Botschaft erwidert. Sie geht weiter und denkt darüber nach, was sie schreiben könnte, als sie am Rand einer kleinen Felsgruppe auf einen im späten Sonnenlicht liegenden Sitzplatz stößt. Es handelt sich um zwei einfache Sitzgelegenheiten aus Holz, die einander frontal gegenüberstehen und zwischen denen ein kleiner, rechteckiger Tisch aus ebenfalls rohem, kaum bearbeitetem Holz postiert ist.

Das Bild dieses Sitzplatzes löst sofort eine Erinnerung in ihr aus, ja, diese Gegenüberstellung von zwei Stühlen und einem dazwischen postierten rechteckigen Tisch kommt ihr sehr bekannt vor. Sie starrt auf das Ensemble und wendet den Blick nicht ab, sie konzentriert sich, so gut es geht, und dann fällt es ihr ein: *the artist is present* hieß die Performance einer Künstlerin in New York, während der sie im dortigen Museum of Modern Art regungslos auf einem einfachen Stuhl saß und sprachlos eine Person aus dem Publikum anschaute, die ihr gegenüber, auf einem ebenfalls einfachen Stuhl, Platz genommen hatte.

Viele Minuten lang hatten die einzelnen Sitzungen oft gedauert, der Besucherandrang zu diesen Auftritten war enorm gewesen, und sie selbst hatte sich manchmal die Live-Übertragung dieser täglich stattfindenden, stundenlangen Performance im Internet angeschaut. Dabei hatte sie besonders beeindruckt, dass manche Personen aus dem Publikum unter der anscheinenden Intensität des langen, unverwandten Angeschautwerdens wie Wachsfiguren bei großer Hitze dahingeschmolzen waren. Sie hatten sich langsam in Tränen aufgelöst, ja, sie hatten erst unmerklich, dann aber immer ungehemmter zu weinen begonnen und sich schließlich unter Tränen entfernt.

Sie hatte sich gefragt, wie es mit diesen Menschen so weit hatte kommen können, denn sie hatte sich nicht vorstellen können, was mit einem genau passierte, wenn man sich dem stoischen, geduldigen und leicht teilnehmenden Blick der bekannten Künstlerin aussetzte. Wie schaffte es dieser Blick, so tief ins Innere eines Gegenübers vorzudringen? Was passierte genau während all dieser Prozesse?

Einige Versuchspersonen hatten darüber gesprochen und erzählt, wie die anfängliche Fremdheit zwischen der Künstlerin und ihnen selbst sich während des gegenseitigen Anschauens und Dasitzens unglaublich rasch in eine intensive Nähe verwandelt habe und wie diese Nähe gerade wegen des anhaltenden Schweigens immer stärker und schließlich sogar so stark geworden sei, dass sie die Beherrschung verloren hätten.

Sie nimmt auf einem der Stühle Platz und holt ihr Handy aus ihrer Umhängetasche, dann tippt sie eine Nachricht ein und verschickt sie sofort an die Handy-Nummer, die Katharina für sie notiert hat. Sie hat »the artist is present« getippt, genau das, und genau nur diese vier Worte. Sie lächelt, diese kleine Aktion hat sie erleichtert, jetzt, als sie endlich mit ihm Kontakt aufgenommen hat, wird sie etwas ruhiger, so dass sie sich auch dem Buch zuwenden kann, das Katharina ihr mit auf den Weg gegeben hat. »Auf schmalen Pfaden durchs Hinterland«, richtig, so heißt es. Und worum geht es in diesem Buch?

Sie lehnt sich auf dem einfachen Holzstuhl etwas zurück, zieht die Lederjacke aus und macht es sich bequem. Sie blättert langsam in dem schön ausgestatteten Band und informiert sich fürs Erste mit Hilfe der Klappentexte, bevor sie dann Seite für Seite zu lesen beginnt.

Es handelt sich um ein Reisetagebuch eines japanischen Dichters aus dem siebzehnten Jahrhundert, der damals fünf Monate lang tausende von Kilometern zu Fuß in Japan unterwegs war. Während dieser langen Wanderung hatte er an vielen Kultstätten ein kurzes Gedicht geschrieben, solche Gedichte nannte man Haikus, und man verstand darunter Gedichte von jeweils drei Zeilen, die nichts Großartiges wollten, sondern sich mit geradezu rührend schlichten Worten auf einige unauffällige Details des jeweiligen Raums einließen. Der Dichter nannte seine Reise gleich zu Beginn eine »Wanderübung«, und als sie ein wenig in seinem Tagebuch gelesen hat, ahnt sie, was damit gemeint ist: Er pilgert von Station zu Station, und er verewigt sich an den kultischen Stätten seines fernöstlichen Glaubens mit Gedichten, indem er diese Gedichte nicht von sich selbst, sondern von dem sprechen lässt, was er an diesen Orten beobachtet: Reisfelder, Kirschblüten, Strohsandalen ...

Sie liest langsam, es ist eine gute Lektüre, die sie wieder zurückführt zu der japanischen Musik in ihrem Hotelzimmer. Zwischen ihrem jetzigen Sitzplatz und diesem Zimmer gibt es nun eine geheime Verbindung, ja, die Lektüre überbrückt diese Distanz, und wenn sie manchmal die Augen schließt, hört sie eine japanische Bambusflöte und ihre ruhigen Tonfolgen, Schritt für Schritt, in einem genau abgemessenen, übersichtlichen Raum.

13

Er bleibt noch eine Weile an dem weiß gedeckten Tisch unter den orangefarbenen Sonnenschirmen sitzen, es gefällt ihm hier, und es gefällt ihm noch mehr, als fast alle Mittagsgäste verschwunden sind. Er mag nicht gern allein unter vielen Menschen sitzen, er fühlt sich in solchen Fällen nicht wohl, außerdem möchte er nicht hören, was sie während ihrer Mahlzeiten reden, so etwas stört ihn und verdirbt ihm meist den konzentrierten Genuss.

Der Teller mit dem gegrillten Stockfisch und dem Gemüse steht noch vor ihm, er nimmt ihn sich noch einmal vor. Die Speisen sind zwar längst kalt geworden, aber das macht nichts, kalt schmecken sie sogar noch besser und intensiver als warm. Wer denkt über so etwas einmal genauer nach? Dass manche Speisen überhaupt nicht warm oder gar heiß gegessen werden sollten und dass sie, wenn man sie einen Tag irgendwo lagert, am zweiten Tag noch besser schmecken?

Er macht sich über solche Dinge oft Gedanken, schließlich gehören die Mahlzeiten doch zu den großen Freuden des Tages, über deren Gestaltung man wahrhaftig sehr genau nachdenken sollte. Die meisten Menschen, denen er begegnet ist, tun das aber zu seinem Erstaunen nicht, stattdessen unterhalten sie sich über Diäten oder Kalorien oder über die Erfolgsgeschichten bestimmter Köche. Solche Themen interessieren ihn nun aber wiederum überhaupt nicht, ihn interessiert einzig und allein die jeweilige Mahlzeit mit ihren Zutaten, frisch sollten sie sein, vom Markt sollten sie kommen, zur Jahreszeit sollten sie passen. Gut und schmackhaft zu kochen, ist dann gar nicht schwer, man muss nur etwas Grundwissen über die einfachsten Zubereitungsarten wie Kochen, Garen, Schmoren oder Backen besitzen.

Mit Katharina kann er über so etwas sprechen, ja, das bereitet ihnen beiden Vergnügen, sonst aber kennt er niemanden, der bei solchen Themen aufhorcht und genug exakte Phantasie hat, um über die Verbesserung bestimmter Speisen nachzudenken. Dem gegrillten Stockfisch und dem Gemüse hier fehlt es zum Beispiel an Chili, zwei kleine Schoten hätten aus diesem laschen, fast geschmacklosen Gericht noch etwas herausholen können. Jetzt aber ist es zu spät, er kann höchstens noch etwas nachpfeffern, und außerdem sollte er zu diesem Gericht noch ein kleines Glas Weißwein bestellen, ja, das ist er dem Fisch einfach schuldig.

Er isst langsam und schaut manchmal zu den nahen Bergspitzen, bis zu diesen Höhen wird er nicht hinaufwandern, nein, auf keinen Fall, er ist kein Bergsteiger und noch nicht einmal ein Bergwanderer, sondern eher ein Spaziergänger. Der Reiz seiner Spaziergänge besteht genau darin, sich allmählich von den Tälern zu entfernen und doch zu ihnen Kontakt zu behalten. Etwa in der Mitte zwischen Tälern und Gipfeln zu gehen, das mag er, ganz hinauf, bis zu den Spitzen, zieht ihn dagegen nichts. Mit solchen Besteigungen wären lauter starke sportliche Anstrengungen verbunden, die von der Wahrnehmung der Naturschönheiten nur ablenken, was, um Himmels willen, sollte ihn also dazu veranlassen, ächzend und schweißüberströmt steil bergauf über Pfade zwischen allerhand Felsgerümpel zu stolpern? Das Thema Bergsteigen ist mit dem Thema Kochen gut zu vergleichen, auch in diesem Fall geht es darum, den einfachen, natürlichen Genuss an den Dingen immer im Auge zu behalten.

Schließlich bestellt er sich noch einen starken Kaffee, er fühlt sich jetzt frisch und aufnahmefähig, ja, die Lust auf seinen Spaziergang wächst von Minute zu Minute. Er rückt seinen Stuhl etwas zurück und schaut kurz auf sein Handy, ah, es gibt eine Nachricht. »the artist is present«, liest er erstaunt und ungläubig, die Nachricht besteht nur aus diesen vier Worten, und sie wurde von einer Nummer verschickt, die er nicht kennt, aber sofort speichert.

Er hat jedoch einen Verdacht, ja, er vermutet sofort, dass Jule Danner ihm diese Nachricht geschickt hat. Er hat diesen Text auch schon einmal gelesen, ja, bestimmt, dieser Text ist wohl ein bekanntes Zitat, man könnte ihn allerdings auch auf die Absenderin selbst beziehen, dann würde das Ganze ihm signalisieren, dass Jule Danner einerseits von Beruf eine Künstlerin und andererseits nicht abgeneigt ist, das Spiel der kurzen Botschaften und Signale fortzusetzen. Vielleicht enthält diese Nachricht sogar noch einen eindeutigeren Hinweis oder eine Einladung, ja, das könnte auch sein, so etwas lässt sich aber erst klären, wenn er herausbekommen hat, in welchem Zusammenhang ihm diese vier Wörter schon einmal begegnet sind.

Nein, so kommt er nicht weiter, es freut ihn aber, von ihr eine Nachricht erhalten zu haben, die Sache entwickelt sich, denkt er, die Sache wächst und gedeiht. Indem er sich auf diese Weise gut zuredet, gerät er noch zusätzlich in Schwung, er steht sofort auf, steckt sein Notizbuch ein und geht dann durch das Foyer hinaus ins Freie. Ein Spaziergang, ja, das ist jetzt absolut das Richtige, er wird darüber nachdenken, was »the artist is present« noch alles bedeuten könnte.

In München, überlegt er, hätte sich ein solches Geflecht aus Signalen und Andeutungen nicht aufbauen können, nein, dort wären all diese Spuren wohl bald ins Leere gelaufen. Hier aber, auf dieser einsamen und vom sonstigen Leben abgeschotteten Insel, verdichten sie sich, und man denkt schon wegen der mangelnden Ablenkung laufend über sie nach. Seit er im Hotel angekommen ist, hat sich eine stetig wachsende Spannung aufgebaut, die noch dadurch gesteigert wird, dass man sich auf diesem beschränkten Raum immer wieder begegnet. Die Nähe des anderen ist so ohne Verzögerung oder Umwege spürbar, ja, er hat inzwischen sogar das Gefühl, dass er nicht mehr allein, sondern bereits zu zweit lebt. Was auch immer er tut, wird von Jule Danners Nähe bestimmt und geprägt, deshalb kann man sein Leben kein Alleinsein mehr nennen, sondern sollte eher von einem doppelten Dasein sprechen.

Und so etwas widerfährt ausgerechnet ihm, Johannes Kirchner, dem Meister des Alleinseins! In den letzten Jahren hat er aus diesem Alleinsein eine Art Kunst gemacht, er hat sich immer mehr auf sein Schreiben konzentriert und nur wenige Stunden der Woche in Gesellschaft verbracht. Schließlich wurde dieses Alleinsein sogar so extrem, dass er lieber allein essen ging als mit Freunden, ganz zu schweigen von seinen Kino-, Theater- oder Konzertbesuchen, bei denen er eine Begleitung fast überhaupt nicht mehr ertrug. Er mochte die Augenblicke beim Verlassen einer dieser Kulturstätten nicht, wenn das muntere

Reden über das eben Gesehene begann und damit auch geradezu zwangsläufig das ewige Beurteilen und Verallgemeinern einsetzte, nein, gerade in solchen Momenten wollte er erst einmal seine Ruhe haben und die gesehenen Bilder oder Klänge nachwirken lassen.

Worauf anderes liefen denn all diese flotten Unterhaltungen letztlich hinaus als darauf, die gerade entstandenen Eindrücke rasch wieder abzutöten, einzuordnen und vergessen zu machen? Für ihn gab es nur einen Bereich, wo solche Gespräche notwendig und richtig waren, und dieser Bereich war der Sport. Sportereignisse schaute er sich gern mit Freunden an, und er hatte nicht das Geringste dagegen, wenn man Sportereignisse bereits während ihres Verlaufs und natürlich erst recht nach ihrem Ende kommentierte. Sportereignisse nämlich lebten ausschließlich vom Kommentar, ohne Kommentar gerieten sie sofort in Vergessenheit, denn Sportereignisse hatten ein so momentanes und auf den Sekundenkitzel hin angelegtes Leben, dass zum Beispiel einen Monat nach einem wichtigen Fußballspiel kaum noch ein Mensch wusste, wie das Resultat lautete und wer die Tore geschossen hatte.

Damit also das große Vergessen den Sport nicht auffraß und in rasender Geschwindigkeit Bild für Bild aus dem Gedächtnis löschte, musste man als Zuschauer während eines Sportereignisses ein guter Kommentator und am besten noch mit lauter anderen Kommentatoren zusammen sein. Monate später erinnerte man sich dann immerhin an die Kommentare und über diese Umwege wieder an das Ereignis.

Bei guten Filmen, Konzerten oder Theateraufführungen war das aber ganz anders, denn ihre Qualität bewies sich durch eine lange Nachwirkung. Je länger ein Film, ein Konzert oder eine Theateraufführung nachwirkten, umso besser waren sie, die Nachwirkung war geradezu ein Indiz dafür, dass sie sich dem Betrachter in immer neuen Facetten einprägten. Genau auf diese Facetten und damit auf die Nacherzählungen der Ereignisse kam es an, denn aus den Nacherzählungen wurden mit der Zeit private und persönliche Erzählungen, und diese persönlichen Erzählungen wurden schließlich zu einem wichtigen Teil der eigenen Biographie.

Das Kochen, das Spazierengehen, das Alleinsein – über all diese Themen hatte er in den letzten Jahren nachgedacht, und er hatte viel Zeit und Geduld auf dieses Nachdenken verwendet. Wenn er die Themen in Ruhe anging und durchdachte, befriedigte ihn das mehr, als rasch und vorschnell in den verschiedensten Freundeskreisen eine Meinung nach der andern abzuliefern. Deswegen aber hatte er sich mit der Zeit immer mehr von den anderen entfernt, ja, er hatte sich zurückgezogen, und diese Zurückgezogenheit hatte ihn nicht gestört, weil ihm das frühere, geselligere Leben nicht gefehlt hatte.

Was ihm aber umso mehr gefehlt hatte, war intensive Zuwendung, ja, er musste zugeben, dass er sich nach einer solchen Zuwendung immer mehr gesehnt hatte. Er ahnte, wodurch diese Sehnsucht sich in letzter Zeit noch zusätzlich verstärkt hatte, aber er wollte darüber jetzt, während seines Spaziergangs, nicht nachdenken. Eine Zuwendung von der Art, wie er sie sich vorstellte, erhielt man nur von einem einzigen Menschen, und sie gründete in einer schon immer vorhandenen Zusammengehörigkeit. Eine solche Zusammengehörigkeit war nicht künstlich herstellbar oder mutwillig zu erzeugen, sie war vielmehr einfach da, sie war vorhanden, und sie war so mächtig, dass keiner der beiden Beteiligten überhaupt auf den Gedanken kam, sie in Frage zu stellen.

Seltsam, aber man konnte ihm diesen Gedanken einfach nicht austreiben: dass es auf dieser Welt einen Menschen geben musste, der ganz und gar zu ihm gehörte. Im Grunde steckte hinter diesem Gedanken ein naiver Glaube, der zu den starken Hoffnungen gehörte, die ihn am Leben erhielten. Es gab mehrere solcher Glaubensinhalte, an denen sein Leben hing, sie bildeten den festen Untergrund seiner Existenz, ohne sie hätte sich sein Leben bis in die kleinsten Momente anders gestaltet. Dann und wann gerieten diese Glaubensinhalte in Vergessenheit, und er dachte nicht mehr an sie, sie lebten aber ununterbrochen in ihm weiter, das wusste er genau.

An diesem Vormittag war seine Sehnsucht nach Zusammengehörigkeit zum Beispiel wieder erwacht. Er wusste noch nicht, wie es dazu gekommen war, denn das ergab sich nicht aus heiterem Himmel. Ein Sich-Verlieben mochte sich aus heiterem Himmel ergeben, das schon, ein Sich-Verlieben war aber auch etwas anderes als das Empfinden einer unverbrüchlichen Zusammengehörigkeit. Er mochte die Formel »ich habe mich verliebt« deshalb nicht. Verlieben konnte man sich schließlich an jeder Ecke und in jedes hübsche Gesicht, sich verlieben war etwas wie Sport und daher eine kurzfristige Sache, die man höchstens mit vielen Kommentaren am Leben erhielt.

Wie sollte man es dann aber nennen? »Liebe«?! Reichte dieses Wort? »Ich liebe Dich« – das hätte er niemals gesagt, denn die Zusammengehörigkeit, an die er dachte, hatte solche Deklamationen doch gar nicht nötig. Das Wort »Liebe« klang in seinen Ohren auch zu sehr nach Seife und Anstand und Wohlerzogenheit, ja, »Liebe« hatte etwas Statuenhaftes, Erstarrtes und künstlich Triumphales, das man höchstens durch Überbietung aus der Welt schaffen konnte. »Die große Liebe« dagegen, ja, das war richtiger, er glaubte an »die große Liebe«, und die große Liebe war Fest, Tanz und Oper und eben keineswegs Film, Konzert und Theater. Film, Konzert und Theater waren die auf Anstand und Normen getrimmten Medien der »Liebe«, Fest, Tanz und Oper aber waren die verrückten Rituale »der großen Liebe«.

Er ist jetzt schon eine Zeit lang unterwegs, und er geht relativ schnell, dieses rasche Gehen passt zu seinem Nachdenken, das während solcher Spaziergänge oft gut in Fahrt kommt. Ja, auch jetzt spürt er, wie das Gehen seine Gedanken in Bewegung hält und wie die Gedanken sich beinahe spielerisch fortsetzen, er hat sogar bereits den Eindruck, als ginge er seinen davoneilenden Gedanken nur noch hinterher. Das alles macht starkes Vergnügen, ja, er empfindet dieses Vergnügen sehr deutlich, es ist wie ein anhaltendes Kribbeln, das ihn aber nicht nervös, sondern eher hellwach und gespannt macht.

Der Weg nähert sich jetzt den großen Gebirgsmassiven, kurz taucht er in ihren matten, schweren Schatten ein und gerät dann auf einen schmaleren Pfad, der direkt unterhalb der Felsen verläuft und sich dann – wie befreit – durch einige sonnige Wiesenpartien schlängelt. In der Ferne erkennt er einen Sitzplatz, wo anscheinend eine Person Platz genommen hat, er überlegt, ob er einen anderen Weg, quer durch die Wiesen, um den Sitzplatz herum, nehmen soll, entscheidet sich dann aber doch dafür, den Spaziergang auf dem einmal eingeschlagenen Pfad fortzusetzen. Er wird die fremde Person nicht beachten, er wird an ihr vorbeieilen.

Während er weitergeht, schaut er fest in die Ferne, er möchte weder jemanden grüßen noch von jemandem gegrüßt werden, das alles bringt ihn nur durcheinander, am Ende muss er sich noch mit einem fremden Menschen unterhalten, und das ganze, schöne Nachdenken, das so gut in Bewegung gekommen ist, wäre dahin. Je mehr er sich aber dem Sitzplatz nähert, umso unsicherer wird er. Mal blickt er starr auf den Boden, mal wieder zum Horizont, er verkrampft, ja, es ist lächerlich, aber er verkrampft wirklich angesichts eines allein dasitzenden Menschen. Er korrigiert sich, nun gut, er wird den Fremden rasch grüßen und die Sache hinter sich bringen. Als er nur noch wenige Meter entfernt ist, schaut er kurz auf.

Als er Jule Danner erkennt, bleibt er sofort stehen. Sie sitzt auf einem groben Holzstuhl, ihr gegenüber befindet sich ein weiterer Stuhl und dazwischen ein rechteckiger Tisch, es sieht beinahe so aus, als habe sie dieses Ensemble entworfen, um sich hier, in völliger Natureinsamkeit, genau mit ihm zu treffen.

Daneben erlebt er dieses Ensemble aber auch als ein Bild, ja, dieses Bild kennt er, und als er weiter dasteht und es länger betrachtet, fällt ihm die Ausstellung einer Performance-Künstlerin im New Yorker Museum of Modern Art ein, Fotos von dieser Performance waren in vielen Zeitungen, einige dieser Artikel hat er sogar ausgeschnitten und sie später Katharina gezeigt. Während eines Mittagessens, ja, er erinnert sich jetzt genau, während eines Mittagessens haben sie sich über diese Performance länger unterhalten. Die Künstlerin hatte oft bis zu neun Stunden ununterbrochen auf ihrem Sitzplatz verbracht, und ihr gegenüber hatte jeweils eine Fremde oder ein Fremder Platz genommen, um sie stumm zu betrachten und von ihr stumm betrachtet zu werden.

Das alles geht ihm nun durch den Kopf, während er weiter Jule Danner anstarrt. Sie hat ihn nun auch bemerkt, sie schaut von ihrer Lektüre auf. Sie bewegen sich beide nicht, und keiner von ihnen sagt ein einziges Wort. Kein Wort, keine Silbe! – solche kurzen Befehlsworte glaubt er zu hören, während er darüber nachdenkt, ob er einfach weitergehen oder Platz nehmen soll. Weitergehen?! Platz nehmen?! Nein, das ist doch keine wirkliche Alternative, natürlich wird er Platz nehmen, das hier ist anscheinend eine Performance, und diese Performance hat den Titel *the artist is present*, und die kurze Nachricht auf seinem Handy war offensichtlich eine Einladung zu genau dieser Performance.

Während er sehr langsam auf den leeren Stuhl zugeht, sieht er, dass Jule Danner ihr Buch beiseitelegt, sie legt es auf den Boden und setzt sich dann sehr gerade und aufrecht hin, dann legt sie beide Hände in geringem Abstand flach auf den Tisch, auch diese Gestik erinnert ihn stark an die New Yorker Performance.

Er stellt sich vor den freien Stuhl und nimmt Platz, er lässt sie nicht aus den Augen und legt nun ebenfalls beide Hände in geringem Abstand flach auf den Tisch. Sie schauen sich an, sie blicken einander fest in die Augen, und er spürt, wie sich seine Lippen vor lauter Anspannung einen kleinen Spalt öffnen. Auch ihre Lippen stehen einen kleinen Spalt offen, sie hat kräftige, weit ausschwingende Lippen, das Rot eines Lippenstiftes ist schwach zu erkennen. Ihre blonden Haare sind anscheinend während des Spaziergangs durcheinandergeraten, eine Frisur jedenfalls kann man das, was er jetzt wahrnimmt, nicht nennen, die Frisur hat sich vielmehr aufgelöst, und ihre Haare haben sich vollkommen befreit und bilden einen lebendigen, nicht durchschaubaren Wirrwarr, der zum Teil tief in die Stirn hängt. Ihre Haut mit den winzigen Sommersprossen unterhalb der Augen erscheint frisch, wie lackiert, dieser Glanz verleiht dem Gesicht etwas Festes, Porträtartiges, am stärksten aber wirken auf ihn jetzt ihre dichten, ins Rötliche gehenden Augenbrauen, zwei leichte, markante, halbrunde Linien, die ihre Augenhöhlen zurücktreten lassen.

Was für ein schöner, freier Kopf! Er spürt die Versuchung, zu lächeln, aber er kämpft gleich dagegen an, er möchte noch keine Reaktionen zeigen, und ein Lächeln würde vielleicht alles verderben und eine voreilige Gegenreaktion ähnlicher Art hervorrufen. Das aber möchte er unbedingt vermeiden, er möchte vielmehr, solange es irgend geht, regungslos bleiben und beobachten, was sich mit ihnen beiden tut.

Er schaut ruhig, und er spürt, dass sich die Umgebung jetzt weitet, ja, er hat allmählich den Eindruck, dass die nahen Wälder und die Gebirgsformationen zurücktreten. Gleichzeitig spürt er eine fließende Leichtigkeit und Wärme, sein Nachdenken ist jetzt zum Stillstand gekommen und einer puren Körperempfindung gewichen, sein Kopf kommt zur Ruhe, und seine Hände haben nicht mehr das Geringste zu tun.

Von Minute zu Minute wird die gegenseitige Anziehung stärker, das fühlt sich an wie ein innerer Austausch, als wanderte alles, was er zuvor nur für sich und bei sich gedacht und empfunden hatte, zu ihr hinüber und zeigte sich nun in aller Offenheit. Sie versteht mich, sie erkennt mich, denkt er plötzlich, ja, was sich hier gerade einstellt, ist ein großes Verständnis und mehr noch, es ist ein starkes Vertrauen, wir betrachten den anderen nicht mehr von außen, und wir beobachten ihn nicht mehr, das alles ist nicht mehr notwendig, denn Betrachtung und Beobachtung entfremden und entfernen uns nur voneinander. Das Vertrauen dagegen lässt uns zusammenkommen, er weiß, dass er jetzt ganz ähnlich wie sie empfindet und fühlt, das Abtasten, Suchen und Erproben ist anscheinend vorüber.

Und nun beginnt es, die Anspannung fällt von ihm ab, und er spürt die Erleichterung. Es gibt keine Hindernisse und Umwege mehr, sie haben die Körper und Gedanken gerade getauscht, und er fühlt, wie seine zuletzt monatelange Einsamkeit endlich ein Ende gefunden hat. Sein sturer Kopf! Seine verdammte Beharrlichkeit! Langsam verwandeln sich diese nicht abgelegten, kindlichen Züge in etwas Liebenswertes, Hilfloses, und all die ewigen Anstrengungen um den Erhalt der Vorstellungen, die er sich von seinem Leben gemacht hat, verlieren ihre Sonderbarkeit und Dramatik.

Dasitzen, still sitzen.

Ihm fällt ein, dass viele Teilnehmer an der Performance im New Yorker Museum während ihres stummen Sitzens in Tränen ausgebrochen sind, das kann er jetzt gut verstehen. Auch er ist jetzt den Tränen nahe, aber es sind keine Tränen der Trauer oder irgendeines anderen Schmerzes, es sind Tränen der Freude darüber, endlich erkannt und gesehen zu werden.

Sie erkennt mich! Sie sieht mich! Sie wendet den Blick nicht von mir ab!

Er spürt, wie sein Gesicht sich entspannt, er kann den Anflug eines Lächelns nun nicht mehr vermeiden. Auch in ihrem Gesicht nimmt er diese Gelöstheit wahr und dazu eine unglaubliche Freude. Auf welch schöne Weise sie zueinander gefunden haben! Und wie nah sie nun einander sind!

Sein Atem! Sein Herzklopfen! Er horcht in sich hinein, und plötzlich öffnet sich in ihm etwas, und in dem geöffneten, weiten Raum wird es heller, und die Töne einer Bambusflöte besetzen und lichten das Dunkel und erkunden es langsam.

2

Die Nähe

Was fern, doch nah ist
Der Abstand zwischen Mann und Frau

(Aus dem »Kopfkissenbuch« der Hofdame Sei Shonagon)

14

Sie erwacht kurz vor sechs Uhr in der Frühe, sie bleibt noch einige Minuten in ihrem Bett und geht im Kopf schon einmal die weiteren Arbeitsabläufe ihres Projekts durch, mit dem sie gleich beginnen will. Sie ist ruhig und hat gut geschlafen, darüber ist sie ein wenig erstaunt, weil sie sonst vor dem Beginn eines Projektes in eine starke Unruhe gerät und mit lauter Zweifeln zu kämpfen hat. Diesmal aber ist sie ganz sicher, wie sie das Ganze anpacken wird, den gestrigen Abend hat sie nach ihrem langen Spaziergang allein in ihrem Zimmer verbracht und nichts anderes getan, als alte japanische Musik zu hören und die einzelnen Arbeitsschritte handschriftlich genau zu fixieren. Es geht um die »Kopfkissenbuch«-Performance, es geht darum, das »Kopfkissenbuch« zu inszenieren.

Sie steht auf und geht gleich ins Bad. Während sie sich die Zähne putzt, schaut sie ununterbrochen in den Spiegel. Sie beugt den Oberkörper vornüber und hält ihren Kopf unter einen Strahl lauwarmes Wasser. Dann schwingt sie zurück, sie steht jetzt aufrecht und gerade da und beginnt, ihre nassen Haare kräftig nach hinten zu bürsten. Ihre Haare sollen eng und glatt anliegen, nach einigen

Minuten ist das geschafft, ihre Haare wirken jetzt streng und sachlich, sie cremt nun ihr Gesicht ein und verstärkt die Linien der Augenbrauen mit einem Stift.

Dann geht sie zurück in das Zimmer und entnimmt einem Koffer einen einteiligen roten Badeanzug, auf dessen Vorderseite einige asiatische Schriftzeichen zu erkennen sind. Sie zieht den Badeanzug an und tritt kurz vor den Spiegel, sie schaut sich in die Augen, sie blickt starr und konzentriert, bis auch die letzten Spuren einer Emotion getilgt sind. Kein Lächeln, keine Hingabe, keine Selbstbeobachtung – dieses Ritual verlangt das völlige Fehlen jeder äußeren Regung.

Sie zieht sich einen schwarzen Morgenmantel über, der vorn und hinten, etwa auf gleicher Höhe, mit dem Motiv eines kleinen roten Drachens bedruckt ist. Sie stellt sich noch einmal vor den Spiegel, zieht den schmalen Gürtel des Morgenmantels fest zu, bleibt eine Weile still stehen, öffnet den Gürtel und darauf den Morgenmantel und ist zufrieden darüber, wie die asiatischen Schriftzeichen sich plötzlich aus dem tiefen, matten Schwarz des Morgenmantels herausschälen. Sie schnürt den Gürtel wieder zusammen und schließt den Morgenmantel, die Garderobe erscheint ihr jetzt perfekt und stimmig. Sie hat all die Sachen über das Internet bestellt und viel Zeit darauf verwendet, bis die Details passten und ein starkes Bild ergaben. Dann holt sie die flachen japanischen Sandalen mit den beiden typischen Riemen hervor und schlüpft hinein.

Bleibt nur noch, die technischen Geräte in der Reisetasche zu verstauen, sie nimmt einen Beamer und die beiden Kameras mit, dazu den Laptop, schließlich schaut sie kurz auf die Uhr und greift nach ihrem Handy. Sie verschickt eine kurze Nachricht, die mit der exakten Zeitangabe beginnt, sie zögert keine Sekunde, sondern schreibt sofort, als hätte sie sich zuvor jedes Wort genau überlegt:

the artist is present 2: im japanischen Badehaus auf dem Dach

Wenige Minuten später kommt sie, nachdem sie den Lift benutzt hat, oben auf dem Dach an. Sie öffnet die Tür zum Eingangsbereich des Pools, den Schlüssel hat sie am Abend zuvor von der Hotelleitung erhalten. Etwa zwei Stunden hat sie nun Zeit für ihr Projekt, das ist nicht viel, aber sie hat den Ablauf genau vor Augen.

Sie streift die Sandalen ab und legt sie an einen Rand des im Freien liegenden Pools. Das Wasser ist stark erwärmt, kleine Nebelschwaden liegen wie feine Tücher aus dünner Seide auf der stillen Fläche. Aus einem schmalen Kamin an der Längsseite des Beckens kommt Rauch, der als runde wattige Säule aufsteigt und weiter oben, in der Höhe, eine Trichterform annimmt.

Der Pool ist randvoll mit warmem Wasser, an den Rändern läuft das Wasser fast über, dazu kommt es aber nicht, obwohl jeder Beobachter glauben wird, dass es in jedem Moment so weit sein müsse. Der Blick auf dieses Phänomen faszinierte sie schon während ihrer früheren Aufenthalte. Die stille, glatt gestrichene Wasserfläche erweckt einen Eindruck von schwebender Kraft und Verhaltenheit, und die morgendlichen Nebelschwaden geistern auf ihr herum wie eine tanzende Schar. All diese Momente zusammen erschienen ihr von Anfang an asiatisch, zunächst empfand sie das nur intuitiv, als sie sich jedoch mehr mit diesen Themen beschäftigte, wurde das Ganze allmählich zu einer festen Gewissheit. »Badehaus, japanisch«, so nennt sie im Stillen diesen Ort, seit Wochen ist sie besessen von der Idee, hier einen Teil ihrer »Kopfkissen«-Performance zu realisieren und aufzuzeichnen.

Sie arbeitet schnell und zügig, nach etwa einer halben Stunde sind die wichtigsten Elemente der Inszenierung aufgebaut. Der Beamer wirft das Cover des »Kopfkissenbuches« auf die Wasseroberfläche, und aus dem Laptop ertönt der Klang einer altjapanischen Trommel. Sie fotografiert den Pool und installiert dann die Video-Kamera auf einem Stativ am Querrand des Pools. Dann stellt sie sich im Morgenmantel und in Sandalen vor der Video-Kamera auf. Sie lässt die Kamera laufen und blickt etwa dreißig Sekunden unbeweglich und konzentriert in die Kamera. Danach schaut sie sich die Aufnahme an, ja, die Bilder inszenieren den Raum genau so, wie sie es sich vorgestellt hat.

Fertig, sie ist jetzt bereit. Sie tritt zum zweiten Mal vor die laufende Kamera und blickt ruhig hinein, dann öffnet sie den Morgenmantel und lässt ihn zu Boden gleiten. Sie dreht sich um die eigene Achse und streift die Sandalen ab, kurz darauf springt sie kopfüber in den Pool und zerteilt mit ihrem ins Wasser eintauchenden Körper das auf die Wasseroberfläche projizierte Cover des »Kopfkissenbuches«.

Im nächsten Augenblick, so hofft sie, wird sich das Buch in zwei neue Körper verwandeln. Es wird flüssige, dampfende Masse, und diese Masse gerät nun durch ihre Schwimmbewegungen in unaufhörliche Bewegung. Sie hat diese Bilder vor sich, obwohl sie die Augen geschlossen hat. Was für ein Gefühl! Sie empfindet ihre Bewegungen als erotisch, ja, diese ganze Konstellation ist sogar hoch erotisch: das in Bewegung geratende Wasser, die Einbuchtung, die ihr Körper im zitternden Bild des Covers hinterlässt, ihr sanftes, langsames Gleiten durch dieses Bild und dazu die unmerklich lauter werdenden, monotonen Rhythmen der Trommel.

Sie darf nicht zu schnell schwimmen, und sie muss versuchen, unter der Oberfläche dahinzugleiten, als würde sie zu einem lebendigen Organ des Buches, das sich in seinem Innern bewegt, um es zu erkunden. Sie zählt ihre Schwimmstöße und bemüht sich, vom Rand des Beckens zur gegenüberliegenden Seite auf immer die gleiche Zahl zu kommen. Während sie weiter und weiter schwimmt, memoriert sie einige Textpartien, sie fängt immer wieder von vorne an und memoriert sie in der gleichen Reihenfolge.

Schließlich bemerkt sie, wie das Sonnenlicht allmählich in die Szenerie bricht. Langsam ziehen die Nebelschwaden seitlich ab, nur der Kaminrauch bleibt noch eine konstante Säule, die wie schwerer Pfeifenrauch in die Luft steigt. Das Sonnenlicht ist matt, es bringt die Cover-Farben zum Leuchten, in einer Stunde wird das alles vorbei sein, und das Licht wird alle Nuancen abtöten.

Sie schwimmt und zählt ihre Bahnen. Sie memoriert weiter den Text. Sie wartet darauf, dass er erscheint.

15

Er erwacht kurz vor sieben und steht, als er den leichten Sonnenglanz draußen vor den Fenstern bemerkt, sofort auf. Er fühlt sich frisch und unternehmungslustig, am liebsten würde er jetzt sofort nach draußen eilen. Soll er wirklich unten, im Frühstücksraum, mit Scharen anderer Hotelgäste frühstücken? Nein, auf keinen Fall, er frühstückt nicht gern in Gegenwart fremder Menschen, und außerdem mag er keine Frühstücksbüffetts, deren verzweigter Aufbau ja meist dazu führt, dass sich die Frühstückenden ununterbrochen durch den Raum bewegen und der Raum niemals zur Ruhe kommt.

Er geht ins Bad, putzt sich die Zähne, rasiert sich und duscht, dann zieht er den Bademantel über und geht an den Schreibtisch. Er schält sich zwei Äpfel und beginnt, sie langsam zu essen, das ist jetzt sein Frühstück, und das wird, wie er sich kennt, vorerst reichen. Er hat morgens selten Appetit, er braucht im Grunde nur ein wenig Obst und später vor allem starken Kaffee und noch etwas später zwei, drei Gläser Wasser. Brot, Brötchen, Käse oder Wurst mag er dagegen frühmorgens überhaupt nicht, er versteht nicht, was daran verlockend sein soll, sich kurz nach dem Aufstehen mit solchen Müdmachern zu mästen.

Noch während er die Äpfel isst, schlägt er sein Notizbuch auf und liest in seinen Aufzeichnungen, er hat den gestrigen Abend damit verbracht, den ganzen Tag und dabei vor allem die Begegnungen mit Jule und Katharina zu protokollieren. Es erscheint ihm wichtig, alles bis ins kleinste Detail zu notieren, schließlich geht es darum, den Zusammenhang einer Geschichte zu erkunden.

Am frühen Abend hat er sich nach der Rückkehr von seinem Spaziergang noch für etwa eine Stunde mit Katharina in der Hotelbar zusammengesetzt. Er hat nicht erzählt, dass er Jule während seines Spaziergangs getroffen hat, er betrachtet dieses Treffen als eine geheime Sache, von der vorerst niemand etwas wissen soll. Überhaupt hat er versucht, das Private in dieser Unterhaltung nicht zu berühren, deshalb hat er sich nicht weiter nach Katharinas Mann erkundigt, und er hat es erst recht vermieden, auch einmal von sich selbst zu erzählen. Und so hatten sie sich wie in den Münchener Zeiten fast ausschließlich über Bücher unterhalten, er hatte sich weiter nach Katharinas Zettelkasten erkundigt und nach Titeln gefragt, die besonders häufig gelesen und zu positiven Rückmeldungen geführt hätten, und er hatte Katharina gebeten, sich auch für ihn eine Lektüre auszudenken, die ihn aufwühlen und eine starke emotionale Wirkung auslösen würde.

Als er seine Notizen durchblättert, erinnert er sich an die Nachricht, die Jule ihm gestern über das Handy geschickt hat. Instinktiv greift er danach und schaut, ob es etwa schon neue Nachrichten gibt. Ja, es gibt eine, Jule hat ihm eine zweite Nachricht geschickt, und diese zweite Nachricht setzt die gestern begonnene Geschichte anscheinend fort: *the artist is present 2: im japanischen Badehaus auf dem Dach*

Er zögert keinen Moment, sondern steht sofort auf, holt eine Badehose aus dem Kleiderschrank und streift sie über. Dann zieht er seine alten Turnschuhe an und macht sich im Bademantel auf den Weg zum Dach des Hotels. Ist der Pool zu dieser Zeit nicht geschlossen? Und wie könnte ausgerechnet dieser auf dem Dach und im Freien gelegene Pool der Ort einer erneuten Begegnung sein? Die Tür, die zum Badebereich führt, ist nicht zu, er öffnet sie langsam und neugierig und schleicht dann hinein. Kurz bevor er den Pool erreicht, bleibt er stehen und versucht zu begreifen, was er da gerade sieht.

Auf dem Wasser zittert das Bild eines Buchcovers wie eine dünne, durchsichtige Folie, die man leicht abziehen könnte. Unter diesem Bild aber gleitet ein lang gestreckter, roter, schwimmender Leib langsam hin und her. Erst bei nochmaligem und genauerem Hinschauen begreift er, dass es Jule ist, die nur am Beckenrand zum Luftholen kommt, die übrige Strecke aber taucht. Ihre Bewegungen sind wieder so locker und lässig wie am Tag zuvor, jetzt aber sind sie offensichtlich auch Teil eines größeren Bildes und eines Zusammenhangs, den er noch nicht versteht.

Was ihm weiterhilft, ist das Cover, er begreift, dass es sich bei dem Buch anscheinend um das »Kopfkissenbuch« handelt, er hat dieses Buch selbst einmal gelesen, es besteht, wie er genau weiß, aus den Aufzeichnungen einer Hofdame am japanischen Kaiserhof, die in kurzen Meditationen von ihren Empfindungen und Stimmungen spricht.

»Was Herzklopfen verursacht« – an Überschriften dieser Art kann er sich sogar noch erinnern, aber auch daran, wie solche Fragen dann mit Hilfe kleiner Listen umkreist und beantwortet wurden. Was verursachte zum Beispiel Herzklopfen? War es nicht das Alleinsein in einem Raum voller Weihrauch? Oder das Warten auf den Geliebten zu nächtlicher Stunde?

Mit einem Mal wird ihm nun klar, dass er am Tag zuvor etwas Wichtiges übersehen hat. »Warum ich gerne schwimme« – hatte Jule so nicht gestern den Notizzettel überschrieben, den er in der Hotelbar vorgefunden hatte? Er stutzt einen Moment, dann aber begreift er, dass sie diese Notizen wohl ganz im Ton und Stil des »Kopfkissenbuches« geschrieben hat, ja, natürlich, schon gestern hätte er darauf kommen können, ihm sind die starken Parallelen aber nicht aufgefallen.

Das »Kopfkissenbuch« muss eine der Lektüren sein, mit denen sie sich momentan beschäftigt, vielleicht hat Katharina ihr dieses Buch geschenkt, um herauszubekommen, wie sie auf die Atmosphären und Tonlagen dieser Aufzeichnungen reagiert. Noch an diesem Vormittag wird er Katharina in ihrer Buchhandlung aufsuchen, vielleicht hat sie das »Kopfkissenbuch« ja sogar vorrätig, dann könnte er es noch einmal lesen.

Er steht weiter still und versucht, die Inszenierung genauer zu begreifen. Der regelmäßige, hypnotisierend wirkende Trommelschlag, die gazeartige Wasseroberfläche mit den letzten Resten kleiner Nebelschwaden, der in den blauen Himmel steigende Kaminrauch, die Video-Kamera, die das alles anscheinend aufzeichnet – wahrscheinlich handelt es sich um eine Inszenierung. Wenn das aber stimmt, worin besteht seine Rolle in diesem schwer durchschaubaren Spiel?

Sie hat ihn eingeladen, hinaufzukommen, ja, sie hat ihn zur Teilnahme eingeladen, worin aber könnte diese Teilnahme bestehen, wenn nicht darin, ebenfalls in diesen Pool zu springen und ebenfalls einige Bahnen zu schwimmen?

Er zählt die Stöße, die sie von einem Rand des Beckens zum anderen macht, und als er auf immer dieselbe Zahl kommt, wartet er, bis sie wieder am gegenüberliegenden Beckenrand angekommen ist. Als sie anschlägt und wendet, springt er kopfüber ins Wasser, er versucht, genau in ihrem Tempo zu schwimmen, ja, sie gleiten nun dicht nebeneinander durch den Pool. Als er die andere Seite erreicht hat, schaut er sich kurz nach ihr um und bemerkt, dass auch sie sich kurz nach ihm umschaut. Anscheinend hat er begriffen und tut nun genau das, was sie von ihm erwartet.

Während er langsam und stetig weiterschwimmt und auf ihren Schwimmrhythmus achtet, überfällt ihn der Gedanke, dass er gerade dabei ist, zu ihrem Geliebten zu werden. Ja, so könnte man es verstehen, er wird ihr Geliebter, er ist der Geliebte des »Kopfkissenbuchs«, er ist der, auf den sie voller Herzklopfen wartet. Der Gedanke macht ihn euphorisch, er ist gespannt darauf, was an diesem Tag noch alles geschehen wird. Momentan hat sie die Regie übernommen, und er ist nur ein Teil in den Inszenierungen, die sie entwirft. Er wird versuchen, seine Rolle stärker selbst zu gestalten, das Ganze könnte eine faszinierende Geschichte der kleinen Anspielungen, Hinweise und Wegfindungen werden.

Nach etwa zehn Minuten gemeinsamen Schwimmens bemerkt er, dass sie das Becken verlässt. Sie tritt vor die Kamera, reibt sich mit einem Handtuch trocken, streift den auf dem Boden liegenden schwarzen Morgenmantel über und zieht die leichten Sandalen an, die ebenfalls am Beckenrand liegen. Er schwimmt allein weiter, während er beobachtet, dass die asiatische Trommelmusik, die anscheinend über ihren Laptop eingespielt wird, allmählich leiser wird. Als es beinahe still ist, geht sie zur Video-Kamera und stellt sie ab. Dann beginnt sie, die Geräte in eine große Tasche zu packen, es dauert nur ein paar Minuten.

Als sie den Pool verlässt und wieder nach drinnen geht, legt er sich auf den Rücken und schwimmt in Rückenlage noch etwa eine Viertelstunde. Er fühlt sich jetzt hellwach und gut, und er spürt eine starke innere Freude wie seit Langem nicht mehr.

16

Als sie zu ihrem Hotelzimmer zurückkehrt, ist der Reinigungsdienst schon auf dem Flur unterwegs. Sie spricht kurz mit der jungen Frau und sagt, dass sie das Zimmer nicht zu reinigen oder aufzuräumen brauche. Sie hat viel zu arbeiten, deshalb ist es am besten, wenn man ihr Zimmer überhaupt nicht betritt, sie hat ja alles, was sie braucht, und wenn etwas fehlt, wird sie sich melden. Die junge Frau nickt, es ist ihr anscheinend sehr recht, ein Zimmer weniger säubern und in Ordnung bringen zu müssen, zum Schluss des kurzen Gesprächs will sie aber noch wissen, ob ein Getränk in der Mini-Bar fehlt.

– Eine kleine Flasche Sekt, sagt Jule, und dann reicht ihr die junge Frau eine neue Flasche, und Jule nimmt sie in die linke Hand, während sie die Zimmertür aufschließt und dann mit ihrer Reisetasche im Innern verschwindet.

Sie muss das Gefühl haben, allein zu sein und nicht gestört zu werden, so etwas ist wichtig. Wenn sie das Rumoren der Reinigungsfrau hört und weiß, dass diese Frau irgendwann an ihrer Tür klopfen wird, kommt sie mit dem Projekt nicht voran. Das Projekt funktioniert nur, wenn ein vollkommener Rückzug garantiert ist. Keine Berührung mehr mit dem Außen, keine Eingriffe, keine Kontakte – am besten sollte es sehr still sein, so dass sie in Ruhe und ungestört darauf warten kann, was Geist und Körper als Nächstes hervorbringen. Denn darin besteht eben die Kunst: dem Geist und dem Körper die besten Bedingungen zu bieten, sie in eine gewisse Erregung zu versetzen, sie für sich arbeiten zu lassen und zu beobachten, was sie jeweils an Unerwartetem und Neuem kreieren, Punkt, fertig, los.

Im Zimmer öffnet sie die Minibar und schiebt den Sekt in das kleine Gefrierfach, dann packt sie die Geräte aus ihrer Tasche und schaut sich einige Minuten lang die Video-Aufzeichnung ihrer Performance an. Sie ist sehr zufrieden, das Cover des »Kopfkissenbuches« deckt die Wasseroberfläche bis zu den Poolrändern ab, und als Schwimmerin ist sie unterhalb dieser Oberfläche ebenfalls gut zu erkennen.

Auch der Geliebte fügt sich ideal in das Bild, wie er knapp an ihr vorbeigleitet und sich dabei genau im richtigen Tempo bewegt. So erscheinen sie wahrhaftig wie ein Paar, das mit jeder Bewegung den erotischen Index vergrößert. Vor allem darauf aber kommt es ihr an: auf eine erotische und beinahe unerträgliche Spannung, die auf einer streng eingehaltenen Distanz der beiden Liebenden basiert.

Aus genau solchen Momenten nämlich besteht in ihren Augen das »Kopfkissenbuch«, ja, so hat sie es gelesen, denn ihre Lektüre empfand sie als hochgradig erotisch, ohne dass sie genau hätte sagen können, wodurch diese Erotik entstand. Durchschaut hat sie diese Geheimnisse also noch nicht, gerade deshalb hat sie ja die Inszenierungen ihrer Performance entworfen. Sie will das »Kopfkissenbuch« mithilfe ihres eigenen Körpers lesen, sie will an sich selbst spüren, aus welchen Ingredienzen diese geheimnisvolle asiatische Lektüre-Mixtur besteht.

Sie lässt die Geräte stehen und liegen und holt die kleine Flasche Sekt aus dem Gefrierfach. Sie gießt den gesamten Inhalt wie bereits gestern in ein großes Wasserglas und nimmt einen kräftigen Schluck. Dann legt sie sich mit dem Rücken auf das breite Bett und versucht, ein wenig zu entspannen.

Wie seltsam, dass er derart perfekt seine Rolle gespielt hat! Sie brauchte ihm nicht die geringsten Anweisungen zu geben, er fand den Zugang zu ihrer Inszenierung anscheinend intuitiv. Sie hatte so etwas bereits vorher geahnt, ja, sie hatte sich vorgestellt, dass er als der gute und genaue Beobachter, für den sie ihn hält, so reagieren würde. Ein Zuschauer, der das Video später zu sehen bekommt, wird annehmen, diese Szenen seien lange geplant und geprobt worden. Nichts da, so war es nicht, sie hat einen Raum entworfen und mit lauter Hinweisen aufgeladen, und er hat diese Hinweise verstanden, kombiniert und sie als ein Ensemble gedeutet.

Schade, dass er nicht auch die entsprechende asiatische Kleidung trägt, schade aber auch, dass sie ihn nicht in seinem Zimmer oder anderswo filmen kann, wenn er allein ist. Sie möchte ihn filmen, wie er das Bad betritt, duscht, sich ankleidet, etwas frühstückt. Sie möchte seine Haare streng nach hinten kämmen, so wie sie ihre eigenen Haare streng nach hinten gekämmt hat, und sie möchte, dass er einen schwarzen Kimono trägt.

Sie ist von dieser Idee so besessen, dass sie die Rezeption anruft und nachfragt, ob es möglich ist, einen schwarzen

Kimono zu beschaffen. Die Frau an der Rezeption ist überhaupt nicht erstaunt, sondern bittet um ein wenig Geduld. Kaum fünf Minuten später meldet sie sich zurück mit der Nachricht, dass es im Hotel Kimonos in den verschiedensten Größen gebe, leider aber keine schwarzen. Stattdessen gebe es dunkelblaue und dunkelrote, sie ist begeistert und bittet darum, ihr eine kleine Kollektion in das Zimmer zu legen, sie brauche die Kimonos für ihre Arbeit.

Sie trinkt das Glas Sekt aus und legt sich noch einmal aufs Bett. Ihre Ideen gehen jetzt mit ihr durch, sie kommt kaum hinterher und steht schließlich auf, um sich einige Notizen auf einem rasch herbeigeholten Block zu machen. Sie entwirft Szenen und Rollen, die ihr Geliebter spielen könnte: Der Geliebte schreibt einen Brief, der Geliebte wartet auf die Geliebte, der Geliebte durchstreift auf der Suche nach der Geliebten die Flure dieses Hotels, der Geliebte tritt mit einem kleinen, weißen Teller an ein Büffett und belegt den Teller mit Speisen, die er für die Geliebte sorgfältig ausgewählt hat, der Geliebte schickt ihr Musik, der Geliebte entfernt sich von diesem Hotel und ruft sie aus der Ferne zu sich, der Geliebte sitzt an der einen Seite eines großen, leeren Gastraumes und sie an der anderen, der Geliebte sucht die Toilette des Gastraumes auf, sie tut dasselbe, und sie küssen sich zum ersten Mal im Keller der Gaststätte, er ist auf dem Rückweg von der Toilette, sie auf dem Hinweg …

Halt, stopp, es geht viel zu schnell. Sie atmet tief durch und ermahnt sich zur Konzentration. Es ist gut und schön, so viele Ideen zu haben, aber sie darf sich jetzt nicht allzu lange in ihnen verlieren. Vor allem aber darf sie sich nicht an ihnen festkrallen und jetzt laufend darüber nachdenken, wie sie im Einzelnen zu verwirklichen wären.

Das Projekt sollte seine Leichtigkeit und Lockerheit bewahren, und diese Vorgabe hat zur Folge, dass sie ihrem Geliebten auf keinen Fall von diesen Ideen berichtet. Ihr Geliebter sollte kein Schauspieler sein, das auf keinen Fall, ihr Geliebter sollte vielmehr hier und da eine Rolle in ihren Inszenierungen spielen, das aber nur, weil er eben kein Schauspieler, sondern ihr Geliebter ist.

Sie will den Körper ihres Geliebten zusammen mit ihrem eigenen Körper zum Einsatz bringen, so versteht sie nun, nach einigem Nachdenken, ihr Projekt. Nicht einen Moment lang hatte sie bei ihrem Herkommen daran gedacht, dass es diese schöne Wende nehmen und sich auf diese Weise verändern und erfüllen würde. Sie hatte vorgehabt, das Projekt als Geschichte einer einsamen Frau zu inszenieren, die sich nach nichts mehr sehnt als nach der Gegenwart eines Geliebten. Nun aber bringt sie diese starke Sehnsucht zugleich mit ihrer möglichen Erfüllung ins Spiel, das ist etwas anderes, Größeres, von dem freilich noch nicht gesagt ist, ob es gelingt. Und wenn es gelingen würde?

Sie durchkreist unruhig den Raum und schüttelt sich, durchströmt von einer kleinen Ekstase. Ja, sie spürt richtiggehend die heftigen Schauer, die diese Gedanken und Empfindungen in ihr auslösen. Denn wenn dieses Projekt gelingen würde, natürlich, wenn es gelingen würde …, dann wäre ihr Geliebter am Ende des Spiels nicht mehr der Geliebte des »Kopfkissenbuchs«, sondern ihr einziger, wahrer Geliebter, dessen Einzigkeit und Wahrheit sich im gemeinsamen Spiel bewiesen hätte.

Sie fragt sich, ob er das »Kopfkissenbuch« eigentlich kennt, ja, wie wäre es, wenn er es überhaupt nicht kennen würde? Er muss es nicht lesen, das nicht, aber er sollte den Entwurf des Projektes in seinen wichtigsten Zügen doch kennen. So hätte er die Chance, die von ihr entworfenen Szenen und Räume rascher zu verstehen und auf sie zu antworten. Was also soll sie tun? Sie denkt kurz nach, dann fällt es ihr ein: Sie wird ihm einen Brief schreiben, und sie wird das Schreiben dieses Briefes als eine weitere Szene ihres Projekts gestalten. Also los, also voran.

Sie räumt das Zimmer auf und achtet darauf, dass kein einziger Gegenstand vom Thema ablenkt. Kein Glas darf mehr auf der Tischplatte stehen, keine Blumen in einer Vase, und natürlich darf erst recht keine Schale mit Obst die Blicke auf sich ziehen. Die Möbel müssen ebenso unberührt und kahl erscheinen wie der Boden, keine Dekoration, keine Accessoires.

Sie überlegt, ob sie weiter den Morgenmantel tragen soll, ja, der Morgenmantel passt doch genau, dann stellt sie den Schreibtisch schräg vor eines der Fenster, um den Lichteinfall zu verbessern. Sie legt einige Bögen Briefpapier auf die linke Seite der leer geräumten Schreibtischplatte und entnimmt einem Schreibetui einen Stift, dessen Spitze nicht aus einer Mine, sondern aus einer dünnen, pinselartigen Verdickung besteht. Sie legt den Stift in die Mitte des Tisches und postiert dann die Video-Kamera in einer Ecke des Zimmers. Sie schaut durch den Sucher, ja, so ist es richtig, ein eher fahles Licht fällt auf den Schreibtisch und setzt einen kleinen Akzent. Dann schaltet sie die Kamera ein und geht langsam hinüber zum Schreibtisch.

Sie setzt sich an den Tisch, sie ist jetzt eine einsame Hofdame am japanischen Kaiserhof, die einen Brief an ihren Geliebten schreibt. Sie nimmt den Stift in die Hand, wie schön er sich anschmiegt! Dann greift sie nach einem Bogen Briefpapier, fährt mit der linken Hand noch einmal glättend darüber und beginnt vorsichtig, mit dem Stift die ersten Sätze zu malen:

Das »Kopfkissenbuch« ist eine Sammlung von Aufzeichnungen der Hofdame Sei Shonagon, die am japanischen Kaiserhof lebt. Auf den ersten Blick macht Sei Shonagon diese Aufzeichnungen nur für sich, in Wahrheit aber schreibt sie für ihren Geliebten. In jeder ihrer Zeilen ist der Geliebte präsent und spürbar, obwohl sie nur selten direkt von ihm spricht. Wenn sie von schönen Kohlenbecken und Kiefernbäumen spricht, spricht sie von den Räumen, in denen sie ihren Geliebten erwartet. Wenn sie von der Schönheit der Flöte spricht, spricht sie von der Flöte, die der Geliebte spielt. Und wenn sie vom Flug der Wildgänse spricht, spricht sie davon, wie dieser Flug die Sehnsucht nach ihrem Geliebten weckt.

Sei Shonagon schreibt keine Erzählungen, sie entwirft kleine Szenen und Räume. In diesen Architekturen sitzt sie meist allein, als eine geduldige Beobachterin, die auf die unmerklichen Zeichen des Lebens achtet. Ihr Feingefühl ist nicht zu überbieten, und es er-

streckt sich auf alles Sichtbare, auf die schönen wie die hässlichen Dinge, auf die Natur wie auf die Menschen.

In der späten Nacht und am frühen Morgen schreibt sie und lauscht, ob der Geliebte kommt oder wohin er gerade gegangen ist. So trägt alles Geschriebene die Zeichen ihres Geliebten, und so ist ihr Schreiben nichts als ein Ausdruck ihres unstillbaren Verlangens.

Sie legt den Stift zur Seite und greift nach einem Briefbogen, sie hält ihn sich vor die Augen und liest, was sie geschrieben hat. Ja, diese Andeutungen reichen, so könnte es gehen. Sie schwenkt den Bogen hin und her und wartet, bis die Schrift getrocknet ist. Dann faltet sie den Bogen zusammen und steckt ihn in einen Umschlag. Sie steht auf und geht langsam auf die Kamera zu, sie schaltet die Kamera ab und atmet tief aus.

Wie spät ist es? Sie schaut auf die Uhr und stellt fest, dass der Vormittag schon fortgeschritten ist. Was wird er jetzt tun? Wird er nach seinem Bad frühstücken gegangen sein? Nein, sie kann sich nicht vorstellen, wie er inmitten von vielen anderen Menschen in dem großen Frühstücksraum sitzt. Ob er spazieren gegangen ist? Auch das glaubt sie nicht, sie vermutet vielmehr, dass er sich wie sie in seinem Zimmer befindet und sich mit seiner Arbeit beschäftigt. Aber was wäre das, diese Arbeit?

Sie verbietet sich das weitere Grübeln und Nachdenken und entschließt sich, eine Auszeit von ihrem Projekt zu nehmen. Sie legt den Morgenmantel ab und zieht sich rasch an. Es kommt ihr jetzt nicht darauf an, welche Kleidung sie trägt, sie hat dies und das zu erledigen, und dieses Erledigen geht am schnellsten in Jeans und leichten Turnschuhen.

Wenige Minuten später gibt sie ihren Brief an der Rezeption ab und bittet eine der jungen Frauen hinter der Theke, ihn möglichst sofort an Johannes Kirchner weiterzuleiten. Dann geht sie hinüber in den Frühstücksraum, aus dem schon fast alle Hotelgäste abgezogen sind. Das lang gestreckte Büffett, das aus lauter kleinen Tischen besteht und sich in der Mitte des Raumes befindet, steht verwaist da, nur an zwei, drei Tischen sitzt noch ein Paar, das sich traut, so früh ein Glas Sekt zu trinken.

Wenn er jetzt hier wäre, würde sie mit ihm auch ein Glas trinken. Eins oder zwei? Ach was, sie würde mit ihm mehrere Gläser trinken, das ist doch klar. Sie geht zu einem kleinen Tisch ganz am Rand und holt sich eine Tasse starken Kaffee. Sie gibt eine winzige Menge Milch hinzu, aber keinen Zucker. Dann holt sie sich vom Büffett ein Croissant und isst es sehr langsam, wobei sie nach jedem Bissen einen kleinen Schluck Kaffee trinkt.

Sie fühlt sich entspannt und aufnahmebereit, all ihre Kräfte sind auf das Projekt konzentriert. Wie gut sie in diesen frühen Morgenstunden, als die meisten Gäste noch schliefen, schon damit vorangekommen ist! Die frühen Morgenstunden sind das Geheimnis der Arbeit. Wer sich dagegen auf die späte Nacht verlässt, so, wie viele Künstler es tun, ist schon verloren. Die späte Nacht ist nichts für Projekte, die späte Nacht ist die Zeit des Geliebten.

Sie lacht kurz auf, schaut sich aber sofort um, ob jemand dieses plötzliche Lachen bemerkt hat. Ja, eine der jungen Bedienungen hat es bemerkt und kommt auch sofort an ihren Tisch.

– Guten Morgen, Frau Danner. Ich sehe, es geht Ihnen gut.

– Ja, es geht mir gut. Sobald ich morgens zum ersten Mal einen starken Kaffee getrunken habe, passiert irgendetwas Gutes in meinem Gehirn.

– Sie frühstücken lieber spät?

– Ja, ich frühstücke meist spät, und ich frühstücke wenig. Ein Croissant, ein starker Kaffee. Und vorher vielleicht ein oder zwei Gläser Sekt.

– Sekt am frühen Morgen?

– Sekt am liebsten am sehr frühen Morgen.

– Aha, ich verstehe.

– Sie verstehen? Aber was gibt es da zu verstehen?

Sie lacht noch einmal kurz auf und macht sich nichts daraus, dass die Bedienung sie etwas fragend anschaut. Soll sie doch denken, was sie will, es ist ihr gleichgültig. Dann steht sie auf und macht sich auf den Weg zur Buchhandlung. Sie hat Katharina einiges zu erzählen, und sie ist gespannt darauf, wie Katharina auf ihre Erzählungen reagieren wird.

Wo ist er? In seinem Zimmer? In seinem Zimmer! Er wird ihren Brief jetzt vorgefunden haben, er wird ihn mehrmals lesen und überlegen, wie er auf diesen Brief antworten soll. Eine leichte Unruhe wird ihn befallen, vielleicht wird auch er ein Glas Sekt trinken, aber nein, keinen Sekt. Keinen Sekt, etwas anderes. Und was? Er wird am Fenster stehen und hinaus auf die im Sonnenlicht vibrierende Landschaft schauen. Die Kiefernbäume, die Flöte, die Wildgänse.

17

Als er in sein Zimmer zurückkommt, bemerkt er als Erstes den Brief auf seinem Schreibtisch, er öffnet ihn aber nicht sofort, sondern lässt sich damit noch etwas Zeit. Er geht den Vormittag in Gedanken kurz durch, er möchte einen Gang durch die Hotelanlage machen, einen Kaffee trinken, vielleicht auch einige Zeit in der Bibliothek verbringen. Zu Mittag essen aber möchte er heute nicht im Hotel, am liebsten wäre es ihm, irgendwo außerhalb, in einem kleinen Gasthof, zu Mittag zu essen. Das wäre so in etwa seine Planung, er ahnt aber, dass es noch viele Änderungen geben wird. Auf jeden Fall sollte er Katharina anrufen, um sich mit ihr abzustimmen.

Er geht in das Bad, kämmt sich die Haare und reibt die trockene Gesichtshaut mit etwas Hautcreme ein. Was sie wohl gerade macht? Sie hat ihm anscheinend einen Brief geschrieben, und das heißt, dass sie inzwischen einige Zeit in ihrem Zimmer verbracht hat. Vielleicht hat auch sie gerade vor, mit Katharina zu telefonieren, er lächelt bei diesem Gedanken und geht rasch zurück in die Nähe der Fenster. Er zieht die Vorhänge etwas zur Seite und schaut hinaus, dann wählt er Katharinas Nummer:

– Guten Morgen, ich bin's, Johannes. Ich frage mich gerade, was wir beide heute so vorhaben?

– Guten Morgen, mein Lieber. Am liebsten würde ich gleich mit Dir an die frische Luft gehen, aber ich muss hier noch etwas ausharren.

– Was hältst Du davon, wenn wir irgendwo in der Nähe in einem kleinen Gasthof zu Mittag essen?

– Ah, ich verstehe, Du sehnst Dich nach einem großen Hellen und einer bayrischen Brotzeit.

– Genau danach.

– Es gibt einen Gasthof mit Biergarten, den wir in einer halben Stunde zu Fuß erreichen.

– Ich bin dabei.

– Gut, dann hol mich doch gegen zwölf in der Buchhandlung ab.

– Einverstanden, das mache ich. Aber da ist noch etwas, wonach ich Dich fragen wollte. Hast Du zufällig das »Kopfkissenbuch« vorrätig? Weißt Du, was ich meine? Ich meine die Aufzeichnungen …

– Ich weiß, was Du meinst. Aber wie kommst Du darauf? Warum willst Du ausgerechnet das »Kopfkissenbuch« lesen?

– Ich erzähle es Dir später. Hast Du es vorrätig?

– Ja, natürlich, es ist eines meiner Lieblingsbücher.

– Wunderbar, dann leg es mir bis zum Mittag zurück. Bis später.

– Bis später, Johannes.

Er nimmt die leichte Nachdenklichkeit in ihrer Stimme genau wahr, Katharina bringt ihn jetzt mit Jule Danner in Verbindung, und sie beginnt jetzt darüber nachzudenken, worin diese Verbindung zwischen Jule Danner und ihm denn genau bestehen könnte. Er glaubt fest, dass sie es war, die Jule Danner das »Kopfkissenbuch« geschenkt hat, Katharina hat ein großes Faible für asiatische Bücher, und sie kennt sich vorzüglich in der altjapanischen und altchinesischen Literatur aus. Wenn er mehr über Jule Danner erfahren möchte, dann wird sie ihm dabei vielleicht helfen, er sollte aber sehr vorsichtig nachfragen, sie mag es überhaupt nicht, wenn man in solchen Dingen allzu direkt wird.

Das Mittagessen in einem Gasthof außerhalb ..., genau, wie er es sich gewünscht hat. Und Katharina als Begleitung ..., auch das hat er sich gewünscht. Dort draußen und außerhalb dieses Hotels wird er sich frei genug fühlen, ihr von seinem Projekt zu erzählen. Es ist höchste Zeit, dass er sich dazu entschließt, er kommt damit nicht richtig voran, in solchen Situationen war Katharina bisher immer eine große Hilfe. Sie hört zu, und sie kennt ihn gut, sie hatte schon früher oft die richtigen Ideen, die ihm einen Weg aus so manchem Engpass gezeigt haben.

Er setzt sich und öffnet den Brief. Er liest ihn langsam, legt ihn zur Seite und schaut aus dem Fenster. Sie schreibt klar und genau, diese Art zu schreiben gefällt ihm, und sie gefällt ihm umso mehr, als sie mit seinen Phantasien von Jule Danner übereinstimmt. Sie hat einen Blick für das Wesentliche und kann sich gut konzentrieren, außerdem besitzt sie aber auch ein spielerisches, neugieriges Temperament, das auf Überraschungen aus ist. Schließlich aber ist sie wohltuend zurückhaltend und in sich gekehrt, diesen Wesenszug spürt er besonders stark, weil er ihn als einen ihm selbst sehr verwandten empfindet.

In ihrem Brief hat sie zu beschreiben versucht, wie sie das »Kopfkissenbuch« gelesen hat. Vermutet sie etwa, dass er es nicht kennt? Nein, das ergibt sich nicht unbedingt aus ihrem Brief. Sie beschreibt ihre Leseeindrücke, und sie skizziert deren Hintergründe, es ist ein sehr vorsichtiger, ruhiger und poetischer Brief, ohne eine einzige verquaste Wendung. Die Hofdame und ihr Geliebter – das ist in ihren Augen der Kern der Geschichte, ja, das versteht er. Und er versteht auch, dass Jule Danner und er begonnen haben, in die Rollen dieser Figuren zu schlüpfen, um ein schönes, ungewöhnliches Spiel des gegenseitigen Kennenlernens zu inszenieren, das ohne Worte auskommt.

Er atmet tief durch und lässt den Brief auf dem Schreibtisch liegen. Er ist jetzt so unruhig, dass er es in seinem Zimmer nicht mehr aushält. Rasch zieht er sich an, streift sich eine Jacke über und geht hinaus. Auf dem Flur ist der Reinigungsdienst unterwegs.

– Sie brauchen mein Zimmer nicht aufzuräumen oder zu säubern, sagt er zu der jungen Frau.

– In Ordnung, antwortet sie. Fehlt etwas in der Minibar?

– Nein, sagt er, es fehlt nichts, und wenn später etwas fehlen sollte, werde ich den Zimmerservice rufen, Sie brauchen sich nicht zu bemühen.

– Dann einen schönen Tag!

– Ja, danke, Ihnen auch einen guten Tag!

Fast hätte er die junge Frau hier mitten auf dem Hotelflur umarmt, so glücklich und ausgelassen fühlt er sich. Diese verdammte Disziplin! Seit den Kindertagen hat er gelernt, seine Gefühle nicht allzu stark zu zeigen, in Andeutungen zu sprechen und die Distanz zu wahren. Fast alle, die ihn etwas besser kennenlernen, empfinden ihn als freundlich, höflich, ja sogar liebevoll. Und es stimmt ja, all diese Tugenden besitzt er wahrhaftig, andererseits führt all seine Freundlichkeit aber auch dazu, dass er viele Gefühle in extremem Maß für sich behält. So leicht nimmt er niemanden in den Arm, selbst Katharina nicht, und so leicht fragt er auch niemanden nach etwas Privatem, mag er ihn auch noch so lange kennen.

Manchmal empfindet er die Strenge seinen Gefühlen gegenüber sogar als so stark und beengend, dass er am liebsten aufschreien oder sich sonstwie heftig oder unkontrolliert gebärden würde. Raus mit den verqueren Ideen, weg mit der dummen Kontrolle! Es ist schon vorgekommen, dass er während der Rückfahrt von einer mehrstündigen Abendgesellschaft nur deshalb irgendwo angehalten hat, um sich einmal die Seele aus dem Leib brüllen zu können. Alles, was er hat sagen wollen, aber nicht sagen konnte, brüllte er aus sich heraus, seine ganze Einsamkeit, seine ganze Zurückhaltung. Niemand, da ist er sicher, würde ihm so etwas zutrauen, alle halten ihn für einen Menschen, der die Balance seiner Gefühle im Griff hat, aber da ist etwas Unkontrollierbares, er beherrscht seine Gefühle zu sehr, er erlaubt ihnen kein Abdriften.

Stimmt das? Und stimmt es auch jetzt, in diesen Stunden, seit er die Bekanntschaft von Jule Danner gemacht hat? Nein, es stimmt nicht. Vorsichtig, aber doch unübersehbar hat er sich etwas getraut, er verschickt Nachrichten, er verfolgt Spuren, er antwortet auf ein Werben, und er wirbt so offen wie noch nie um die Zuneigung einer Frau.

Schluss, aus, er will nicht länger über diese Veränderungen nachdenken, das führt jetzt nicht weiter. Stattdessen möchte er einen kleinen Gang durch die Hotelanlage machen, denn während seines letzten Besuchs hatte er nicht Zeit genug, um sich in Ruhe überall umzuschauen.

Er geht zum Lift und fährt ins Untergeschoss, hier sollen sich die großen Bäder und Saunen befinden, seltsam, dass es derart still ist und er keinem Menschen begegnet. Für den Bäder- und Saunenbereich benötigt er seine Zimmerkarte, die er zum Öffnen der Eingangstür einsetzen muss, sie lässt sich damit leicht öffnen und fällt hinter ihm rasch und schwer wieder ins Schloss. Er zieht seine Schuhe aus und geht barfuß weiter, es ist angenehm warm hier, er kommt an einer Reihe von Saunen vorbei und liest die neben den Türen angebrachten Texte, die erläutern, wie lange man sich in den großen, holzgetäfelten Kabinen aufhalten sollte und welche angeblich fantastischen Folgen solche Aufenthalte für das Wohlbefinden haben.

Auch diese Kabinen sind menschenleer, er öffnet eine von ihnen, und sofort schlägt ihm ein Schub warmer Luft entgegen, als böte die Wärme ihm einen Dampfmantel an, um ihn einzuhüllen. Er schließt die Tür rasch wieder, obwohl es ihm dort drinnen gefällt, der Raum wirkt mit all seinem hellen Holz schlicht und beinahe sakral, und es duftet dort stark nach einem Gewürz, das er kennt, dessen Name ihm aber nicht einfällt.

An die Saunen schließt sich ein Bad an, es ist viel größer als der übersichtliche Pool auf dem Dach, ja, dieses Bad ist etwas für richtige Schwimmer, die sich verausgaben wollen. Große, halbrunde Fenster geben den Blick auf die Landschaft frei, dort draußen hat sich das Sonnenlicht jetzt überall ausgebreitet, kein Wunder, dass es niemanden hierher, in das Untergeschoss, zieht. Er nimmt für ein paar Minuten Platz und genießt die Stille und die Schönheit der still vor ihm liegenden Wasserfläche, er kann sich kaum eine stärkere Magie vorstellen als die, die von still daliegendem Wasser ausgeht, er fühlt sich davon sofort angezogen, am liebsten würde er seine Kleider einfach auf den nächstbesten Stuhl werfen und hineinspringen.

Aber nein, er hat heute Morgen ja bereits ausgiebig geschwommen, das reicht vorerst. Er macht kehrt und biegt, nachdem er die Saunalandschaft wieder passiert hat, in einen Seitenflügel ab. Als er erneut einen geschlossenen Eingangsbereich hinter sich gelassen hat, erreicht er das türkische Bad. Langsam betritt er einen lang gestreckten Raum mit einer Heerschar dünner, eleganter Säulen und runden, geschwungenen Gewölbedecken.

Auch dieser Raum wirkt sakral, wie eine geheimnisvolle, entlegene Krypta, er hat sogar ein Mittelschiff und zwei kleinere Seitenschiffe, das Mittelschiff läuft auf einen leise plätschernden Marmorbrunnen zu, und in den Seitenschiffen befinden sich lauter bequeme Liegen und Sitze.

Der Brunnen zieht ihn an, er geht hin und trinkt aus der Hand einen Schluck des klaren, sehr kalten Wassers, daneben gibt es eine Ablage, auf der er kleine Tabletts mit türkischen Süßigkeiten entdeckt. Er probiert die frischen, längs aufgeschnittenen und mit Mandeln gefüllten Datteln, und er probiert den türkischen Honig mit seinen hellweißen Kokosmänteln. Es gibt auch starken, türkischen Tee, den mag er besonders, er trinkt eines der kleinen, geschwungenen Gläser leer, die in eine Hand passen und die man beim Trinken mit zwei Fingern am oberen Rand festhält.

Dieser gesamte Bezirk liegt anscheinend unter der Erde, jedenfalls ist er fensterlos. In all seiner Stille hat er etwas Verträumtes, Entrücktes, er hätte große Lust, hier unten etwas zu lesen und während der Lektüre nur das leise Sprudeln des Brunnens zu hören. Bloß keine Musik, bloß nichts, was auf all diese fremden Atmosphären noch eins draufsetzt! Er kauert sich in eine der dunkelblauen Nischen in der Nähe des Brunnens und lehnt sich mit dem Kopf gegen die Wand. Er schließt die Augen und lauscht.

Wo ist sie? Nachdem sie ihren Brief über das »Kopfkissenbuch« geschrieben hat, hat sie ihr Zimmer verlassen. Und weiter? Wohin ist sie gegangen? Sie ist in die Buchhandlung gegangen, sie hat sich mit Katharina getroffen. Die beiden sitzen jetzt einen oder zwei Stock über ihm und plaudern vielleicht gerade. Könnte das sein? Ja …, natürlich …, natürlich … – er ist sich absolut sicher, er hat nicht die geringsten Zweifel, es ist beinahe so, als stünde er mit Jule Danner nun in einem direkten Kontakt. Er ahnt bereits, was sie als Nächstes tut, und langsam gewinnt er auch einen Zugang zu ihren Gedanken. Und was denkt sie? Sie möchte ihn für weitere ihrer kleinen Inszenierungen gewinnen, sie entwirft Szenen und durchstöbert in Gedanken die gesamte Anlage dieses Hotels. Und er, was denkt er?

Er würde sich gerne in ihrem Zimmer aufhalten, nur kurz, nur für eine halbe Stunde. Er würde ihr ein kleines Tablett mit türkischen Süßigkeiten auf den Tisch stellen und dazu etwas türkischen Tee, und er würde auf einem Sofa Platz nehmen, als erwartete er sie. Er würde nichts anrühren in diesem Zimmer und keinen der Schränke öffnen, obwohl es ihn reizen würde, einmal nachzuschauen, ob diese Kleiderschränke mit lauter japanischen Kleidungsstücken und Utensilien gefüllt sind.

Interessieren würden ihn auch die Bücher auf ihrem Schreibtisch, vielleicht hätte sie außer dem »Kopfkissenbuch« noch weitere asiatische Titel dabei, er würde einen Blick auf diese Bücher werfen, aber er würde sie auf keinen Fall öffnen. Öffnen würde er jedoch ihren Laptop, ja, er würde ihn sogar einschalten, um die altjapanische Musik zum Klingen zu bringen, die sie in einem speziellen Ordner gespeichert haben wird. Eine Bambusflöte,

Trommeln, diese stille, konzentrierte Musik zieht ihn an, sie passt genau zu all dem, was in diesem Hotel gerade mit ihm passiert.

Er hat München jetzt beinahe völlig vergessen, als habe er seit seiner Ankunft in dieser Einsamkeit alle Erinnerungen an seine Wohnung und sein dortiges Leben aus dem Gedächtnis gelöscht. Die jüngste Vergangenheit scheint es nicht mehr zu geben, dafür aber stößt er immer häufiger auf Bilder aus den letzten Jahren, die ihm keine Ruhe lassen und ihn manchmal sogar erschrecken.

Wenn er so dasitzt wie jetzt, in diesem Moment, fernab von anderen Menschen, in einer wie gemeißelt erscheinenden Stille, entstehen in ihm die Bilder seines Elternhauses, das weit von hier entfernt in einer ländlichen, menschenarmen Gegend liegt. Er sieht sein ehemaliges Kinderzimmer und sein kleines Studierzimmer unter dem Dach, er sieht das Wohnzimmer mit dem weiten Blick in die Landschaft, und schließlich sieht er das Schlafzimmer der Eltern, in dem zunächst sein Vater und fast ein Jahrzehnt später auch seine Mutter gestorben ist.

Immer wieder stößt er in letzter Zeit auf diese unheimlichen Tiefenschichten der Erinnerung, und da er zu schwach ist, sich ihnen zu entziehen, sitzt er oft nächtelang in der Stille seiner Münchner Wohnung, bewegungslos, sprachlos. Er hört das Ticken der Küchenuhr seines Elternhauses, und er stellt sich vor, dass er dort jetzt Musik hören würde, allein im Wohnzimmer sitzend, mit dem Blick in das Dunkel. Dieses ferne Haus lässt ihn nicht los, das weiß er, aber er versteht nicht, wodurch es eine derartige Macht über ihn gewinnen konnte. Er kann sich nicht dagegen wehren.

Ja, es zieht ihn zurück zu diesen Bildern, und schließlich ist es so weit, dass er nachgibt und noch in der Nacht einen Koffer packt, um sich auf den Weg nach Hause zu machen. Ja, sagt er dann manchmal laut zu sich selbst, es ist ja schon gut, ich komme, ich komme heim, und dann bleibt ihm nichts, als seinen Koffer zum Wagen zu schleppen und die Nacht hindurch zu seinem eigentlichen Zuhause zu fahren.

Schluss, aus, aufhören! Nun ist es wieder passiert, nun zieht es ihn in Gedanken wieder zurück in die Vergangenheit! Dabei hatte er es seit seiner Ankunft doch so gut geschafft, an all diese Bilder nicht mehr zu denken!

Er steht auf, ihm schwindelt ein wenig, aber er achtet nicht weiter darauf, sondern geht hinüber, zu der Ablage neben dem Brunnen. Er greift nach einem kleinen Teller, er legt einige der türkischen Süßigkeiten in Kreisform darauf und stellt in die Mitte eines der kleinen türkischen Teegläser. Dann füllt er das Glas mit Tee, gibt ein wenig Zucker hinzu und macht sich auf den Weg zurück, hinauf in die oberen Stockwerke.

18

Gut gelaunt betritt sie die Buchhandlung, sie begrüßt und umarmt Katharina, die aber noch mit einem Kunden beschäftigt ist. Deshalb nimmt sie sich Zeit und geht langsam an den Regalreihen vorbei, bis sie vor einem Eckregal stehen bleibt, in dem Katharina einige ihrer Lieblingsbücher untergebracht hat. Die kleine Kollektion hat sich bei jedem ihrer Besuche wieder verändert, meist sind es nur vierzig oder fünfzig Titel und damit genau jener Kreis von Büchern, die Katharina gerade besonders mag.

Sie schaut sich nicht alle an, sondern sucht nach den asiatischen, sie findet das »Kopfkissenbuch« und »Auf schmalen Pfaden durchs Hinterland«, dann aber stößt sie auf einen dünnen Band, den sie nicht mehr aus der Hand legt. Es ist das Tagebuch eines japanischen Dichters aus dem achtzehnten Jahrhundert, in dem er das wochenlange Sterben seines Vaters beschreibt.

Von langen Reisen in der Fremde kommt der Sohn zurück in sein Elternhaus, wo er auf seine Stiefmutter und den Stiefbruder trifft, die ihm das Leben schwer machen. Beide kümmern sich nicht um den Vater, so dass es zur alleinigen Aufgabe des Sohnes wird, ihm das Sterben zu erleichtern. Und genau das tut er dann auch, er bleibt ununterbrochen in der Nähe des kranken Vaters, er pflegt ihn, und er begleitet ihn bis zum Tod.

Sie setzt sich, sie kann nicht aufhören zu lesen, bis Katharina ihren Kunden verabschiedet hat und zu ihr kommt.

– Wie geht es Dir, Jule? Hast Du gut geschlafen?

– Ja, ich habe sehr gut geschlafen, und ich bin schon seit einigen Stunden auf, ich habe nämlich bereits gearbeitet.

– Gearbeitet? Geht es um Dein neues Projekt?

– Ja, darum geht es, es geht um ein großes Projekt für meine nächste Ausstellung, und es geht um ein Projekt, zu dem Du mich inspiriert hast.

– Ich?! Ich habe Dich inspiriert? Davon musst Du erzählen, na los, erzähl mir davon!

Katharina setzt sich neben sie und schaut sie neugierig an. Jule aber hat zunächst Mühe, sich auf das Gespräch zu konzentrieren, sie ist noch zu sehr mit ihrer Lektüre beschäftigt. »Die letzten Tage meines Vaters« – sie liest noch einmal den Titel des altjapanischen Buches, das sie nicht aus den Händen legt. Sie streift mit den Fingern der rechten Hand über den Umschlag, dann aber reckt sie sich auf und beginnt zu erzählen.

– Ach, Du weißt doch, dass ich in den letzten Jahren viel unterwegs war. Ich hatte eine Ausstellung nach der andern, ich war in Paris, Berlin und Tokio, ich war in London und Amsterdam, vor lauter Arbeit bin ich kaum zur Ruhe gekommen. Und natürlich hatte ich in all den Jahren viel mit Leuten zu tun, mit den Galeristen, den Ausstellungsmachern, den Museumsleuten, mit Leuten, die meine Sachen kaufen wollten, mit Freunden, mit Halbfreunden, ununterbrochen war ich mit Menschen zusammen. In den Nächten aber war ich oft so kaputt, dass ich nicht einschlafen konnte. Ich bin wach geblieben und habe zu lesen versucht, ich habe Musik gehört und ein Glas Wein getrunken, oft habe ich die halbe Nacht damit verbracht, mich abzulenken, um endlich in den Schlaf zu finden. Morgens war ich dann übermüdet und fühlte mich schlecht, die hellwach verbrachten Nächte taten mir nicht gut, und doch fühlte ich mich auch hingezogen zu diesen sehr stillen Stunden. Nach einer Weile bekam ich heraus, dass ich im Grunde Sehnsucht nach dieser Stille hatte, ja, im Grunde wollte ich in Ruhe gelassen werden und brauchte mehr Zeit für mich selbst. Als mir das klar geworden war, habe ich an vielen Abenden unter einem Vorwand das Weite gesucht und mich frühzeitig von meinen Gesprächspartnern und Freunden getrennt. Ich bin noch eine Stunde allein durch die nächtlichen Straßen und dann auf mein Hotelzimmer gegangen, ich habe mir eine Kleinigkeit zu essen bestellt und mir viel Zeit genommen, um zur Ruhe zu kommen. Und – Du glaubst es nicht: Nach einer Weile hieß es in meinem Bekanntenkreis, dass ich einen Geliebten habe, den ich vor aller Welt geheim hielte. Natürlich habe ich das bestritten, aber sie haben mir kein Wort geglaubt, ja sie machten sich sogar ein Vergnügen daraus, Namen für ihn zu erfinden und mich damit aufzuziehen. Manche von ihnen behaupteten sogar, sie hätten mich zusammen mit diesem Geliebten gesehen, »er ist groß, schlank und schwarzhaarig, und er trägt eine getönte Brille mit runden Gläsern« – solche Beschreibungen musste ich mir anhören, und je mehr ich dagegen protestierte, umso dramatischer malten sie sich die Szenen unserer angeblich geheim gehaltenen Liebe aus.

– Und? Was hast Du gemacht? Wie hast Du Dich dem entzogen?

– Ich konnte nichts dagegen machen, diese Gerüchte verfolgten mich ununterbrochen, es war richtiggehend anstrengend, damit zu leben. Dann aber änderte sich alles auf einen Schlag, und es änderte sich dadurch, dass Du mir ein bestimmtes Buch geschenkt hast.

– Ich habe Dir viele Bücher geschenkt, welches meinst Du?

– Errätst Du es? Hast Du irgendeine Vermutung?

– Nicht die geringste.

Sie sitzen einander einen Moment wie erstarrt gegenüber, Jule bemerkt genau, wie sehr Katharina ins Grübeln geraten ist, schließlich schaut sie hinüber zur Ecke mit ihren Lieblingsbüchern, als gehe sie die Titel noch einmal in Gedanken durch.

– Es ist eines der asiatischen Bücher, stimmt's? fragt sie.

– Ja, antwortet Jule, es ist das »Kopfkissenbuch«.

Sie wundert sich, dass Katharina nicht sofort reagiert. Stattdessen sitzt sie weiter regungslos ihr gegenüber und starrt auf den Boden. Was ist denn mit ihr? Worüber denkt sie jetzt nach?

– Was ist? fragt Jule, bist Du nicht überrascht?

– Nein, antwortet Katharina, ich bin überhaupt nicht überrascht, aber frag mich jetzt bitte nicht, warum. Erzähl mir lieber von Deiner Lektüre des »Kopfkissenbuches«.

Jule hält weiter das Tagebuch des japanischen Dichters über die letzten Tage seines Vaters in den Händen, sie schaut auf den Umschlag und wendet das Buch hin und her, als müsste sie es immer wieder von beiden Seiten betrachten. Dann aber reckt sie sich wieder auf und sagt:

– Du kennst das »Kopfkissenbuch« ja auch sehr genau, Du hast es viele Male gelesen, das hast Du mir jedenfalls damals, als Du es mir geschenkt hast, gesagt.

– Ja, das stimmt, antwortet Katharina, ich habe immer wieder in diesem Buch gelesen, Jahre hindurch, immer wieder.

– Dann wirst Du auch sofort verstehen, was mich an diesem Buch so fasziniert hat. Es besteht ja aus kurzen Aufzeichnungen oder Meditationen: über die Jahreszeiten, über die Monate, über das Leben im Kaiserpalast, über Frühlingsfeste, über Enttäuschungen, über Ernüchterndes. Diese Aufzeichnungen sind sehr konkret und präzise und offenbaren etwas von der starken Sinnlichkeit der schönen Hofdame, die sie geschrieben hat. Als ich ihre Texte las, stellte ich sie mir manchmal vor, wie sie am frühen Morgen für kurze Zeit in ihrem Zimmer saß, um das alles noch vor ihren täglichen Verpflichtungen zu notieren. Oder wie sie in tiefer Nacht erneut ihre kleine Stube aufsuchte, um etwas niederzuschreiben, das ihr tagsüber durch den Kopf gegangen war. Sie zog sich also für das Schreiben zurück, sie wollte allein sein, und sie war dann wohl auch mit ihren Gedanken und Gefühlen immer stärker allein. Während meiner Lektüre spürte ich dann, dass sich hinter diesem Alleinsein noch etwas anderes verbarg. Die schöne Schreiberin suchte nämlich nicht nur die Ruhe des Alleinseins, sondern sie sehnte sich auch nach etwas, ja, ich spürte, dass sie sich nach einem Geliebten sehnte, ja, genau danach sehnte sie sich, all ihr Denken und Empfinden kreiste letztlich um eine ferne, noch entrückte Gestalt, als wollte sie diese Gestalt durch ihr Schreiben herbeilocken. Nirgends sprach sie direkt von ihrer Sehnsucht, und nirgends malte sie sich detailliert aus, wie ein Zusammensein mit einem solchen Geliebten aussehen könnte, nein, so weit ging sie nicht. Sie ist scheu und zurückhaltend, und sie ist so vorsichtig und empfindlich, dass ihr ein direktes Beschreiben oder Ausmalen eines intimen Zusammenseins mit einem anderen Menschen viel zu plump vorkommen würde. Nichts ausmalen, nichts festlegen, die Phantasie nicht beengen! Stattdessen wartet sie, sie wartet am frühen Morgen und in den späten Nächten darauf, dass sich etwas bewegt. Dort – das Blitzen eines Sonnenstrahls! Dort – der nächtliche Wind! Kündigen sie etwa das Kommen des Geliebten an? Ja, sie wecken die Vorstellung, sie erregen die Phantasie, und schon entstehen langsam die ersten Bilder. Das alles erscheint mir in der Art und Weise, wie sie sich an die Liebe herantastet, wunderschön. Sie macht sich kein Bild von der Liebe, sondern sie lässt sie entstehen, sie weiß nicht von vornherein, wie sich eine Liebe abspielt, sie hält all diese weit vorauseilenden Ideen von sich fern und schreibt stattdessen minutiös auf, wo und wie sich ihr Verlangen nach Liebe zeigt.

– Das ist erstaunlich, antwortet Katharina, ich habe diese Aufzeichnungen ganz ähnlich gelesen wie Du. Das Seltsame an ihnen ist, dass man zu Beginn der Lektüre gar nicht an das Thema Liebe denkt. Zunächst notiert die Hofdame ja viel über den Alltag, sehr genau, wie Du sagst, und fast immer staunend und neugierig. Man fragt sich laufend, wie sie bloß auf das alles kommt, wie es sein kann, dass ihr so viel sonst Unbeachtetes auffällt und wie es ihr auf sehr schöne Weise gelingt, knapp und konzentriert zu schreiben. Dann aber, nach einiger Zeit der Lektüre, spürt man, dass sie das alles nicht nur vor sich hin flüstert, wie man anfänglich noch glaubte. Sie flüstert es nicht ins Leere, nein, sie flüstert es nicht vor sich hin, sondern sie möchte gehört werden, ja, sie möchte, dass jemand ihr Flüstern hört und versteht. Und auf einmal begreift man noch mehr, denn man begreift, dass dieses Flüstern einen Geliebten herbeilocken soll und dass es ein magisches Flüstern ist, magisch, beschwörend, etwas in dieser Art.

– Genau, ganz genau, antwortet Jule. Und nun musst Du Dir vorstellen, was mit mir geschah, als ich das alles begriff. Ich spürte nämlich eine tiefe Verwandtschaft, ja, ich spürte plötzlich, dass ich – genau wie die schöne Schreiberin – auf nichts mehr wartete als auf das Erscheinen eines Geliebten. All meine Rückzugsbewegungen, all mein nächtliches Lesen und Wachbleiben – was war es denn anderes als ein Warten auf dieses Erscheinen? Und so begann ich, genau im Stil und Duktus der schönen Schreiberin, dies und das zu notieren und aufzuzeichnen: Alltägliches, das mir aufgefallen oder durch den Kopf gegangen war, möglichst knapp, möglichst konzentriert. Ich habe diese kleinen Texte vor mich hin geflüstert, wie meine große Lehrerin es getan hat, und ich habe mir dadurch wie meine Lehrerin mit der Zeit die Figur eines Geliebten geschaffen. Schließlich habe ich vor meinen Freunden und Bekannten sogar offen zugegeben, einen Geliebten zu haben.

– Du hast von einem Geliebten gesprochen, von einem wirklichen Geliebten?

– Ja, ich habe von einem Geliebten gesprochen, aber mir kam es gar nicht wie eine Lüge vor. Schließlich entwickelte sich in mir sogar die fixe Idee, wirklich einen Geliebten zu haben. Er war nur noch nicht erschienen, er war noch fern, aber es gab ihn bereits, oder, anders gesagt, ich war dabei, ihn aus weiter Ferne in meine Nähe zu locken: durch meine Notizen, durch meine Aufzeichnungen, durch mein eigenes »Kopfkissenbuch«.

Katharina schaut sie ruhig an, Jule bemerkt, dass ihr etwas durch den Kopf geht, anscheinend will sie aber nicht darüber sprechen.

– Was ist? Warum sagst Du denn nichts? Du denkst doch über etwas nach, gib es zu!

– Ich wundere mich, welche Wirkung mein Buchgeschenk gehabt hat, antwortet Katharina. Es war ein Geschenk genau im richtigen Moment an genau die richtige Person. So etwas ist, glaub mir, gar nicht so selten. Ich erlebe es hier in letzter Zeit häufiger. Die Gäste kommen mit ihren Problemen und Ideen zu mir, und ich höre ihnen zu. Wichtig ist, dass alle hier Zeit haben, viel Zeit. Die Stunden laufen uns nicht davon, wir haben nichts zu erledigen, wir können entspannt und ruhig miteinander umgehen, wir können abschweifen, uns von Gott und der Welt erzählen, wir können reden wie Kinder, die sich nicht darum scheren, ob ihr Reden den anderen interessiert. Das alles ist besser als Therapie! … – hat einmal ein Kunde zu mir gesagt. Es ist besser, weil unsere Gesprächszeit nicht von vornherein begrenzt ist, und es ist besser, weil nicht nur einer erzählt, sondern weil wir uns gegenseitig voneinander erzählen. Wir hören einander zu, und langsam bekommen wir zusammen heraus, was uns tief drinnen, in unserem Innern, beschäftigt.

– So haben wir beide uns aber nicht unterhalten. Ich habe dir von meinen Ausstellungen und meiner Arbeit erzählt, aber ich habe nicht von meinen einsamen Nächten gesprochen. Oder habe ich das? Habe ich das etwa?

– Nicht direkt, aber ich habe mir so etwas gedacht.

– Wieso? Wie bist Du darauf gekommen?

– Ich habe nach Deinen Freunden und Bekannten gefragt, und Du hast keinen einzigen Namen genannt, nein, Du hast von all diesen Bekannten immer nur wie von einer anonymen Gruppe geredet, die Dich hierhin und dorthin begleitet. Es gab keine Geschichten, nichts, Du hast nichts von diesen Abenden erzählt, sondern sie meist nur mit zwei, drei Sätzen gestreift: »Dann sind wir noch ins Tempodrom gezogen, es war ganz nett …« Und weiter? Weiter nichts? Nein, weiter nichts! Mehrmals habe ich nachgefragt, weil ich neugierig war, ob in diesen Runden auch Menschen waren, die Dir besonders viel bedeuteten. Natürlich habe ich nicht direkt nach echten Freunden gefragt, das nicht, aber ich habe ein paar Köder ausgelegt. Du hast sie ignoriert, Du hast diese Fragen einfach links liegenlassen und wieder von Deiner Arbeit erzählt.

– Seltsam, ich habe das alles gar nicht bemerkt.

– Nein, Du hast es nicht bemerkt. Auch mir ist es nur deshalb aufgefallen, weil Du mir früher viel von Dir erzählt hast, Du weißt, was ich meine, ich meine die Zeit nach dem Tod Deines Vaters. Da haben wir lange in meiner Buchhandlung zusammengesessen, und da haben wir viel über sehr private Dinge gesprochen.

– Ja, Du hast recht, das war eine gute und wichtige Zeit. Ich war vollkommen durcheinander, damals, nach Vaters Tod, ich war wie benommen, wochen- und monatelang, ich dachte, ich finde nie mehr richtig ins Leben zurück. Und Dir erging es ja ähnlich, wir waren beide Leidensgenossen, denn wir hatten beide den liebsten Menschen unseres Lebens verloren, Du den Mann, ich den Vater. Damals, als wir zusammen in Deiner Buchhandlung hockten, habe ich manchmal gedacht, dass Georg uns zuschaut und dass er genau mitbekommt, wie wir uns über ihn Gedanken machen und über ihn reden. Wir waren füreinander die idealen Therapeutinnen, das glaube ich jedenfalls heute, noch nie habe ich so viele Wochen mit einem einzigen Menschen nur über das gesprochen, was mich bedrückte.

– Ja, Jule, diese Gespräche haben uns eng miteinander verbunden, so dass wir damals sehr gute Freundinnen geworden sind.

– Wir sind sehr gute Freundinnen geworden, weil wir ein gemeinsames Thema hatten, das uns brennend interessierte: Georg – das war unser Thema, wir haben uns sehr viel und sehr leidenschaftlich über Georg unterhalten, erinnerst Du Dich?

– Ja natürlich …

Katharina wird plötzlich still, sie fährt sich durchs Haar, als wollte sie die Erinnerungen vertreiben. Als Jule es bemerkt, setzt sie rasch wieder an:

– Bist Du mir böse, wenn ich Dir nun schon wieder von meiner Arbeit erzähle?

Katharina schluckt einen Moment, dann lächelt sie und streicht ihrer Freundin kurz mit der Rechten über den Rücken.

– Na los, erzähl schon! Du weißt doch, dass ich alles über Deine Projekte wissen will.

– Also gut. Meine Münchener Ausstellung, an der ich jetzt arbeite, kreist um das »Kopfkissenbuch«. Das Ganze wird eine Performance, die ich mit Bildern, Filmen und Texten begleite. Stell Dir einen kleinen japanischen Wohnraum vor, eine der typischen japanischen Wohnstuben. In diesem Raum werde ich sitzen und schreiben und mich in die Hofdame Sei Shonagon am japanischen Kaiserhof verwandeln. Auf großen Leinwänden, die wie Waben um diesen kleinen Intensiv-Raum gruppiert sind, zeige ich Bilder, die ich zu den Shonagon-Texten gemalt und eigene Texte, die ich in ihrem Tonfall geschrieben habe. Und auf der äußersten, letzten Leinwand bekommt man die Videos zu sehen, die ich gerade hier in diesem Hotel drehe, sie sind mit altjapanischer, sehr strenger, sehr meditativer Musik unterlegt: Bambusflöten, Trommeln, eine japanische Zither, nicht mehr.

– Was sind das für Videos, die Du hier drehst? Und warum ausgerechnet hier?

– Ich filme mich selbst in den verschiedensten japanischen Kleidungsstücken, ich filme mich in Posen und Gesten, die an das »Kopfkissenbuch« erinnern, ich filme mich schreibend, lesend, schwimmend, wartend, ich filme mich, wie ich durch die unendlich langen, abgedunkelten Gänge dieses Hotels gehe. Das Hotel ist mein Kaiserpalast, es ist eine fremde, irritierende Szenerie, es ist ein fantastischer, literarischer Ort, mit geheimen Bädern und Rückzugsorten, mit geschlossenen Kabinetten, kleinen Bibliotheken, Musikzimmern und Theaterräumen. Ich habe unendlich viele Ideen, dieser labyrinthische Bau ist ideal für mein Vorhaben …

– Jetzt verstehe ich, Jule. Aber es fehlt noch etwas in Deiner wunderbaren Komposition, es fehlt etwas Entscheidendes …

– Ja, ich wusste, dass Du das sagen würdest. Es fehlt etwas, ich weiß, es fehlt der Geliebte.

– Genau, es fehlt der Geliebte.

Sie schauen einander an und lächeln beinahe zugleich.

– Ich glaube, wir haben wieder ein Thema, das uns beide brennend interessiert, sagt Katharina.

– Dasselbe habe ich gerade gedacht, antwortet Jule. Wir haben wieder ein Thema gefunden, das uns beide stark anzieht.

– Also los. Was ist mit ihm? Wo ist er?

Jule bläht die Backen auf und atmet laut aus.

– Wir sind uns gestern Abend begegnet, in einiger Entfernung von diesem Hotel. Ich war allein spazieren, ich war mit den »schmalen Pfaden durchs Hinterland« unterwegs, die Du mir geschenkt hattest. Plötzlich kam er näher, ganz zufällig, er nahm genau denselben Weg, den auch ich eingeschlagen hatte.

– Und weiter?

– Dort, wo ich saß, gab es eine kleine Sitzgruppe, er näherte sich etwas unsicher, ich dachte schon, er geht vorbei und nimmt nicht weiter von mir Notiz. Dann aber kam er geradewegs auf mich zu und setzte sich mir genau gegenüber. Zwischen uns war nur ein kleiner, rechteckiger Tisch, wir saßen stumm da und schauten uns an.

– Ihr habt Euch nicht unterhalten?

– Nein, wir haben kein Wort miteinander gewechselt, wir haben uns nur einige Zeit angeschaut, ganz direkt, wir haben uns in die Augen geschaut. Es war wie in der berühmten MoMa-Performance *the artist is present*, ich habe Dir einmal davon erzählt, weißt Du?

– Ja, ich erinnere mich. Und weiter? Seid Ihr zusammen zurück zum Hotel gegangen?

– Aber nein. Nach einer Weile ist er aufgestanden und weitergegangen. Mehr war nicht, mehr ist nicht passiert. Und doch befinden wir uns längst in einer starken, geheimnisvollen Geschichte.

– Habt Ihr Kontakt? Schreibt Ihr Euch?

– Ja, wir haben Kontakt, wir stehen sogar in engem Kontakt. Aber mehr verrate ich jetzt nicht.

– Hast Du ihn gestern Nacht noch einmal gesehen?

– Nein, aber ich habe ihn heute Morgen gesehen, sehr früh, direkt nach dem Aufstehen.

– Und wo? Wo habt Ihr Euch gesehen?

– Langsam, Katharina, langsam …, ich möchte Dir nicht gleich alles auf einmal erzählen, die Geschichte sollte ihre Spannung und ihr Geheimnis behalten. Ich möchte aber von Dir eine Auskunft, ich brauche sie dringend, und ich hoffe, dass Du mich diesmal nicht enttäuschst.

– Du möchtest wissen, welchen Beruf Johannes hat, Du möchtest wissen, womit er seine Zeit verbringt.

– Ja, das möchte ich wissen, unbedingt, ich muss es wissen, sonst komme ich mit meinem Projekt nicht voran.

Katharina steht auf und geht durch die Buchhandlung, ganz nebenbei schichtet sie einige Stapel Bücher um, die auf den Ablagetischen vor den Regalen liegen.

Sie blickt sich nicht um, als Jule sie sagen hört:

– Johannes und ich – wir sind sehr gut befreundet, so wie wir beide, Jule, sehr gut befreundet sind. Ich sollte Dir eigentlich nicht sagen, was er beruflich tut, aber ich sage es Dir jetzt, weil ich weiß, dass es für Deine Arbeit wichtig ist und dass Du es für Dich behältst und dass Du es im Kontakt mit ihm nicht ausnutzt: Johannes ist Schriftsteller, Johannes schreibt Romane, Erzählungen, Dramen und Essays. Jetzt weißt Du es, jetzt weißt Du, was Du unbedingt wissen wolltest.

Jule reagiert einen Moment nicht, dann aber steht sie ebenfalls auf und geht zu Katharina hinüber.

– Danke, meine Liebe. Ich habe mir ja bereits so etwas gedacht, ich hatte bereits eine Vermutung genau in diese Richtung. Ich verschwinde jetzt, ich muss arbeiten, wir sehen uns später, ich melde mich wieder. Ach, noch eins: Darf ich dieses Buch mitnehmen?

Sie hebt das Buch hoch, in dem sie bereits gelesen und das sie die ganze Zeit in den Händen gehalten hat.

– Natürlich, antwortet Katharina, aber vergiss nicht, mir von Deiner Lektüre zu erzählen.

Sie umarmen sich, dann verlässt Jule Danner die Buchhandlung und geht in raschen Schritten, als hätte sie ein bestimmtes Ziel fest vor Augen, davon. Katharina aber schüttelt kurz den Kopf. Seltsam, was sich da zusammenbraut und entwickelt! Sie geht hinüber zu dem Vorhang, hinter dem sich die kleinen Karteikästen mit den Angaben über die Lektürevorlieben ihrer Kunden befinden. Sie holt zwei der Kästen heraus und stellt sie nebeneinander auf einen Tisch. Dann sucht sie nach der Karteikarte, auf der sie die Leseeindrücke von Kunden zum »Kopfkissenbuch« notiert hat. Sie findet die Karte schnell, und sie entdeckt, dass es nur einen einzigen Eintrag gibt. Richtig, es gibt nur einen einzigen Eintrag, sie hat das Buch bisher nur an Jule Danner verschenkt, von Jule Danner aber steht hier noch nichts, natürlich nicht, Jule hat ja erst vor wenigen Minuten von ihrer Lektüre erzählt. Was steht also dort, auf der Karte?

Das »Kopfkissenbuch« war in den Jahren, als ich Georg noch nicht richtig kannte, mein Lieblingsbuch. Immer wieder habe ich darin gelesen, es übte einen seltsam starken Reiz auf mich aus. Lange Zeit kam ich nicht dahinter, woran das lag und was mich an diesem Buch so faszinierte. Die Ruhe? Die Stille? Diese schöne Praxis der Konzentration? Ja, gewiss, all das faszinierte mich sehr. Im Grunde aber ist das »Kopfkissenbuch« ein Buch über die Sehnsucht, doch damals ahnte ich nicht, wonach ich mich sehnte. Erst als ich mit Georg zusammen war, wusste ich das, ja, seither wusste ich, wonach ich mich die ganze Zeit so sehr gesehnt hatte. K.

19

Er kommt oben im zweiten Stock an und balanciert den kleinen Teller mit den türkischen Süßigkeiten und dem Glas Tee vorsichtig in der Rechten, er glaubt fest, dass ihm alle Wege offen stehen, und er denkt nicht einmal eine Sekunde darüber nach, wie es ihm gelingen könnte, Jule Danners Zimmer heimlich zu betreten.

Wie schon gestern sind die Putz- und Aufräumarbeiten in den Hotelzimmern in vollem Gang, er erkennt auch sofort die junge Frau, der er bereits begegnet ist und die ihm so freundlich geholfen hat. Sie steht auf dem Flur, neben einem der mit Putzmitteln, Eimern und Bettzeug beladenen Rollwägen, sie hält anscheinend eine Liste in der Hand, die sie Punkt für Punkt durchgeht und auf der sie dann jeden Posten einzeln abhakt. Sie stutzt kurz, als sie ihn sieht, dann bemerkt sie den kleinen Teller, den er noch immer vorsichtig in der Rechten hält.

– Guten Morgen, sagt sie, noch eine Spur freundlicher als gestern.

– Guten Morgen, antwortet er und fährt gleich fort: Sie ahnen schon, was ich mit diesen schönen Dingen hier vorhabe?

Die junge Frau lächelt und legt die Liste zur Seite.

– Ich vermute, das ist ein Geschenk für Frau Danner.

– Richtig, eine kleine Aufmerksamkeit. Haben Sie das Zimmer schon aufgeräumt? Oder darf ich Ihnen den Teller geben, damit Sie ihn in Frau Danners Zimmer abstellen?

Die junge Frau scheint einen Moment zu überlegen, dann aber sagt sie:

– Frau Danner hat mich gebeten, das Zimmer nicht aufzuräumen, sondern alles so zu belassen, wie es ist. Wissen Sie was? Ich schließe Ihnen das Zimmer kurz auf, dann können Sie den Teller genau dort hinstellen, wo Sie es am besten finden.

– Oh, das ist perfekt, antwortet er.

Sie will mit ihm hinüber zu Jules Zimmer gehen, als ihr noch etwas einfällt.

– Moment, sagt sie, Frau Danner hat noch etwas bestellt, das ich gleich mit in ihrem Zimmer deponieren kann.

Sie schaut auf ihrer Liste nach, dann geht sie die vielen Sachen durch, die sich auf ihrem schweren Wagen befinden. Unterhalb der Lagen mit Bettzeug liegt auf einem kleinen, separaten Fach ein Kleidungsstück, das sie hervorzieht und auseinanderfaltet.

– Das muss es sein, sagt die junge Frau leise zu sich selbst und wendet sich dann an ihn: Frau Danner hat nämlich einen Kimono bestellt, und das hier ist doch wohl ein Kimono.

Er schaut sich das dunkelrote Kleidungsstück an und nickt:

– Das ist ein Kimono, bestätigt er, aber ich vermute, dass es ein Männer-Kimono ist.

Die junge Frau schaut sich noch einmal prüfend das Kleidungsstück an, dann aber sagt sie:

– Ich verstehe davon zu wenig. Ich hänge das gute Stück jetzt einfach einmal in ihr Zimmer, Frau Danner kann sich ja noch einmal melden, wenn es nicht das richtige ist.

Sie gehen nun zusammen zu Jules Zimmer, die junge Frau schließt auf und geht voraus. Sie nimmt einen Kleiderbügel aus einem Schrank und hängt den Kimono vor der Schrankwand gut sichtbar auf.

Er schaut ihr zu, während er den Teller weiter in der Rechten hält.

– Suchen Sie sich in Ruhe den besten Platz für Ihr Geschenk aus, sagt die junge Frau, und dann ziehen Sie einfach die Tür zu. Ich habe hier heute sowieso nichts mehr zu tun.

– Sie sind wirklich sehr hilfsbereit, antwortet er, wie kann ich Ihnen einmal eine Freude machen?

Die junge Frau lächelt wieder, aber jetzt so, als habe sie bereits die ganze Zeit mit einem Gedanken gespielt. Sie tritt einen kleinen Schritt näher und flüstert leise:

– Angestellte des Hotels dürfen diese Süßigkeiten höchstens einmal heimlich probieren. Verstehen Sie, was ich meine?

Er lächelt zurück, dann nickt er.

– Ich bringe Ihnen später einen kleinen Teller. Wo soll ich ihn hinstellen?

– Oh, das wäre wirklich sehr nett. Stellen Sie ihn in der kleinen Bibliothek im Eckraum dieses Stockwerks ab, stellen Sie ihn in eins der halbleeren Regale gleich rechts vom Eingang.

– In Ordnung, das mache ich.

– Danke, vielen Dank!

– Ich danke Ihnen!

Die junge Frau zieht sich zurück, er hört sie draußen auf dem Gang verschwinden. Sie weiß genau, wie es um dich steht, denkt er, sie weiß, dass all deine vorsichtigen Aktionen in diesem Hotelzimmer erste, kleine Liebesbeweise sind. Wenn es um Liebe geht, öffnen sich anscheinend sofort die Türen. Ein Blick, ein Satz, eine Andeutung, ein Lächeln – und schon wird die halbe Welt schwach. Auch diese junge Hotelangestellte ist schwach geworden, insgeheim sehnt sie sich danach, ebenfalls umworben zu werden, insgeheim geht es ihr gar nicht nur um die türkischen Süßspeisen, sondern viel eher darum, etwas in dieser Art von einem Freund oder Liebsten geschenkt zu bekommen. Also bin ich ein Freundesersatz, denkt er weiter, also bin ich das ferne Abbild des Geliebten, auf den sie warten wird.

Er schaut sich um, das Zimmer wirkt aufgeräumt, nur die Bettdecken liegen noch in sich verknäult auf den nicht glatt gestrichenen Laken. Der Schreibtisch ist beinahe leer, ein halb gefülltes Glas steht dort einsam, als habe Jule Danner es einfach vergessen. Er stellt den Teller mit den türkischen Süßspeisen auf den Tisch, dann nimmt er das Glas in die Hand und riecht an der Flüssigkeit. Oh, ein Glas Sekt! Das hatte er nicht vermutet. Er setzt das Glas an den Mund und trinkt es in sehr langsamen Schlucken leer, er setzt immer wieder von Neuem an, Schluck für Schluck, er kostet den Sekt, als müsste er später seine Eindrücke genau beschreiben.

Dann geht er mit dem Glas zur Minibar und schaut, ob sich dort noch eine gefüllte Sektflasche befindet. Ja, eine kleine, letzte Flasche steht noch dort, eingezwängt zwischen den vielen Bierflaschen. Er nimmt sie heraus, schraubt sie auf und gießt den Inhalt in das leere Glas. Dann stellt er es zurück auf den Schreibtisch und rückt den Teller mit den türkischen Süßspeisen daneben. Voilà, eine kleine Komposition!

Langsam geht er Richtung Tür und blickt sich noch einmal um. In der hinteren rechten Ecke steht ein schweres Stativ, auf dem die Video-Kamera postiert ist. Und gleich links, neben dem Schreibtisch, steht eine geöffnete Tasche mit weiteren Aufnahmegeräten. Sein Blick durchstreift den Raum und geht zwischen diesen Dingen und dem vor der Schrankwand aufgehängten Kimono hin und her. Dann hat er plötzlich eine Idee, die sich wie eine kleine Flamme in ihm entzündet.

Er eilt zur Zimmertür und schließt sie deutlich hörbar. Er lauscht einige Momente, ob sich die junge Frau noch einmal von draußen nähert. Nein, nichts da, sie ist anscheinend längst wieder in einem der anderen Zimmer verschwunden. Er dreht sich um und geht auf den Kimono zu. Er betastet den feinen, dünnen Seidenstoff und hält ihn ins Licht. Dann entkleidet er sich langsam und legt seine Kleidungsstücke auf dem Sofa ab. Er nimmt den

Kimono vom Bügel und streift ihn über. Er passt, ja, als hätte Jule Danner dieses Kleidungsstück eigens für ihn bestellt. Aber ja, im Ernst: Sie hat es für ihn bestellt, für wen sonst sollte sie einen Männer-Kimono bestellt haben?

Er geht hinüber zu dem Stativ und rückt es hinter das breite Bett. Dann stellt er einen Stuhl in der Nähe des Fensters auf und sucht im ganzen Zimmer nach einer Lektüre. Er findet ein dünnes, schön eingebundenes Buch, anscheinend ist es ebenfalls ein altjapanischer Text, wie das »Kopfkissenbuch«. Er liest den Titel, »Auf schmalen Pfaden durchs Hinterland«, er flüstert ihn leise und schlägt dann das Buch auf. Er blättert darin, er überfliegt einige Seiten, er hat sofort verstanden, dass es sich um das Tagebuch einer langen Wanderung durch den Norden Japans handelt.

Er geht noch einmal zurück zur Kamera, schaut auf das Display und betätigt schließlich den Aufnahmeknopf. Dann setzt er sich auf den Stuhl vor dem Fenster und blickt auf den Umschlag des Buches. Langsam schlägt er die erste Seite auf, wartet ein wenig und beginnt dann, mit ruhiger Stimme den Text zu lesen.

Er liest die ersten drei Tagebuch-Eintragungen, dann steht er auf und schaltet die Kamera aus.

Er wird wieder ruhiger, die starke Anspannung während des Lesens klingt langsam ab. Satz für Satz hat er sich eingeschrieben in ihr Projekt, und für diesen Anlass hatte er den passenden Text zur Hand. Ein Mann etwa seines Alters flickt seine Hose, erneuert das Band seines Wanderhutes und verlässt seine einfache Hütte, um sich auf einen weiten Weg zu machen: *Die Gottheiten der Verführung betörten mein Herz und die Wegegötter winkten mir zu …*

Er liest den Text noch einmal und nimmt sich vor, das Buch mitzunehmen. Jule und er – sie sollten sich die Lektüren teilen, ja, sie sollten beide bestimmte Texte lesen, jeder für sich, aber beide denselben Text. Solche Lektüren entwerfen einen Spielraum von Anspielungen und machen die Annäherung noch intensiver.

Genug, es ist jetzt genug, Jule Danner könnte gleich erscheinen, und er möchte ihr nicht in diesem Zimmer begegnen. Er sucht in einem der Wandschränke nach einem Stoffbeutel, in dem er seine Kleidungsstücke unterbringen könnte. Rasch findet er etwas Geeignetes, dann geht er ins Badezimmer und entdeckt dort ein Paar Frottee-Sandalen, die noch in einer dünnen Plastikfolie stecken. Er reißt die Folie auf und nimmt die Sandalen heraus, dann schlüpft er hinein, füllt den Stoffbeutel mit seinen Kleidungsstücken und öffnet vorsichtig die Zimmertür.

Er schaut auf den Flur, und als er sieht, dass die junge Frau wahrhaftig in einem der anderen Zimmer verschwunden ist und dort arbeitet, zieht er die Zimmertür leise hinter sich zu und macht sich noch einmal auf den Weg zum Lift, um aus dem Tiefgeschoss der Bäder und Saunen einen weiteren Teller türkischer Süßspeisen hinaufzuholen.

Als er den Lift betritt, pfeift er vor sich hin. Er kommt sich vor wie einer, für den sich etwas Besonderes, lange nur Erträumtes endlich verwirklicht hat. Dann fährt er sich mit der rechten Hand durchs Gesicht, als müsste er die letzten Traumreste abstreifen.

20

Sie öffnet die Tür ihres Hotelzimmers und geht rasch hinein. Auf den ersten Blick sieht sie, dass es in dem großen Raum einige Veränderungen gibt. Ein Teller mit Süßspeisen steht auf ihrem Schreibtisch, das Wasserglas ist plötzlich gut gefüllt, und das Stativ mit der Video-Kamera steht hinter dem Bett, so dass die Kamera auf einen Stuhl gerichtet ist, der schräg vor dem Fenster steht.

Sie bleibt eine Weile stehen und studiert dieses Bild. Es ist beinahe so, als hätte sie selbst diese Szenerie entworfen. Wenn sie es wirklich getan hätte, hätte sie auf dem Stuhl Platz genommen und in einem Buch gelesen. Ja, eigentlich hatte sie sowieso vorgehabt, als Nächstes eine Lektüre-Szene zu drehen, nun ist er ihr anscheinend damit zuvorgekommen.

Der Abstand zwischen uns wird immer geringer, denkt sie, eigentlich ist kaum noch zu unterscheiden, wer von uns einen bestimmten Einfall gehabt oder eine Vorgabe gemacht hat. Und das alles geschieht ohne ein einziges direkt gewechseltes Wort!

Kurz stellt sie sich vor, dass sie miteinander reden, ihr fällt aber nichts ein, jedes mögliche Wort kommt ihr banal, träge und schwach vor. Schon die Anrede wäre nicht leicht. »Hallo!« – vollkommen unmöglich, »Einen schönen guten Morgen!« – mein Gott, nein, so geht es nicht. Es wäre überhaupt falsch, die üblichen Floskeln und Redensarten zu benutzen, man müsste vielmehr so miteinander reden, als redete man schon immer miteinander. Also: Keine Einstiege, keine Umwege, sondern gleich so, als befänden sie sich beide seit Jahren in einem ununterbrochenen Dialog. Oder – ganz anders: Man müsste so miteinander zu reden beginnen, dass man sich aus dem gemeinsamen Schweigen heraus erst langsam zu den ersten Worten hinhangelt. Sich hinhangeln? Wie könnte das gehen? Wie könnten diese ersten Laute sich anhören?

Erste Laute sind Laute von Kleinkindern, herrjeh, sie ist jetzt aber auf einem ganz falschen Weg. Oder? Oder doch nicht?! Wie hören sich denn Laute von Kleinkindern an? »Ma«, »Pa« – Pa?! … – Pa-pa-pa-pa – das kennt sie doch, das hat sie doch einmal irgendwo gehört? Aber wo genau?! Pa-pa-pa-pa – ach ja, richtig, das ist eine Szene aus Mozarts »Zauberflöte«, jetzt erinnert sie sich. Papageno, Papagena – das seltsame Vogelpärchen trifft unerwartet aufeinander, und sie erschrecken darüber so, dass sie kein vernünftiges Wort herausbringen und zu plappern beginnen: Pa-pa-pa-pa-Papageno! – Pa-pa-pa-pa-Papagena! …

Sie kichert vor sich hin und betrachtet noch immer die kleine Bühne, die er in ihrem Zimmer aufgebaut hat. Dann geht sie hinüber zu ihrem Stativ und schaut sich im

Display der Kamera die Sequenz an, die er gedreht hat. Sie sieht und hört, wie er die Anfangspassage von »Auf schmalen Pfaden durchs Hinterland« liest, sie schaut sich die Szene mehrmals an und achtet jedes Mal auf ein anderes Detail: Den Ausdruck seines Gesichtes, die beiden schlanken, großen Hände, die das Buch halten, den geschlossenen, dunkelroten Kimono, der zum Glück von der Lektüre nicht ablenkt, das Sonnenlicht, das von der Seite einfällt. Gut, denkt sie, das hat er gut inszeniert, ich hätte es nicht besser machen können.

Wo aber ist das Buch, aus dem er gelesen hat? Sie sucht es im ganzen Zimmer, findet es aber nicht. Und wo ist der dunkelrote Kimono? Sie durchstöbert alle Schränke, sie geht ins Bad – auch der Kimono ist nicht da. Sofort sieht sie ihn, wie er sich im Kimono, das Buch in der Hand, auf den Weg macht. Er geht durch die Flure dieses Hotels, und er zieht sich irgendwohin zurück, um weiter im Buch der großen Wanderung zu lesen. Wie heißt es darin noch einmal? Richtig: *Ich stand an der Wegkreuzung der Traum-Illusionen ...*

Sie muss wieder kichern, kurz hält sie sich sogar die Hand vor den Mund. Wie rasch und elegant sie sich inzwischen die Bälle zuspielen! Sie braucht gar nicht mehr lange nachzudenken, um zu ahnen, wo er sich jetzt aufhalten könnte. In der Buchhandlung? Vielleicht. Draußen, auf der großen Freianlage? Eher nicht. In der Bibliothek? Ja genau, sie könnte wetten, dass er dort sitzt, eine Tasse Tee trinkt und in »Auf schmalen Pfaden durchs Hinterland« liest. Und sie?! Was wird sie als Nächstes tun? Sie wird sich umziehen, sie wird ein asiatisches Kleid anziehen, eines der schönsten, das sie dabeihat. Und dann wird sie sich zu ihm auf den Weg machen. Pa-pa-pa-pa, sie kichert noch einmal.

Sie öffnet eine Schranktür und wirft einen Blick auf die Kleider, die sie mitgebracht hat. Dann wählt sie ein hochgeschlossenes, mit einem kleinen Stehkragen und sehr kurzen Ärmeln. Sie nimmt es aus dem Schrank und geht ins Bad, um sich umzuziehen. Bevor sie das aber tut, kommt sie noch einmal in das große Zimmer zurück. Sie holt ihren Laptop hervor, schaltet ihn ein und ruft den Musik-Ordner auf. Kurz darauf ist der gesamte Raum voller altjapanischer Musik: eine Flöte, eine Zither. Sie setzt sich seitlich auf das Bett und hört eine Weile zu, dann geht sie ins Bad zurück und zieht sich nun wirklich um.

Als sie wieder im Zimmer erscheint, hat sie das Gefühl, eine andere zu sein. Sie ist jetzt eine Frau aus hohem Haus, die sich herausgeputzt hat. Sie geht langsamer, sie schaut zu Boden, sie bewegt sich so scheu und zurückhaltend, als wäre die kleinste Regung schon eine zu starke Offenbarung. Ihre langsamen Bewegungen passen genau zu der Musik, die sie hört, die gedehnten, auf der Stelle tretenden Klänge umhüllen sie, als bewegte sie sich in ihrer geheimen Mitte.

Sie nimmt das Buch, das Katharina ihr mitgegeben hat, zur Hand und setzt sich. Dann kostet sie von den Süßspeisen und trinkt etwas von dem kühlen Sekt, der in ihrem großen Wasserglas perlt. Sie lehnt sich weit zurück und schlägt das Buch auf, sie will mit der Lektüre beginnen, dann hält sie inne und schaut auf.

»Die letzten Tage meines Vaters« – was hatte sich eigentlich damals abgespielt, in Georgs letzten Tagen? Niemand ahnte, dass er herzkrank war, nur er selbst wusste es, denn sein Arzt hatte ihn wohl eindringlich gewarnt. Das aber behielt Georg für sich, selbst Katharina erzählte er nichts davon, geschweige denn ihrer Mutter oder ihren Geschwistern. Auch sie, Jule, wusste davon nichts, obwohl sie doch sein Lieblingskind war, das jüngste von den Sechsen, denen er unterschiedlich viel Zeit widmete. Manche vernachlässigte er richtiggehend, weil er mit ihren Interessen nichts anfangen konnte, für die anderen aber hatte er reichlich Verständnis und tat viel für sie.

Am meisten beschäftigte er sich mit ihr, sie war das einzige Kind, das ihn in seiner Galerie besuchte und sich dort unbegrenzt aufhalten durfte. Schon mit drei, vier Jahren verbrachte sie ganze Tage in seiner Galerie, »Jule geht nicht in den Kindergarten, Jule geht lieber mit mir«, sagte er lachend und nahm sie am frühen Morgen in sein großes Reich mit. In seinem hellen, weiten Büro mit Blick auf einen japanischen Innenhofgarten schmierte sie riesige weiße Leinwände voll, oder er gab ihr Papiere zum Einheften in die schwarz-weißen Leitz-Ordner, oder er ließ sie die Bilder und Ausstellungsstücke in der Galerie fotografieren, ganz so, wie sie es wollte.

Auf beinahe alles, was sie tat, reagierte er mit starker Zustimmung, ja Begeisterung, und selbst wenn sie irgendwelchen Blödsinn machte, fand er dafür noch ein paar anerkennende Worte. Einmal schmierte sie eine Leinwand mit Bananenbrei ein und garnierte sie mit großen Klecksen Blaubeermarmelade – selbst eine solche Sauerei feierte er und zeigte sie später Bekannten und Freunden.

Irgendwann legte er dann auch ein kleines Archiv mit ihren Arbeiten an und katalogisierte sie, als wären es Arbeiten seiner Künstler. Mit den Jahren wuchs das »Jule-Archiv« erstaunlich, und als sie achtzehn wurde, schloss er seine Galerie für zwei Wochen und baute zusammen mit einem befreundeten Künstler das »Jule-Archiv« in allen Räumen auf: Ihre ersten Zeichnungen und Bilder, ihre Kinderbücher, ihre Kinderkleidung, ihr Spielgerät, alles, was er mehr oder minder heimlich aufbewahrt hatte. Keines ihrer Geschwister erschien zu dieser Ausstellung, und selbst Henrike, ihre Mutter, konnte ihre Eifersucht auf diese, wie sie gesagt hatte, »maßlose Zuwendung« nicht verbergen.

»Maßlos«, ja, so war Georg ihr gegenüber gewesen, nie tadelte oder kritisierte er sie, all ihre Neigungen begleitete er mit größter Aufmerksamkeit und nahm sie ernst. Schon mit vierzehn, fünfzehn hatte sie den Wunsch, später einmal Künstlerin zu werden, was für ihn, Georg, damals beinahe schon selbstverständlich war: »Jule wird einmal eine bedeutende Künstlerin, eine ganz Große, das sage ich Euch« – so ließ er sich überall verlauten. Doch dann kam es zunächst ganz anders.

Wider Erwarten bestand sie die Aufnahmeprüfung der Kunstakademie nicht, ein paar von Georgs Neidern und Gegnern wirkten kräftig daran mit, egal, jedenfalls stockte das »Jule-Projekt«, wie er es immer genannt hatte, plötzlich. Sie ließ sich durch diesen ersten Rückschlag nicht irritieren, nein, sie ging nach Paris und begann dort eine Ausbildung, und später setzte sie diese Ausbildung in verschiedenen anderen Städten im Ausland fort und beendete sie.

In all diesen Städten besuchte er sie immer wieder, er mietete ihr jeweils eine kleine, bequeme Wohnung, er telefonierte alle paar Tage mit ihr, und er war schließlich nicht davon abzubringen, ihr beinahe jeden Tag eine Postkarte oder einen kurzen Brief zu schreiben. Mit seiner schönen Handschrift bemalte er die feinen weißen Bögen aus der Papierdruckerei in der Nähe seiner Galerie, in der er sich Briefpapier nach seinen eigenen Wünschen herstellen ließ. Es waren mattweiße, quadratische Bögen, »das ist das beste Format, das es gibt«, sagte er und begann prompt, auf die klassischen DIN-Formate zu schimpfen, die er »sauhässlich« fand.

Als einziges von all seinen Kindern hielt sie auch zu ihm, als er sich von Henrike trennte, nur hatte es ihr wehgetan, dass er anfangs mit ihr nicht darüber sprechen wollte. Mit niemandem sprach er anfangs darüber, trotzig und stur traf er seine Entscheidungen. Auf ihre Fragen hin nannte er aber immerhin den Namen seiner neuen Liebe, und so bekam sie heraus, dass es sich um eine Frau handelte, die mitten im Zentrum Münchens eine Buchhandlung besaß. Sie schaute sich diese Buchhandlung mehrmals von außen an, sie ging vor dem Schaufenster auf und ab, aber sie ging nicht hinein, selbst dann nicht, als die Buchhändlerin einmal zu ihr herauskam und sie ausdrücklich einlud, in die Buchhandlung zu kommen und eine Tasse Tee mit ihr zu trinken.

Vielleicht hätten ihre heimlichen Spaziergänge und ihre versteckten Beobachtungen irgendwann aufgehört, sie weiß es nicht, jedenfalls erinnert sie sich genau an den Tag, als sie auf dem Londoner Flughafen stand und auf Georg wartete. Das Flugzeug war längst gelandet und die Reisenden aus München waren in die Ankunftshalle geströmt, er aber war nicht unter ihnen gewesen.

Sie machte sich Sorgen, und sie überlegte, mit wem sie Kontakt aufnehmen könnte. Schließlich entschied sie sich für Katharina, sie ermittelte ihre Telefonnummer, und obwohl sie noch nie mit ihr gesprochen, geschweige denn mit ihr telefoniert hatte, rief sie Katharina an, um etwas über Georgs Verbleib zu erfahren. Eine junge Buchhändlerin war am Telefon, sie erklärte ihr, wer sie sei und was sie umtreibe, die junge Frau sagte aber nur, dass Katharina nicht in der Buchhandlung und nur über das Handy zu erreichen sei. Sie gab ihr Katharinas Handy-Nummer, und dann wählte sie diese Nummer, und dann ereignete es sich …, das schlimmste Gespräch ihres Lebens, in dessen Verlauf sie erfahren musste, dass Georg kurz vor dem Abflug nach London an einem Herzinfarkt gestorben war.

Katharina führte das Gespräch im Krankenhaus und verband sie am Ende mit Georgs Arzt, beinahe sprachlos hörte sie mit an, dass ihr Vater sehr krank gewesen sei, wohl aber mit niemandem über diese Krankheit gesprochen habe. Zum Schluss des Telefonats meldete sich noch einmal Katharina, »wir müssen uns sehen«, sagte sie damals, und einen Tag später trafen sie sich zum ersten Mal in Katharinas Buchhandlung.

Ach, Georg – niemand wusste, dass er nach London fliegen wollte, um sie dort zu besuchen, selbst Katharina gegenüber schwindelte er ein wenig und behauptete, er habe in London zu tun und besuche dort einige befreundete Künstler. In Wahrheit aber wollte er sie besuchen und an der Eröffnung ihrer Ausstellung in einer kleinen Londoner Galerie teilnehmen – er freute sich darauf sehr, und er war so unglaublich stolz, dass sie inzwischen mit ihren Bildern und Inszenierungen auf dem Kunstmarkt Erfolg hatte.

»Meine schöne, gehorsame Tochter« – so nannte er sie oft, er war einfach nicht davon abzubringen, sich um sie zu kümmern und noch jedes kleinste Detail mit ihr zu besprechen. Eine so enge Bindung verwöhnte sie, viel Kraft zog sie daraus, aber sie fragte sich auch oft, ob das alles nicht zu viel sei und nicht letztlich in eine gefährliche Abhängigkeit führe. Manchmal sprachen sie darüber, aber Georg wies ihre Bedenken immer wieder lachend von sich. »Ach was, so ein Unsinn!« – mehr hatte er dazu nicht zu sagen und wartete mit einer neuen Überraschung auf: einem Katalog, einer CD, einer Karte für ein Konzert.

Und sie?! Sie ließ es sich gefallen, denn natürlich schmeichelte es ihr sehr, dass er sich seit den Kindertagen so um sie bemühte und damit auch nicht aufhörte, als sie längst erwachsen war. Insgeheim redete sie sich damit heraus, dass er sich ja nicht in ihr Leben einmische und dass sie jederzeit tun und lassen dürfe, was sie wolle.

Und – ja, auch das stimmte. Sie durfte immer tun und lassen, was sie sich vornahm, niemals machte er hier seinen Einfluss geltend, selbst ihren Freunden gegenüber war er immer gleich freundlich und offen und zeigte nicht die geringste Spur irgendeiner Eifersucht.

Nach seinem Tod machte sie sich Vorwürfe, vielleicht hatte er sich zu sehr mit ihr und ihrem Leben beschäftigt, vielleicht hatte ihn das alles überfordert, so wie ihn die eilige Abreise nach London anscheinend überanstrengt hatte.

Vor allem aber ertrug sie nicht, dass sein Tod ihre enge Verbindung so unvermutet und abrupt unterbrach. Das Ende, an das sie dann und wann durchaus mit Sorge und wohl auch mit Angst gedacht hatte – sie hatte es sich ganz anders vorgestellt. Sie hatte sich ausgemalt, dass sie dieses Ende miterleben und ihn in seinen letzten Tagen begleiten würde, ja, sie hatte sich eingeredet, dass sein Tod für sie dadurch vielleicht erträglicher würde, dass sie sein Sterben mitbekäme.

Georg fehlte ihr sehr, ja, mein Gott, er fehlte ihr wirklich sehr. Die Gespräche mit Katharina halfen ihr, über seinen Tod hinwegzukommen, die große Lücke aber konnte auch Katharina nicht ausfüllen.

Und wer hätte sie denn schon ausfüllen können? Jahrelang lebte sie nun allein, ohne einen festen Freund, ohne Begleitung, im Grunde traf sie sich nur mit Katharina regelmäßig. Sie war zu ihrer Vertrauten geworden, und diese Verbindung war schließlich noch enger als die zu ihrer eigenen Mutter. Von Henrike und ihren Geschwistern hörte sie kaum noch etwas. Sie begannen damit, Georgs Erbe untereinander aufzuteilen, ja, sie begannen mit den üblichen Erbstreitereien, an denen sie sich jedoch nicht beteiligte. Sie verzichtete auf einen Großteil ihres Erbes und bestand nur darauf, »Jules Archiv« zu erhalten, auch Katharina schlug ihr Erbe aus und überließ alles Henrike und den Geschwistern.

Manche, die Katharina und sie in der Buchhandlung miteinander reden sahen, glaubten schließlich, es handle sich um Mutter und Tochter, ja, so kam ihre Beziehung zueinander vielen vor. Mit der Zeit wurden sie offenbar, sowohl was das Aussehen als auch was ihre Kleidung betraf, einander immer ähnlicher. Arm in Arm waren sie manchmal abends in München zusammen unterwegs, besuchten eine Theateraufführung oder ein Konzert oder gingen etwas essen.

Ihr kam es oft so vor, als wären sie dabei nicht allein, sondern zu dritt, ja, manchmal glaubte sie sogar zu spüren, dass Georgs Blick auf ihnen beiden ruhte. Sie erzählte Katharina nichts davon, sie verschwieg solche Anwandlungen, doch bis zum gegenwärtigen Tag, bis zu diesem Moment, in dem sie in einem asiatischen Kleid wie eine schöne, gehorsame Tochter an einem Fenster saß und hinaus in den stahlblauen Himmel blickte, hatte sich dieser Glaube an Georgs Gegenwart unverändert erhalten.

Sie schlägt das Buch auf und liest den ersten Satz: *Heute war der Himmel wolkenlos und klar; er machte dem Sommermonat »Heiter-Mild« alle Ehre – ein Tag, an dem der Bergkuckuck … aus den Bergen herübertönte …*

Sie schaut wieder hinaus, hoch hinauf zu den Bergen. Über Mittag wird sie spazieren gehen, nachdem sie ihn zuvor noch in der Bibliothek besucht hat. Sie werden beide in ihren Büchern lesen, sie werden in der kleinen Bibliothek in einem Eckraum des Hotels sitzen, Tee trinken und lesen. Sie steht auf und geht langsam hinüber zu dem Stativ, auf dem noch immer die Videokamera in Richtung des Stuhls postiert ist. Sie schaltet die Kamera ein, dann geht sie zurück und setzt sich wieder.

Sie schaut minutenlang still hinaus, sie hält das geschlossene Buch in beiden Händen. Das Sonnenlicht konturiert ihr Gesicht, es kommt ihr vor, als male es mit an ihrer Erscheinung. Aus weiter Ferne dringt ein leises Rauschen aus den Bergen bis her zu ihr, »ein Waldesrauschen«, denkt sie und hat plötzlich eine unbändige Lust, in den dunklen Wäldern unterhalb der waldlosen, steinigen Partien zu verschwinden.

Du fehlst mir, denkt sie, mein Gott, wie Du mir fehlst!

21

Er kommt aus den Tiefen des Kellergeschosses mit einem Teller voller türkischer Süßspeisen hinauf in den zweiten Stock und sucht nach der Bibliothek, die sich in einem der Eckräume des Stockwerks befindet. Er trägt den dunkelroten, leichten Kimono und hält das Buch »Auf schmalen Pfaden durchs Hinterland« in der Linken. Jetzt, kurz vor Mittag, ist es in den Bädern und Saunen unten im Tiefgeschoss langsam voll geworden, viele Hotelgäste schwimmen vor dem Essen noch einige Runden oder setzen sich für eine Viertelstunde in die Sauna. Auch draußen, auf der großen Terrasse mit den orangefarbenen Sonnenschirmen, wird es nun allmählich voller, er ist froh, dass er sich mit Katharina zu einem Spaziergang und einem Essen außerhalb des Hotels verabredet hat.

Die kleine Bibliothek ist zum Glück leer, seltsam, die meisten Menschen zieht es immer dorthin, wo sie sich gegenseitig im Wege stehen. Hierhin dagegen, wo es angenehm ruhig und still ist und man sich gut konzentrieren kann, zieht es niemanden. Er stellt den Teller mit den Süßspeisen gleich rechts vom Eingang ab. Dann geht er langsam an den bis zur Decke reichenden Regalen entlang und schaut sich die langen Bücherfluchten genauer an. Manchmal benutzt er eine kleine Leiter, um bis zu den höchsten Regalen hinaufzukommen, er nimmt einige Bücher heraus und blättert in ihnen, dann beendet er seinen Rundgang und holt sich von einem kleinen Rundtisch mit Getränken und Keksen, der in der Mitte der Bibliothek steht, eine Tasse Tee.

Er setzt sich und nippt an dem hellgrünen, nicht allzu heißen Getränk, es ist kräftig und belebt angenehm. Dann schlägt er das Buch auf, das er zur Lektüre mitgebracht hat, und vertieft sich in die lange Wanderung eines japanischen Dichters durch die hohen Berglandschaften des japanischen Nordens. An den Stationen, die der Dichter einlegt, erinnert er sich oft an einige der anderen Wanderer und Dichter, die bereits vor ihm diese Station besucht und diesen Besuch in einem kurzen Gedicht festgehalten haben. Anscheinend hat er all diese Gedichte seiner Vorläufer im Kopf und bezieht sich auf sie, indem auch er an beinahe jeder Station ein kleines Gedicht schreibt. Die Gedichte haben nur drei Zeilen, sie gefallen ihm in ihrer lakonischen Kürze besonders: *Dort, wo die Flut steigt:/ die staksigen Beine des Kranichs,/ umspült von kühlen Wellen …*

Was für eine schöne Geste! Sich an jeder Station an einige jener Wanderer zu erinnern, die früher ebenfalls an dieser Station haltgemacht haben! Jede Rast wird dadurch zu einem Ort der Einkehr. Als riefe man die Seelen der Abwesenden zu Hilfe, ja, als sammelte man sie um sich, wie Tauben, die zurückkehren in ihren Taubenschlag und danach wieder weit davonfliegen! Landschaften mit ziehenden Vogelscharen in weiten, entfernten Himmelsregionen – dieses Bild stellt sich ein, nachdem er von den Aufenthalten des Dichters gelesen hat.

Er liest eine Weile und legt das Buch dann für einen Moment zur Seite. Jetzt ist sie wohl wieder in ihrem Zimmer. Sie wird den Teller mit den Süßigkeiten bemerken und bald darauf auch sehen, dass er mithilfe ihrer Video-Kamera eine neue Sequenz gedreht hat. Sie wird den frisch eingeschenkten Sekt kosten, dann wird sie sich die neue Sequenz anschauen. Sie wird erkennen, dass er den dunkelroten Kimono trägt, den sie auf das Zimmer bestellt hat. Sie wird sich umziehen, ja, sie wird ebenfalls eine asiatische Kleidung anziehen, vielleicht auch einen Kimono, vielleicht aber auch ein asiatisches Kleid.

Es ist unglaublich, wie stark und selbstverständlich sie bereits miteinander korrespondieren. Das reicht bis tief in die Stimmungen, so dass er beinahe genau sagen könnte, wie es ihr in ihrem Zimmer gerade ergeht. Inzwischen hat er eine deutliche Vorstellung von ihrer Art zu empfinden und zu handeln, nur kennt er die Hintergründe noch nicht. Katharina kennt sie, irgendwann wird er sich trauen, sie danach zu befragen, und vielleicht wird sie ihm einige Auskünfte geben. Vorläufig ist das alles aber nicht wichtig, viel wichtiger ist, dass sie ihr gemeinsames Projekt fortsetzen.

Er schaut zur Seite, als sich die Tür der Bibliothek öffnet und sie hereinkommt. Wahrhaftig, sie trägt ein asiatisches Kleid von der Art, wie er vermutet hatte: hochgeschlossen, mit einem kleinen Stehkragen und kurzen Ärmeln. Sie lächelt ihm kurz zu, dann geht sie hinüber zur anderen Seite des Zimmers und nimmt – ihm genau gegenüber – in der anderen Ecke Platz. Auch sie hat ein

Buch dabei, sie legt es auf den kleinen, runden Tisch direkt neben dem Lesestuhl.

Unmerklich hat ihr Erscheinen seine Lippen geöffnet, plötzlich spürt er es, ja, ein Außenstehender würde ihn mit offenen Lippen staunen sehen. Und jetzt? Wie geht es weiter? Er überlegt nicht lange, sondern steht auf und geht in die Mitte der Bibliothek, um eine leere Tasse mit grünem Tee zu füllen. Dann trägt er die Tasse zu ihr hinüber und stellt sie neben das Buch auf den Tisch. Er schaut sie dabei nicht an, er möchte sie nicht dazu animieren, eine dankende Geste zu machen. Dann geht er zurück zu seinem Stuhl und setzt sich wieder.

Es ist vollkommen still. Sie lesen, ab und zu trinkt einer von ihnen etwas Tee. Von draußen dringen keine Geräusche herein, stattdessen blickt man, wenn man aus den Fenstern schaut, auf die den Bergen abgewandte Seite des weiten, lang gestreckten Tals, in dessen Mitte ein kleiner Bach fließt. Das helle Grün der Wiesen beruhigt, und die vereinzelt hier und dort stehenden Kiefern wirken wie stumme Wächter eines geheimen Ordens, der sich der Stille verschrieben hat. *Wie verehrungswürdig!/ Zarte Blätter – grüne Blätter/ von Sonnenstrahlen durchglänzt* …, liest er und stellt sich vor, wie der einsame Wanderer die Kiefernwälder der japanischen Felslandschaften durchstreift. Er geht sehr langsam, er bleibt immer wieder stehen, dann studiert er Naturbild für Naturbild und reiht diese Bilder in seiner Erinnerung aneinander. Ein Bildersammler, ein Bilderhüter, ein Bilderbewahrer!

Sie schauen beide zugleich auf, als draußen vor der Tür eine fremde Person erscheint. Sie bleibt dort stehen und blickt hinein, sie schaut irritiert und scheint sich nicht zu trauen, den Raum zu betreten. Sicher machen sie beide einen seltsamen Eindruck, ja, es könnte so sein, dass sie den Eindruck erwecken, allein sein und bleiben zu wollen. Die asiatische Kleidung betont ihre Zusammengehörigkeit und wird auf andere so wirken, als wünschten sie keine Fremden in ihrer Nähe. Diese Kleidung hat etwas Strenges und Förmliches, sie hält andere Menschen auf Distanz.

Er schaut genauer hin und bemerkt, dass es sich um das Zimmermädchen von vorhin handelt. Die junge Frau öffnet schließlich langsam die Tür und kommt herein. »Entschuldigen Sie, ich möchte nicht stören, ich habe hier etwas vergessen«, sagt sie und geht gleich rechts vom Eingang an dem dort noch halb leeren Regal entlang. Sie erkennt den Teller mit türkischen Süßigkeiten und nimmt ihn aus dem Regal, dann schleicht sie wieder hinaus und schließt die Tür sacht hinter sich.

Jetzt wirkt ihre Zusammengehörigkeit schon so stark, dass sich nicht jeder ohne Umschweife in ihre Nähe traut. Sie erscheinen als ein Paar, das nicht gestört werden will. Er liest weiter in seinem Buch, blickt aber dann und wann heimlich zu ihr hinüber. Auch sie liest, sie wirkt sehr konzentriert, genau das gefällt ihm an ihr so sehr: wie sie sich in etwas vertieft, wie sie mit leicht geröteten Backen und leicht wirrem Haar eine Sache verfolgt. Die Strähnen ihrer Haare sind dann stark gewellt und vermitteln den

Eindruck großer Erregung, manchmal wirkt das alles, als beteiligte sie sich gerade an angeregten Debatten und gäbe sich Mühe, glaubhaft und eindeutig zu erscheinen. Das alles verleiht ihr das Aussehen einer Schülerin kurz vor dem Abitur, sie kämpft sich durch Berge von Wissen, und sie schaufelt dieses Wissen beherzt zur Seite, um sich einen eigenen Weg zu bahnen.

Sie hat kleine, aber kräftige Hände, manchmal erscheinen sie wie kindliche, zusammengeballte Fäuste. Irgendwann hat sie vielleicht mit diesen Händen einen besonderen Sport getrieben, er überlegt, aber ihm kommt kein guter Gedanke. Wie schön wäre es, eine dieser Hände zu fassen, das wäre ein starker Halt, er würde den Druck spüren, der von ihnen ausginge, es wäre ein fester, stabiler Druck, der ihn nach einiger Zeit unweigerlich dazu verleiten würde, sie zu küssen, ja, der Händedruck würde die Erregung des übrigen Körpers in Gang setzen und steigern, und diese Erregung würde irgendwann zu einem Kuss führen.

Was denkt er denn da? Sollte er sich nicht hüten, sich so etwas vorzustellen? Vielleicht bekommt sie es mit, vielleicht kann sie längst seine geheimsten Gedanken lesen. Er blickt weiter heimlich zu ihr herüber, ach was, es wäre doch richtig, wenn sie seine Gedanken läse, nichts lieber als das, nichts lieber als eine Mitteilung darüber, was er sich wünscht und begehrt. Also weiter, er studiert sie jetzt weiter, und es kommt ihm so vor, als würde er sie entkleiden. Ihre Schultern – was ist mit ihren Schultern? Sie sind sehr kräftig, sie ist eine hervorragende Schwimmerin, dieser Sport hat ihre Schultern geformt und gerundet. Die Arme sind ungewöhnlich lang, vielleicht ist auch das eine Folge des vielen Schwimmens, ihr Busen sitzt hoch und wirkt wie modelliert, manchmal kommt es ihm so vor, als trüge sie keinen BH, er ist sich in dieser Hinsicht aber nicht sicher. Die Hüften jedenfalls sind nicht besonders schmal, im Gegenteil, sie wirken ..., ja, wie soll er das nennen? ... – sie wirken stabil, wie ein Fundament, auf dem der Oberkörper wie ein Bau aufsitzt. Sie hat etwas von der Schönheit mancher Schauspielerinnen, die sich erst ganz erschließt, wenn man sie auf der Bühne, in Aktion, sieht und mit offenem Mund schließlich jede ihrer Gesten und Bewegungen verfolgt.

Im Grunde geht er nur ins Theater, um so etwas zu sehen: Frauen und Männer, die sich so bewegen und zeigen, dass man während einer Aufführung mit den Geheimnissen ganz einzigartiger Schönheiten vertraut wird. Oft schon hat er während einer ganzen Aufführung nur eine einzige Person verfolgt, ohne seine Aufmerksamkeit auf das gesamte Ensemble zu verteilen. Er hat diese Person fixiert, und er hat sie auch dann ununterbrochen betrachtet, wenn sie am Rand einer Szene saß oder ganz im Trubel des Spiels unterzugehen drohte.

Der »Trubel des Spiels« dagegen, das Aufschreien, laut deklamierende Chöre – so etwas zu erleben, ist ihm geradezu physisch unangenehm. Wenn eine Aufführung nur aus einem derartigen Taumel besteht, verlässt er sie in der Pause, wie er überhaupt dazu neigt, sich in der Pause auf und davon zu machen. Er mag keine Pausen, nicht im

Theater und erst recht nicht in einem Konzert. Er hasst das Herumflanieren der Konzertbesucher, staksig, müde, mit einem winzigen Sektglas in der Hand. Und er hasst es, wenn diese Besucher den Konzertsaal wieder umständlich und laut betreten, um sich in ihre engen Plätze zu zwängen und den letzten, starken Müdigkeitsschub abzubekommen.

Auch ihre Beine sind recht lang und sehr schlank, sie bewegt sich mit ihnen oft außergewöhnlich schnell, so dass ihr Körper aus zwei verschiedenen Teilen zu bestehen scheint: Dem kräftigeren, langsameren Oberbau und dem leichteren, schnelleren Unterbau. Er kann sich gut vorstellen, dass sie gern Fahrrad fährt, seltsam, er hat ein gewisses Faible für Frauen, die gerne Fahrrad fahren, »mit Frauen, die gerne Fahrrad fahren, liegt man nie falsch«, hat er einmal in einem Anfall von Übermut zu einem Freund gesagt, der den Satz nicht verstand und ihn daraufhin anschaute, als hätte er etwas vollkommen Irres gesagt. Doch was ist an diesem klaren Satz denn so seltsam? Frauen, die gerne Fahrrad fahren, sind praktisch und gehen direkt auf etwas zu, außerdem besitzen sie meist eine gewisse Leichtigkeit und einen gewissen Humor, er hat diese Vermutungen schon oft getestet, und sie haben sich fast immer bestätigt.

Er glaubt auch fest, dass sie häufiger Kleider als Hosen trägt, sie trägt lange, bunte Kleider mit lebhaften Mustern, die während des Fahrradfahrens leicht nach hinten wehen, wie kleine Schmetterlingsflügel. Schmetterlingshaft – ja, so wirkt sie auch manchmal, dieses Schmetterlingshafte verleiht ihr etwas Lebendiges, Rasches. Bestimmt geht sie erst spät in der Nacht zu Bett, nach Mitternacht, gegen eins, und bestimmt steht sie am Morgen früh auf, spätestens gegen sieben. Sie schläft also höchstens sechs Stunden, vielleicht auch noch weniger, das Schlafen bedeutet ihr nichts, sie ist viel zu neugierig, um länger als fünf, sechs Stunden zu schlafen …

Nun aber genug. Er schaut auf die Uhr und erkennt, dass es Zeit ist, in die Buchhandlung zu gehen, um mit Katharina zu dem verabredeten Spaziergang aufzubrechen. Er wird sich vorher noch umziehen, und dann werden sie durch das weite, unterhalb der Bibliothek liegende grüne Tal ziehen, auf der schmalen, hellgrauen Straße entlang, die keinen Mittelstreifen hat.

Er steht auf und trägt die leere Tasse zurück zu dem Tisch in der Mitte der Bibliothek. Als er dort angekommen ist, steht sie plötzlich ebenfalls auf und geht hinüber zu dem Stuhl, in dem er gesessen hat. Er hat seine Lektüre noch dort liegenlassen, sie nimmt das Buch und tauscht es gegen ihres, dann geht sie zurück und setzt sich wieder in ihren Lesestuhl. Sie beginnt sofort zu lesen, sie liest jetzt das Tagebuch des japanischen Dichters während seiner langen Wanderung durch den japanischen Norden.

Ich werde mich jetzt in diesen Dichter verwandeln, denkt er, ich werde eine kleine Wanderung durch die grünen Täler dieser Ebene antreten. Sie wird hier oben in der ruhigen, schönen Bibliothek sitzen und Katharina und mich beobachten, wie wir uns auf den Weg machen und die Ebene durchstreifen. Hier und da werden wir stehen bleiben und eine Station einlegen, ganz so wie der japanische Dichter.

Er nimmt das Buch in die Hand, das sie ihm hingelegt hat, er schaut nicht auf den Umschlag. Dann verlässt er die Bibliothek und geht zurück zu seinem Zimmer.

22

Sie legt das Buch aus den Händen und trinkt noch etwas Tee. Sie schaut hinab auf die grüne, einladende Ebene mit den Wellenkämmen aus Gras, den kleinen Scheunen und den Unterständen für das Vieh. Die graue Wegspur zieht durch dieses helle Grün ein schlichtes Band, auf das gerade Katharina und der Geliebte einbiegen. Sie gehen dicht nebeneinander und unterhalten sich, Katharina trägt einen kleinen, schwarzen Rucksack, und auch Johannes trägt einen Rucksack, dunkelgrün, breit und ausgebeult, vielleicht ein Jagdrucksack.

Sie ist von diesem Anblick nicht überrascht, sie hat das beinahe schon erwartet, denn ihr beiderseitiger Kontakt setzt sich seit dem ersten Moment der Begegnung ununterbrochen in immer anderen und neuen Räumen fort, als gälte es, das gesamte Terrain dieses Hotels und seine unmittelbare Umgebung in ihren Liebesrausch mit einzubeziehen. Anscheinend wollen Katharina und Johannes nicht im Hotel zu Mittag essen und wandern jetzt hinüber zum Biergarten des nah gelegenen Gasthofs und zu der kleinen Kapelle, die sich hinter dem Biergarten mitten in einem schönen Wiesengelände befindet.

Sie wird noch etwas in dem Buch des japanischen Wander-Dichters lesen und dann weiter an ihrem Projekt arbeiten. Was wären die nächsten Bilder und Szenen, die sie einfangen könnte? Sie wird sich von ihren Lektüren inspirieren lassen und sich umschauen, ja, sie wird wie bisher nichts erzwingen, sondern jede Sequenz der plötzlichen Eingebung und dem Zufall überlassen. Längst denkt sie dabei nicht mehr nur an sich selbst und an ihre eigenen Auftritte, sie bezieht ihn mit ein, so dass sie sich laufend bestimmte Begegnungen vorstellt: Sie wartet an einem stillen Ort, und er kommt ihr entgegen; sie geht eine Treppe ins Tal hinunter, und er steigt sie hinauf …

Die wachsende Anziehung und die immer spürbarer werdende Nähe sollten auf den Fotografien und Filmsequenzen gut zu erkennen sein, die Intensität der Begegnungen sollte sich steigern, bis hin zu den ersten Berührungen.

Erste Berührungen?! Aber wo sollten die stattfinden? Und wie sollte sich so etwas ereignen? Und wer macht damit den Anfang? Sie? Oder er?

Was sie an dem Anblick der beiden Spaziergänger berührt, ist, dass sie sich als die dritte Figur in ihrem Bund empfindet. Ja, eigenartig, die beiden gehören eng zusammen, sie gehen dort wie Mutter und Sohn oder wie zwei enge Verwandte. Johannes geht links von Katharina, so dass man sich vorstellen könnte, dass sie, Jule, rechts von ihr ginge. Dann wäre der kleine Bund komplett und auch nach außen gut sichtbar, eine Mutter mit ihren beiden Kindern, eine nahe Verwandte der Familie mit ihrer Nichte und ihrem Neffen.

Jedenfalls ist ihre Liebe auch mit Katharina verbunden, sie ist der ferne Fluchtpunkt aller Liebesbewegungen, das ist bestimmt kein Zufall. Irgendetwas hat Katharina mit ihnen beiden gemein, irgendeine geheime Geschichte teilen sie drei, so dass die Liebe noch durch etwas Drittes grundiert wird.

Die beiden Spaziergänger schauen nicht auf den grauen Weg, sondern blicken nach rechts und links und bleiben immer wieder stehen. Sie sieht, dass Katharina hier und da etwas erklärt, sie deutet mit der rechten Hand in die Weite der Wiesenlandschaft, sie zeigt Johannes die beiden Bussarde, die hoch über der Ebene kreisen, und sie bückt sich, als sie etwas Merkwürdiges entdeckt hat. Katharinas besondere Art des Gehens kennt sie aus eigener Erfahrung. Sie war schon oft mit ihr unterwegs, und jedes Mal wurde der gemeinsame Gang zu einer kleinen Führung. Es ist einfach erstaunlich, wie viel Katharina an den Wegrändern auffällt: Ein Stein, eine Pflanze, die Farben des Lichts – je älter sie wird, desto mehr fällt ihr auf, ja, es kommt einem so vor, als würde sie zu vielen Dingen geradezu hingezogen.

»Sieh mal!«, »schau!« – sie hat den besonderen Tonfall von Katharinas Hinweisen genau im Ohr, und sie erinnert sich an die merkwürdige Antwort, die Katharina ihr gab, als sie gefragt wurde, welche Erklärung sie dafür habe, dass ihr so viel auffalle. »Mir fällt so viel auf, weil ich den Tod bereits in mir habe«, hat sie gesagt. »Ich gehe dem Tod entgegen, weißt Du«, hat sie weiter gesagt, »auch wenn ich vielleicht das Glück habe, noch ein, zwei Jahrzehnte zu leben. Ich sterbe allmählich, ich sterbe von Tag zu Tag ein wenig mehr. Und je mehr ich sterbe, umso mehr liebe ich die kleinen Dinge am Wegrand. Ich übersehe keines von ihnen, ich nehme ununterbrochen Abschied: aufmerksam, getröstet, mit all diesen lebendigen Dingen so eng verbunden wie in meinem früheren Leben noch nie. Das ist das Merkwürdige am Alter: Dass einem die Welt immer näherkommt, dass sie alles tut, einen zu umschließen und heimzuholen.«

Sie hat Katharina gefragt, seit wann sie so empfinde, und Katharina hat geantwortet, dass es seit Georgs Tod immer mehr zunehme, dieses Wissen um den eigenen Tod und diese besondere Liebe zu den Dingen in der unmittelbaren Umgebung. Vielleicht ersetze diese Liebe zu den Dingen die frühere Liebe zu einem Menschen, und vielleicht gebe es im Leben eines jeden Menschen drei Zeiten der Liebe: Die Liebe zu den Eltern, die Liebe zu einem anderen Menschen, die Liebe zu den Dingen. Einigen Menschen gelinge es sogar, sich diese drei Zeiten und Formen der Liebe bis ans Ende ihres Lebens zu erhalten. Als Dreierbund der Liebe. Als tiefstes Glück.

Die beiden Spaziergänger kommen kaum voran, so langsam gehen sie, und so häufig bleiben sie stehen. Ein wenig haben sie auch von begeisterten Forschern, von Geologen oder Geodäten, es fehlt nur noch, dass sie einen Block herausziehen und sich etwas notieren. Johannes geht etwas schief, und außerdem geht er schlendernd, wie ein großer Junge, der viel Sport treibt. Er ist schmal, ja beinahe hager, so dass sie vermutet, dass auch er viel und gerne schwimmt. Dagegen kann sie sich einfach nicht vorstellen, dass er rasch und ausdauernd läuft. Nein, auf keinen Fall, einer wie er ist kein Läufer, geschweige denn ein Jogger, nein, so etwas würde Johannes nie machen.

Manchmal bringt sie seine Gestalt auch mit einem Musikinstrument in Verbindung, er könnte Saxophon oder Klarinette spielen, ja, das wäre möglich, auch an ein Schlagzeug hat sie schon gedacht. Die Musik von Miles Davis oder von John Coltrane wird ihm gefallen, sie vermutet, dass er diese Musik immer dabeihat und dass sie zu seinen Lebensmusiken gehört. Sie dagegen liebt Klaviermusik, Klaviermusik ohne jede Begleitung, Klaviermusik von der einsamen, improvisierenden Art. Chopin, Liszt, Satie, Skrjabin, Rachmaninow – das sind ihre eigenen Lebensmusiken, Jazz mag sie auch sehr, aber diese Stücke reichen eben doch nie so ganz an das eher klassische Repertoire heran.

Sicher ist er auch ein häufiger Kinogänger, ja, auch das glaubt sie fest. Er geht nicht am späten Abend, sondern am Mittag oder am frühen Nachmittag ins Kino, er mag es, sich in die leeren Reihen zu setzen und während des

Films etwas zu trinken. Er macht es sich bequem, er lehnt sich mit dem Kopf nach hinten, er lässt den Film wie ein schönes Schneegestöber oder einen kleinen Sturm, in denen man Gestalten und Räume erst entziffern muss, vor sich aufziehen. Hinterher schlägt er den Kragen seiner Jacke hoch, steckt seine Hände in die beiden Hosentaschen und verlässt das Kino nachdenklich und langsam. Danach geht er spazieren, denn er braucht einige Zeit, um den Film in seinem Kopf loszuwerden, nichts zieht ihn an, nichts schmeckt ihm – so verbringt er einige stille Stunden, bis er wieder ins Leben zurückfindet.

Und seine Arbeit? Sie könnte sich von Katharina einige seiner Bücher ausleihen, doch das wird sie auf keinen Fall tun. Sie möchte ihn im Umgang kennenlernen und nicht durch seine Bücher beeinflusst werden, sie möchte sogar nicht einmal flüchtig wissen, welche Themen in seinen Büchern eine Rolle spielen. Seltsam, das kann sie sich nur schwer vorstellen: die Themen, die er in seinen Büchern behandelt. Themen?! Welche Themen?! Es kommt ihr so vor, als wäre »Thema« in seinem Fall ein zu plakatives Wort. Ein »Thema« – das ist Breitwand, Epos, Drama, Geschichte. Sie vermutet jedoch, dass er sich für kleinere Formate interessiert. Die Skizze, die kurze Erzählung, einige Szenen, luftig, pointiert geschrieben, aber ohne peinlichen Witz. Und das alles sehr leise und wie hingetuscht.

Sie trinkt ihre Tasse leer und vertieft sich wieder in ihr Buch. Auch das Gehen des japanischen Wander-Dichters ist ein Altersgehen in dem Sinn, wie Katharina es versteht. Dieses Begrüßen der Dinge am Wegrand, diese enge Verbundenheit mit ihrem Dasein, diese Sorge um ihren Bestand – das alles findet sich in beinahe jeder Zeile seines Tagebuchs.

Sie liest, und sie schaut ab und zu hinab zu dem vertrauten Paar, das sich langsam in die Ferne bewegt. Jetzt steht es auf einer Brücke und blickt auf das Wasser eines unterhalb der Brücke dahinsprudelnden Bachs. Wegen seiner raschen, munteren Bewegung blitzen die Sonnenstrahlen auf seiner Oberfläche bis hier hinauf, die beiden Spaziergänger lehnen sich nun an die Brüstung des dunklen Holzgeländers und beobachten dieses Geschehen.

Erst nach einer Weile lösen sie sich von diesem Anblick und spazieren weiter. Schließlich verschwinden sie nach einer Biegung des Weges, der sich zwischen zwei großen Felsblöcken rechts und links hindurchwindet, in der Ferne.

Sie schlägt das Buch zu und trägt ihre Tasse Tee zu dem Tisch in der Mitte der Bibliothek. Dann verlässt sie den Raum und macht sich auf den Weg zurück zu ihrem Zimmer.

23

Katharina geht ein paar Schritte voraus, als sie den kleinen Landgasthof erreichen. Sie betritt ihn aber nicht, sondern umrundet ihn an seiner rechten Seite, so dass sie gleich auf den schattigen Biergarten stoßen.

Die Stühle und Tische stehen unter zwei mächtigen Kastanien, und an den Rändern des langen Rechtecks halten mehrere weiße Sonnenschirme das zur späten Mittagsstunde gleißende Sonnenlicht ab. Anscheinend haben die meisten Gäste schon viel früher zu Mittag gegessen und sind bereits wieder verschwunden, denn die Kellnerinnen und Kellner sind gerade dabei, Geschirr und Gläser von den verlassenen Tischen zu tragen.

Sie setzen sich in die Mitte des Biergartens direkt unter eine Kastanie, und als ein Kellner erscheint, bestellen sie fürs Erste schon einmal zwei große Helle gegen den Durst.

– In den letzten Jahren habe ich nur mit Dir zusammen Bier getrunken, niemals aber allein und mit niemand anderem sonst, ist das nicht seltsam? sagt er.

– Ich trinke in München nicht gerne Wein, antwortet sie, er schmeckt mir dort einfach nicht. Hier ist das anders, hier trinke ich abends sehr häufig Wein, mittags aber nie, mittags gehe ich ja meist eine Runde spazieren, und nach einem solchen Spaziergang gibt es nichts Besseres als ein eiskaltes Bier. Habe ich recht?

– Absolut. Man geht ja überhaupt nur länger spazieren, um den Durst so richtig anzufachen und dann ein oder zwei Bier zu trinken. Das Spazierengehen und das Biertrinken gehören zusammen, während das Weintrinken nicht zum Spazierengehen gehört, sondern zum Flanieren. Wer flaniert, bleibt hier und da stehen, schaut sich um, kostet, probiert, nimmt hier einen kleinen Schluck und dort – das ist das Tempo der Weintrinker. Es ist ein Flaneur-Schluck-Tempo, das Tempo der Biertrinker dagegen ist die gedehnte Zeitlupe des langen, unermüdlichen Sitzens. Wie viel Zeit haben wir denn jetzt?

– Ich muss spätestens in zwei Stunden wieder in der Buchhandlung sein, aber Du kannst Dir Zeit lassen, auf Dich wartet doch niemand.

Er greift nach den Speisekarten und reicht eine von ihnen an Katharina weiter. Dann sagt er leise:

– Auf mich wartet jemand, Katharina, ich bin nicht mehr allein.

Sie schaut nicht auf, als sie diesen Satz hört. Sie blättert in der Karte und schweigt. Dann beugt sie sich zu ihm vor und sagt:

– Saure Lüngerl, wäre das nicht etwas für uns?

– Saure Lüngerl? Das ist perfekt, da mache ich mit!

Der Kellner bringt das Bier und nimmt ihre Bestellung entgegen, dann stoßen sie an und trinken beide einen großen Schluck.

– Wie steht's? fragt sie. Wollen wir über Dein Projekt sprechen?

– Ja, ich möchte darüber sprechen, antwortet er, aber ich muss etwas ausholen.

– Ich höre zu, ich bin gespannt, sagt sie und lehnt sich wieder etwas zurück.

Er sammelt die Speisekarten ein und legt sie zur Seite, dann nimmt er einen Bierdeckel in die rechte Hand und dreht und wendet ihn langsam hin und her. Sie schaut ihm nicht zu, sondern blickt kurz hinauf in das leicht bräunlich werdende Blattwerk der Kastanie, durch das sich noch einige Sonnenstrahlen hindurchzwängen.

– Erinnerst Du Dich? Wir haben davon gesprochen, dass wir uns lange Zeit kaum über ein privates Thema unterhalten haben …

– Ja, ich erinnere mich gut.

– Und Du hast von den Eindrücken erzählt, die Du von mir hattest, als ich Dich damals in Deiner Buchhandlung besucht habe.

– Ja, ich erinnere mich.

– Du hast erzählt, dass ich einen dunklen Mantel getragen und Dir den Rücken zugekehrt habe, und Du hast weiter erzählt, dass ich nicht ansprechbar gewesen sei.

– So war das, ja, genau so war das.

– Ich habe Dir damals verschwiegen, dass ich den dunklen Mantel trug, weil meine Mutter gerade gestorben war. Als ich in Deine Buchhandlung kam, war sie kaum eine Woche tot. Ich war die letzten Wochen ihres Lebens mit ihr zusammen, ich habe sie in meinem Elternhaus bis zuletzt betreut und gepflegt. Als sie starb, war ich mit ihr allein, ich habe ihren Tod beinahe nicht überstanden, ich hätte mich beinahe auch hingelegt, um zu sterben.

Er dreht den Bierdeckel weiter in der Rechten und schweigt. Sie schaut ihm zu und sagt ruhig:

– Erzähl weiter, Johannes …

Er zögert eine Weile und fährt dann fort:

– Es war ein sonniger Tag Anfang Mai, sie starb gegen Mittag. Als es vorbei war, blieb ich noch eine Weile neben ihrem Bett sitzen, dann ging ich hinaus, ins Freie. Der große Garten meines Elternhauses stand in voller Blüte, es war eine einzige Pracht, ein unglaublicher Duft und eine Farbigkeit, die etwas Betörendes, Hinreißendes hatte. Ich konnte mir das alles nicht anschauen, es war zu viel, ich verließ das Grundstück, und als ich noch einmal zurückschaute, kam mir der Gedanke, das gesamte Gelände einige Zeit sich selbst zu überlassen. Ich spürte, dass ich dort nicht würde leben können, ja, ich spürte genau, dass mich die Trauer ersticken würde. Ich habe die Beerdigung noch abgewartet, dann habe ich einige große Koffer mit meinen Siebensachen gepackt, habe das Haus abgeschlossen und mich davongemacht.

– Dein Vater lebte nicht mehr?

– Nein, mein Vater war schon beinahe zehn Jahre tot.

– Und Geschwister hast Du keine?

– Nein, ich habe keine Geschwister.

– Du hast sehr an Deiner Mutter gehangen?

– Ja, das habe ich. Wir waren zeitlebens ein gutes Paar, wenn Du verstehst, was ich meine. Als sie im Alter allein war, sind wir durch halb Deutschland gereist, und ich habe sie oft besucht und bin dann immer einige Zeit bei ihr geblieben. Wir haben zusammen gekocht, ich habe ihr vorgelesen, wir haben Musik gehört, aber wir haben auch viel Blödsinn gemacht. Sie hatte damals so eine Art Altershumor, sie konnte über vieles, was sie früher sehr ernst genommen hatte, ganz entspannt lachen.

– Und weiter? Wie ging es weiter?

– Tja, mit mir ging es nicht richtig weiter. Ich war viel unterwegs, ich habe mich irgendwie beschäftigt und abgelenkt, und ich habe um mein Elternhaus einen großen Bogen gemacht.

– Du hast Dir nichts anmerken lassen, Johannes, ich habe von alldem nicht das Geringste geahnt.

– Ich weiß, ich bin ein Meister in der Kunst, sich nichts anmerken zu lassen. Ich weihe niemanden in meine Geschichten ein, ich trage alles nur mit mir selbst aus, so bin ich, das ist nun mal so.

– Manchmal bist Du zwei-, dreimal in der Woche in die Buchhandlung gekommen, dann warst Du wieder für Wochen verschwunden. Und nie hast Du von Deinen Reisen und Abwesenheiten erzählt.

– Stimmt, ich habe nie davon erzählt.

– »Wo warst Du? Warst Du verreist?« – ich habe Dich das manchmal gefragt, und jedes Mal hast Du nur gesagt, Du seist auf Lesetour gewesen und über Lesetouren gebe es nichts zu erzählen, denn Lesetouren seien alle gleich und vollkommen prosaisch.

– Richtig, das habe ich gesagt, denn ich wollte um keinen Preis darüber sprechen, wie es mir ging. Manchmal habe ich nach den Lesungen allein in meinem Hotelzimmer gesessen und nur noch gedacht: Gott, lass es zu Ende gehen, ich kann und möchte nicht mehr.

– So schlecht ging es Dir? Das verblüfft mich jetzt sehr. Du warst so neugierig und hast Dich für so viele Themen interessiert, ich konnte Dir ja gar nicht genug Bücher empfehlen.

– Ja, ich habe sie richtiggehend in mich reingefressen, ich habe so viel gelesen wie noch nie, denn ich war ganz erfüllt von der Panik, in einer toten Stunde an mein Zuhause und meine Mutter erinnert zu werden.

– Vielleicht hätte es Dir geholfen, mit mir darüber zu sprechen.

– Nein, andersherum: Es hat mir geholfen, mit Dir *nicht* darüber zu sprechen. Du warst meine wichtigste Gesprächspartnerin, denn anders als einige meiner Freunde und Bekannten wusstest Du nichts von den Hintergründen meines Lebens. Heute erscheint es mir so, als hätte ich mit Dir all die Gespräche fortgesetzt, die ich mit meiner Mutter vor ihrem Tod geführt hatte.

– Wir haben besonders schmerzliche Themen nur selten berührt.

– Eben. Wir haben uns mit guter Laune angesteckt, und wir haben uns aus todernsten Büchern so vorgelesen, dass uns vor Lachen die Tränen kamen. Wir hatten beide ein Faible für Komik und Parodie, manchmal waren wir ja sogar richtig albern …

Katharina redet nicht weiter, da der Kellner das Essen bringt. Die Sauren Lüngerl liegen in einem tiefen weißen Teller, in dessen Mitte zwei kleine Semmelknödel thronen. Er wünscht einen guten Appetit, Johannes verteilt Löffel und Servietten, und dann rücken sie beide ihre Stühle näher heran an den Tisch und beginnen, langsam zu essen.

– Soll ich weitererzählen? fragt er.

– Ja, erzähl weiter. Schmeckt Dir das Essen?

– Es schmeckt sehr gut. Ich mag es ja nicht, wenn die Lüngerl zu sehr nach Essig schmecken, hier aber schmecken sie nach Wein und sind außerdem etwas scharf.

– Sie tun Chili hinein, und sie kochen die Lüngerl tatsächlich mit Wein. Wichtig sind auch gute Zwiebeln, sie verwenden hier rote Zwiebeln und etwas Thymian. Aber jetzt erzähl weiter.

– Ich habe über zwei Jahre gebraucht, um wieder den Weg in mein elterliches Zuhause zu finden. Irgendwann half keine Ablenkung mehr, keine Lektüren, keine Lesereisen, irgendwann war ich so am Ende, dass ich keine Zeile mehr schreiben konnte.

– Du hast während dieser starken Trauer-Phase geschrieben?

– Ich habe nichts Großes geschrieben, ich habe nur alle paar Tage einige Erinnerungen an die letzten Jahre mit meiner Mutter notiert. Ich schaffte immer nur höchstens zwei Seiten, dann musste ich aufhören. Aber ich brauchte diese Texte, sie betäubten die Trauer, und sie erleichterten mir das Weiterleben. In dieser Manier konnte es aber nicht weitergehen. Ich wollte kein Buch über meine Mutter und erst recht nicht über ihren Tod schreiben, ich machte die Notizen doch nur für mich. Sie gingen niemanden etwas an, sie waren vollkommen privat und intim. Um einen neuen Stoff anpacken zu können, musste ich mich von meinen Erinnerungen befreien. Aber wie?

– Ich weiß es, Johannes, ich weiß genau, was Du getan hast.

– Und was habe ich getan?

– Du bist zurück in Dein Elternhaus gegangen, Du hast Dich wieder dort eingerichtet.

– Richtig, ich bin zurückgegangen, mit all meinen Siebensachen. Und ich bin wieder in ein Haus eingezogen, das seit dem Tod meiner Mutter vollkommen unverändert war. Der Anblick der Räume war kaum zu ertragen, sie wirkten, als hätten sie sich vollgesogen mit dem Leben meiner Eltern und als speicherte jeder Gegenstand Hunderte von Erinnerungen. Als ich etwa zwei Wochen dort gelebt hatte, begann ich aus reiner Verzweiflung damit, das Haus komplett zu leeren. Ich bin ganz systematisch vorgegangen, Zimmer für Zimmer, ich habe alles nach draußen getragen und auf einen Laster geladen und dann in eine nahe Scheune gebracht, die ich als Möbellager benutzte. Ich habe beinahe sechs Wochen für diesen Auszug gebraucht, am Ende war das Haus vollkommen leer. Ich habe neue Böden verlegen und die Wände neu streichen lassen, und dann habe ich das Haus neu möbliert und mir ein großes Arbeitszimmer im Sterbezimmer meiner Eltern eingerichtet. Wochenlang habe ich mit kaum einem Menschen gesprochen, ich war wie gefangen vom Leeren und neuen Möblieren des Hauses, ich wollte es unbedingt allein schaffen, denn ich hatte die fixe Idee, dass ich danach wieder würde schreiben können.

– Aber Du hast Dich geirrt, nicht wahr? Das Haus und die Erinnerungen haben Dich nicht freigegeben.

– Ja, Katharina, ich habe mich geirrt, ich habe mich, verdammt noch mal, ganz furchtbar geirrt.

Er schiebt den leeren Teller von sich fort, dann steht er auf.

– Trinkst Du noch ein Glas mit?

– Ja, gern, bestell mir auch noch eins.

Er geht zwischen den eng beieinanderstehenden Tischen und Stühlen des Biergartens hindurch zum hinteren Eingang des Gasthofes. An den einfachen Holztischen drinnen sitzt kein einziger Gast. Er begegnet dem Kellner und bestellt noch zwei große Helle, dann geht er hinab, zu den Toiletten im Keller. Als die Toilettentür sich hinter ihm schließt, blickt er in den Spiegel. Sein Gesicht ist vom Spazierengehen in der starken Spätsommersonne leicht gebräunt, er wirkt gut erholt, niemand, der dieses Gesicht sieht, würde vermuten, dass er sehr unruhig ist. Er öffnet das kleine Toilettenfenster und blickt hinaus auf eine schlichte Wiese mit einigen Pferden. Vor dem nahen Waldsaum steht eine kleine Kapelle, das Bild ist irritierend idyllisch. Er schlägt sich mit dem Handballen zwei-, dreimal gegen die Stirn, als müsste er sich zur Raison rufen. Dann geht er langsam in das Pissoir, öffnet seine Hose und schaut zu, wie der starke, gelbe Strahl in die Öffnung des Beckens schießt.

Als es vorüber ist, bleibt er noch eine Weile stehen. Von draußen hört man das Schnauben eines Pferdes. Er schließt die Augen und stellt sich das eben gesehene Bild noch einmal vor: Eine schräg gegen den Waldsaum ansteigende Wiese, eine kleine Kapelle und eine Gesellschaft von Pferden. Dann geht er zum Waschbecken zurück, wäscht sich die Hände und trinkt einen Schluck Wasser aus der hohlen Hand. »Verdammt noch mal«, sagt er leise, dann kehrt er zu Katharina zurück.

– Erzähl mir doch noch etwas genauer von Deinem Projekt, sagt sie, als er Platz genommen hat.

– Das Problem besteht darin, antwortet er, dass überhaupt kein richtiges Projekt entstehen will. Ich habe eine Idee, ja, ich habe sogar viele Ideen, und ich beginne dann auch mit dem Schreiben. Kaum habe ich aber begonnen, spüre ich einen Sog, der von meinem Elternhaus und vom Tod meiner Mutter ausgeht. Es ist, als käme ich an diesen Erinnerungen und Bildern überhaupt nicht mehr vorbei, ja, es ist beinahe so, als wollten sie mich zwingen, in einem Buch festgehalten zu werden. Ein Roman über mein Elternhaus? Ein Roman über den Tod meiner Mutter oder über die letzten Tage und Wochen mit ihr? Nein, nein und nochmals nein, ein solches Buch will ich nicht schreiben, und doch habe ich das Gefühl, kein anderes Projekt anpacken zu können, bevor ich nicht genau ein solches Buch geschrieben habe, verstehst Du?

– Aber ja, ich verstehe genau.

– Und? Was sagst Du dazu?

– Ich muss länger darüber nachdenken, ich muss mir das alles einmal genau durch den Kopf gehen lassen. Ich habe mit einer solchen Geschichte überhaupt nicht gerechnet, ich habe gedacht, es ginge um irgendein kleines Detail. Früher hast Du manchmal von solchen Details erzählt, und meist ging es um bestimmte Formulierungen, für die wir dann zusammen eine Alternative gesucht haben, bis wir zufrieden waren und die Alternative die Sache ganz exakt traf. Aber sag mir noch eins: Was ist mit all den Möbeln, die früher in Deinem Elternhaus standen? Stehen sie noch immer in dieser Scheune, oder hast Du sie etwa verkauft?

– Verkauft?! Aber nein! Nie würde ich diese Möbel verkaufen, niemals! Sie stehen noch immer in der großen Scheune, ich habe sie nie mehr angeschaut, der gesamte Nachlass meiner Eltern steht mit all seinem Drum und Dran in einem anhaltenden Dunkel, das kein einziger Lichtstrahl erreicht.

– Und was soll damit weiter geschehen? Soll das alles weiter in der Scheune herumstehen oder was hast Du damit noch vor?

– Nichts habe ich damit vor, was sollte ich denn auch damit vorhaben? Es schmerzt mich, das alles zu sehen, jeder Anblick dieser Möbel würde mich wieder vollkommen durcheinanderbringen.

– Ja, das verstehe ich gut. Andererseits kannst Du sie aber nicht auf ewige Zeiten in einer Scheune stehen lassen.

– Nein, das kann ich nicht. Im Augenblick habe ich für dieses Problem aber keine Lösung, nein, wahrhaftig nicht. Es ist auch kein Problem, das mich augenblicklich beschäftigt, ich habe ein anderes großes Problem, verstehst Du, und dieses andere, große Problem ist ein Schreibproblem.

– Du hast ein *anderes* großes Problem, sagst Du …

– Ja, natürlich, verstehst Du denn nicht: Ich habe ein ganz *anderes*, großes Problem. Ich bin nicht mehr frei, ich kann nicht mehr das schreiben, was ich will, ich gerate mit jedem Satz, den ich schreibe, wieder zurück in die Vergangenheit.

– Und deshalb bist du hierhergekommen? Weil Du gehofft hast, hier wieder schreiben zu können?

– Weil ich Dich besuchen wollte und hoffte, hier, in Deiner Nähe, wieder schreiben zu können.

– Und? Wie weit bist Du? Was ist hier mit Dir passiert?

– Immerhin habe ich wieder zu notieren begonnen. Ich habe Beobachtungen notiert, die nichts mit den alten Geschichten zu tun haben.

– Du hast ein Objekt und ein Thema gefunden, habe ich recht?

– Ach, Katharina, lassen wir das, ich möchte noch nicht darüber sprechen, es ist noch viel zu früh, und außerdem bin ich sehr durcheinander, weil ich mein neues Thema oder Objekt, wie Du sagst, noch immer mit den alten Objekten und Themen in Verbindung bringe. So ist das, und ich frage mich laufend, was ich bloß tun soll.

– Ich denke darüber nach, Johannes, das verspreche ich Dir. Sehen wir uns heute Abend? Heute Abend, in der Hotelbar?

– Sehr gern, heute Abend in der Hotelbar.

– Es könnte aber sein, dass ich noch mehr von Dir wissen möchte.

– Das könnte sein? Nun gut, ich werde mir Mühe geben, immerhin habe ich jetzt endlich einen Anfang gemacht und Dir von meinem Leben erzählt.

– Wir haben beide einen Anfang gemacht, Johannes, ich habe Dir von meinem Leben und von Georg erzählt, und Du hast mir von Deinem Leben erzählt. Wir machen Fortschritte.

Sie steht ebenfalls auf und geht zu ihm hinüber zur anderen Seite des Tisches, dann gibt sie ihm einen flüchtigen Kuss auf den Hinterkopf. Sie verschwindet im Gasthof, als der Kellner mit zwei weiteren großen Halben herauskommt. Als sie zurück ist, trinken sie auch diese beiden Gläser noch langsam leer. Sie sprechen nicht mehr viel miteinander, sie sitzen erschöpft in der frühen Nachmittagssonne und blicken in das Flimmern des Sonnenlichts.

Später macht Katharina sich auf den Weg zurück zum Hotel, während er zu der schräg ansteigenden Wiese geht, die er durch das Toilettenfenster gesehen hat. Er steigt einen schmalen Pfad hinauf bis zur Kapelle. Ihre Vorderseite ist von einer alten Malerei bedeckt, und wenn man durch das Türgitter in den Innenraum schaut, blickt man auf einen kleinen Altar, vor dem eine helle, hölzerne Kniebank steht. Auch die weiße Altarnische, in der sich ein Kreuz befindet, wird von einer Malerei eingerahmt.

Er schaut sich alles genau an, die bunten Figuren auf den Bildern und die beiden seltsamen roten, flammenden Herzen oberhalb der Altarnische. Dann tritt er einen Schritt zurück und bemerkt die römischen Ziffern, die über der Tür stehen, er liest sie und rechnet nach, über zweihundert Jahre ist diese Kapelle schon alt.

Die Pferde weiden ganz in seiner Nähe, er fühlt sich wohl an diesem Ort. Er wirft noch einen Blick zurück auf den Gasthof, der Biergarten hat sich nun beinahe vollständig geleert, dann legt er sich neben der Kapelle ins Gras und schließt im kühlen Schatten die Augen.

24

Sie betritt ihr Zimmer, legt das mitgebrachte Buch auf den Schreibtisch und öffnet zwei der großen Fenster, durch die man auf die hinter dem Hotel ansteigende Bergkette schaut. Sie streift das asiatische Kleid vorsichtig über den Kopf und hängt es in den Kleiderschrank, sie zieht eine weiße Bluse und Jeans an und wechselt auch noch die Schuhe, dann setzt sie sich und macht sich einige Notizen zu ihrer Lektüre.

Später trinkt sie ein Glas Wasser und schneidet sich etwas Obst zurecht, sie legt es, klein geschnitten, auf einen winzigen Teller. Sie nimmt ihn in die Hand und tritt an eines der Fenster, sie schaut hinaus, das Spätsommerlicht des Nachmittags liegt noch schwer und leuchtend auf den hingestreckten Wiesen, während die Bergspitzen schon langsam ergrauen.

Sie kennt die nähere Umgebung des Hotels gut, sie ist oft allein durch dieses Gelände gegangen, meist nicht allzu lang, zwei oder drei Stunden haben ihr gereicht. Unten im Tal spielen einige Gäste Tennis, und noch etwas weiter entfernt ist der große, rechteckige Pool zu erahnen, in dem sie gestern nach ihrer Ankunft geschwommen hat. Über das gesamte angrenzende Terrain verstreut gibt es außerdem noch viele weitere Sportanlagen. Volleyball, Basketball – man kann das alles dort unten im Tal spielen, vor allem für Kinder sind lauter Geräte und Gerüste aufgebaut, die jetzt aber leer stehen, anscheinend sind die Kinder an diesem schönen Nachmittag noch mit ihren Eltern unterwegs.

Ein kleines Nadel-Wäldchen schließt das weite Gelände zur Rechten hin ab, seltsam, dorthin ist sie niemals gegangen, sie ist immer an dem Wäldchen vorbei in die Weite und hinunter zum Bach gelaufen. Das sprudelnde Wasser des Bachs hat sie angezogen und begleitet, an ihm entlang ist sie meist unterwegs gewesen, um an seinen Rändern ein paar der vielen Details zu entdecken, die Katharina in einem solchen Gelände auffallen würden.

Von ihrem Hotelfenster aus wirkt das dunkle Wäldchen wie ein Schutzzaun oder wie ein Sperrriegel, jedenfalls markiert es eine Grenze, so dass man nicht erkennen kann, was sich darin oder gar dahinter befindet. Direkt in der vordersten Reihe der Fichten scheint ein kleines, verstecktes Holzhaus zu stehen, auch dieses Haus hat sie noch nie bemerkt. Ist es ein Gerätehaus, das noch benutzt wird, oder steht es leer? Das Braun des Holzes ist schon stark eingedunkelt, und die Fensterrahmen sind schwarz gestrichen, als sollte das Haus ganz zurücktreten und nicht weiter bemerkt werden. Irgendetwas Anziehendes hat der kleine Bau, sie isst das Obst auf, nimmt noch einen Schluck Wasser, packt den Fotoapparat in eine kleine Tasche und verlässt das Zimmer.

Sie hat es jetzt eilig, sie nimmt nicht den Lift, sondern springt die große Freitreppe hinunter bis ins Foyer. Sie winkt den properen Mädchen an der Rezeption zu und will rasch an ihnen vorbei, doch als sie eifrig zurückwinken, kommt ihr ein Gedanke. Sie macht kurz halt und läuft zu ihnen hinüber:

– Sagen Sie, gibt es eine kleine Karte der näheren Umgebung?

– Natürlich, die gibt es, antwortet eine der jungen Frauen, es gibt eine kleine Wanderkarte, man kann sich einfach nicht mehr verlaufen.

– Zeigen Sie doch mal!

Die junge Frau holt die Karte aus einem Fach unter der Rezeptionstheke hervor, breitet sie aus und streicht sie mit der Kante der rechten Hand glatt.

– Suchen Sie etwas Bestimmtes?

– Das kleine Wäldchen ganz am Rand der Sportanlagen, wo ist es?

– Sie meinen das Fichtenwäldchen? Hier, das Wäldchen ist hier.

– An seinem vorderen Rand steht ein Holzhaus, das ist aber nicht auf der Karte.

– Ein Holzhaus? Was für ein Holzhaus?

– Sie wissen nicht, dass dort ein Holzhaus steht?

– Nein, ich kann mich nicht daran erinnern.

Die junge Frau reckt sich auf und fragt ihre Mitarbeiterinnen:

– Mädels, sagt mal, könnt Ihr Euch an ein Holzhaus unten am Rand unseres Fichtenwäldchens erinnern?

Sie wiederholt die Frage zwei-, dreimal, aber niemand kann sich an ein Holzhaus erinnern.

– Es kann sein, dass es dem früheren Gärtner gehörte, sagt die junge Frau schließlich. Ich habe einmal gehört, dass der frühere Gärtner unten im Tal gewohnt hat, aber das ist schon einige Zeit her. Der neue, junge Gärtner wohnt dort jedenfalls nicht mehr, das weiß ich genau.

Sie bedankt sich für die Auskunft und steckt die Karte ein. Dann verlässt sie das Hotel und macht sich auf den Weg zu dem Fichtenwäldchen, das ihr von ebener Erde aus noch dunkler und geschlossener erscheint als von ihrem Fenster aus.

Sie überquert eine Wiese und läuft einen schmalen Pfad hinab ins Tal. Auf halber Höhe zweigt ein weiterer Pfad ab und führt in mehreren Serpentinen auf eine kleine Anhöhe, von der aus sie über ein anderes Wiesengelände schließlich das Wäldchen erreicht. Sie geht zu dem Holzhaus, es ist ein massives, großes Blockhaus mit einem schiefergedeckten Walmdach. Sie schaut durch ein Fenster hinein, der rechteckige Raum hat einen schönen Dielenboden, auch die Wände sind mit einem hellen, in der Nachmittagssonne leicht aufleuchtenden Holz verkleidet. In der rechten hinteren Ecke befindet sich anscheinend ein Kamin, sonst aber ist der Raum vollkommen leer.

Sie versucht, die Tür zu öffnen, und ist etwas verblüfft, dass sie sich wahrhaftig leicht öffnen lässt. Sie schaut sich kurz um, dann schleicht sie langsam hinein und schließt die Tür sofort wieder. Drinnen ist es sehr warm und etwas stickig. Es riecht fremd, ein wenig nach Weihrauch, aber auch nach Wein, sie atmet den angenehmen Duft ein und geht hinüber, zur hinteren Wand, wo sie sich auf den Boden setzt und den Raum genauer studiert.

Schaut man nach rechts, so sieht man durch die kleinen Fenster die höchsten Regionen der Bergkette, wie eine feine, von einem Maler gezogene Horizontlinie. Schaut man nach vorn, so blickt man auf den zentralen Flügel des Hotels und auf die große Freifläche mit den orangefarbenen Sonnenschirmen. Schaut man nach links, so erkennt man das weite, sich in die große Ferne öffnende Grün des Wiesengeländes. Und dreht man sich um die eigene Achse und schaut nach hinten, so verliert sich der Blick im Dunkel des Fichtenwäldchens, in das die Sonne noch die Spitzen der letzten Strahlen wirft.

Sie ist von dem schlichten Raum und den Perspektiven, die sich von ihm aus eröffnen, sofort bezaubert. Sie holt die Kamera heraus und beginnt, den Raum von allen Seiten zu fotografieren. Sie liegt dabei auf dem Boden und fotografiert von schräg unten, das ist der Blick, den sie sich vorstellt, um diesen Raum zu erfassen, es ist ein Lager- und Bettenblick, ja, diesen Raum erlebt man am stärksten vom Boden aus, dann nämlich umkreist einen das ganze Panorama dieser entlegenen Insel, dass einem beinahe schwindlig wird.

Ihr Herz klopft, sie hat das Gefühl, den zentralen Raum des gesamten Geländes und zugleich ihren eigenen Raum gefunden zu haben, ja, das ist er, einen Raum wie diesen hat sie sich immer gewünscht, er lässt selbst das schöne Zimmer, das sie im Hotel bewohnt, weit hinter sich. Zum einen wirkt er freundlich und heiter, wie ein Gartenhaus, in das man sich den Sommer über zurückzieht. Zum anderen aber erscheint er auch wie ein kleines, in sich geschlossenes Reich und damit wie eine hermetische Zone, die nicht jeder betreten darf.

Warum wohnt hier niemand? Warum hat noch niemand diesen Zauber entdeckt?

Als sie sich das fragt, weiß sie auch schon, was sie als Nächstes tun wird. Sie wird ihre japanischen Mitbringsel in diesen Raum hinüberbringen und ihn damit ausstatten, als wäre er eine kleine, abgelegene Asien-Oase. Altjapanische Musik wird sie hier hören und in den Büchern lesen, die Katharina ihr geschenkt oder geliehen hat. Und sie wird ihn empfangen, in diesem Raum wird sie den Geliebten erwarten und ihn empfangen.

Wann?! Wann könnte das alles geschehen?! Morgen, morgen wird es geschehen! Sie wird den heutigen frühen Abend nutzen, um schon einige Sachen hier hinüberzutragen, ja, sie wird sofort damit beginnen, den Raum etwas einzurichten.

Die Vorhänge! Erst jetzt bemerkt sie die dunkelroten, kleinen Vorhänge zu beiden Seiten der Fenster. Sie steht auf und zieht sie nacheinander zu, dann setzt sie sich wieder auf den Boden, in die Mitte des Zimmers. Sie schließt die Augen, es ist unglaublich, wie stark und konzentriert dieser Raum wirkt: Die hellen, glatten Wände, die dunklen Fensterkreuze, der mattbraune Dielenboden!

Sie steht auf und entkleidet sich. Dann legt sie sich wieder auf den Boden und rollt sich von einer Seite des Raums zur anderen, langsam, hin und her. Sie nimmt diesen Raum in Besitz, es ist jetzt *ihr* Raum, dieser Raum war die ganze Zeit dafür bestimmt, der Raum ihrer Liebe zu werden!

Sie bleibt eine Weile liegen, sie wird wieder ruhiger und versucht, die nächsten Schritte zu durchdenken. Was sollte sie jetzt tun? Wie kann sie es schaffen, ihren Traum möglichst mühelos und schnell zu verwirklichen? Am einfachsten wird es sein, Katharina anzurufen und sie zu fragen, wie sie vorgehen soll.

Sie holt ihr Handy hervor und wählt die Nummer der Hotelbuchhandlung. Sie zählt laut »eins, zwei, drei«, dann hört sie, dass Katharina antwortet:

– Jule? Ich höre sofort, dass Du es bist! Eins, zwei, drei … – sei nicht so albern!

– Ich bin albern und übermütig, Katharina, ich kann mich kaum noch beherrschen.

– Aber was hast Du? Was ist denn passiert?

– Du ahnst nicht, wo ich gerade bin.

– Du bist in einem Versteck.

– Richtig, sehr gut, ich bin in einem wunderschönen Versteck, ganz in der Nähe.

– Moment, lass mich raten.

– Du kommst nicht darauf, niemand würde darauf kommen, ich bin in einem Raum, den es eigentlich gar nicht gibt.

– Jule! Was redest Du denn? Was ist denn bloß mit Dir los? Hast Du etwas getrunken?

– Ach was, aber ich werde heute Abend mit Dir etwas trinken. Wir werden feiern.

– Und was werden wir feiern?

– Dass ich diesen Raum hier gefunden habe! Es ist *mein* Raum, mein eigener Raum, stell Dir das vor, ich habe erst jetzt, nach so vielen Aufenthalten auf dieser schönen Insel, den richtigen Raum für mein Projekt gefunden.

Es ist plötzlich still, als sei die Verbindung gestört oder abgerissen. Sie blickt kurz auf das Display des Handys, dann ruft sie:

– Katharina, bist Du noch dran?

– Ja, meine Liebe.

– Und warum sagst Du nichts mehr?

– Weil ich weiß, wo Du bist.

– Du weißt es? Dann sag es, sag sofort, wo ich bin!

– Du bist im alten Gärtnerhaus, am vorderen Rand des dunklen Wäldchens!

Sie antwortet einen Moment nicht, sie hält das Handy in der Rechten und bemerkt, dass ihre Hand zu zittern beginnt.

– Jule?

– Ja, hier ist Jule, ich sitze im alten Gärtnerhaus, wie Du es nennst, Du hast richtig geraten.

– Und was machst Du dort?

– Ich fotografiere den Raum. Hat hier wirklich einmal ein Gärtner gewohnt?

– Ja, viele Jahre. Der alte, frühere Gärtner, der erst vor Kurzem gestorben ist und sich um das gesamte Gelände gekümmert hat, hat dort gewohnt. Als er noch lebte, durfte sich niemand diesem Haus nähern, er wollte dort allein sein, so hatte es immer etwas Geheimnisvolles.

– Ist er in diesem Haus auch gestorben?

– Nein, er ist in der Klinik gestorben. Nach seinem Tod hat sich kaum jemand getraut, das Haus zu betreten. Schließlich aber musste es ja doch einmal sein. Ich besitze ein Foto von dem damaligen Zustand des Hauses, das

Bild ist verblüffend, so schön und klar erscheint dort alles geordnet.

– Darf ich es einmal sehen?

– Ja natürlich, ich zeige es Dir heute Abend.

Sie schluckt, sie sammelt sich, sie nimmt einen Anlauf, um Katharina endlich das zu fragen, was sie die ganze Zeit wissen will.

– Katharina? Was ist jetzt mit dem Haus? Warum ist es nicht bewohnt?

– Es ist vermietet, Jule, es hat einen Mieter, der es vielleicht bald auch möblieren und dort einziehen wird.

– Nein! Auf keinen Fall! Das darf doch nicht wahr sein! Kann ich mit dem Mann sprechen? Lebt er in der Nähe? Hast Du eine Telefonnummer? Kennst Du ihn vielleicht sogar?

– Der Schlüssel des Gartenhauses ist in meinem Besitz, Jule. Ich wundere mich nur ein wenig, dass es nicht abgeschlossen ist. Ist dort alles in Ordnung? Oder hat jemand die Tür aufgebrochen?

– Ach was, niemand hat so etwas getan, es ist alles in Ordnung. Aber wenn Du den Schlüssel besitzt, *musst* Du den Mieter doch sehr gut kennen, Du *musst*, ja, Du *musst*! Nun sag schon, wer ist es, und wie kann ich mit ihm Kontakt aufnehmen? Ich möchte in das Häuschen einziehen, zumindest mit einem Teil meines Gepäcks, am liebsten möchte ich sofort damit anfangen.

– Interessant. Du bist ja ganz außer Atem!

– Ja, ich bin außer Atem, Katharina! Und nun sag mir endlich, was Du weißt, sag es sofort!

Es ist wieder einen Moment still, ihre rechte Hand zittert noch immer, dann atmet sie tief durch und sagt:

– Also gut, ich versuche, mich zu beruhigen, obwohl mir das schwerfällt. Und ich bitte Dich in aller Ruhe, mir mitzuteilen, wer dieses Haus gemietet hat …

– Ich sagte ja schon, liebe Jule: Der Schlüssel des Hauses ist in meinem Besitz, und er ist in meinem Besitz, weil ich dieses Haus gemietet habe.

Sie lauscht, sie glaubt, nicht richtig gehört zu haben, Katharinas letzter Satz braucht einige Zeit, bis sie ihn ganz verstanden hat. Der Schlüssel! Die Miete! Sie kommt sich vor wie ein Kind, das mühsam einige ihm unverständliche Satzbrocken zu einem sinnvollen Ganzen zusammensetzt.

– Eins, zwei, drei, sagt sie laut.

– Jule!

– Eins, zwei, drei, Katharina! Ich habe den Schlüssel gefunden, und ich habe den Mieter gefunden! Es ist alles ganz einfach, stimmt's? Das Ganze ist eine vollkommen einfache, geradezu unglaublich einfache Geschichte, stimmt's?

– Ich habe das Haus vor kaum einem Monat gemietet, es hatte mir ja schon immer sehr gefallen.

– Und warum hast Du es noch nicht möbliert?

– Ich wollte nichts übereilen. Ich habe mich aber schon manchmal dort aufgehalten, allein, eine Nacht lang. Es ist wunderschön dort und vollkommen still, und am frühen Morgen glaubst Du, die Welt hier sei nur geschaffen worden, um von diesem Haus aus betrachtet zu werden.

– Leihst Du mir den Schlüssel bis zu meiner Abfahrt?

– Natürlich, vielleicht können wir uns das Haus ja später auch einmal teilen, da müssen wir drüber sprechen.

– Später, später einmal! Jetzt brauche ich nur den Schlüssel, damit ich den Raum noch heute ein wenig beleben kann. Kann ich gleich in der Buchhandlung vorbeikommen, um ihn zu holen?

– Ja, komm ruhig vorbei. Aber ich habe mit Dir noch etwas anderes Wichtiges zu besprechen. Du musst mir in einer dringenden Sache einen Rat geben. Wann hast Du Zeit?

– Am frühen Abend habe ich Zeit. Treffen wir uns doch in der Hotelbar.

– In der Hotelbar? … Am frühen Abend?!

– Ja?! … Oder nein?! Dann eben woanders. Ach, ich weiß, treffen wir uns doch im Tiefgeschoss, im türkischen Bad. Ich möchte so gern dort einmal schwitzen und ausruhen und mit jemandem plaudern und die kleine Wasserfontäne plätschern hören und erleben, wie sich der Dampf auf die nackten Schultern legt. Einverstanden?

– Ja, sehr gut, einverstanden. Aber nun komm und hol Dir den Schlüssel!

Sie steht auf und zieht sich langsam wieder an. Wenn Katharina gewusst hätte, dass sie gerade nackt telefoniert hat – sie hätte an ihrem Verstand gezweifelt. Oder nein! Sie hätte es verstanden, ganz bestimmt, sie hätte sofort verstanden, dass sie vor lauter Begeisterung ein wenig außer sich ist.

Sie öffnet die Tür und schaut hinaus. Es dunkelt bereits ein wenig, und ein sanfter kühler Lufthauch fällt von den Bergen her ein. Sie bleibt in der offenen Tür stehen und schaut zum Hotel. Manche Fenster der Gästezimmer sind bereits erleuchtet.

Wo ist er? Wo mag er jetzt sein?

Sie zieht die Tür hinter sich zu und geht am Saum des Wäldchens entlang. Sie duckt sich ein wenig, sie geht, als wollte sie um keinen Preis gesehen werden.

25

Er liegt mit geschlossenen Augen im Gras und wird langsam schläfrig. Die Geräusche in seiner Nähe werden leiser, und auch von den Pferden ist schließlich nichts mehr zu hören. Die Kühle des Schattens und des hereinbrechenden Abends tut ihm gut, sie beruhigt und besänftigt ihn, denn ihm geht sehr viel durch den Kopf, und er weiß nicht, wo er ansetzen und mit welchem Detail er sich als Erstes beschäftigen soll.

Als er es endlich schafft, sich etwas zu entspannen, sieht er sich in einem viel zu kleinen Wagen, der zudem noch hoffnungslos überfüllt ist, über eine bleiche, sonnige Landstraße fahren. Im Autoradio unterhalten sich zwei Frauen in einer Sprache, die er nicht versteht. Er drückt auf einen Knopf, aber auch in den anderen Sendern unterhalten sich immer dieselben beiden Frauen weiter vollkommen unverständlich.

Er hat großen Durst und will unbedingt etwas trinken, er fährt an einem Waldsee vorbei und erkennt eine Polizeistreife, die ihn auf eine Nebenstraße dirigiert. Er soll nicht anhalten, das geben ihm die Polizisten noch zu verstehen. Ihm fällt ein, dass er mit seiner Mutter telefonieren sollte, sie wartet schließlich schon lange auf ihn. Er möchte aber die Fahrt nicht unterbrechen, deshalb fährt er immer rascher, so dass das viele Gepäck, das er dabeihat, im hinteren Teil des Wagens hin und her rumpelt.

Ein anderer Wagen überholt ihn rasant, und der Fahrer zeigt ihm den Vogel, anscheinend fährt er noch viel zu langsam. Er kann es nicht, er schafft es einfach nicht, mit diesem kleinen, hilflosen Wagen ein einigermaßen normales Tempo hinzubekommen. Er drückt mit dem rechten Fuß fester auf das Gaspedal, aber der Wagen reagiert nicht, er wird eher noch langsamer.

Dann fährt er eine steile Anhöhe hinauf, sie führt direkt zu seinem Elternhaus, das auf der Spitze der Erhebung in einem Wäldchen liegt. Die Bäume des Wäldchens sind kahl, mitten im Hochsommer. Was ist passiert? An vielen Bäumen hängen kleine Zettel, auf denen anscheinend jemand mit feiner, dünner Handschrift etwas notiert hat.

Er nimmt die Hände vom Lenkrad, der Wagen fährt jetzt von allein und rollt in der Nähe seines Elternhauses langsam aus. Er blickt zur Seite, ja, seine Mutter steht im geöffneten Küchenfenster und winkt ihm zu. Aus dem Küchenraum heraus dreht sich eine schwere Dampfwolke ins Freie. Mutter hat längst gekocht, sie hat mit dem Essen auf ihn gewartet.

Als er aussteigt, öffnen sich die hinteren beiden Türen des Wagens, und das gesamte Gepäck kollert heraus. Er achtet nicht weiter darauf, sondern geht sofort hinunter zur Haustür. Seine Mutter öffnet ihm und schließt ihn in ihre Arme. »Es ist alles für Dich reserviert«, sagt sie, »nur für Dich!«

Er stolpert ins Haus und verliert seine beiden Schuhe, da sieht er, dass seine Mutter barfuß geht. Er streift seine Strümpfe ab und öffnet die obersten Knöpfe seines Hemdes. »Musik?« fragt seine Mutter, wartet seine Antwort aber nicht ab, sondern schnippt nur kurz mit den Fingern. Aus dem Hintergrund erklingt Cello-Musik, die Cellisten der Berliner Philharmoniker spielen Paris-Melodien. »Das magst Du doch so!« sagt seine Mutter, und er antwortet: »Wo ist mein Cello?«

Mutter zieht ihn jetzt in die Küche. »Cello? Du spielst doch gar kein Cello, Du spielst doch Klarinette!« sagt sie und lacht, und dann erzählt sie davon, dass er am Abend ein Konzert geben wird. Draußen im Garten, es ist schon alles vorbereitet. »Vor Konzerten isst Du doch immer so gerne ein Rumpsteak«, sagt seine Mutter, und dann nehmen sie beide am Küchentisch Platz und essen jeder ein großes Rumpsteak. »Salat?« fragt seine Mutter, und er schüttelt den Kopf. »Das wusste ich, dass Du keinen Salat magst«, sagt sie, »deshalb habe ich auch erst gar keinen gemacht.«

Sie lacht wieder, und auch er muss plötzlich lachen. »Salat ist Scheiße!« sagt er, und sie antwortet »Na-na …, aber recht hast Du!« Er isst schnell, ja beinahe hastig, er verschlingt das dunkelbraune, glänzende Stück Fleisch, aus dem lange Rinnsale roten Bluts strömen. »Lecker«, sagt er, »verdammt lecker! Und genau richtig!« »Jupheidi, jupheida!« sagt seine Mutter und lacht wieder. Er trinkt ein Glas Mineralwasser und rülpst. »Bravo!« sagt seine Mutter.

Er steht auf, er muss sich jetzt hinlegen, gleich wird er von einem Notarzt untersucht. »Wann kommt der Notarzt?« fragt er. Seine Mutter lacht. »Er kommt, wenn Du ausgeschlafen hast. Schlaf aus! Erhol Dich! Ich schleppe schon mal Dein Gepäck ins Haus.« »Neinnein, das geht nicht«, antwortet er, »das mache ich später.« »Ruhe!« sagt seine Mutter, und er erschrickt so, dass er sofort ruhig ist.

Er geht hinauf in sein Kinderzimmer. In einer Ecke ist das Bett schon gerichtet. Die Bettdecke ist zurückgeschlagen, und auf dem Kopfkissen liegt eine in Staniol verpackte Süßigkeit. Neben dem Bett stehen große Stapel von Büchern. »Bitte rasch und gründlich lesen!« steht auf einem Zettel, der obenauf liegt.

Ihm ist etwas übel, deshalb legt er sich sofort ins Bett, ohne noch ein weiteres Kleidungsstück auszuziehen.

Draußen hört man lautes Gemurmel, anscheinend treffen schon die ersten Konzertgäste ein. Er kann jetzt nicht schlafen, das Gemurmel macht ihn nervös. Er kratzt sich am Hals, er wird immer nervöser. »Niemand spielt Gershwin so gut wie er!« sagt draußen jemand, und er bekommt sofort Schüttelfrost. »Nach dem Konzert geht er auf Tournee!« sagt jemand anderes, und eine helle Frauenstimme ruft: »Ich freue mich schon auf seinen Vortrag!«

Neben der Tür seines Kinderzimmers leuchtet plötzlich ein rotes Licht auf. »Der Notarzt ist da, jupheidi, jupheida!« ruft eine Kindergruppe. Die Tür öffnet sich, und der Notarzt kommt rasch herein. Er lacht und sagt: »Ich habe Ihrer Frau Mutter bereits ausgerichtet, dass Sie vollkommen gesund sind. Ich kenne kaum jemanden in Ihrem Alter, der so aktiv und gleichzeitig noch so gut drauf ist. Nichts kann Ihnen etwas anhaben, gar nichts! Sie haben eine richtige Bauernnatur, Sie wirft nichts um. Mahlzeit! Prost! Und auf Wiedersehen! Ich freue mich auf Ihr Konzert! Und auch Ihr Vortrag über Gershwin soll ja sensationell sein! Meine Frau ist richtiggehend in Sie verknallt, Sie verstehen, was ich meine. Wenn ich sie mal für ein paar Tage loswerden will, schicke ich sie Ihnen per Luftpost, haha! Machen Sie sich eine schöne Zeit mit ihr, ich zahle die Spesen.«

Der Arzt verschwindet wieder, es wird leiser, schließlich hört er einen Gongschlag. Die Tür öffnet sich, und sein Vater kommt im Bademantel herein. Er hält ein paar Boxhandschuhe in der rechten Hand und sagt leise: »Steh auf, Junge! Es geht in die erste Runde! Schlag zu, lass Dir nichts bieten!« Er steht auf und lässt sich die Handschuhe überstreifen. Dann tänzelt er auf der Stelle, wie es ihm Cassius Clay vor vielen Jahren beigebracht hat. »Ich bin bereit!« sagt er zu seinem Vater.

Es wird plötzlich sehr dunkel, sein Vater begleitet ihn hinaus auf den kleinen Balkon. Die Konzertgäste schreien vor Begeisterung über sein Erscheinen laut auf. Er hebt beide Fäuste, aber sein Gegner ist noch nicht erschienen. »Es ist Montag, weißt Du«, sagt sein Vater, und er antwortet: »Natürlich, es sieht ganz nach Montag aus.«

Dann verschwimmen die Bilder vor seinen Augen …

Als er erwacht, sind die Pferde von der kleinen Koppel verschwunden. Er richtet sich auf, sein Rücken schmerzt. Neben ihm im Gras liegt sein Rucksack, er öffnet ihn und nimmt eine Wasserflasche heraus. Er trinkt etwas Wasser und steckt die Wasserflasche wieder zurück. Im Innern des Rucksacks stößt sie gegen ein Buch, das er mitgenommen hat. Jule Danner hat es am Vormittag während der Begegnung in der Bibliothek gegen das Reise-Tagebuch des japanischen Wanderdichters getauscht. »Die letzten Tage meines Vaters« – er liest den Titel und überfliegt den Klappentext. Nein, er kann jetzt auf keinen Fall in diesem Buch lesen, schon der Titel löst eine leichte Panik bei ihm aus.

Er steht auf und räuspert sich, er zieht den Rucksack über, dann macht er sich auf den Rückweg zum Hotel. Er will nicht denselben Weg gehen, den er mit Katharina gegangen ist, deshalb schlägt er sich weiter nach rechts und geht über eine Anhöhe zurück. Er erreicht den munter dahinsprudelnden Bach und geht an ihm entlang.

Er hatte jetzt eine Weile keinen direkten Kontakt mit ihr, das macht ihn ungeduldig. Er wünscht sich, am morgigen Tag länger mit ihr zusammen zu sein. Er überlegt, wo er sich mit ihr treffen könnte, und malt sich aus, was dann geschieht. »Ich bin noch zu einfältig«, sagt er laut, und der Satz kommt ihm gleich so vor, als gehörte er in seinen gerade geträumten Traum. »Was für ein Chaos!« sagt er und versucht, so zu lachen, wie er im Traum gelacht hat. Es gelingt ihm aber nicht, er findet nicht mehr hinein in das Traumgeschehen.

Früher ist ihm manchmal so etwas gelungen. Er hat einen Traum so behandelt, wie er auch mit Filmen umgegangen ist. Nachdem er ihn geträumt hatte, ist er eine Weile durch die Gegend gelaufen, als spielte sein einsames Gehen in den gerade geträumten Traumlandschaften. Er hat so gedacht und geredet wie in seinem Traum, und nach einer Weile hat er auf diese Weise wieder zurückgefunden in die Realität: Indem er den Traum allmählich der Realität angepasst, indem er den Traum auf sie abgestimmt hat. »Die Realität!« sagt er und versucht, wieder zu lachen. »Die Realität ist eine Bonus-Landschaft!« würde seine Mutter sagen, und sein Vater würde antworten: »Gershwin ist die einzige, sinnstiftende Realität des zwanzigsten Jahrhunderts.«

Seltsam, dass in den meisten seiner Träume die Klarinette vorkommt, dabei spielt er das Instrument zwar einigermaßen passabel, übt aber keineswegs viel. Auch dass er unbedingt einen Vortrag halten muss und viele Besucher schon darauf warten, dass er ihn hält, kommt immer wieder in seinen Träumen vor. Nicht zu vergessen das Schwimmen. Das Schwimmen kommt in fast all seinen Träumen vor, immerzu schwimmt er, und das meist allein und splitternackt. »Der Pool wartet jetzt am Abend auf Dich«, könnte seine Mutter sagen. »Rückenschwimmen ist die ästhetischste Schwimmart überhaupt und nicht zuletzt deshalb auch die einzig richtige«, würde sein Vater antworten.

Der schmale Pfad, der am Bach entlangführt, ist kaum noch zu erkennen, deshalb steigt er ein wenig den Hang hinauf, um ganz sicher zu gehen und nicht ins Wasser zu rutschen. Ganz in der Ferne leuchtet das Hotel auf, zur Linken aber liegt ein dunkles Wäldchen, das keinerlei Durchblicke erlaubt. Er steigt noch etwas hinauf in die Höhe und versucht, das Wäldchen rechts zu umrunden. Die Bergkette ist auf dieser Seite jetzt zu einem einzigartigen Bild zusammengeschmolzen: ein kühl auftrumpfendes, dunkles Grau, mit feinen Strömen von Schwarz. Er nähert sich dem Hotel und bleibt einen Moment stehen, als er den äußersten Saum des Wäldchens erreicht hat. Kurz blickt er nach links, als er zwischen den stillen Fichten ein kleines Holzhaus entdeckt.

Er hat dieses Haus noch nie bemerkt, obwohl er es doch von seinem Hotelzimmer aus eigentlich bemerkt haben müsste. Was ist das für ein Haus?

Er geht langsam am Saum des Waldes entlang. Als er das Haus erreicht, versucht er, durch die dunklen Fenster hineinzuschauen, die Vorhänge sind aber zugezogen, so dass er nichts erkennen kann. Er geht zur Tür und klopft leise: nichts, niemand. Er drückt die Klinke herunter und wundert sich, dass die Tür sich öffnet. Der Raum ist leer, aber in einer Ecke liegt ein dunkelroter Schal. Er nimmt den Schal in die Hand und riecht daran, zweifellos, dieser Schal gehört Jule Danner, das ist ihr Geruch, das ist der Geruch, den er in ihrem Hotelzimmer wahrgenommen hat.

Was hat sie aber mit diesem Haus zu tun? Hält sie sich etwa manchmal hier auf?

Er streift einige der Vorhänge vorsichtig zur Seite und schaut nach draußen. Von diesem Raum aus übersieht man das gesamte Hotelterrain mit all seinen Herrlichkeiten: Die Zimmerfluchten, die Hotelbar, das Restaurant ... – und außerdem auch die gesamte nähere Umgebung. »Alles ist reserviert, nur für Dich!« hört er seine Mutter sagen. »Ich empfehle weiter konzentriertes Rückenschwimmen, zur Feier des Tages«, antwortet sein Vater.

Sein Vater hat recht, er sollte die leichten Rückenschmerzen mit Rückenschwimmen bekämpfen. »Du übertreibst«, antwortet er seiner Mutter, dann legt er den Schal genau in die Mitte des Raumes, verlässt das Zimmer und zieht die Holztür fest ins Schloss.

Ob noch jemand im Pool schwimmt, jetzt, wo es bereits stark dunkelt? Wenn die kleinen Flutlichter zu beiden Längsseiten des Pools eingeschaltet sind, zieht das Licht sofort ganze Heerscharen von Gästen an, die sonst nie in den Pool gehen. »Die Leute haben dort rein gar nichts zu suchen«, sagt seine Mutter. »Schon gut«, antwortet er.

Er überquert einen breiten Wiesenstreifen und erreicht die Bank, auf der er gestern gesessen und eine Schwimmerin beobachtet hat. Der Pool liegt im Dunkel, das Flutlicht ist anscheinend noch nicht eingeschaltet. »Na also«, sagt er, ein wenig stolz, als hätte er selbst dafür gesorgt, dass das Licht noch nicht eingeschaltet ist.

Den Weg hinab ins Tal begleitet auf seiner Rechten ein einfaches Holzgeländer. Ab und zu hält er sich daran fest, um auf keinen Fall zu straucheln. Dann erreicht er den Pool und beugt sich kurz über das Wasser, um mit der rechten Hand die Temperatur festzustellen. Das Wasser ist lauwarm und sehr angenehm, er zieht sich aus und wirft seine Kleidung auf eine Liege. Dann springt er mit einem Kopfsprung in den Pool und dreht sich sofort auf den Rücken. Rückenschwimmen – die gesündeste Schwimmart!

Wer hat das jetzt gesagt? Hat er das gedacht oder gesagt? Oder war es etwa sein Vater? Die Gewalt des Traums nimmt allmählich ab, er denkt schon wieder etwas selbständiger. Oder täuscht er sich etwa?

Er dreht sich auf den Bauch, dann bleibt er unter Wasser und kommt nur alle paar Stöße kurz zum Luftholen nach oben. Er schwimmt gleichmäßig und lässt den Körper pfeilschnell durch das ruhende Dunkel gleiten. »Johannes, hast Du Deine Klarinette dabei?« fragt Jule Danner ihn, und er überlegt einen Moment, ob er zugeben soll, dass er sie dabeihat. Oft dreht sich vieles um seine Klarinette, das ist ihm manchmal nicht recht, denn er spielt auf diesem Instrument eigentlich nur zu seinem eigenen Vergnügen. Ja, wenn er ein brillanter Spieler wäre, dann wäre es etwas anderes!

Einige seiner Bekannten, die ihn spielen gehört haben, halten ihn aber sogar für einen guten Spieler, er wird diesen Ruf einfach nicht los. Vor vielen Jahren war er einmal für einige Tage in Venedig und ist dort, mitten im Getümmel, Woody Allen begegnet. Er hat ihn angesprochen und ihn gefragt, was er in Venedig treibe, und Woody Allen hat ihn zu einem Konzert mit seiner Band im Teatro Goldoni eingeladen. Allen spielte natürlich brillant Klarinette, das hat er später seinen Freunden und Bekannten erzählt, und die wiederum erzählten sich dann nicht nur, Johannes habe Woody Allen in Venedig brillant Klarinette spielen gehört, sondern schließlich auch, Johannes habe in Venedig zusammen mit Woody Allen in einer Bar brillant Klarinette gespielt.

Die Begegnung mit Woody Allen hat später sogar in seine Träume Einzug gehalten, so dass er manchmal das Gefühl hat, Woody-Allen-Filme zu träumen. In diesen Träumen erscheinen regelmäßig seine Mutter und sein

Vater, und regelmäßig geht es in ihnen vor allem darum, dass er etwas Schreckliches, ihn Überforderndes leisten muss.

Auch sein heutiger Traum ist von Spuren seines Woody-Allen-Träumens durchzogen, ohne Frage, er erklärt es sich inzwischen so, dass er in dieser Woody-Allen-Manier besonders dann träumt, wenn er die Klarinette einige Zeit nicht gespielt hat. Die Klarinette will gespielt werden, sie rächt sich an ihm und schmuggelt sich in seine Träume, wo sich dann alles nur ums Klarinettenspiel dreht.

Er schließt die Augen und konzentriert sich ganz auf die Schwimmbewegung, er fühlt sich leichter und leichter. »Schick Woody doch mal bei uns vorbei!« sagt seine Mutter, und er antwortet: »Psst.« Er dreht sich wieder auf den Rücken und starrt in den eindunkelnden Himmel, wo die ersten kleinen Sterne aufglimmen. Er versucht, einige Sternbilder zu erkennen, und genießt es, wie die Himmelsbilder durch seine Schwimmbewegung zu bewegten Filmbildern werden. »Psst«, denkt er noch einmal, dann hat er das Gefühl, es gäbe nur noch den Himmel, seine gleichmäßige Bewegung und die weiten Atmosphären von Wasser, Luft, Nacht.

Als er langsamer wird, hält er sich am Beckenrand fest und steigt aus dem Wasser. Die Luft ist jetzt kühl. Er findet in einer kleinen Bude ein Handtuch und trocknet sich ab. Dann kleidet er sich wieder an und steigt hinauf, zur Freifläche des Hotels, dessen großes Familien-Restaurant längst mit Gästen überfüllt ist. »Dort essen wir aber auf keinen Fall«, sagt seine Mutter. »Ich drehe noch eine Runde«, sagt sein Vater.

Er betritt das Hotel durch einen Seiteneingang und findet einen versteckten Zugang zu einem Lift. Er möchte jetzt nicht gesehen werden. Mit seinem breiten Rucksack kommt er sich ein wenig vor wie ein Jäger, der von der Jagd im Gebirge mit einem erlegten Stück Wild zurückkommt.

Er erreicht sein Zimmer, öffnet die Tür und geht hinein. Er wirft den Rucksack zur Seite und wechselt das Hemd.

Dann holt er seine Klarinette hervor und beginnt, leise zu spielen.

26

Sie sitzen zusammen im türkischen Bad, sie haben sich vorher entkleidet und in blaue Leinentücher gewickelt, die die Brust gerade noch bedecken und bis zum Boden reichen. Sie sitzen in einer der Nischen in der lang gestreckten Säulenhalle und trinken starken Tee.

– Schau mal, sagt Katharina, das ist das Foto vom Gärtnerhaus, von dem ich heute Nachmittag gesprochen habe. Es zeigt den Zustand des Raums wenige Tage nach dem Tod des alten Gärtners. Der Raum ist fast leer, es gibt nur sehr wenige Dinge: Eine schmale Liege, einen rechteckigen Tisch mit einem Stuhl vor einem Fenster, einen runden Tisch mit zwei Stühlen auf der anderen Seite, einen alten Lesesessel und einen Bauernschrank. Kein Radio, kein Fernsehen, nichts. Gegessen hat er im Hotel, zusammen mit der Küchenbelegschaft, und gewaschen hat er sich ebenfalls im Hotel, in den Bädern im Tiefgeschoss. Der Raum des Gartenhauses war sein Rückzugsort, den niemand betreten durfte – außer einigen Verwandten, die ihn selten und nie zu mehreren besuchten. Dann servierte er seinem Gast an dem kleinen runden Tisch etwas Tee, aber niemals Kaffee und erst recht keinen Kuchen. Auch er selbst trank in seiner Enklave während des Tages ausschließlich Tee und abends Wein, also weder Kaffee, Bier noch ein anderes Getränk, selbst kein Wasser. Geschmückt war der Raum mit vielen Blumen, da siehst Du, überall stehen kleine Vasen und winzige Blumenkästen, im ganzen Raum duftete es wie in einem Treibhaus, aber nicht stickig, sondern frisch und belebend.

– Aber womit hat er sich abends die Zeit vertrieben?

– Ja, schau genau hin. Hier, an der hinteren Längsseite des Raums, verläuft ein kleines Regalbrett, auf dem sich etwa fünfzig Bücher befinden. Diese fünfzig Bücher waren seine einzige Unterhaltung, er hat immer wieder in ihnen gelesen und die Sammlung weder verkleinert noch vergrößert. Und auf beiden Seiten der kleinen Bücherreihe steht jeweils, schau ganz genau hin, eine Schwarz-Weiß-Postkarte. Eine Postkarte zur Linken, eine zur Rechten, gleichsam als Rahmung und Abschluss der Bücherreihe. Als ich mir die beiden Karten genauer anschaute, haben sie mich besonders verblüfft, ja, wahrhaftig, diese beiden

Karten waren eine wirkliche Entdeckung. Plötzlich verstand ich, was für ein Mensch der alte Gärtner war. Niemand wusste viel über ihn, er hat sehr bescheiden und zurückgezogen gelebt. Beim Blick auf die beiden Karten aber wusste ich sofort mehr, und ich bereute es, dass ich mich während seines Lebens nicht häufiger mit ihm unterhalten hatte. Kannst Du erkennen, was auf den Postkarten drauf ist?

– Nein, nicht genau. Es sind Fotografien, nicht wahr?

– Ja, es sind Schwarz-Weiß-Fotografien. Die eine zeigt Nietzsches kleines Zimmer im Engadin-Ort Sils Maria, in dem Nietzsche eine Zeit lang während der Sommermonate lebte. Und die andere zeigt das Zimmer des Indianer-Häuptlings Red Cloud im Nordwesten der Vereinigten Staaten. Nietzsche und Red Cloud haben in diesen Zimmern genau zu derselben Zeit, nämlich in den letzten Jahrzehnten des neunzehnten Jahrhunderts, gelebt. Die Wände und die Fußböden beider Zimmer sind aus Holz, und beide Zimmer sind sehr ähnlich eingerichtet: Eine Liege, ein paar Stühle, ein Tisch, mehr nicht – genauso wie das Zimmer unseres Gärtners. Ist das nicht verblüffend?

– Absolut. Und die fünfzig Bücher? Was sind das für Bücher?

– Es sind Gartenbücher, ausschließlich Gartenbücher. Bücher über Steingärten, Gräser, Chrysanthemen, Stauden, Obstbäume, Bücher über Pflege und Aufzucht all dieser Kostbarkeiten. Und es sind Bücher über Gärten anderer Kulturen, über asiatische, islamische, antike, mittelalterliche. Der Besitzer dieser kleinen, wunderbaren Bibliothek hat sich anscheinend nur für ein Thema wirklich interessiert. Dieses Thema aber war so grundlegend und erschöpfend, dass er sein ganzes Leben damit bestreiten konnte: ein Leben aus dem Garten, ein Leben, das anscheinend in seinem gesamten Verlauf nur vom Garten her gedacht wurde!

– Faszinierend, absolut faszinierend. Wenn ich diesen Mann gekannt und von diesen Hintergründen gewusst hätte, hätte ich einen Film über ihn gedreht.

– Ja, ich habe etwas ganz Ähnliches gedacht. Ich hätte mich gern lange mit ihm unterhalten und all diese Unterhaltungen aufgezeichnet, ich hätte ihm all sein geheimes Wissen entlockt.

– Wie schade, dass es dafür zu spät ist.

– Ja, das ist schade, aber ich habe immerhin dieses kleine Archiv retten können. Man wollte die Bücher und Postkarten nämlich für einen Spottpreis verscherbeln, man wollte sie loswerden. Das habe ich gerade noch verhindert, ich habe die Bücher und die beiden Karten gekauft, und nun stehen sie in meinem Geheimkabinett, in der Nähe meiner Karteikästen mit den Aufzeichnungen über die Lektüren der Kunden.

– Warum stellst Du sie nicht wieder im Gartenhaus auf? Warum richtest Du dort nicht wieder ein Regal mit wenigen Büchern ein?

– Genau das, Jule, habe ich vor. Ich werde ein Regal einrichten, mit den Büchern des alten Gärtners und mit ebenso vielen Büchern, die ich selbst ausgewählt habe. Das sind dann zwei kleine Sammlungen ausschließlich mit solchen Büchern, die einen am Leben erhalten und das gesamte Leben formen und prägen.

– Fangen wir doch gleich damit an, oder, noch besser:

Lass mich doch gleich damit anfangen! Das Tagebuch des japanischen Wander-Dichters, das Kopfkissenbuch und das Buch des treuen Sohnes, der seinen Vater während der letzten Tage seines Lebens pflegt – diese drei Bücher nehme ich gleich mit ins Gartenhaus und stelle sie dort auf. Einverstanden?

– Einverstanden. Hast Du schon ein paar Deiner Sachen hinübergetragen?

– Ja, einen Koffer mit meinen asiatischen Kleidungsstücken und den anderen kleinen asiatischen Mitbringseln.

– Und heute Nacht wirst Du den Raum weiter einrichten?

– Ja, heute Nacht werde ich den Raum einrichten, dann kann ich ihn morgen bewohnen.

– Dann wird dieser Raum Teil Deines Projekts.

– Richtig, er wird der zentrale Raum meines Projekts, Du wirst sehen.

– Komm, lass uns etwas von dem wohltuenden, eiskalten Wasser trinken, komm!

Sie stehen auf und gehen durch die Säulenhalle hinüber zu einem kleinen Brunnen. Das kalte Wasser fließt dort ununterbrochen in ein kreisrundes Becken, sie trinken beide davon und gehen dann weiter in einen dunkleren Kuppelsaal, wo sie die blauen Leinentücher ausziehen und sich gegenseitig mit warmem Wasser übergießen. Dann holen sie sich ein paar Badelaken, breiten die Laken auf einem breiten, gewärmten Podest aus und legen sich mit dem Rücken darauf.

– Jule, ich wollte Dich noch etwas fragen.

– Leg los.

– »Jules Archiv« …, ich meine die Sammlung, die Georg aus Deinen Kinderbeständen angelegt und dann ausgestellt hat – gibt es diese Sammlung noch?

– Aber natürlich.

– Und wo ist sie jetzt?

– Ich habe sie in einem Lager am Stadtrand von München deponiert.

– Schaust Du Dir die Sachen manchmal noch an?

– Alle paar Wochen bin ich dort.

– Und warum?

– »Jules Archiv« bestand, als Georg es ausstellte, aus meinen Kindersachen. Ich habe es seit der Ausstellung damals enorm erweitert, und zwar um all die Gegenstände und Dokumente, die mir später wichtig waren. »Jules Archiv« ist also inzwischen kein kleines, übersichtliches, begrenztes Archiv mehr, sondern, wenn Du so willst, das Archiv meines Lebens. Ich hebe beinahe alles auf, ich registriere und katalogisiere es.

– Was hebst Du zum Beispiel auf?

– Beinahe alles, was mir während eines Tages begegnet und in die Finger gerät, alles, was ich länger als nur einen flüchtigen Moment anfasse, betrachte oder berühre. Speisekarten, Tageszeitungen, Fahrpläne, natürlich auch Seiten, die ich aus dem Netz ausdrucke, alles eigentlich, was irgendeine Rolle in meinem Leben spielt.

– Und wirst Du das alles einmal öffentlich präsentieren?

– Nicht alles, aber vielleicht doch einen Großteil.

– Und wann? Und wo?

– Ich weiß es noch nicht, ich denke noch nicht an so etwas. Ich sammle und sammle, und ich sage Dir, dieses Sammeln ist für mich sehr wichtig. Ich habe das Gefühl, dass keine Minute meines Lebens verschenkt ist und dass alle Minuten in einer geheimen Beziehung zueinander stehen. Sie umspielen meine Lebensthemen, und diese Lebensthemen werden durch die Sammlungen immer deutlicher und erkennbarer. Die Sammlungen führen also dazu, dass ich konzentrierter und aufmerksamer lebe, die Sammlungen sind die Konzentrate meines Lebens, verstehst Du?

– Ja, sehr gut.

– Aber warum fragst Du danach?

– Einerseits, weil ich mich neulich durch Zufall an die Ausstellung von »Jules Archiv« erinnerte und mich fragte, was aus diesem Archiv geworden ist. Und andererseits, weil ich darüber nachdachte, ob ich nicht auch so etwas wie ein Archiv führe. Ich meine natürlich kein Archiv von der Art, wie Du es anlegst, ich meine mein eigenes, kleines Privatarchiv: die Sammlung meiner Lieblingsbücher und die Notizen, die ich über meine eigenen Lektüren und über die Lektüren der Gäste mache. Das alles ist in meinen Augen »Katharinas Archiv«. Ich habe erst spät, nämlich erst in meinen letzten Münchener Jahren, mit der Anlage eines solchen Archivs begonnen. Aber seit ich hier, auf dieser einsamen Insel, wohne, habe ich es enorm vergrößert.

– Du machst ein Geheimnis aus diesem Archiv, niemand darf es betreten und in Deinen Aufzeichnungen lesen.

– Ich habe noch eine gewisse Scheu, die Sachen jemand

anderem zu zeigen, denn ich bin noch nicht überzeugt genug von dem, was ich schreibe. Manchmal finde ich alles auch vollkommen dilettantisch und ärgere mich über meine Unbeholfenheit. Ich schwanke also einfach noch zu sehr, ob ich die Texte aus der Hand geben kann.

– Aber mir, mir kannst Du sie doch zeigen.

– Nein, auch Dir kann ich sie vorerst noch nicht zeigen. Ich hätte dann Angst, etwas von mir preiszugeben, etwas, von dem ich nicht weiß, ob andere es wissen sollen.

– So intim sind Deine Aufzeichnungen?

– Nein, sie sind nicht »intim«, nicht in dem üblichen Sinn. Im Grunde sind sie sachlich, klar, es sind schlichte Beobachtungen. Und doch habe ich das Gefühl, dass auch in diesen einfachen Texten viel von meinem Seelenleben verborgen ist.

– Von Deinem »Seelenleben« …

– Ja, von meinem Seelenleben! Mach Dich nicht über mich lustig.

– Entschuldige, ich weiß natürlich, wovor Du zurückschreckst, mir geht es ja oft genauso, wenn ich etwas notiere oder wenn ich in einer Ausstellung meine Filme zeige.

– Na bitte.

Katharina dreht sich langsam vom Rücken auf den Bauch, legt die Arme eng an den Körper und schließt die Augen. Dann sagt sie:

– Es gibt einen Hotelgast, der mir auch von seinem Archiv erzählt hat. Das ist eine wirklich seltsame Sache, denn eigentlich braucht dieser Hotelgast einen Rat oder Hilfe.

– Möchtest Du mir davon erzählen?

– Ja, aber behalte es bitte für Dich.

– Ich schweige, Katharina.

Sie dreht sich ebenfalls auf den Bauch und schließt die Augen. Katharina spricht so leise, dass es beinahe schon ein Flüstern ist:

– Dieser Hotelgast hat vor einigen Jahren seine geliebte Mutter verloren, der Vater war bereits früher gestorben. Nach dem Tod der Mutter hat er sein Elternhaus kaum noch betreten, er hat vielmehr die Flucht angetreten, weil er es nicht ertrug, in den bekannten und vertrauten Räumen zu sitzen und durch jeden Gegenstand an die Mutter und die Eltern erinnert zu werden. Schließlich ist er aber doch wieder in sein Elternhaus zurückgekehrt. Und was hat er gemacht? Was stellst Du Dir vor, dass er gemacht hat?

Katharina richtet sich auf und schaut zu Jule hinüber.

– Er hat das Haus leer geräumt, antwortet Jule.

– Wie kommst Du denn darauf?

– Wenn ich in der Situation dieses Gastes wäre, dann würde ich das Haus leer räumen. Es gibt keine andere Lösung für das Problem.

– Richtig, er hat das Haus wahrhaftig leer geräumt.

– Und was hat er mit all den Sachen seiner Eltern gemacht? Er hat sie doch nicht etwa verkauft?

– Nein, er hat sie in einem Lager deponiert. Und dann hat er sein Elternhaus renoviert und neu eingerichtet.

– Sehr gut. Genauso hätte ich es wohl auch gemacht. Er hat sich von der Last der Dinge befreit, und er hat dem

Elternhaus eine neue Gestalt gegeben. Wenn das alles aber so glücklich verlaufen ist, warum braucht er dann einen Rat oder sogar Hilfe?

– Es ist alles glücklich verlaufen, aber er wird die Erinnerung an die alten Dinge nicht los. Sie verfolgen ihn bis in seinen Alltag und bis in seine Träume, sie sind immer noch gegenwärtig. Er kann sogar seiner Arbeit nicht richtig nachgehen, weil sich die Dinge selbst noch in seine Arbeit einmischen.

– Was hat er denn für einen Beruf?

– Er ist … Bühnenbildner.

– Bühnenbildner? Im Ernst?

– Ja, er ist Bühnenbildner. Jedes Mal, wenn er sich an einen neuen Entwurf macht, fühlt er sich durch die Erinnerungen an das alte Haus und die alten Gegenstände blockiert. Das Haus und die Gegenstände – sie wollen auftreten, verstehst Du, sie wollen Rollen übernehmen, sie lassen sich nicht verdrängen oder vergessen.

– Oh mein Gott, ich verstehe, jetzt verstehe ich, um was es geht. Der Mann hat eine Art von Blockade, ja, so könnte man es wirklich nennen.

– Eine Art von Blockade, ja, so denke ich auch. Aber wie könnte man ihm helfen? Weißt Du einen Rat?

– Da muss ich eine Weile nachdenken, Katharina. Komm, gehen wir wieder hinüber in die große Halle, mir ist es hier jetzt zu warm.

Sie stehen beide wieder auf und übergießen sich mit kaltem Wasser. Dann reiben sie sich mit frischen Badelaken trocken, wickeln sich wieder in die blauen Leinentücher und gehen in die Säulenhalle zurück. Auf dem Weg dorthin trinken sie noch einmal von dem kalten Wasser, das weiter in das kreisrunde Becken des Brunnens schießt.

Sie strecken sich auf zwei bequemen Liegen aus, Jule schließt die Augen, während Katharina stumm vor sich hin starrt. Nach einer Weile setzt Jule die Unterhaltung fort:

– Mir geht da gerade noch etwas anderes durch den Kopf, Katharina.

– Und was?

– Ich dachte gerade an mein eigenes Archiv, und ich dachte daran, dass mir etwas Ähnliches ja auch hätte passieren können. Viele Dinge, die sich in diesem Archiv befinden, erinnern mich stark an Georg, ja das ganze Projekt erinnert natürlich an ihn. Und trotzdem hat mich dieses Projekt nicht beengt oder mir sonst zugesetzt. Und ich glaube, ich weiß auch, woran das liegt.

– Und woran liegt es?

– Ich habe die Dinge nicht irgendwo abgestellt, sondern ich habe ganz bewusst mit ihnen gearbeitet. Ich habe einen Katalog angelegt, jedem Ding eine Nummer gegeben, und jedes Ding kurz beschrieben. Viele von diesen Dingen habe ich in meine Arbeiten integriert, ich habe sie ausgestellt oder sonst etwas mit ihnen angefangen. Deshalb sind sie nicht zu einer toten, bedrohlichen Materie geworden, sondern zu einem Teil meines Lebens.

– Und das bedeutet?

– Man könnte meine Erfahrungen mit dem Archiv so nutzen, dass man daraus etwas folgert, ja, man könnte aus meinen Erfahrungen nämlich folgern, dass der Hotelgast sich bewusst mit seinem Archiv beschäftigen sollte.

Er sollte ihm nicht aus dem Weg gehen, sondern er sollte, genau anders herum, Kraft und Zeit in das Archiv investieren.

– Du meinst, er sollte einen Katalog anlegen, so wie Du es gemacht hast?

– Ja, zum Beispiel, warum nicht? Vielleicht sollte er die Objekte auch zeichnen, Objekt für Objekt, schließlich ist er Bühnenbildner, da fallen ihm solche Zeichnungen leicht und machen ihm vielleicht sogar Vergnügen. Wenn er die Dinge zeichnet, nimmt er Verbindung mit ihnen auf. Sie werden zu Spielformen, sie werden zu Dingen, die man in andere Zusammenhänge überführen und über die man fantasieren kann. Verstehst Du?

– Ja, ich verstehe, was Du meinst, und ich finde Deine Idee fabelhaft. Einen »Katalog« anzulegen – das würde also bedeuten: Nicht vor den Dingen davonlaufen, und sie auch nicht in einem Lager verstecken, sondern auf sie zugehen, sie wieder und wieder betrachten, sie in die Hand nehmen und sie dem eigenen, veränderten Leben einverleiben.

– Exakt, besser hätte ich es nicht sagen können. Man merkt sofort, dass Du in letzter Zeit viel notiert und geschrieben hast.

– Du sollst Dich nicht über mich lustig machen, ich habe es Dir schon einmal gesagt.

– Ach was, im Ernst: Du hast das Problem genau beschrieben, und Du hast auch die Lösung umrissen. Etwas Besseres fällt mir nicht ein.

Sie schweigen und schauen eine Weile vor sich hin, im Hintergrund ist das Plätschern des Brunnens zu hören.

Dann richtet sich Jule auf und setzt sich seitlich auf ihre Liege:

– Katharina, bist Du mir böse, wenn ich Dich jetzt verlasse? Ich habe noch viel mit der Einrichtung des Gartenhauses zu tun. Die ganze Nacht wird dafür draufgehen.

– Aber nein, ich bin Dir nicht böse, mach Dich nur an die Arbeit. Wir sehen uns morgen früh wieder.

– Morgen ist mein letzter Tag, übermorgen fahre ich wieder nach München.

– Ich weiß, aber Du kommst ja schon bald wieder her, das ist doch das Schöne. Diese Insel hier wird Dir immer mehr ans Herz wachsen, erst recht jetzt, wo ein Gartenhaus auf Dich wartet.

– Du meinst, ich werde in Zukunft im Gartenhaus übernachten? Meinst Du das wirklich?

– Warten wir es ab, Jule, ich werde darüber nachdenken.

– Katharina, das wäre ein großes Glück. Ich wäre dann hier kein Hotelgast mehr, sondern ich wäre ein Bewohner der einsamen Insel.

– Richtig, dann wärst Du ein Bewohner, genauso wie ich.

– Bis morgen, Katharina.

– Bis morgen, Jule. Aber noch eins, ganz rasch, und zum Schluss: Der Hotelgast, von dem ich Dir erzählt habe … – er ist gar kein Bühnenbildner …, sondern …

– Moment, Katharina, einen Moment! Der Hotelgast ist gar kein Bühnenbildner? Er ist es nicht?! Dann ist er ein Schriftsteller, habe ich recht?

– Ja, Du hast recht.

– Ich habe es geahnt, ich hatte so eine dunkle Ahnung.

– Jetzt kannst Du sicher sein, jetzt weißt Du es. Entschuldige, dass ich geschwindelt habe, ich wollte, dass Du Dir den Fall überlegst, ohne an eine bestimmte Person zu denken.

– Ich denke immerzu an eine bestimmte Person, Katharina, da ist nichts zu machen, ich habe nämlich eine Blockade.

Sie lacht und steht auf. Dann gibt sie Katharina einen Kuss auf die rechte Wange und verschwindet. Eine Blockade, ja, denkt Katharina, jeder von uns dreien hat eine Blockade, so könnte man sagen. Vielleicht haben wir aber auch alle drei dieselbe Blockade, so könnte man vielleicht auch sagen. Ach, es ist zu kompliziert, ich blicke da nicht mehr durch.

Sie lächelt und schließt noch einmal für ein paar Minuten die Augen. Sie durchdenkt, was Jule gesagt hat, und sie überlegt, was sie Johannes gleich sagen wird. Es ist bereits spät, wahrscheinlich wartet er in der Hotelbar.

Sie steht auf, sie will ihn nicht zu lange warten lassen.

27

Er hat eine Weile Klarinette gespielt, dann hat er in dem Buch des treuen Sohnes, der seinen Vater in den letzten Tagen seines Lebens gepflegt hat, gelesen. Er hat sehr langsam gelesen und die Lektüre immer wieder unterbrochen, er hat darüber nachgedacht, ob gerade diese Lektüre, die ihn so stark an Szenen seines eigenen Lebens erinnert, gut für ihn ist. Er konnte aber nicht aufhören zu lesen, sondern er musste sich einen Ruck geben, um das Buch schließlich wegzulegen und sich umzuziehen. Er hat ein weißes, frisches Hemd mit langen Ärmeln angezogen, er hat die langen Ärmel ein wenig hochgekrempelt, dann hat er schwarze Jeans angezogen, noch eine kleine Flasche Wasser getrunken und das Hotelzimmer schließlich verlassen.

Seit einer halben Stunde sitzt er in der Hotelbar und wartet auf Katharina. Die Bar ist leer, denn es ist die Zeit des Abendessens, das die Hotelgäste jetzt in den verschiedenen Restaurants des Hotels einnehmen. Unten im Tiefgeschoss soll es ein besonders gutes, mit Sternen dekoriertes geben, er hat es sich aber noch nicht angeschaut, es widerstrebt ihm seltsamerweise, an den ausgedehnten Mahlzeiten der Hotelrestaurants teilzunehmen, er weiß aber nicht ganz genau, woran das liegt.

Als Katharina schließlich in einem dunkelroten Kleid erscheint, steht er auf und umarmt sie.

– Es tut mir leid, ich bin etwas spät, sagt sie.

– Das macht nichts, antwortet er, ich habe mich hier auch allein sehr wohlgefühlt.

– Wie hast Du den Tag seit unserem gemeinsamen Essen verbracht?

– Ich habe mich auf einer Wiese hinter dem Gasthof ausgeruht und sogar etwas geschlafen, ich habe dann einen anderen Rückweg genommen und bin auf ein verwunschenes Gartenhaus gestoßen, ich habe im Pool geschwommen, ich habe Klarinette gespielt, und ich habe ein wenig gelesen. Bist Du mit mir zufrieden?

– Sehr, und ich beneide Dich um so einen Nachmittag. Aber sag, welches verwunschene Haus meinst Du?

– Ich meine ein kleines Gartenhaus direkt am Saum des dunklen Fichtenwäldchens, ich hatte es vorher noch gar nicht bemerkt. Kennst Du es nicht?

– Ach, dieses Haus meinst Du, doch das kenne ich. Es gehörte früher dem alten Gärtner. Er ist gestorben, jetzt steht es leer. Bist Du hineingegangen, stand es offen?

– Ja, es stand offen, und ich bin hineingegangen. Von drinnen überblickt man die ganze Gegend, es sind sehr starke Bilder. Ich vermute, dieser kleine, schlichte Raum ist der schönste der ganzen weiten Hotellandschaften.

– Ich kenne ihn nicht gut genug, er ist meist abgeschlossen.

– Du solltest ihn Dir unbedingt einmal anschauen.

– Ja, das werde ich sicher bald tun.

Er schaut sie einen Moment länger an, dann ruft er einen Kellner herbei.

– Ich habe noch nichts bestellt. Was wollen wir trinken? Einen Wein? Einen Cocktail? fragt er.

– Ich finde, in einer Bar wie dieser sollten wir einen Cocktail trinken, Du möchtest doch sicher später noch etwas essen.

– Nein, eigentlich nicht, ich habe keinen großen Hunger, wir haben ja schließlich sehr spät zu Mittag gegessen. Einen Cocktail also, in Ordnung. Dann trinken wir einen Martini, mit Gin und trockenem Vermouth. Einverstanden?

– Einverstanden, wenn Du dafür sorgst, dass man uns die penetrante Olive erspart.

Als der Kellner erscheint, bestellt er zwei Martini ohne Oliven, und als der Kellner nickt und nachfragt, ob sie auch etwas zu essen wünschen, winkt er ab.

– Seltsam, ich habe nicht die geringste Lust, in diesen Pracht-Restaurants zu essen, sagt er, als der Kellner verschwunden ist.

– Und warum nicht? Viele Gäste kommen vor allem deswegen.

– Ja, das mag sein. Ich hätte ja auch Lust, all diese Kostbarkeiten zu probieren, das aber am liebsten zu zweit und nicht in großer Gesellschaft. Ich ertrage es einfach nicht gut, wenn sich zu viele Menschen in einem Raum befinden und sich dann auch noch laufend über das exquisite Essen unterhalten.

– Du kannst Dir das Essen auch aufs Zimmer bringen lassen.

– Ja, darüber habe ich auch schon nachgedacht. Ich habe ja noch den morgigen Tag, vielleicht lasse ich mich morgen auf so etwas ein. Aber nur, wenn Du mitmachst, nur, wenn wir beide zusammen essen. Allein esse ich nicht in meinem Zimmer, auf keinen Fall.

– Du wirst nicht allein in Deinem Zimmer essen, Johannes, auf gar keinen Fall.

Er schaut sie wieder etwas länger an, er ist über das, was sie da so bestimmt und entschieden sagt, leicht irritiert.

– Katharina, wovon sprichst Du?

– Warten wir es ab. Ich erzähle nicht alles, was mir gerade durch den Kopf geht, ich bin etwas zurückhaltend, verstehst Du?

– Sollte ich nicht besser wissen, was Du zurückhältst?

– Im Augenblick noch nicht, Johannes, vielleicht bald, vielleicht morgen, warten wir es ab.

– Hast Du über meine Arbeitsprobleme nachgedacht?

– Allerdings, das habe ich, ich habe sogar sehr intensiv darüber nachgedacht.

– Und? Was ist dabei herausgekommen?

– Mir ist zunächst eine Kleinigkeit aufgefallen. Du hast von den Möbeln und Gerätschaften Deiner Eltern erzählt, die Du in einer Scheune deponiert hast. Ich habe Dich gefragt, was aus all diesen Gegenständen werden solle, und Du hast geantwortet, das sei momentan nicht Dein Problem, weil Dich ein *anderes*, größeres Problem beschäftige, und dieses *andere*, größere Problem sei Dein Schreibproblem. Erinnerst Du Dich?

– Ja natürlich, ich erinnere mich genau. Aber was ist an dieser Bemerkung so besonders?

– Ich glaube nicht, dass Du ein *anderes* Problem hast, Johannes, ich glaube, dass die Dinge, die in der Scheune stehen und auf Dich warten, das Problem *sind*. Genauer gesagt: Das Warten und Herumstehen der Dinge – das ist das Problem. Du hast für diese Dinge keine Lösung und keine Zukunft gefunden, deshalb werden sie allmählich unruhig und drängen sich in Deine Projekte und Träume. Du solltest sie nicht mehr länger warten lassen, Du solltest Dich um sie kümmern.

– Kümmern? Aber wie sollte ich das machen? Was stellst Du Dir denn vor?

– Du solltest die Hinterlassenschaft Deiner Eltern in der großen Scheune neu gruppieren, Du solltest sie aufbauen wie eine Wohn-Landschaft. Bei jedem Ding, das Du in die Hand nimmst, solltest Du Dir überlegen, wohin es gehört. Du solltest eine Skizze oder einen Plan entwerfen, der den Aufbau und die Gruppierung der Dinge im Scheunenraum festhält, Du solltest Dir genaue Gedanken machen, wie Du die Dinge anordnest. Und dann solltest Du darangehen, jedem Ding eine Nummer zu geben und es genau zu beschreiben.

– Halt, Katharina, nicht so schnell. Langsamer und noch einmal von vorn, ich möchte mir das Ganze genau vorstellen können.

– Gut, noch einmal und langsamer. Als Erstes zeichnest Du einen Grundriss der leeren Scheune. Und dann überlegst Du, wo Du in dieser Scheune jedes einzelne Ding deponierst. Wo gehört es denn genau hin, in die Nachbarschaft welches anderen Dings? Wenn Du darüber nachdenkst, wirst Du die Dinge in Gruppen anordnen. Und diese Gruppen werden schließlich kleine Ensembles bilden, und diese kleinen Ensembles werden zu Landschaften wachsen. Am Ende wirst Du eine große Fantasie- oder Traumlandschaft Deiner Vergangenheit entworfen haben. Die Gegenstände werden nicht weiter nutzlos, aussortiert und tot herumstehen, sondern sie werden wieder zu Dir gehören. Das wird sie besänftigen und beruhigen, und das wird vor allem Dich beruhigen, und zwar so, dass Du in Zukunft sogar mit diesen Fantasien und Träumen arbeiten kannst. Die Dinge werden Dir also nicht mehr im Wege stehen, sie werden sich Dir vielmehr anbieten, sie werden sich ihre Plätze in Deinen Texten ganz von selbst suchen. So stelle ich mir das vor.

Der Kellner erscheint an ihrem Tisch und serviert zwei Martini. Johannes greift nach seinem Glas und schaut einen Moment etwas verdutzt auf die glasklare, eisige Flüssigkeit, die etwas Konzentriertes, Kompaktes, ja beinahe Strahlendes hat. Dann stoßen sie beide an und trinken einen Schluck. Er spürt, wie das kalte Getränk in seinen Körper fährt, streng, blitzartig, ein leicht metallener Nachgeschmack liegt danach auf seiner Zunge.

– Machen wir doch einfach ein paar kleine Experimente, sagt Katharina. Vielleicht verstehst Du dann besser, wie ich mir das Ganze vorstelle. Machst Du mit?

– Du fragst noch? Natürlich mache ich mit. Leg los.

– Also gut. Stell Dir vor, Du stehst jetzt vor der Scheune, Du öffnest sie und gehst langsam hinein in das Dunkel. Du hast eine exakte Aufgabe: Du sollst einen Gegenstand suchen, der Dir lieb und teuer ist und den Du als Kind oft in der Hand gehabt hast. Du sehnst Dich nach diesem Gegenstand zurück, Du hast viele gute Stunden mit ihm erlebt. Welchen Gegenstand würdest Du aus der Scheune holen?

– Das ist ganz einfach, ich würde meine Kinderklarinette suchen.

– Die Kinderklarinette, na bitte. Warum die Kinderklarinette?

– Ich habe als Kind zuerst Blockflöte gespielt. Mit neun, zehn Jahren fand ich aber Blockflötenspielen nicht mehr gut, nein, ich fand es sogar unerträglich. Blockflöte war damals in meinen Augen ein Instrument für unmusikalische Kleinkinder, die von ihren noch unmusikalischeren Eltern gezwungen wurden, schreckliche Töne von sich zu geben. Ich wollte aber mit dem Musikmachen nicht aufhören, sondern suchte nur etwas Ernsteres. Da entdeckte mein Vater die Kinderklarinette, die noch immer ein wenig nach Blockflöte aussah, aber ein anderes Mundstück hatte. Außerdem klang sie perfekt: erwachsen, ernst und doch munter und durchaus auch ein wenig skurril.

– Sehr schön. Du erzählst mir da gerade eine sehr schöne Geschichte. Und diese sehr schöne Geschichte solltest Du als Nächstes aufschreiben. Es ist die Geschichte Deiner Klarinette, und es ist die Geschichte, wie Du als Kind die ernste Musik entdeckt hast. Also legst Du eine Karte oder ein Heft an, Du gibst Deiner Kinderklarinette eine Nummer und beschreibst sie: Aussehen, Größe, Firma, alle Details. Und zu dieser Beschreibung fügst Du dann Deine Geschichte hinzu. Noch ein Experiment?

– Ja, gern.

– Noch ein Experiment. Du stehst wieder vor der Scheune, Du öffnest sie und gehst jetzt hinein in das Dunkel. Du suchst einen ganz bestimmten Duft, einen Duft, den Du während Deiner Kindheit immer wieder gerochen hast. Diesen Duft gab es nur in einem bestimmten Raum Deines Elternhauses, nirgends sonst. Wenn Du diesen Duft riechst und die Augen schließt, befindest Du Dich sofort wieder in dem entsprechenden Raum. Was wäre das für ein Duft, den Du jetzt suchst?

– Ich weiß, ich weiß wieder sofort, was ich suchen würde. Ich würde eine bestimmte Seife suchen, und zwar eine Seife der Marke »Rosa Centifolia«. Ein Stück dieser Seife lag immer im Badezimmer meiner Eltern und wurde nur von meiner Mutter benutzt. Mein Vater rührte sie nicht an, und auch ich wagte es nicht, mich damit zu waschen. Ich liebte aber ihren Duft sehr, ich roch häufig an dieser Seife, dieser Duft war der Duft meiner Mutter und damit jener Duft, den ihre Körperbewegungen am frühen Morgen in unserer Wohnung verteilten. Meine Mutter war immer als Erste von uns allen auf, und wenn ich später aufstand und durch unsere Wohnräume ging, roch ich genau, wo sich meine Mutter bereits aufgehalten hatte. Es war so, dass ich …

– Johannes, erzähl jetzt nicht weiter. Das ist die zweite sehr schöne Geschichte, die ich in wenigen Minuten von Dir höre. Du solltest sie möglichst bald aufschreiben, und ich sage Dir, es wird Dir nicht schwerfallen, und keine Blockade der Welt wird Dir im Weg stehen.

– Du hast recht, Katharina, natürlich, so könnte es wirklich gehen. Noch ein drittes Experiment, los, noch ein drittes!

– Also gut, noch ein drittes, letztes Experiment. Du stehst erneut vor der Scheune, öffnest sie und gehst langsam hinein. Du suchst einen geheimnisvollen Gegenstand, den Du nur selten zu Gesicht bekommen hast. Dieser Gegenstand war lange Zeit irgendwo versteckt, und als Du ihn dann zu Gesicht bekommen hast, hat er Dich beunruhigt, weil von diesem Gegenstand etwas Fremdes, Irritierendes ausging.

– Ich weiß, ja, ich weiß, was ich suche. Ich suche eine bernsteinfarbene Zigarettenspitze, es ist die Zigarettenspitze meines Vaters, die er als Soldat während des Zweiten Weltkriegs benutzt hat. Später hat er sie nie mehr in die Hand genommen, sie lag in einer Kiste, in der sich ausschließlich Sachen befanden, die er in seiner Soldatenzeit benutzt hatte. Als ich diese Zigarettenspitze entdeckte, habe ich an ihr gezogen und hatte deshalb später einen bitteren, scharfen Geschmack auf der Zunge. Ich habe mir den Mund ausgespült, aber ich bekam den Geschmack nicht weg, ja, ich glaubte sogar, mich übergeben zu müssen. Ich habe die Zigarettenspitze nie mehr angerührt, aber wenn ich mich an sie erinnert habe, war immer dieser seltsame Tabak-Geschmack da, verbunden mit den Erinnerungen an Vater und an seine Soldatenzeit.

Er hebt das Glas mit der leicht tranigen und klaren Flüssigkeit wieder hoch und hält es gegen das Licht, dann trinkt er es leer. Katharinas Experimente haben in ihm eine unbändige Schreiblust ausgelöst, er spürt richtiggehend, wie es ihn drängt, weiterzuerzählen und diese Erzählungen auch gleich zu notieren.

– Du hast recht, sagt er, ich sollte das alles möglichst bald aufschreiben. Und ich sollte mich um meine anderen Projekte vorerst nicht kümmern. Sie haben Zeit, sie können warten, aber die Heerscharen in der Scheune – die können nicht länger warten.

Er ist so unruhig, dass er noch einmal nach dem Kellner winkt und noch einmal zwei Martini bestellt, ohne Katharina zu fragen. Sie schaut ihn die ganze Zeit ruhig an, sagt aber nichts, da sie genau spürt, was in ihm vorgeht. Er hat ein großes Thema und einen gewaltigen Stoff entdeckt, jetzt beginnt dieser Stoff, sich in ihm festzusetzen.

Um seine Unruhe etwas zu dämpfen, wechselt sie abrupt das Thema und erzählt ihm von ihren eigenen Aufzeichnungen und Notizen. Sie beschreibt, was sie im Einzelnen alles notiert und wie sie mit diesen Notizen umgeht, sie lässt sich viel Zeit für ihre Erklärungen, um ihn auf ein paar andere Gedanken zu bringen und ihm gleichzeitig zu ermöglichen, selbst ein paar Ratschläge zu geben.

– Ich komme mit meinen Notizen nicht so richtig voran, sagt sie. Ich notiere und notiere, aber ich habe keinen richtigen Eindruck von ihnen, dazu fehlt mir die Distanz.

– Hast Du sie schon einmal jemand anderem gezeigt? fragt er nach.

– Nein, antwortet sie, noch niemandem. Einige Freundinnen oder Freunde, die davon wissen, behaupten, ich mache aus dem Ganzen ein Geheimnis, das ist aber gar nicht meine Absicht. Ich bin nur etwas scheu und verlegen, ich habe mit dem Notieren und seiner Preisgabe an andere noch keine Erfahrung.

– Ich schaue mir gerne an, was Du mir zeigst. Und ich könnte Dir bestimmt auch diesen oder jenen Rat geben, sagt er.

– Gut, antwortet sie, auf dieses Angebot habe ich ein wenig gewartet. Wir beide kennen uns lange und gut, aber wir kennen uns nun wiederum auch nicht so gut, dass Dir jedes Moment meines Seelenlebens vertraut wäre. Im Grunde bist Du also der ideale Leser meiner Texte. Morgen zeige ich Dir welche, morgen öffne ich mein Geheimkabinett, nur für Dich!

– Nur für mich?! fragt er noch einmal nach, und Katharina sieht plötzlich, dass sein Gesicht eine leichte Rötung überzieht.

– Was ist? fragt sie. Ist Dir nicht gut?

Er schluckt einen Moment, greift nach dem zweiten Glas und leert es in einem Zug.

– Nur für mich! sagt er, Deine Notizen sind nur für mich reserviert, habe ich recht?

– Ich sagte ja, ich habe sie noch niemandem sonst gezeigt, antwortet sie etwas unsicher, weil sie nicht weiß, worauf er hinaus will.

– Also gut, ich verarzte sie, sagt er und lacht.

Sie schüttelt den Kopf, sie vermutet, dass ihm der Martini nicht gut bekommt, deshalb greift sie nach dem letzten, gefüllten Glas, das noch auf ihrem Tisch steht. Sie will verhindern, dass er auch dieses Glas noch eilig leert.

– Willst Du nicht doch etwas zu Abend essen? fragt sie.

– Neinnein, antwortet er, ich habe jetzt weder Zeit noch Lust, etwas zu Abend zu essen. Ich werde hinauf auf mein Zimmer gehen und arbeiten. Ich habe richtig Lust dazu, ja, verdammt, lange hatte ich nicht mehr eine so große Lust, etwas zu schreiben. Nimmst Du mir übel, dass ich Dich jetzt verlasse?

Sie lächelt, sie hat diesen Satz vor wenigen Stunden schon einmal gehört.

– Nein, natürlich nicht, antwortet sie. Auch ich habe ja noch zu tun, ich werde mir meine Notizen noch einmal anschauen und einige auswählen, für Deine morgige Lektüre.

– Fein! sagt er und steht plötzlich auf. Er verabschiedet sich von ihr mit einem Kuss auf die rechte Wange, doch bevor er den Raum verlässt, kommt er noch einmal kurz zu ihr zurück.

– Katharina! Noch eins! Noch ein Letztes! Was war das, was Du zu Beginn unserer Unterhaltung nicht erzählen wolltest? Kannst Du es mir jetzt sagen? Sollte ich es jetzt nicht doch wissen?

Sie schaut zu ihm auf, sie überlegt einen Moment, dann aber sagt sie:

– Jule hat das Gartenhaus am Fichtenwäldchen ebenfalls heute entdeckt. Sie hat es betreten, so wie Du, und sie ist ganz vernarrt in das Haus. Morgen möchte sie es bewohnen, zunächst natürlich nur für einen Tag, denn sie reist übermorgen ab, so wie Du. Ich vermute …, aber ich vermute das nur, hörst Du …, ich vermute, dass sie Dich morgen einladen wird, sie in diesem Haus zu besuchen. Bitte behalte das alles aber für Dich, ich weiß nicht, ob es richtig ist, dass ich Dir das erzähle.

– Ganz neu ist das nicht für mich, antwortet er.

– Du wusstest es schon?

– Sie hat ihren Schal in dem Gartenhaus liegenlassen, antwortet er. Ich habe ihn sofort entdeckt, der Schal hat einen ganz unverwechselbaren Duft, den ich sehr gut kenne. Mehr sage ich nicht, Du weißt wohl Bescheid, welchen Duft ich jetzt meine.

– Ich habe eine Ahnung in dieser Richtung, antwortet sie.

– Noch eine allerletzte Frage, sagt er. Wer hat ihr erlaubt, das Haus zu bewohnen? Wem gehört dieses Haus?

– Na gut, antwortet sie, dann sage ich Dir auch das noch. Ich habe das Haus vor Kurzem gemietet, es ist vorerst mein Haus.

Er schaut sie etwas fassungslos an, nein, das wusste er nicht, da ist sie sicher. Er antwortet aber nicht mehr auf diese allerletzte Erklärung, sondern wendet sich um, dem Ausgang der Hotelbar entgegen.

Sie schaut ihm nach, wie er schwungvoll und eilig davongeht. Nun gut, denkt sie, dann arbeiten wir drei eben, jeder für sich. Zum Glück haben wir viel zu tun, und zum Glück hat jeder eine eigene, sehr schöne Beschäftigung, und zum Glück haben wir alle drei große Lust, diese Arbeit zu tun.

Dann leert sie ihr Glas und macht sich auf den Weg in ihre Buchhandlung. Ich habe das Haus für die Kinder gemietet, denkt sie, das Gartenhaus ist für die Kinder bestimmt.

3

Die Liebesnähe

»im Garten ein Summen«

(Kitagawa Utamaro)

28

Er wacht auf und erschrickt ein wenig, als er bemerkt, wie hell es draußen bereits ist. Das Sonnenlicht presst sich durch die Ritzen der Vorhänge, als wäre der Tag schon weit fortgeschritten. Er greift hastig nach der Uhr und ist etwas beruhigter, als er sieht, dass es noch wenige Minuten bis sieben Uhr sind, eigentlich hatte er sich vorgenommen, viel früher aufzustehen und oben auf dem Dach ein Bad zu nehmen.

An das Bad denkt er jetzt nicht mehr, er bleibt vielmehr noch etwas liegen und trinkt aus der dickbauchigen Mineralwasserflasche, die er sich direkt neben das Bett gestellt hat. Seit er auf dieser Insel angekommen ist, hat sich sein Durst enorm verstärkt, es mag an der Höhenluft liegen, vielleicht aber auch daran, dass er sich hier die Zeit nimmt, mehr auf sich selbst und seine Regungen zu achten. Starken Durst mag er in München auch dann und wann haben, er bemerkt ihn aber nicht, während es ihn hier laufend zu irgendwelchen Quellen, Gewässern und Brunnen treibt.

Er hat lange gearbeitet, erst weit nach Mitternacht ist er ins Bett gegangen. Er ist sofort eingeschlafen, hat aber anscheinend unaufhörlich geträumt, jedenfalls kommt ihm das jetzt so vor, denn er kann sich relativ präzise an lange Traumstrecken erinnern. Er war unterwegs, ja, so war es, er war wieder einmal auf einer nicht enden wollenden Tour, auf der er hier und da Menschen begegnete, die er von früher kannte. All diese Menschen hatten aber nicht mehr direkt mit ihm zu tun, sie näherten sich ihm auch nicht mehr, beobachteten ihn aber genau, wenn er in ihre Nähe geriet. Mit der Zeit hatte er das Gefühl, dass sie etwas über ihn wussten oder etwas vor ihm geheim hielten, er konnte sie aber nicht fragen, nein, aus irgendwelchen Gründen war das vollkommen unmöglich. Und so legte er eine Station nach der andern zurück, ohne weiterzukommen, er lief einer Spur oder einem Rätsel hinterher, das er selbst nicht genau kannte, es war zum Verzweifeln.

Solche Traumstrecken hatten sich in der Nacht wiederholt, immer wieder war er auf Tour geschickt worden, und jedes Mal, wenn er aufgewacht war, hatte er sich vorgenommen, im nächsten Traum endlich die richtigen Fragen zu stellen und das Rätsel entschiedener anzugehen. Das gelang aber nicht, natürlich nicht, und so hatte sich bei ihm allmählich eine gewisse Erschöpfung eingestellt, die ihn im Morgengrauen gepackt und endlich traumlos hatte schlafen lassen.

Er wälzt sich aus dem Bett und steht langsam auf, er stößt mit dem linken Fuß gegen die dickbauchige Mineralwasserflasche und greift nach ihr. Mit der Flasche in der linken Hand geht er durch den Raum, er öffnet die Vorhänge und schaut dann hinaus.

Der Anblick der Umgebung erschlägt ihn beinahe, so sonnenklar und aufgeräumt liegt die weite Landschaft jetzt vor ihm. Die bis zu den bergigen Spitzen hinaufreichenden Bergwälder sind vom Sonnenlicht durchtränkt, als wären es goldene Erntefelder, und die Wiesen im Tal erscheinen wie glattgrüne Spiegel, in denen sich das Sonnenlicht bricht.

Er setzt die Flasche an den Mund und trinkt erneut. Als er bemerkt, was er tut, ärgert er sich. Das elende Genuckele vieler Fußballtrainer, die während eines Spiels ununterbrochen an ihren Wasserflaschen saugen, hat ihn immer abgestoßen, und erst recht mochte er jene Torhüter nicht, die nach Spielende mit der Wasserflasche in der Hand über den Rasen trabten, als bräuchten sie, um neunzig Minuten Herumstehen abzuarbeiten, unbedingt eine Ladung geschmackloses Wasser.

Er trinkt die Flasche leer und wirft sie dann sofort in den Papierkorb, Schluss mit diesen Albernheiten, er wird heute keinen Tropfen Wasser mehr trinken, das schwört er sich. Stattdessen wird er sich die Getränke des vorerst letzten Tages in diesem Hotel genau überlegen, und er wird sie in Abstimmung mit jener Frau zu bringen versuchen, die vielleicht heute in das Gartenhaus am Fichtenwäldchen einziehen wird.

Sein Blick richtet sich jetzt auf das kleine Haus, das noch etwas im Schatten liegt, ihm fällt sofort auf, dass die Tür offen steht und die Fenster leicht gekippt sind. Irrt er sich oder leuchten in den Fenstern nicht auch Blumen? Hat sie das Haus also längst – und vielleicht sogar während der Nacht – in Besitz genommen?

Er geht zu dem kleinen Tisch neben seinem Bett und schaut auf seinem Handy nach einer Nachricht. Er liest: *the artist is present 3: zum Frühstück im Gartenhaus.* Er liest die Nachricht zweimal, dann spricht er sie laut vor sich hin, nein, er braucht nicht mehr weiter nachzudenken und sich etwas dazu zu überlegen, diese Nachricht ist eindeutig, und sie lockt ihn hinüber, in das gestern noch leer stehende Haus.

Mit einem Mal sind all seine Bewegungen rascher und zielstrebiger. Er eilt hinüber ins Bad und schaut in den Spiegel. Sieht man ihm die Freude an, sieht man ihm an, dass er sich kaum beherrschen kann? Seit endlosen Zeiten hat ihn kein Mensch mehr zu einem Frühstück eingeladen, ja, er kann sich nicht daran erinnern, dass ihn überhaupt jemand zu irgendetwas eingeladen hätte. Und umgekehrt? Nein, umgekehrt auch nicht, der einzige Mensch, den er dann und wann eingeladen hat, war Katharina, sonst aber hat es niemanden gegeben, mit dem er gerne ein paar Stunden verbracht hätte.

Er beugt den Kopf in das Waschbecken und lässt einen starken, kalten Strahl auf seinen Hinterkopf schießen, er möchte hellwach sein, wenn er ihr begegnet, ja, er muss sich jetzt auf diese erste nähere Begegnung vorbereiten. Er reibt sich mit beiden Händen durchs Gesicht und schaut erneut in den Spiegel, er sollte sich rasieren, ja, sofort. Er trägt etwas Rasierschaum auf und beginnt, sich zu rasieren, auch im Badezimmer hat sich das helle Sonnenlicht inzwischen überall verteilt, es ist, als tanzte er in all seiner Nervosität und Ungeduld auf einem erhitzten Parkett.

Duschen? Natürlich, nach der Rasur eilt er in das abgetrennte Duschkabinett und beginnt mit einer fast heißen Dusche, deren Wärme er dann allmählich verringert, bis das Wasser auch hier eiskalt ist. Er pfeift etwas vor sich hin, die Klarinettensoli des gestrigen Tages steigen jetzt in seiner Erinnerung auf, wie seltsam, dass er sich wieder diesem Spiel zugewandt und es ihm so viel Vergnügen gemacht hat! Ob er ihr einmal etwas vorspielen sollte? Noch heute? Gleich jetzt? Er trocknet sich mit einem großen Badetuch gründlich ab und schüttelt den Kopf. Nein, er tut schon so, als wären sie ein Paar, das nun damit beginnt, sich seine Passionen vorzustellen. »Magst Du Keith Jarrett?« – »Aber ja, ich liebe ihn.« – »Und Miles Davis? Den musst Du dann ja auch mögen, Du *musst*!« – »Aber ja, natürlich, Du hast es genau getroffen ...«

So ein Geschwätz hat er früher oft in seinem Freundeskreis hören müssen, und er hat es immer gehasst. Fast alles, was man so daherredet, wenn man sich kaum kennt, ist leicht verderbliche Ware. Ein hilfloses Plappern, das rasch viel zerstören kann. Aber es muss ja nicht sein, nein, absolut nicht, *es muss nicht sein*, denkt er entschieden und ist plötzlich beinahe stolz darauf, dass Jule und er es bisher geschafft haben, sich ohne direkte Worte zu verständigen. Ob sich das durchhalten lässt? Auch jetzt gleich, während des Frühstücks?

Er wird es versuchen, von sich aus wird er keine Anstrengungen unternehmen, mit ihr die ersten Worte zu wechseln. Und sie? Vielleicht wird es sie drängen, ihm von sich zu erzählen, oder vielleicht möchte sie ihm einige Fragen stellen? Vielleicht spürt sie aber auch, dass sich das aufschieben lässt und dass der besondere Reiz ihrer Begegnung darin bestehen könnte, viel zu erraten und zu entziffern. Ihn jedenfalls reizt der stumme Austausch, denn er lässt den Empfindungen Raum und ihm auch genügend Zeit, vieles für sich zu durchdenken. Das Gesprochene dagegen hat oft ein zu hohes Tempo, und die Worte, rasch hingeworfen oder in den Wind gestreut, räumen alles weg, was sich ihnen in den Weg stellt. Vielleicht ist er ja ein Schriftsteller geworden, weil er die Gewalt über die Worte behalten oder sie so einsetzen will, dass sie ihre dominierende Macht verlieren und zu so etwas wie Musik werden.

Was soll er anziehen? Verdammt, er hat in diesen Modedingen nicht die geringste Erfahrung, es fällt ihm nichts dazu ein, im Grunde bräuchte er an jedem Morgen einen kleinen Karl Lagerfeld, der ihm die entsprechenden Ratschläge ins Ohr nuscheln würde: »Mann Gottes, das ist doch nicht so schwer! Ein weißes Hemd mit kleinem Stehkragen ist nie falsch. Überlegen Sie sich, wo sich die Schwachstellen Ihres Körpers befinden, und dann überlegen Sie, wie Sie diese Stellen geschickt kaschieren.«

Er lacht vor sich hin, das Lachen tut ihm gut, es entspannt ihn ein wenig, obwohl er in Sachen Kleidungsfragen kein Stück vorankommt. Er atmet tief durch, dann wählt er die Nummer der Rezeption und erkundigt sich, ob die junge Lea gerade Dienst tut, denn Lea versteht ihn und erzählt auch nicht gleich jedem Besten, was er sie gefragt hat. Sie ist im Dienst, und so wünscht er ihr einen guten Morgen und erkundigt sich ganz beiläufig nach dem Wetter. Wie warm es heute denn werde? Und was man an einem solchen Tag anziehen solle?

Lea verkündet, dass es ein sehr warmer Spätsommertag werden wird, wolkenlos, mit leuchtender Gebirgsbläue, vor lauter Vorfreude und Übermut kichert sie ein wenig, so dass er gleich vermutet, dass sie am Abend eine Verabredung hat. Ja, denkt er, das wird es sein, sie spricht so geschmeidig, und ihr Ton ist etwas zu hoch, sie hat den Arbeitstag schon verdrängt und ist innerlich längst auf die Vergnügungswelle des Abends aufgesprungen.

– Dann werde ich heute mal ein weißes Hemd und eine hellblaue Hose tragen, sagt er noch zum Schluss.

– Ich würde es genau umgekehrt machen, antwortet sie. Ein hellblaues Hemd und eine weiße Hose, mir würde das besser gefallen, aber ich will Ihnen nicht dreinreden.

Er bedankt und verabschiedet sich, dann eilt er zum Schrank und sucht nach einem hellblauen Hemd und einer weißen Hose, zum Glück hat er so etwas auch wahrhaftig dabei.

Er zieht sich an und überlegt, ob er irgendetwas mitnehmen sollte. Blumen?! Um Gottes willen! Die Klarinette? Auf gar keinen Fall! Aber was sonst?

Er schaut in der Minibar nach und entdeckt zwei kleine Flaschen Sekt, gut gekühlt. Er steckt sie in eine kleine Umhängetasche, das passt genau. Dann verlässt er den Raum und macht sich auf den Weg hinunter in das Foyer.

Er geht zu Fuß, und er geht so rasch, dass er vor lauter Emphase wieder zu pfeifen beginnt. Als er, unten im Erdgeschoss angekommen, Lea erkennt, geht er zur Rezeption, wünscht ihr noch einmal einen guten Morgen und gibt ihr, über die Rezeptionstheke hinweg, einen Kuss auf die Wange. Die danebenstehenden Mädchen schauen etwas verblüfft, sagen aber nichts. Auch Lea sagt nichts, sondern lacht nur etwas verlegen. Als er das Foyer verlässt, hört er jedoch plötzlich das helle Lachen der Gruppe, wie einen feinen Sprühregen kleiner Geister, der ihm hinterherweht.

Er geht durch das Hotelrestaurant, in dem schon wieder die ersten Gäste-Trauben am Frühstücksbüffett aufgetaucht sind, hinaus ins Freie, die orangefarbenen Sonnenschirme auf der Freifläche draußen stehen noch zugeklappt da. Er lässt sie hinter sich und folgt einem breiten Fußweg, dann biegt er auf einen kleineren Pfad ab und erreicht das dunkle Wäldchen. Kurz vor dem Gartenhaus wird er langsamer. Wie wird sie reagieren, wenn er gleich in der Tür steht? Er ist aufgeregt, ja, er spürt ein Jucken am Hals, als würde sich dort eine rötende Stelle auftun. Er zählt Schritt für Schritt, noch drei, noch zwei, er fühlt sich unvorbereitet und hilflos, vielleicht hätte er sich doch noch einige Gedanken machen sollen, bevor er sich auf dieses Treffen einlässt. Ach was, eine so schöne Begegnung sollte etwas Spontanes behalten, langes Nachdenken könnte ihn am Ende auch hemmen.

Dann steht er in der offenen Tür und schaut in den Raum, den er auf den ersten Blick nicht mehr wiedererkennt.

Ringsum, auf allen Fensterbrettern, stehen kleine Vasen mit bunten Herbstblumen. In der rechten Hälfte des Raums wartet ein kleiner, kreisrunder Tisch mit zwei Stühlen, den eine weiße, bis zum Boden reichende Tischdecke verhüllt. Auf dieser Decke ist für ein reiches, festliches Frühstück gedeckt.

In der linken Hälfte des Raums aber steht direkt vor einem Fenster ein Schreibtisch mit einem Stuhl. Auf der Tischplatte liegen einige anscheinend japanische Zeichnungen mit lauter Naturszenen, mit geradezu dramatisch aufgeblühten Pflanzen und stark vergrößert dargestellten Insekten. An diesen Tisch schließt sich in der hinteren, linken Ecke des Raumes ein alter Bauernschrank an. Er ist geschlossen, seine gesamte Vorderfront aber ist ebenfalls mit japanischen Tusche-Zeichnungen geschmückt, auf denen Raupen, Schmetterlinge und grüne Eidechsen sich in hohen Grasbüscheln tummeln.

Vor dem Schrank steht ein breiter, ausladender Korbsessel, der von einem großen, weißen Laken fast ganz verhüllt wird. Auf seiner Sitzfläche liegt ein einzelnes Buch, er erkennt es sofort, es ist das Tagebuch des japanischen Wander-Dichters, in dem er selbst bereits viel gelesen hat.

An der Längsseite des Raums aber, dem Eingang gegenüber, verläuft eine Regalleiste, auf der eine kleine Bibliothek aufgebaut ist. Er erkennt eine Reihe von Gartenbüchern und mehrere asiatische Titel, zur Linken und Rechten der Büchersammlung steht jeweils eine Schwarz-Weiß-Postkarte mit einem fotografischen Motiv, anscheinend handelt es sich um Darstellungen recht schlichter Zimmer weitgehend aus Holz, die eine gewisse Ähnlichkeit mit dem Raum vor seinen Augen haben.

Er ist so erstaunt, dass er sich eine Weile nicht bewegt, sein Blick durchstreift den Raum immer wieder, dieses Schauen ist bereits ein großer Genuss, alles wirkt hergerichtet und aufgebaut wie zu einem intimen Fest. Erst als er bereits eine Weile auf der Türschwelle steht, wird ihm klar, dass er noch allein ist. Jule ist anscheinend unterwegs, vielleicht ist sie dabei, noch etwas für das Frühstück zu holen, es kann aber auch sein, dass sie einen kleinen Morgenspaziergang macht.

Langsam betritt er das Zimmer und bemerkt erst jetzt die Musik, die im Innern besser zu hören ist. Es ist eine altjapanische Musik: eine Bambusflöte, eine Zither, eine Trommel – die meditativen Klänge verleihen dem Raum eine gewisse Leichtigkeit und nehmen dem vielen Holz etwas von seiner dumpfen Kraft.

Er durchstreift den Raum, er geht zunächst nach links und schaut sich die japanischen Zeichnungen an, die er aber nicht in die Hände zu nehmen wagt. Sie wirken so, als hätte sie der Maler oder Zeichner gerade hier abgelegt, ja, sie ähneln dünnen, losen Blättern, die der Wind gerade etwas verstreut hat. Überhaupt hat das ganze Zimmer jetzt etwas vom Arbeitszimmer einer Künstlerin oder eines Künstlers, die einzelnen Dinge sind auf sehr feine Weise aufeinander abgestimmt und bilden dadurch eine Atmosphäre der Konzentration und des Studiums.

Durch die leise, nachhallende Musik ist aber auch etwas Schwebendes, Fernes im Raum, etwas, das der nüchternen Brutatmosphäre von bloßen Arbeitszimmern mit einem starken Gegen-Akzent begegnet.

Er schaut sich auch die Bücher und Postkarten an, er geht langsam an dieser Reihe vorbei, dann erreicht er den kleinen Esstisch mit den beiden Stühlen.

Das Frühstücksgeschirr besteht aus dünnem Porzellan mit blauen japanischen Motiven, auf den Esstellern erkennt er kleine Szenen mit jungen Frauen auf einer Holzterrasse, im Hintergrund breiten sich die schneebedeckten Spitzen eines breit in eine Hügellandschaft hingelagerten Berges aus. Auch die Innenwände der Tassen sind mit blauen japanischen Motiven verziert, dazu passen die kleinen Unterteller mit winzigen Graslandschaften, ebenfalls in Blau.

Und weiter: Kleine Messer, Gabeln und Löffel mit Elfenbein-Handgriffen. Eine silberne Kaffeekanne, eine etwas größere silberne Teekanne. Zwei schwere Wassergläser. In der Mitte des Tisches ein altweißer, runder Teller mit einer großen Portion frischer Landbutter. Zwei kleine Schalen mit gegrillten, groben Landwürsten. Eine silberne Schale mit einem hellweißen Tuch, das so zusammengeschlagen ist, dass die fast verdeckten, schweren, an den Rändern dunkelbraunen Toastscheiben noch ihre Wärme behalten. Ein weißer Topf mit dunkler Orangenmarmelade, daneben ein Halbmond aus ebenfalls weißem Porzellan, der mit einem Käse-Halbmond fast bis an den

Rand gefüllt ist. Eine weitere silberne Schale mit Scheiben frischen Landbrots. Und eine kleine Blumenvase, ein runder, schwerer Ballon, in dem eine einzelne Rispe mit Orchideenblüten steckt.

Die Komposition ist so gelungen, dass er lange nicht wegschauen kann. Das Blau der japanischen Motive kontrastiert mit dem Alt- und Hellweiß der Teller und Schalen. Er macht ein paar Schritte zurück, dreht sich um und geht nach draußen, richtig, es ist das besondere Blau dieses Himmels, das diese Motive einfangen, und es ist das intensive Weiß seiner kleinen, ziehenden Wolken, das die Teller und Schalen festhalten. Wie eigenartig, dass nun auch er hellblau und weiß gekleidet ist, fast ist es ihm ein wenig peinlich, dass er so sehr in diese Bilder passt.

Wo aber ist sie? Er hat eine Ahnung, und so geht er ein paar Schritte über eine Wiese zurück auf das Hotel zu und erreicht die Bank, von der aus er vorgestern eine ihm unbekannte Schwimmerin beobachtet hat. Er blickt hinunter auf den Pool. Im glänzenden Blau bewegt sich eine Schwimmerin. Er nickt, er weiß jetzt schon besser, wer diese Schwimmerin ist.

29

Sie schwimmt ihre Bahnen, sie wartet auf ihn. Wenn sie am Beckenrand anschlägt, schaut sie jedes Mal kurz hinauf zu der Bank, an der er seine erste Zettel-Botschaft hinterlassen hat. Noch ist nichts von ihm zu sehen, aber bald wird er sich dort oben zeigen, da ist sie vollkommen sicher.

Während der Nacht hat sie das Gartenhaus eingerichtet, Katharina hat sie mit den Büchern und Karten des alten Gärtners und mit einem Korbsessel versorgt. Die anderen Möbel hat sie im Möbellager des Hotels gefunden, den Schrank, den kleinen Rundtisch und den Schreibtisch, der zur früheren Einrichtung gehört haben wird. Langsam hat das Gartenhaus seine alte Schönheit und Schlichtheit wieder zurückerhalten, sie hat kaum etwas verändert. Die neuen, asiatischen Motive aber hat sie so in das Ensemble der alten Möbel eingepasst, dass der Raum am Ende nicht nur an ein Zimmer Nietzsches oder des Indianer-Häuptlings Red Clou erinnerte, sondern auch an einen Raum in einem japanischen Holzhaus.

Sie hat aber noch nicht in diesem Zimmer geschlafen, nein, das hat sie sich für die letzte Nacht aufgehoben. Bis kurz nach Mitternacht hat sie sich um die Einrichtung des Zimmers gekümmert und zum Schluss noch ihre technischen Geräte herübergebracht. Müde und erschöpft hat sie dann noch eine Stunde in ihrem eigentlichen Hotelzimmer gesessen und den nächsten Tag durchdacht und vorbereitet. Sie hat zwei Gläser Rotwein getrunken, der Wein beflügelte sie, schließlich fühlte sie sich sogar derart ausgelassen, dass sie Johannes noch am liebsten in seinem Zimmer aufgesucht hätte. Und warum, tief in der Nacht? Um mit ihm zu schlafen? Denkt sie wirklich daran? Ja, natürlich, um auf die selbstverständlichste Art mit ihm zu schlafen. Und was wäre die selbstverständlichste Art?

Auf ihr leises Klopfen hin hätte er seine Zimmertür geöffnet, und sie wäre in einen dunklen Raum geschlüpft. Sie hätte sofort bemerkt, dass er bereits geschlafen hatte, und sie wäre hinter ihm her direkt in sein Bett gehuscht. Er hätte sich zurück unter seine Decken begeben, und sie hätte sich zu ihm gelegt, sie hätten sich einander zugewandt und dann miteinander geschlafen, sofort, ohne ein Wort, heftig und schön. Durch die Begegnung erschöpft, wären sie danach in ein leichtes Träumen versunken, jeder von ihnen beiden hätte etwas geträumt, einfache Sachen, ihr Schlaf wäre also nicht tief gewesen, und schon ein leichtes Aneinanderstoßen ihrer nackten Körper hätte sie erneut geweckt. Sie hätten ein zweites und später ein drittes und noch später ein viertes Mal miteinander geschlafen, und jede dieser schönen Begegnungen wäre von einer Art Träumerei unterbrochen worden, von einem Wegdriften eher als von wirklichem Schlaf. Noch vor dem Morgengrauen hätte sie sein Zimmer verlassen und wäre wieder zurück in ihr Zimmer gegangen, dort erst hätte sie dann wirklich geschlafen, tief und fest, aber nicht mehr als zwei weitere Stunden.

Das wäre die selbstverständlichste Art. Und die anderen Arten? Darüber möchte sie gern einmal etwas schreiben, ja, über »Liebesarten« würde sie gern etwas im Stil der japanischen Hofdame Sei Shonagon notieren. Ernsthaft hat sie darüber noch nie nachgedacht, wieso auch, solche Themen stellten sich bisher nicht. Die Begegnung mit Johannes aber hat vieles verändert, plötzlich begreift sie, dass die Liebe ein Stück Literatur ist, es ist ein Stück aus Szenen, Notaten, Aufzeichnungen, Inszenierungen. Es ist sogar das reichste und vielfältigste Stück Literatur, das es gibt. Und inhaltlich, was hat dieses Stück Literatur inhaltlich zu bieten? Es ist eine Literatur der starken Freude, eine Literatur des Hymnus und des Gesangs, und es ist eine Literatur der Schöpfung, denn sie zeigt wie keine andere, wie sich Menschen gegenseitig erschaffen, indem sie sich begegnen. Ist das zu viel gesagt? Ach was, natürlich ist dieses Stück Literatur ein einziges Zuviel, ein Übermaß, ein Daseinsjubel, ja, das ist sie. Immer neue Worte möchte sie dafür erfinden, so wie die große Kunst der ernsten schönen Mystikerinnen des Mittelalters ausschließlich darin bestand, immer neue Worte für Gott zu finden. Immer neue, ohne dass sich die Kräfte verbrauchte! Hingeschrieben mit einer gewissen Atemlosigkeit, wie unter Diktat. Keine Abwechslung, sondern letztlich nur Wiederholung. Diese Wiederholung aber als fortlaufende Steigerung. So vielleicht, so vielleicht könnte man sich das alles vorstellen.

Sie schaut wieder hinauf zur Bank, da erkennt sie ihn. Er steht neben der Bank und blickt zu ihr hinunter, er trägt ein hellblaues Hemd und eine weiße Hose, das passt, denkt sie sofort. Sie schwimmt noch zwei Bahnen, dann steigt sie aus dem Becken, sie trocknet sich ab und zieht einen Bademantel über. Dann geht sie einen kleinen Pfad an einem Holzgeländer entlang hinauf zu einer Wiese, die sie überquert, um zum alten Gartenhaus zu gelangen. Sie geht schnell darauf zu, sie freut sich jetzt sehr auf diese Begegnung, ja, sie hat alles vorbereitet und bis ins Kleinste durchdacht, sie hat sich Mühe gegeben.

Als sie das Gartenhaus betritt, steht er vor der Wand, dem Eingang gegenüber, und liest in einem Gartenbuch. Sie geht direkt auf ihn zu, sie umarmt und küsst ihn auf beide Wangen. All das geht auf leichte und lockere Weise ineinander über, das Betreten des Raums und eine herzliche Begrüßung, so, als wären sie schon lange zusammen.

Sie geht hinüber zum Schrank, sie zieht den Bademantel und ihre Badekleidung aus, nackt steht sie im Raum und trocknet sich mit einem Handtuch ab. Dann nimmt sie aus dem Schrank einen hellblauen Morgenmantel, sie zieht ihn an und verknotet den Gürtel. Die altjapanische Musik füllt weiter den Raum, und sie bemerkt, wie sehr auch diese Klänge zu ihrer Begegnung passen. Vorsicht, Zurückhaltung, Schweigen, Aufmerksamkeit – von alldem hat auch die Musik etwas. Mit keinem Ton trumpft sie auf, sie beharrt auf nichts, sie ist ohne Erinnerung oder Zukunft, sie ist pure Präsenz.

Sie dreht sich um und freut sich darüber, dass er sich an den kleinen, runden Tisch gesetzt hat. Er hat anscheinend zwei kleine Flaschen Sekt mitgebracht, denn er öffnet gerade eine der beiden plötzlich aufgetauchten Flaschen und gießt den Inhalt in eines der großen Wassergläser. Ja, das hätte auch ihr einfallen können, natürlich, er tut jetzt genau das, was auch sie hätte tun können.

Sie setzt sich neben ihn und wartet, bis er auch das zweite Glas gefüllt hat. Sie stoßen an, jetzt beginnt ihre erste gemeinsame Mahlzeit, es ist ein Frühstück, es ist eines jener schönen Gartenfrühstücke, wie die großen französischen Maler sie liebten. Maler, die das Atelier in ihre Gärten verlegten, Maler, die ihre Sinnlichkeit in der Sinnlichkeit der Gartenarbeit aufgehen ließen.

Sie greift nach ihrer Gabel, spießt eine der groben Landwürste auf und zerschneidet sie mit dem Messer in kleine Stücke. Dann bestreicht sie eine Scheibe Landbrot mit Butter und schneidet auch diese Scheibe in kleine Stücke. Jedes Stück Landbrot garniert sie dann mit einem Stück Wurst und reicht ihm schließlich den Teller. Dann wiederholt sie das Schneiden und Zerkleinern und füllt auch für sich einen Teller mit vielen Portionen kleiner belegter Brote.

Sie genießt es, endlich nahe bei ihm zu sein und so dicht neben ihm zu sitzen, dass sie ihn jederzeit berühren oder an sich ziehen kann. Sie weiß genau, dass so etwas ganz einfach wäre, es wird sich aus der Situation heraus ergeben, denn sie sitzen nicht nebeneinander wie Fremde, sondern wie ein Paar, das sich längst nahe ist. Endlich hat das Alleinsein ein Ende, und endlich sitzt neben ihr ein

Mensch, dessen Anwesenheit ihre eigene Existenz stärkt und belebt. Seit Georgs Tod hat sie sich einen derartigen Menschen an ihrer Seite gewünscht, ja, das Alleinsein war schließlich kaum noch zu ertragen. Die Begegnungen und die Freundschaft mit Katharina haben ihr geholfen, in diesen Begegnungen war Georg gegenwärtig. Wenn sie Katharina umarmte oder Arm in Arm mit ihr spazieren ging, hatte sie das Gefühl, die Gegenwart mit der Vergangenheit zu verbinden. Jetzt aber, hier, in der Nähe des Geliebten, ist alles noch etwas anders. Georg ist nicht mehr aus einer Ferne heraus gegenwärtig, sein Bild hat sich vielmehr verwandelt. Seine Herzlichkeit, seine Liebe, seine Geduld – sie sind jetzt die Herzlichkeit, Liebe und Geduld des Geliebten.

Als sie das denkt und an diesem Punkt angekommen ist, ist sie den Tränen nahe. Sie schluckt ein wenig, und sie spürt, dass ihre Gefühle nun so stark sind, dass sie sich nur schwer beherrschen kann. Um sich abzulenken, trinkt sie einen großen Schluck Sekt, und ja, wahrhaftig, dieser Schluck löst die Verkrampfung, sie fühlt sich sofort wieder freier.

Sie frühstücken dann zusammen, sie gießt ihm Kaffee ein, und sie schneidet ihm später kleine Stücke Landbrot zurecht und belegt sie mit winzigen Stücken von reifem Käse. Die Sonne hat das Gartenhaus nun auch erreicht und strömt von einer Seite herein. Die Tür steht weit offen, der Raum scheint in diesem einfließenden Sonnenlicht zu vibrieren. Der Geruch des Kaffees verbreitet sich im ganzen Raum, dazu duftet es nach der gegrillten

Wurst und dem starken Käse, die Aromen sind dicht, als entströmten sie großen Lagern, die sich in Kellern unter der Erde befinden.

Das Frühstück endet mit dem Verzehr der lauwarmen Toastscheiben, in deren Mitte sie einen kleinen Klecks Landbutter verteilt, der sich sofort nach allen Seiten hin auflöst und langsam zerläuft. In sein Zentrum gibt sie eine kleine Portion Orangenmarmelade, die nun leicht zu verstreichen ist und sich mit der Butter vermengt. Sie teilt die Scheibe und legt dem Geliebten und sich selbst dann jeweils eine Hälfte davon auf den Teller. Dazu passt der Tee, von dem sie nun ebenfalls etwas serviert. Er ist und bleibt ungezuckert, natürlich, die Orangenmarmelade ist so süß, dass der Verzehr der Toastscheiben den Zucker ersetzt.

So frühstücken sie langsam und genussvoll, dieses Frühstück besteht aus drei Gängen, aus grober Wurst, reifem Käse und Orangenmarmelade, dazu trinken sie Sekt, Kaffee und Tee. Als sie reichlich von allem gegessen und getrunken haben, nimmt sie den letzten Schluck Sekt, danach fühlt sie sich warm und gesättigt.

Sie steht auf und lässt alles auf dem Tisch stehen und liegen, sie geht hinüber zum Schreibtisch, räumt die Zeichnungen zur Seite und holt einige Hotelbriefbögen hervor. Sie hat Lust, etwas zu schreiben, ja, das passt jetzt genau, denn ihr geht so viel durch den Kopf, dass sie von all diesen Gedanken unbedingt etwas festhalten sollte.

Und er? Was macht er? Sie schaut sich nicht nach ihm um, aber sie vermutet, dass er sich eines der Bücher vom Regal nehmen und lesen wird. Sie werden sich jetzt beide etwas beschäftigen, so wird es sein, so stellt sie es sich vor.

Dann schreibt sie:

Wie ich gern frühstücke

Wie die Frau eines französischen Malers, der für seine Frau und sich selbst einen schönen Garten angelegt hat
Wie die Frau eines japanischen Zeichners, der für seine Frau und sich selbst jeden Tag eine kleine Zeichnung mit winzigen Naturszenen hintuscht
Wie die Frau eines Komponisten des neunzehnten Jahrhunderts, der für seine Frau und sich selbst jede Woche ein samtenes Salonstück komponiert
Wie die Frau eines japanischen Flötenspielers, der für seine Frau und sich selbst lauter Stücke im Kopf intoniert

30

Als die Musik verklungen ist, legt er das Buch, in dem er die ganze Zeit gelesen hat, auf den Frühstückstisch. Er steht auf und geht zu ihr hinüber an den Schreibtisch. Er sieht, dass sie unentwegt schreibt. Auch er hat etwas notiert, doch es ist nur eine kurze Botschaft in wenigen Worten. Er legt sie auf ihren Schreibtisch, dann umarmt er sie und küsst sie auf den Nacken. Sie dreht sich zu ihm herum und lächelt, bleibt aber weiter sitzen und greift dann nach dem Zettel, den er ihr hingelegt hat: *the writer is present 1: in Katharinas Buchhandlung.*

Sie nickt und wendet sich dann wieder ihrem Schreiben zu. Er verlässt das Gartenhaus und geht die kleine Runde zurück zur Freifläche des Hotels, wo die orangefarbenen Sonnenschirme in der großen Helligkeit wie sonnentrunkene Pilze stehen, die einen schweren Rausch ausdünsten.

Er durchquert das Restaurant, das sich längst geleert hat und in dem bereits für das Mittagessen gedeckt wird. Er geht zu einer Bedienung und fragt sie:

– Gibt es heute etwas Herbstliches zu essen?

– Herbstlich?

– Ja, etwas, das man vor allem jetzt im Herbst isst.

– Es gibt Wild, aber nur abends, und die meisten Gäste mögen kein Wild.

– Gibt es Reh? Gibt es Rehrücken oder Rehbraten?

– Ja, das alles gibt es, aber erst abends und nur unten, in unserem französischen Keller-Restaurant.

– Ist dieses Restaurant nur abends geöffnet?

– Ja, ausschließlich abends, aber wenn Sie es sich ansehen wollen, dann gehen Sie nur hinunter, unser Chefkoch ist dort mit seiner Truppe längst im Einsatz. Er war in der Frühe sogar schon auf den Märkten in München, er ist ein ganz Fleißiger, wissen Sie.

Er lacht, bedankt sich für die Auskunft und eilt weiter, er geht an der Rezeption vorbei Richtung Buchhandlung. Er kommt sich stark verändert vor, ja, zweifellos, an diesem Morgen ist etwas mit ihm geschehen. Er fühlt sich kraftvoll und ruhig, und er hat das Gefühl, nun vieles besser ordnen zu können. In den vergangenen Tagen hatte er sich oft Gedanken darüber gemacht, wie eine direkte Begegnung zwischen Jule und ihm aussehen könnte. Und jetzt ist alles so einfach gewesen und von der Art, als bräuchten sie keinerlei Worte zu machen, weil sie wissen, was der andere empfindet und denkt und was er als Nächstes tut. Worte markieren Unterschiede, stellen fest und rücken zurecht – in diesem Sinn stören sie vorläufig nur. Man müsste Worte anders verwenden, als Erkennungszeichen, als Bestätigung, als Ausruf, als Anfeuerung – dann wäre man schon einen Schritt weiter.

Mitten auf dem halbdunklen, fensterlosen Gang zur Buchhandlung bleibt er plötzlich stehen. Eine *Sprache der Nähe* …, genau das wäre es. Die Wendung durchzuckt ihn, und obwohl er noch nichts mit ihr verbindet, spürt er genau, dass er mit dieser Wendung etwas getroffen hat, wonach er lange suchte. Eine *Sprache der Nähe* – woran könnte eine solche Sprache sich orientieren? Hätte sie Vorläufer, Vorgaben, wovon könnte sie lernen? Er überlegt und horcht in sich hinein, und dann kommt wie von selbst der richtige Einfall, und dieser Einfall verweist auf Musik. Was er hört, ist von Mozart, ja, er hört jetzt Duette von Mozart, Duette aus seinen Opern, das sind die Vorbilder, natürlich. Es gibt keine intensivere Sprache der Nähe als die Musik Mozarts, bis zu einem vollständigen Vergehen hat Mozart seine Figuren getrieben, er hat sie sich auflösen und verflüssigen lassen, ja, so könnte man sagen, eine Aufhebung der Schwerkraft hat er betrieben, ja genau. Zunächst nimmt er seinen Figuren das Alltägliche und Periphere und befragt sie auf ihre Empfindungen hin, dann lässt er sie diese Befragungen an dem geliebten Gegenüber selbst fortführen, und schließlich lauscht er darauf, wie diese gegenseitigen Befragungen vorstoßen zum Kern jeder Figur, der dann nur noch aus purer Liebe und Nächstenliebe besteht. Ein Dreischritt, der Dreischritt der allmählichen Offenbarung – die Annäherung, die Nähe, die Liebesnähe!

Ihm schwindelt ein wenig, so dass er sich an einer Wand abstützt. Er blickt zu Boden, ihm ist plötzlich heiß, er öffnet die obersten Knöpfe seines Hemdes. Als er aufschaut, bemerkt er Katharina, die ihm entgegenkommt.

– Johannes? Was ist? Ist Dir nicht gut?

Er richtet sich wieder auf und versucht zu lächeln.

– Es ist nichts, es geht mir gut, aber die Gedanken in meinem Kopf, die rasen gerade etwas zu selbständig auf und davon.

– Komm mit in die Buchhandlung, da werden sie sich wieder beruhigen. Wo kommst Du her? Wo warst Du?

– Ich habe mit Jule im alten Gartenhaus gefrühstückt. Sie muss es während der Nacht möbliert haben, es ist ein wahres Zauberreich geworden.

Er folgt Katharina in die Buchhandlung, sie füllt eine große Tasse mit Tee und stellt sie ihm hin, dann zeigt sie ihm eine Fotografie, die neben ihrer Kasse liegt.

– Schau mal, erkennst Du das Zimmer wieder?

Er betrachtet die Fotografie, er erkennt den Raum, in

dem er eben noch gesessen hat, in diesem Raum befinden sich Möbel, die er ebenfalls kennt, und doch ist es jetzt ein vollkommen anderer Raum, viel frischer, lebendiger, von der düsteren, schweren Patina befreit, die ihm auf dieser Fotografie noch anhaftet.

– Sah der Raum so aus, als der alte Gärtner ihn bewohnte? fragt er.

– Ja, antwortet Katharina, das Foto zeigt den Raum kurz nach dem Tod des Gärtners.

Er nickt, er versteht jetzt, wie Jule in der letzten Nacht vorgegangen ist. Sie hat die früheren Möbel in das Gartenhaus zurückgebracht und es gleichzeitig renoviert, sie hat aus dem dunklen Einsiedlerraum einen Liebesraum gemacht, in dem man frühstücken kann.

– Warst Du schon drüben? fragt er Katharina. Hast Du schon gesehen, wie der Raum jetzt aussieht?

– Nein, antwortet Katharina, es ist Euer Raum, ich betrete ihn nicht, und ich will ihn jetzt auch nicht sehen.

Er nickt wieder, auch das versteht er, wenn er an die jetzige Einrichtung des Raums denkt. Es ist ein Raum für zwei, nicht für drei, eine dritte Person fände dort keinen Platz.

– Komm mit, sagt Katharina, komm mit in meinen kleinen Archivraum! Nimm die Tasse Tee, der Tee ist stark und gut, er wird Dich eine Zeit lang hellwach halten.

Sie wartet nicht länger, sondern nimmt ihn an der Hand, sie deutet auf die Tasse Tee und schaut zu, wie er sie in die andere Hand nimmt, dann schlägt sie den Vorhang zurück und weist ihm den Weg in die winzige Kammer, in der sich auf einigen Regalen das Archiv ihrer Karteikarten befindet.

– Da sind wir, sagt sie. Du bist der erste Fremde in diesem Raum, niemand sonst hat ihn je zuvor betreten. Letzte Nacht habe ich viele meiner Aufzeichnungen noch einmal durchgelesen, hier sind etwa fünfzig Karten, auf denen ausschließlich Notizen stehen, die ich selbst über meine eigenen Lektüren gemacht habe. Die Notizen über die Lektüren meiner Gäste möchte ich Dir dagegen noch nicht zeigen, ich weiß bisher generell nicht, ob ich das tun sollte, ich denke weiter darüber nach. Vorerst ist dieses Thema aber auch nicht von Bedeutung, ich möchte von Dir vielmehr hören, wie ich meine Texte verbessern oder anders gestalten könnte. Was kannst Du mir raten? Du wirst mir helfen, habe ich recht?

Er lacht und nickt.

– Wir werden sehen, antwortet er. Ich brauche jetzt erst einmal etwas Ruhe und Zeit, und dann werden wir sehen.

– Brauchst Du sonst noch etwas? fragt sie, soll ich Dir etwas zu essen oder zu trinken bringen? Oder brauchst Du sonst etwas, das Dich anheizt?

– Ich habe sehr gut gefrühstückt, antwortet er, ich habe Kaffee, Tee und Sekt getrunken, ich bin so hellwach und aufmerksam, dass Mozart an mir seine Freude hätte.

– Mozart, wieso Mozart? Wie kommst Du denn jetzt auf Mozart?

– Habe ich Mozart gesagt?

– Mozart, ja, Du hast Mozart gesagt.

– Ah ja, seltsam, ich habe eben auf dem Flur Mozart

gehört, eindeutig. Ich weiß nicht, was genau ich gehört habe, aber es war Mozart, ohne Zweifel. Ich kann es mir auch nicht erklären. Irgendein Teil meines Gehirns ist von Mozart besetzt.

– Vielleicht war es das Klarinettenkonzert.

– Welches Klarinettenkonzert?

– Johannes, was ist denn bloß mit Dir los? Ich meine Mozarts Klarinettenkonzert, Du liebst es doch so.

– Ich liebe Mozarts Klarinettenkonzert? Habe ich das einmal gesagt?

– Schon oft, schon sehr oft.

– Aha, Du kannst recht haben, dann habe ich vielleicht wirklich Mozarts Klarinettenkonzert gehört, obwohl es mir so vorkam, als hätte ich einige Duette aus seinen Opern gehört. Wie auch immer, ich werde mich jetzt konzentrieren, nicht auf Mozart, sondern auf Deine Aufzeichnungen. Bitte, gib sie mir!

Katharina schüttelt den Kopf und nimmt von einem Regal einen kleinen Stapel Karteikarten, die mit einem roten Gummi zusammengehalten werden. Sie entfernt das Gummi und gibt ihm die Karten.

– Ich lasse Dich jetzt allein, sagt sie.

– Ja, sagt er, Du kannst mich jetzt ruhig alleinlassen, ich sage noch einmal, es geht mir gut. Es gibt nur diese oder jene Umpolung in meinem Gehirn, es ist aber nichts Beängstigendes, glaub mir, es ist vielmehr etwas sehr Schönes.

– Dann lasse ich Dich jetzt wirklich allein, sagt sie noch einmal.

Er schaut sie an, er muss lächeln.

– Du wiederholst Dich, sagt er, Du kannst Dich nicht von Deinen Texten trennen, stimmt's? Am liebsten würdest Du sie gleich wieder einkassieren, stimmt's?

– Geh vorsichtig mit ihnen um, antwortet Katharina.

– Keine Sorge, antwortet er, ich bin die pure Vorsicht und die pure Geduld. Aber jetzt lass mich bitte wirklich allein.

Er steht auf und schiebt sie mit sanfter Gewalt aus dem Kabinett. Noch im Stehen nimmt er dann einen großen Schluck Tee, streicht sich übers Haar und nimmt Platz. Er atmet tief durch, dann beginnt er zu lesen.

Er liest langsam und mit großer Aufmerksamkeit, jeden Text liest er mehrmals und macht danach eine Pause, bevor er zum nächsten greift. Nachdem er fünf gelesen hat, hält er inne. Ihm ist etwas aufgefallen, ja, eigentlich ist ihm bereits während der Lektüre des ersten Textes etwas aufgefallen, diese Beobachtung hat sich daraufhin bestätigt und erweitert, so dass er jetzt glaubt, etwas Charakteristisches festgestellt zu haben.

Ihm ist zunächst aufgefallen, dass Katharina, anders als von ihm erwartet, gar nicht ausschließlich von den Büchern und der Lektüre erzählt, sondern immer wieder davon, wo sie die jeweiligen Bücher gelesen hat. Einen französischen Ehe-Roman des neunzehnten Jahrhunderts zum Beispiel hat sie in Südfrankreich während einer mehrtägigen Reise mit Georg durch die Provence gelesen. In der Provence haben sie zwei Künstlerinnen besucht und in einigen der schönsten Städte Station gemacht. Katharina erzählt davon, dass sie Georg aus dem Roman vorgelesen habe, mittags, nach dem Essen, nachmittags, während einer Siesta im Freien, oder auch abends und nachts, im Hotelzimmer. Sie schildert seine Reaktionen, seine Ausrufe und Kommentare, sie berichtet, was ihr angesichts dieser Kommentare selbst durch den Kopf geht, sie hält minutiös fest, was ihr Vorlesen in ihm auslöst und wie er damit umgeht.

Ganz ähnlich ist aber auch auf den anderen Karten beinahe ausschließlich davon die Rede, dass und wo sie Georg aus dem jeweiligen Buch vorgelesen hat. Das Vorlesen betrieb sie anscheinend während jeder gemeinsamen Reise, das Paar scheint immer mit mehreren Büchern unterwegs gewesen zu sein, aus denen dann eben Bruchstücke oder auch nur ein einziges Kapitel vorgelesen wurden. Manchmal wurde eine Lektüre auch abgebrochen, dann wurde sofort mit einer anderen, interessanteren begonnen, auch in solchen Fällen hat Katharina aber vor allem vermerkt, was Georg an dem jeweiligen Buch nicht gefiel.

Er hält die fünf ersten gelesenen Texte in den Händen und vergewissert sich, wann sie geschrieben worden sind, er stellt anhand der exakten Datierungen fest, dass die meisten Karten während Katharinas Zeit in diesem Hotel geschrieben wurden. Nach Georgs Tod und nach ihren langen Jahren in München hat sie sich hierher zurückgezogen und anscheinend sofort mit einer einzigartigen Erinnerungsarbeit begonnen. Auf unendlich vielen Karten hat sie sich an ihre Reisen und die Zeiten mit Georg erinnert, und zwar so, dass sie diese Erinnerung immer an den gemeinsamen Lektüren festgemacht hat. Sie hat versucht, sich an diese Lektüren so präzise wie möglich zu erinnern, und über diese Erinnerungen hat sie dann auch einen Zugang zu anderen, nicht von der Lektüre geprägten Erinnerungen gefunden, ja, so könnte es gewesen sein.

Er greift nach weiteren Karten und liest sie, indem er diese Fährte verfolgt. Ab und zu scheint es eine Ausnahme zu geben, dann notiert Katharina zu Beginn einer längeren Aufzeichnung, wann und wo sie selbst mit einer Lektüre begonnen hat. *Donnerstag, 06. Juni, 12.30 Uhr. Nach dem Einkauf auf dem Viktualienmarkt hatte ich eine halbe Stunde Zeit. Ich ging rasch in eine Buchhandlung am Marienplatz und kaufte mir ohne langes Nachdenken einen Band mit Erzählungen von Tschechow. Irgendein Kunde hatte in der letzten Woche so von Tschechow geschwärmt, dass mir beinahe das Lese-Wasser im Mund zusammengelaufen wäre.*

Dann aber ging auch dieser Anfang allmählich über in die Geschichte einer Lektüre zu zweit, denn es hieß: *Ich hätte gleich damit beginnen können, aber ich wollte unbedingt auf Georg warten, deshalb untersagte ich mir die Lektüre. Als Georg erschien, zeigte ich ihm das Buch und erzählte von meiner Lust, ihm daraus vorzulesen. Wir aßen dann aber zuerst etwas und tranken ein kühles Bier, und danach saßen wir zusammen in der Sonne, und ich las ihm Tschechow vor. Er lehnte sich eng an mich, und ich umschlang seinen schweren Körper mit meinem linken Arm, während ich das Buch in der rechten Hand hielt. Er wurde müder und müder, und plötzlich spürte ich, wie sein großer Kopf auf meine Schulter sank. Er schlummerte etwas, und ich las weiter und weiter, mit immer leiser werdender Stimme. Schließlich habe ich Tschechow geflüstert, ja, am Ende war ich eine Tschechow-Flüsterin. Als ich die Geschichte zu Ende gelesen hatte, war es einen Moment still. Ich hörte ihn atmen, ich hielt ihn weiter ganz fest. Da sagte er, völlig unerwartet und mitten in die Stille hinein: »Großartig, ganz großartig. Den Tschechow muss man flüstern, dann packt einen jedes Detail …«*

Er liest zehn Texte, dann ist er ganz sicher. Katharina hat auf diesen Karten Erzählungen von ihren gemeinsamen Lektüren mit Georg festgehalten. Manche sind nur wenige Zeilen lang und bestehen nur aus ein paar Notizen wie etwa diese: *Köln, am Rheinufer, in einer Pause der »Art Cologne«. Wir sitzen zusammen auf einer Bank, und ich lese Georg aus Coetzees autobiographischem Buch »Die jungen Jahre« vor. Er hört sehr aufmerksam zu, er will gar nicht mehr zurück in die Messehallen. Schließlich sagt er: »Warum schreibe ich nicht auch einmal so etwas? Ich sollte auch einmal von meinen »jungen Jahren« erzählen.« Danach streckt er sich auf der Parkbank aus, legt seinen Kopf in meinen Schoß und lässt sich weiter vorlesen. Ich lese beinahe eine Stunde, dann sage ich: »Sollten wir jetzt nicht zurückgehen? Drinnen in den Hallen warten sie längst auf Dich.« – »Wir gehen jetzt überhaupt nicht mehr zurück«, antwortet er, »wir gehen zurück in die Stadt und suchen uns ein gutes Plätzchen, wo es etwas zu essen gibt und Du mir weiter vorlesen kannst.«*

Andere Texte aber sind auch recht lang und ziehen sich über viele Karten hin, so dass sie sich zu richtigen Erzählungen auswachsen. Fast alle aber beginnen mit einer

Orts- und einer Zeitangabe und einem Einstieg in eine konkrete Szene, aus der dann allmählich eine kleine Geschichte wird, die sich oft auch von dem jeweiligen Buch fortbewegt und danach um Themen kreist, die das Buch angesprochen oder berührt hat.

Und weiter? Was fällt ihm noch weiter auf?! Wenn er es sich genau überlegt, haben die meisten Geschichten auch etwas Erotisches. Erotisch? Ja, wirklich? Aber in welchem Sinn? Ihm fällt auf, dass die jeweiligen Lektüren oft in Berührungen übergehen. Georg schmiegt sich an Katharina, oder Georg legt sich auf eine Bank und bettet seinen Kopf in ihren Schoß. Oder Katharina umarmt Georg, oder sie legt sich neben ihn, so dass während der gesamten Vorlesezeit ein intensiver, nicht abreißender Körperkontakt besteht. Das Vorlesen, denkt er, hat die beiden auf eine Art Insel oder in eine Art gemeinsames Haus entführt, durch das Vorlesen sind sie sich jeweils nähergekommen, und diese Nähe ist wohl oft dann auch übergegangen in eine Erotik der Körper.

Er liest weiter, all diese Erzählungen und Geschichten sind in seinen Augen von großer Schönheit, denn sie erzählen in ihrer Folge nichts anderes als die Liebesgeschichte eines bereits älteren Paares, das sich seine Vorlieben und Passionen anhand von Lektüren erzählt und gesteht. Und so wird er, während er weiter und weiter liest, eingeführt in den Kosmos einer Begegnung, von der er bisher kaum etwas wusste. Katharina und Georg – das war eine Geschichte, die er nicht direkt miterlebt hat. Durch seine Lektüre wird er jetzt aber zu einem Mitwisser, ja, er erlebt diese Geschichten jetzt mit, es sind die Vorgeschichten zu all dem, was seither passiert ist und gerade jetzt in diesem Hotel passiert.

Er achtet nicht auf die Zeit, er liest immer weiter. Ab und zu kommt ein Kunde in die Buchhandlung, und Katharina unterhält sich einige Minuten mit ihm. Er kann jedes Wort verstehen, die Unterhaltungen stören ihn bei der Lektüre, deshalb unterbricht er sie in solchen Fällen und wartet, bis der Kunde wieder verschwunden ist.

Dann aber hört er plötzlich, dass jemand in der Buchhandlung aufgetaucht ist, den Katharina anders behandelt als ihre anderen Kunden. Sie sagt nämlich nichts zur Begrüßung, nein, sie sagt sogar überhaupt nichts, und so hört er lediglich eine weibliche Stimme, die auf Katharina einredet:

– Katharina, es ist etwas unglaublich Schönes geschehen. Stell Dir vor: Seit heute früh lebe ich mit jemandem zusammen!

Er hört diese Stimme und hält still, er regt sich nicht, sondern bleibt in seinem Versteck. Er weiß genau, dass diese Stimme Jule gehört, und er weiß, dass sie Katharina jetzt von ihren Geheimnissen erzählen wird. Er hält sich die Ohren zu, er will das jetzt auf keinen Fall mitbekommen, aber er bemerkt sofort, dass die Stimme anscheinend erstirbt oder aussetzt, jedenfalls ist schon bald kein Geräusch mehr zu hören.

Er nimmt die Finger von seinen Ohren und hört wieder hin, da versteht er sofort, dass Katharina und Jule sich nicht mehr in der Buchhandlung befinden. Sie werden sich draußen weiter unterhalten, ja, so wird es sein, wahrscheinlich hat Katharina Jule auf geschickte Weise dazu gebracht, die Buchhandlung zu verlassen und ihre Erzählungen draußen fortzusetzen.

Immerhin aber hat er nun ihre Stimme gehört, zum ersten Mal, ganz nahe. Es war eine helle, begeisterte, jubelnde Stimme, ja, es war die Stimme einer ausgelassenen, munteren Frau voller Glück.

– Ja, sagt er, Du hast recht, es ist wirklich etwas unglaublich Schönes geschehen: Seit heute früh leben wir zusammen.

Er unterbricht seine Lektüre, schließt die Augen und erinnert sich noch einmal an die morgendlichen Bilder. Er sieht den kleinen, überall mit Herbstblumen geschmückten Raum, er sieht den kreisrunden Frühstückstisch mit dem japanischen Geschirr, er hört die altjapanische Musik, und er riecht den gemischten Duft der Getränke und Speisen. Mit diesen Bildern hat sein neues Leben begonnen.

Er schaut auf die Uhr, der Vormittag ist bereits fortgeschritten, er möchte Jule am Mittag mit einer kleinen Mahlzeit überraschen, um die er sich noch kümmern muss. Damit sie sich nicht verfehlen, schickt er ihr eine weitere Nachricht: *the writer is present 2: um 13 Uhr lädt er zum Mittagessen im Gartenhaus.*

Noch eine halbe Stunde möchte er in Katharinas Aufzeichnungen lesen. Sie erwartet, dass er etwas dazu sagt und ihr einige Ratschläge gibt. Kurz denkt er darüber nach, was er sagen könnte. Schon nach wenigen Minuten bemerkt er, dass er an ein Projekt denkt, ja, allmählich entsteht vor seinen Augen ein konkretes, klar zu beschreibendes, verführerisches Projekt. Er steht auf und zieht den Vorhang beiseite. Er holt sich einen weißen Zettel und einen Stift, dann geht er wieder zurück in das kleine Versteck.

Er notiert: *Die schönen Stunden des Lesens …*, er unterstreicht diese Wendung, als wollte er sie verstärken oder hervorheben. Dann notiert er darunter, was ihm dazu einfällt. Er datiert den Zettel und fügt noch hinzu, wo er diese Notate verfasst hat: *In Ks geheimem Archiv, das ich heute als erster Fremder betreten durfte.*

Er faltet den Zettel zusammen und steckt ihn ein, dann liest er weiter.

31

Nach ihrer kurzen Begegnung mit Katharina kehrt sie zum Gartenhaus zurück. Sie hat ihr Glück nicht für sich behalten können, sie musste Katharina unbedingt davon erzählen. Davor hat sie einige Fotos von den Szenen des frühen Morgens gemacht, sie hat den Frühstückstisch in all seiner Unordnung nach dem Verzehr des Frühstücks fotografiert, und sie hat Aufnahmen von ihrem Schreibtisch gemacht, auf dem verstreut die vielen Briefbögen liegen, die sie nach dem Frühstück wie im Rausch beschrieben hat.

Jetzt, nach ihrer Rückkehr, räumt sie das Zimmer auf. Sie öffnet mehrere Fenster und lässt den Dunst des frühen Morgens hinausziehen. Dann stellt sie das Geschirr und was von den Speisen übrig geblieben ist, in einen großen Korb, den sie sich in der Hotelküche besorgt hat.

Sie denkt darüber nach, dass sie ein Frühstück von der Art serviert hat, wie es auch Georg gemocht hätte. Immer wenn sie mit ihm gefrühstückt hat, musste es ein opulentes Frühstück geben. Georg verabscheute Brötchen jeder Art, auch Croissants mochte er nicht. Stellte man ihm ein Frühstücksei hin, lachte er nur und sorgte dafür, dass es sofort wieder verschwand. Brötchen, Croissants und Frühstückseier nannte er »Spielzeug« und empfand ihren Verzehr als »degeneriert«.

Sie lacht kurz auf, als sie sich daran erinnert, wie er in Hotels manchmal den Frühstückstisch abräumte. Das Frühstück war für ihn eine kräftige Mahlzeit, nach der Zeitungen gelesen und oft noch einige Gläser Sekt getrunken wurden. Von ihm hat sie die Eigenheit übernommen, in der Früh Sekt zu trinken. An die Opulenz des Frühstücks allerdings hat sie sich nicht gewöhnen können. Ihr fehlte einfach das Gegenüber, ja, das war es, ihr fehlte jemand, dessen Genießen der deftigen Speisen so ansteckend wirkte, dass man sich auch selbst davon mitreißen ließ.

Einige Zeit hatte sie Georg in Verdacht, dass er darauf wartete, dass sie ein solches Gegenüber fände. Wenn sie einen Freund hatte, so lud er ihn oft mit zu gemeinsamen Mahlzeiten ein, schon kurze Zeit später aber ging er meist auf Abstand zu diesem Dritten in ihrer Runde. Er kommentierte ihre Beziehung im Einzelnen nicht, aber er schien doch zu wissen, dass unter all diesen Künstlern, Kuratoren oder Museumsleuten nicht derjenige war, mit dem sie dauerhaft zusammenleben könnte. Wirklich zusammengelebt hatte sie mit all ihren Bekanntschaften denn auch nie, nein, sie hatte immer darauf bestanden, in zwei verschiedenen Wohnungen zu leben. Meist befanden sich diese Wohnungen dann auch noch an weit voneinander entfernten Orten, so dass es durchaus vorkommen konnte, dass eine gerade eingegangene Freundschaft allein wegen der Entfernung immer mehr in den Hintergrund geriet und dann schließlich vollends verblasste.

Georg beobachtete das alles amüsiert, er behauptete, sie sei die typische »schöne Freundin« und damit eine junge Frau, mit der man sich gerade auf dem eitlen Kunstmarkt gerne zeige. Im Grunde aber sei sie viel mehr, nämlich seine »schöne und gehorsame Tochter«, die mit ihm länger und besser zusammenarbeite und sich mit ihm besser verstehe als mit jeder ihrer Freundschafts-Installationen. »Die Jungs verstehen Dich nicht«, hatte er oft etwas resigniert gesagt, und sie hatte gespürt, dass er sich am liebsten selbst auf die Suche nach einem Menschen gemacht hätte, in den sie sich wirklich hätte verlieben können.

Wenn sie jetzt darüber nachdenkt, so bemerkt sie im Nachhinein, dass seine vorsichtigen Anspielungen auf dieses Thema immer häufiger geworden waren. Unvergesslich ist ihr vor allem Georgs mehrmalige, seltsame Bemerkung, dass er ihr »noch einmal vormachen werde«, wie man den richtigen Menschen im Leben finde. Sie hatte diese Bemerkung als einen Witz verstanden, schließlich war Georg seit langer Zeit mit Henrike verheiratet, hatte mit ihr viele Kinder und machte überhaupt nicht den Eindruck eines der Ehe überdrüssigen Ehepartners.

Und doch … Von heute aus betrachtet, befiel sie manchmal der Verdacht, die Vernachlässigung ihrer Suche nach dem »richtigen Menschen im Leben« habe schließlich dazu geführt, dass auch Georg empfänglich für eine solche Suche geworden sei. Außer der kurzen Bemerkung, dass er ihr »noch einmal vormachen werde«, wie man so etwas anpackte, war nichts weiter geschehen. Dann aber war es eben doch – urplötzlich, völlig unerwartet und mit ganzer Gewalt – zu einer solchen Aktion gekommen. Georg hatte sich von Henrike und schließlich auch von seiner Familie getrennt, nur sie, Jule, war an seiner Seite geblieben und hatte aus der Nähe mitverfolgt, wie er ein neues Leben zusammen mit einer anderen Frau eingegangen war. Irgendetwas Entscheidendes musste ihm also wohl doch in den Ehejahren mit Henrike und im Kreis seiner Familie gefehlt haben, irgendetwas Fundamentales musste es gewesen sein, über das er nie die kleinste Bemerkung gemacht hatte.

Schade, dass sie das Paar Katharina-Georg niemals direkt erlebt hatte. Georg hatte ihr zwar von vielen gemeinsamen Reisen mit seiner neuen Partnerin erzählt, und nach seinem Tod hatte auch Katharina dieses gemeinsame Reiseleben oft erwähnt und kleine Details geschildert. Sie hätte sich aber gerne auch einmal einen persönlichen Eindruck von diesem Zusammenleben verschafft: wie ihr Vater, der bald sechzig werden würde, in enger Umarmung mit einer nicht wesentlich jüngeren Frau die Kunststädte Europas durchstreifte und sich von dieser Frau an allen möglichen Orten aus Unmengen von Büchern vorlesen ließ.

Das »Vorlesen«, ja, das hatte er immer wieder erwähnt, und auch Katharina hatte davon später, nach seinem Tod, manchmal gesprochen. Statt »wir haben uns in Paris die Seurat-Ausstellung angeschaut« hatte Georg viel eher »wir haben in Paris »Die Kartause von Parma« gelesen« gesagt, denn die meisten Reise-Orte hatten sich in seiner Vorstellung und Erinnerung anscheinend mit Lektüren verbunden. In diesen Lektüren vermutete sie denn auch das eigentliche Geheimnis der Verbindung zwischen Georg und Katharina, ja, durch diese gemeinsamen Lektüren musste etwas in Georg freigesetzt worden sein, das zuvor nur dunkel in ihm geschlummert hatte. Was aber war das?

Sie will jetzt nicht weiter darüber nachdenken, sondern sich ablenken, deshalb summt sie vor sich hin, sie hat das Gartenhaus verlassen und schaut jetzt von draußen hinein, sie macht noch einige Aufnahmen, und sie überlegt, ob sie auch die Videokamera einsetzen und diese Sonnenszenen filmen sollte.

Mittags hat Georg nicht mehr so viel essen mögen wie in der Früh, und auch da hatte er seine festen Rituale. Er mochte nämlich weder Suppen noch Nachspeisen, und es war ihm am liebsten, wenn es nur eine minimale Kombination weniger einfacher Speisen auf einem Teller gab. Er nannte solche Mittagessen »Tellergerichte«, und er verstand darunter etwas Fleisch oder Fisch mit Gemüse. Mittags trank er dann Bier, und er war, sie erinnert sich gut, wahrhaftig ein leidenschaftlicher Biertrinker.

Wie oft hatte sie mit ihm einige Stunden in einem Biergarten verbracht und schließlich nur noch zuschauen können, wenn er ein Glas nach dem andern geleert hatte, ohne jedoch betrunken zu wirken. Das ruhige, gleichmäßige Biertrinken hielt ihn, wie er oft gesagt hatte, »einfach bei Laune«, und genauso war es dann auch gewesen, seine gute Laune hatte sich stundenlang gehalten, und er hatte immer neue Ideen produziert, in Windeseile und mit einer Lust an neuen Projekten, dass sich jeder Zuhörer mitgerissen fühlte.

Und abends? Abends hatte er meist kaum noch etwas gegessen, höchstens Obst, davon hatte er sich reichlich genommen, dazu hatte er Wein getrunken. Obst, Wein und vielleicht noch etwas Käse waren die Trias der Abendessen gewesen, Brot dagegen hatte er abends nicht mehr gegessen.

Wie es ihm wohl hier gefallen würde? In den großen

Restaurants würde er sich nicht wohlfühlen, nein, eher würde er den kleinen Landgasthof in der Nähe aufsuchen. Noch eher zu vermuten wäre aber, dass er sich die Mahlzeiten aufs Zimmer bringen lassen würde, und möglich wäre schließlich auch, dass er sich ein kleines Picknick zusammenstellen lassen und dann den ganzen Tag in den Bergwäldern verbringen würde.

Sie entschließt sich, doch noch einige Sequenzen mit der Videokamera zu filmen, sie geht wieder ins Gartenhaus und holt das Stativ und baut es dann außerhalb des Hauses vor einem Fenster auf. Das Sonnenlicht fällt jetzt schräg und scharf ein, wie auf einem Rembrandt-Bild, in dem leuchtenden Strahl drehen sich einige Mücken oder Insekten, als wären die kleinen Tiere den Insektenzeichnungen entsprungen, die sie an der Vorderfront des Schrankes befestigt hat. »Im Garten ein Summen« – wo hat sie das neulich gelesen?

Sie holt die Kamera und montiert sie auf dem Stativ, sie schaltet das Gerät aber noch nicht ein, sondern geht ein drittes Mal in das Zimmer. Sie öffnet den Schrank und rückt einen CD-Player, den sie sich am vorigen Abend eigens besorgt hat, dicht an den offenen Spalt. Dann drückt sie eine Taste und geht wieder geschwind nach draußen, um die Kamera einzuschalten.

Sie lässt die Kamera laufen, sie filmt jetzt das Schwirren des Sonnenlichts und den mit diesem Licht gesättigten Raum, der voller japanischer Zeichen ist. Im Hintergrund aber ist jetzt auch eine Stimme zu hören, es ist ihre eigene Stimme, die in großer Ruhe Ausschnitte aus dem Buch des japanischen Wander-Dichters liest.

Gestern Abend hat sie diese Passagen in ihrem Hotelzimmer aufgenommen, und jetzt hört und sieht sie, wie sich der Kreis schließt: Dieser Raum erscheint wie eine Station auf der Reise des Dichters, und die kleinen Gedichte, die er seinen Tagebuch-Aufzeichnungen einfügt, wirken wie Gedichte auf genau diese Umgebung.

Sie steht eine Weile mit leicht geöffnetem Mund da und verfolgt die Licht-Veränderungen der Szene im Display der Kamera. Sie staunt etwas, ja, sie hatte nicht erwartet, ein so dichtes und atmosphärisch aufgeladenes Bild hinzubekommen. Der gelesene Text passt gut zu dieser Stille, eigentlich fehlt nur, dass sich der gefilmte Raum langsam zu drehen und abzuheben beginnt.

Sie lacht, sie ist mit ihrer Projektarbeit sehr zufrieden. Das alles hätte sie niemals geschafft, wenn sie nicht Johannes kennengelernt hätte. Er ist das Zentrum all dieser Aktionen, denn er hat sie, ohne es vielleicht zu ahnen, in Bewegung gehalten und immer weiter vorangetrieben.

Nach einer Weile schaltet sie die Kamera aus, lässt sie aber draußen am Fenster stehen. Sie betritt wieder den Raum und schaltet auch den CD-Player aus.

Dann geht sie an den Schreibtisch und holt die Briefbögen, die sie am Morgen beschrieben hat, noch einmal hervor. Seit sie vor kaum einer Stunde mit Katharina zusammen war, weiß sie, welche Adresse Johannes in München hat. Sie denkt daran, ihm einige ihrer Aufzeichnungen zu schicken. Und so setzt sie sich noch einmal an den Schreibtisch und schreibt seine Adresse auf mehrere Briefumschläge.

Sie ist jetzt sehr ruhig, sie spürt eine nicht enden wollende Freude.

Warum ich Dir gerne schreibe

Weil Du mein aufmerksamer Geliebter bist
Weil Du meine Zeilen um eigene Zeilen ergänzt
Weil Du wie ich Japanisch verstehst
Weil Du meine Zeilen sammelst und auswendig lernst
Weil Du einige von ihnen immer mit Dir herumträgst

32

Er will seine Lektüre in Katharinas Archiv gerade beenden, als er auf eine Passage stößt, die er auf den ersten Blick nicht versteht. Er liest sie mehrmals langsam, er ist irritiert, und so beginnt er, das für ihn nur schwer durchschaubare Geflecht Schritt für Schritt zu entwirren.

Während eines Aufenthaltes in Regensburg notiert Katharina nämlich beiläufig, dass sie Georg aus einem Theaterstück vorgelesen habe. Sie erwähnt den Titel nicht, es scheint in diesem Stück aber vor allem um die Beziehung zwischen einem Vater und seiner Tochter gegangen zu sein. An diese eher beiläufige Notiz schließt sich die Bemerkung an, dass Georg besonders impulsiv von seiner »einzigen, schönen Tochter« gesprochen und sich schließlich – beinahe etwas sehnsüchtig – gefragt habe, wo sie sich wohl gerade aufhalte. Weiter ist daraufhin notiert, dass er das Gespräch unterbrochen, Jule angerufen und dabei erfahren habe, dass sie in Hamburg sei und dort eine Galerie besuche, die ihre Arbeiten im nächsten Jahr vielleicht präsentieren werde.

Er sitzt still und atmet tief durch. Wie ist das alles bloß zu verstehen? An dieser Stelle ist doch wohl von Jule die Rede, und zwar so, als sei Jule Georgs »schöne Tochter«. Wieso aber dann »die einzige«? Hatte ihm Katharina nicht erzählt, dass er zusammen mit seiner ersten Frau sechs Kinder gehabt habe? Und hatte er das nicht so verstanden, dass es unter diesen sechs Kindern wohl mehr als nur eine Tochter gab?

Wie auch immer – zunächst beschäftigt ihn vor allem die überraschende Entdeckung, dass Jule anscheinend Georgs Tochter ist. Wenn das stimmt, ist Katharina ihre Stiefmutter und keineswegs nur eine gute Freundin. Und wenn das stimmt, haben beide, Jule und Katharina, in Georg den vielleicht wichtigsten Mann in ihrem Leben verloren, und das vor nicht einmal allzu langer Zeit.

Georgs Verlust, denkt er weiter, wird die beiden eng miteinander verbunden haben, wahrscheinlich sind sie vor allem durch diesen dann gemeinsam oder auch ähnlich erlebten Verlust ein Paar von sehr guten Freundinnen geworden, deren Beziehung aber auf viel tieferen Fundamenten ruhte als auf einer bloßen Freundschaft. Die beiden haben nämlich, wenn alles so stimmt, wie er es sich jetzt vorstellt, eine gemeinsame Geschichte, ja im Grunde bilden sie den Zweig einer Familie und schreiben deshalb, indem sie sich sehen, miteinander telefonieren oder sich Mitteilungen senden, ihre »Familiengeschichte« weiter.

Er legt die Karten beiseite und greift nach dem kleinen, roten Gummi, das er über den von ihm bereits gelesenen Stapel stülpt. Er legt ihn auf ein Regal und steht auf. Er ist jetzt sehr unruhig, mit einer solchen Entdeckung hatte er nicht gerechnet, im Augenblick weiß er nicht, was sie bedeutet.

Er verlässt das kleine Kabinett und trifft in der Buchhandlung auf Katharina, die hinter der Theke hervorkommt und ihn anschaut.

– Na? sagt sie, war es sehr schlimm?

Er schüttelt den Kopf und muss plötzlich lächeln.

– Hör auf damit, antwortet er, Du weißt selbst, dass es ganz wunderbare Texte sind. Ja, es sind wunderbare, einzigartige, druckreife Texte. Aber es sind ganz andere Texte, als ich mir vorgestellt hatte.

– Inwiefern? fragt sie.

– Es sind nicht nur Texte über Lektüren, sondern es sind Texte einer großen, berührenden, bis ins Mark gehenden Liebesgeschichte. Du hast hier begonnen, diese Geschichte in vielen kleinen Erzählungen aufzuschreiben. All diese Erzählungen handeln von Georg und Dir, von Eurem Zusammensein, Euren Reisen und Euren gemeinsamen Lektüren, die anscheinend das Fundament Eurer Liebe waren.

Sie schaut ihn an und schweigt. Er will weiter- und weitersprechen, da bemerkt er, dass sie zu Boden blickt. Er hört auf zu sprechen, er erkennt, wie erschüttert sie ist. Er geht auf sie zu und umarmt sie, und als sie in enger Umarmung zusammenstehen, spürt er, dass ihr die Tränen gekommen sind.

Er sagt eine Weile nichts, all das, wovon er eben gelesen hat, ist nun mit großer Macht da, er glaubt eine Straßenszene in der französischen Provence zu sehen und einen verregneten Nachmittag in einem Hotelzimmer in Regensburg, all die Atmosphären dieser Szenen sind nun auch Teil seines Lebens.

– Du hast ihn nicht vergessen können, sagt er, Du hast die ganze Zeit hier auf dieser Insel mit Deinen Erinnerungen an Georg verbracht. Sie sind wohl stärker und stärker geworden, und schließlich drängten sie sich so sehr auf, dass Du damit begonnen hast, sie aufzuschreiben.

Sie löst sich langsam von ihm und holt ein kleines Paket Taschentücher aus einem Schubfach unterhalb der Theke. Sie schnäuzt sich mehrmals, dann lächelt sie wieder.

– Entschuldige, sagt sie, aber was Du sagst, überrollt mich gerade ein wenig. Gleich wird es schon wieder gehen, ja, gleich wird es mir wieder besser gehen. Du erinnerst mich an etwas sehr Trauriges, aber natürlich freue ich mich auch über das, was Du jetzt sagst. Ich hatte ja selbst die ganze Zeit das Gefühl, dass ich eigentlich

Bruchstücke einer Liebesgeschichte aufschreibe, obwohl es auf den ersten Blick um ganz konkrete Lektüren ging.

– Das Schreiben über Eure Lektüren hat Dir anscheinend geholfen, von Deiner großen Liebe zu erzählen, antwortet er. Auf direktem Weg hättest Du so etwas nicht gekonnt.

– Ja, sagt sie, das ist ganz richtig. Ich habe mich nicht getraut, von unserem gemeinsamen Leben zu erzählen. Vielleicht war ich zu schamhaft, zu scheu oder zu vorsichtig, und außerdem hatte ich kein richtiges Thema, denn ich brauchte ein Thema, um nicht einfach über dies und das zu schreiben. Und außerdem fürchtete ich mich, lauter banales Zeug zu notieren. Die Lektüren aber waren kein banales Zeug, sondern ein Zeichen unserer Zusammengehörigkeit, ja, sie begründeten eine Art, wie soll ich es sagen, eine Art fortlaufenden Liebesstrom.

Er denkt kurz über ihre Wendung vom »Liebesstrom« nach, weiß aber nicht genau, wie er sie verstehen soll. Er schweigt und überlegt, vielleicht hat sie Georg mithilfe der vielen Lektüren dazu gebracht, von seinen Empfindungen und Gefühlen zu erzählen. Sie ist eine kluge, zurückhaltende, aber bestimmte Frau, die auf Menschen, die ihr nahekommen, sehr intensiv wirkt. Man ist gern mit ihr zusammen, man unterhält sich vorzüglich mit ihr, man hat das Gefühl, dass sie einen dazu verführt, etwas von sich preiszugeben. Ja, genau so scheint es zu sein, er selbst könnte ja auch von ihrer Kunst der Verführung erzählen. Oft genug hat er sich in den letzten Jahren mit ihr getroffen und scheinbar mit ihr nur über Bücher geredet. Und doch – das Private schwang immer mit, wahrscheinlich hat sie noch aus seinen abseitigsten Bemerkungen zu diesem oder jenem Buch etwas Besonderes herausgelesen, das etwas über ihn verriet.

Er möchte etwas zu alldem sagen, etwas Summarisches, Treffendes, aber er ist noch nicht so weit, deshalb setzt er einfach noch einmal von vorne an.

– Diese Texte sind eine einzige Trauer- und Erinnerungsarbeit, sagt er, das Schöne und Wunderbare an ihnen aber ist, dass sie den Leser weder traurig noch in irgendeiner Form depressiv stimmen. Ganz im Gegenteil: Sie leuchten, sie erzählen von einer großen Liebe als einem sehr intensiv und bewusst gestalteten Leben. Als ich sie gelesen habe, wurde ich mit zunehmender Lektüre immer heiterer. Man möchte sich sofort verlieben, auf der Stelle, man möchte mit einem geliebten Menschen sofort auf und davon ziehen, bei Sonne, bei Regen, egal, man möchte mit ihm reisen und während der Reise irgendwo innehalten, um etwas zu lesen, das zu dem jeweiligen Ort, an dem man sich gerade befindet, passt.

– Zum jeweiligen Ort oder zu der jeweiligen Stimmung oder zu dem, was einen innerlich gerade beschäftigt, antwortet sie. Die Lektüre sollte einfach passen, das ist es. Nicht jede Lektüre passt, auch wenn das Buch, für sich genommen, noch so gut ist. Man braucht gar nicht einmal viel Zeit, um jeweils herauszufinden, was passt. Man beginnt einfach zu lesen, und schon nach kurzer Zeit zieht einen das Buch in sich hinein oder eben nicht. Und die Folgen dieses Kontakts bestehen dann darin, dass man von sich selbst zu sprechen beginnt und sich über dies und das klarer wird. Die Lektüre dringt in einen ein, sie verleiht einem Worte, ja, sie lässt einen über Sachen und Dinge sprechen, über die man sonst niemals gesprochen hätte. Das ist das ganze Geheimnis.

– Das ist das ganze Geheimnis, sagt er. Mich überraschte in Deinen Texten aber noch ein anderes, ganz konkretes Geheimnis.

– Ich verstehe Dich nicht, antwortet sie. Was meinst Du?

Er holt etwas Luft, er nimmt jetzt einen Anlauf, denn er muss jetzt damit herausrücken, sofort, ohne weitere Umschweife.

– Katharina, ich habe nicht gewusst, dass Jule Georgs Tochter ist. In einem Deiner Texte bin ich aber darauf gestoßen, dass er von ihr als seiner »einzigen, schönen Tochter« spricht. Stimmt das? Ist sie seine Tochter?

Sie schaut ihn an und fährt sich mit einem Taschentuch kurz über die Augen, dann antwortet sie:

– Ja, es stimmt, Jule ist seine Tochter.

– Und sie ist wirklich seine einzige Tochter? Hatte er nicht sechs Kinder? Und war unter diesen Kindern keine weitere Tochter?

– Doch, ja, natürlich. Er nannte Jule aber in den Jahren, in denen er von seiner früheren Familie getrennt lebte, immer nur seine »einzige Tochter«. Er wollte sagen, dass es die »einzige Tochter« war, die noch zu ihm hielt und ihm noch geblieben war. Außerdem war sie sein Lieblingskind, um keines seiner Kinder hat er sich so sehr gekümmert. Er war geradezu vernarrt in sie, und sie hat diese Zuneigung erwidert.

Wieder hat er das Gefühl, dass er zu langsam ist, um alles genau zu verstehen. Er muss diese Nachrichten erst in Ruhe durchdenken, sie fallen jetzt zu unerwartet über ihn her. Er atmet tief aus und stöhnt ein wenig auf.

– Warum hast Du mir nicht erzählt, dass Jule Georgs Tochter ist?

– Weil ich wusste, dass Du es zum richtigen Zeitpunkt von allein herausbekommen würdest.

– Seit wann genau kennst Du sie denn?

– Ich habe sie erst nach Georgs Tod kennengelernt, wir sind sehr gute Freundinnen geworden.

– Im Grunde bist Du ihre Stiefmutter.

– Ja, schon, aber das Wort ist zu hässlich. Unter einer Stiefmutter stellt man sich ja etwas geradezu Teuflisches vor. Unsere Beziehung ist aber eine ganz andere, es ist eine sehr gute Freundschaft.

– Als ich Euch in diesem Hotel zum ersten Mal zusammen gesehen habe, habe ich gedacht, ich sehe Mutter und Tochter.

– Ja, das trifft es schon eher, unsere Beziehung hat etwas von einer Mutter-Tochter-Beziehung.

– Ich vermute, dass eine solche Mutter-Tochter-Beziehung Georg gefallen hätte. Vielleicht konntest Du Jule den plötzlich fehlenden Vater ein wenig ersetzen.

– Ein wenig vielleicht, ja, aber auf keinen Fall ganz. Sie hat ihn sehr geliebt, und er wiederum hat sie sehr geliebt. Er hat sich immerzu Sorgen um sie gemacht.

– Sorgen? Welche Sorgen?

– Sorgen um ihre berufliche Laufbahn als Künstlerin, Sorgen aber auch darum, dass sie nicht den richtigen Mann finden wird. Ich meine einen Mann, den sie ganz und gar liebt, ich meine einen Mann, mit dem sie so glücklich wäre, wie wir beide, Georg und ich, glücklich waren.

– Hat er das gesagt?

– In letzter Zeit, kurz vor seinem plötzlichen Tod, hat er häufig davon gesprochen. Davor aber fast nie, nein, davor war von solchen Dingen nur sehr selten und dann auch nur in ironischem Tonfall die Rede. Ich weiß aber noch, dass er kaum eine Woche vor seinem Tod richtiggehend verzweifelt war. Damals hat er gesagt, es ist ganz ausgeschlossen, dass sie jemanden findet. Es hätte nicht viel gefehlt und er hätte sich auf die Suche nach dem richtigen Mann begeben.

– Hat Jule davon gewusst? Hat er mit ihr darüber gesprochen?

– Aber nein, niemals! Er hat seine Witze gemacht, aber er hat ihr nicht gezeigt, wie beunruhigt er war. Wenn sie sich nie richtig verliebt, ist alles umsonst, das hat er gesagt.

– Er hat aber niemanden gefunden, oder doch? Hat er an jemanden gedacht, den er für geeignet hielt?

– Nein, natürlich nicht. Er konnte das Problem nicht ernsthaft angehen, er war viel zu befangen. Er brauchte jemand anderen, der sich dieser Dinge annahm.

– Einen anderen? Aber wen?

– Mich. Ich habe mir meine Gedanken gemacht, und als ich Jule näher kennenlernte, machte ich mir noch mehr Gedanken.

– Und? Du hast Dich um einen Partner für sie gekümmert? Im Ernst?

– Im Ernst.

– Und Du verrätst mir, an wen Du dann gedacht hast?

– Ja, ich sage es Dir, aber Du weißt es doch längst. Du bist es, nur Du!

– Ich?!

– Ja, nur Du! Als wir uns eine Weile kannten, wusste ich, dass Du der Richtige sein würdest.

– Und weiter?

– Ich habe darauf gewartet, dass der richtige Zeitpunkt kommen würde, Euch zusammenzuführen. Scheinbar absichtslos, ohne direkte Eingriffe, alles sollte wie von selbst entstehen.

– Und nun?

– Anscheinend ist alles wirklich von selbst entstanden. Ihr beide habt die Sache, ohne dass ihr von meinen Ideen wusstet, in die eigenen Hände genommen. Ich habe nicht mehr dazu getan, als Euch hierher einzuladen, und zwar so, dass ihr an demselben Tag hier eintreffen und an demselben wieder abfahren würdet. So hatte ich es geplant. Was aber im Einzelnen hier passieren würde, darum wollte ich mich nicht kümmern. Auf keinen Fall.

– Weiß Jule davon?

– Sie weiß natürlich, dass wir uns gut kennen. Mehr weiß sie nicht, und mehr braucht sie auch vielleicht vorerst nicht zu wissen.

Er ist von alldem so überrascht, dass er nur hilflos den Kopf schüttelt. Was soll er noch sagen? Er braucht jetzt endlich Zeit, sich seine eigenen Gedanken zu machen.

– Ich verschwinde jetzt vorerst einmal, sagt er. Das alles kommt für mich etwas plötzlich. Ich kapiere es noch gar nicht richtig.

– Was ist da schon zu kapieren? antwortet sie und lacht plötzlich wie erleichtert. Ich habe Georgs größten Traum zu erfüllen versucht, und ich glaube fast, es ist mir gelungen.

– Und Du warst Dir ganz sicher, dass wir uns so gut verstehen?

– Absolut, und ich erkläre Dir später auch einmal, warum. Aber es hätte natürlich auch etwas dazwischenkommen können. Ihr hättet aneinander vorbeilaufen können, Ihr hättet Euch verfehlen können. Aber das alles ist zum Glück nicht passiert.

– Ich verschwinde jetzt, Katharina.

– Du wolltest mir aber noch einige Ratschläge zu meinen Texten geben. Wir wollten darüber sprechen, wie ich sie verbessern oder bearbeiten kann.

– Das werden wir, bestimmt werden wir das. Ich habe mir dazu auch bereits etwas notiert. Aber nicht jetzt, bitte nicht jetzt. Ich muss jetzt erst einmal abtauchen. Gründlich. Und tief.

Er schafft es immerhin, wieder etwas zu lächeln, dann umarmt er sie noch einmal und gibt ihr einen Kuss. Er dreht sich um und verlässt die Buchhandlung. Draußen auf dem Flur bleibt er stehen, er weiß nicht, wohin er jetzt gehen soll. Erst nach einer Weile fällt es ihm wieder ein. Er schüttelt erneut den Kopf, dann fährt er mit einem Lift ins Tiefgeschoss. Angeblich befindet sich dort unten ein sehr guter Koch, und dieser Koch versteht etwas von Rehbraten und Rehrücken.

33

Die briefe in der rechten, den gefüllten Korb in der linken Hand geht sie zurück zum Hotel. Sie betritt die Hotelküche und spricht kurz mit den Angestellten, später wird sie das gespülte Geschirr und Besteck wieder zurück in das Gartenhaus bringen.

Dann geht sie noch ins Foyer und unterhält sich mit den Mädchen an der Rezeption, die Briefe, die sie geschrieben hat, sollen möglichst rasch verschickt werden.

Bald ist Mittag, und um 13 Uhr sind sie zum Essen im Gartenhaus verabredet. Die Zeit bis dahin will sie noch zu einem kleinen Spaziergang nutzen. Sie nimmt den üblichen Spazierweg, der vor dem Hoteleingang hinauf in die Höhe abbiegt, sie fühlt sich entspannt und seltsam zufrieden, das starke Glücksgefühl lässt nicht nach, nein, im Gegenteil, es ist sehr lebendig und wird durch viele Erinnerungen an Bilder und Szenen der letzten Jahre noch verstärkt.

Sie denkt darüber nach, warum Georg sich ausgerechnet mit ihr so viel beschäftigte, mehr als mit allen anderen Geschwistern und auch mehr als mit seiner eigenen Frau. Vielleicht hatte es damit zu tun, dass er älter geworden war und nicht mehr ein so betriebsames, geselliges Leben wie in seinen ersten Lebensjahrzehnten führen wollte. Insgeheim sehnte er sich wohl nach mehr Beständigkeit, Ruhe und auch nach einem eher privaten Leben. Schon als sie ein Kind war, genoss er es richtiggehend, mit ihr allein und zu diesen Zeiten von anderen Terminen befreit zu sein, jede mit ihr gemeinsam verbrachte Stunde empfand er als wertvoll.

Die Jahrzehnte zuvor hatte er dagegen noch ganz anders verbracht. Er baute die Galerie auf, er heiratete, und er bekam mit Henrike in rascher Folge mehrere Kinder. Vor allem war er aber viel unterwegs, er besuchte seine Künstler und andere Galerien, er kuratierte Ausstellungen und organisierte Kunstmessen. Mahlzeiten zu zweit oder dritt kamen in seinem Leben nur selten vor, und erst recht hätte er niemals die Zeit gefunden, sich auf den Fußboden einer Galerie zu setzen und mit einem Kleinkind zu spielen.

Mit ihr hatte er das aber getan, ja, sie hatten sich beide eine intime Zone der gegenseitigen Vertrautheit geschaffen, und mit der Zeit erhielt dieser intime Raum für Georg eine so große Bedeutung, dass er auf keinen Gegenstand, der in ihm eine noch so kleine Rolle spielte, verzichten wollte. Aus diesem Impuls heraus entstand dann seine Sammlung, die sich später zu dem ausweitete, was er »Jules Archiv« nannte. Auf den ersten Blick war es eine Sammlung der Gegenstände und scheinbar toten Dinge, auf den zweiten aber eine Sammlung von Erinnerungen an das mit seiner jüngsten Tochter geteilte, gemeinsam verbrachte Leben.

Wie aber war er genau auf die Sache mit dem Archiv gekommen? Hatte er sich das selbst ausgedacht? Und hatte er einfach von heute auf morgen damit begonnen, die Gegenstände ihrer Kinderwelt aufzuheben? Sie erinnert sich, dass noch etwas anderes zu seiner plötzlichen Sammelleidenschaft beigetragen hatte, ja, in genau diesen Jahren lernte Georg nämlich einen französischen Künstler kennen, der in seinen Ausstellungen ausschließlich Objekte der Erinnerung präsentierte. Mit Gegenständen aus seiner Kinderzeit, die er in kleinen, flachen Glasvitrinen ausstellte, fing alles an. Die Vitrinen wurden an die Wand gehängt und atmosphärisch beleuchtet, sie kann sich noch gut daran erinnern, dass sie solche Vitrinen als Kind gesehen hat und dass ihr diese Vitrinen damals Angst machten. Verstärkt wurde ihre Angst aber noch durch die Musik, die der Künstler während der gesamten Dauer der Ausstellung laufen ließ, sie weiß nicht mehr, welche Musik genau es eigentlich war, aber sie hat diese Klänge noch immer im Ohr. »Weltraummusik« nannte Georg sie, und er wollte damit wohl sagen, dass die Musik sphärischen Klängen ähnelte und einen vermuten ließ, sie werde nicht von Instrumenten, sondern vom Klang ferner Himmelskörper hervorgebracht. In späteren Jahren hatte sie einmal von den Planeten erzeugte Klänge gehört, damit hatte die »Weltraummusik« eine gewisse Ähnlichkeit, sie ähnelte aber auch Herzschlägen und hörte sich dann so an, als kämen diese schweren Herzschläge aus einer großen Tiefe.

Georg schaute sich diese Objekte immer wieder an, und er war wie elektrisiert. »Etwas Ähnliches machen wir auch«, sagte er, und dann kümmerte er sich um die Ausstellungen des französischen Künstlers, der nach Objekten aus seinem eigenen Leben auch Objekte aus dem Leben anderer Menschen auszustellen begann. Um solche

Objekte zu finden, ging er auf Flohmärkte, sammelte Kleidungsstücke fremder Personen und brachte sie in großen Mengen an den Decken der Ausstellungsräume an, so dass sie diese Decken in bunten, eng zusammengedrängten Reihen wie schwebende Engel bevölkerten. Auch alte Schwarz-Weiß-Fotografien erwarb er in großen Mengen und dekorierte ganze Räume so mit diesen Aufnahmen, dass sie zu einer einzigen, rätselhaften Fotoerzählung fremden Lebens wurden.

In seinen Arbeiten kurz vor Georgs Tod beschäftigte der Künstler sich dann mit Aufnahmen von Tönen des menschlichen Herzens. Er nahm zuerst seine eigenen Herztöne auf, später aber auch die anderer Menschen, ja, er hatte schließlich sogar ein Projekt entworfen, das er »Archiv des Herzens« nannte und das Tausende von Herztönen sammelte, die dann auf einer abgelegenen Insel im fernen Japan zu hören sein sollten.

Schon seit einiger Zeit wollte sie zu dieser Insel fahren. Es ist nicht leicht, dorthin zu gelangen, nein, eine solche Reise soll auch nicht leicht oder bequem sein. Wenn man aber auf dieser einsam gelegenen Insel ankommt, wird man einen großen, stillen Raum betreten, in dem man die Stimme des Künstlers hört. Sie begrüßt den Besucher, und sie fragt ihn: »Wer sind Sie?« oder »Wer bist Du?« Mit dieser Frage im Ohr betritt der Besucher das Archiv der Herzen, um sich auf die Suche nach den Tönen des eigenen Herzens zu machen. Natürlich wird er sie unter den Tausenden von fremden Herztönen kaum entdecken, so dass er sich zunächst fragen wird, wer sich wohl hinter diesen fremden Klängen verbirgt: »Wer ist er?« oder »Wer ist sie?« Vollkommen sicher ist sie aber, dass sie Georgs Herztöne nach einer Weile erkennen wird, Georgs Herztöne wohlgemerkt, nicht die eigenen, denn Georgs Herztöne, die er kurz vor seinem Tod von dem französischen Künstler hat aufzeichnen lassen, klingen arhythmisch und so einzigartig, dass sie diese Töne jederzeit unter Tausenden erkennen könnte.

Seltsam … – die erste Nachricht, die Johannes ihr geschickt hat, bestand in der eigenartigen Frage »Wer ist diese Schwimmerin?«, die ihr seither nicht mehr aus dem Kopf geht. Immer wieder hat sie darüber nachgedacht, an was sie diese Frage erinnert, jetzt aber, genau in diesem Moment ihrer Überlegungen, weiß sie es endlich. Sie erinnert, ja, wahrhaftig, sie erinnert an die Frage des französischen Künstlers, die er den Besuchern des Archivs der Herzen stellt, und sie erinnert noch viel mehr an die Fragen, die sich die Besucher des Archivs der Herzen beim Anhören fremder Herztöne stellen. Soll das etwa heißen, dass auch Johannes die Arbeiten dieses Künstlers kennt?

Sie bleibt stehen, sie hat keine Lust, weit zu gehen, sie möchte sich nur etwas vom Hotel entfernen, um freier nachdenken zu können. Als sie sich auf der Höhe einer kleinen Kuppe umdreht, schaut sie auf das Hotelgelände herab, sie setzt sich ins Gras und beobachtet, was dort unten geschieht.

Dann holt sie ihr Handy hervor und orientiert sich auf dem Display. Sie findet schließlich, was sie sucht, und legt sich nun mit dem Rücken ins Gras. Sie stellt den Klang des Handys lauter, und nach einem Knopfdruck hört sie das Herz ihres Vaters schlagen. Sie schließt die Augen und hört zu, unzählbare Male hat sie diese Töne bereits gehört, doch jedes Mal geht ihr diese Musik so nahe, dass sie oft noch nachts davon träumt. Sie ist allein im Weltraum, und Vaters Herztöne senden eine Botschaft an ferne Planeten. Sie schwebt in einer Sonde durchs All, und Vaters Herztöne kommen aus dem Rauschen der fernen Ozeane. Sie sitzt in einem Gefängnis unter der Erde, und Vaters Herztöne dringen in dieses Gefängnis ein wie Meißelhiebe, die in die schweren Wände das befreiende Loch schlagen.

Manchmal machen diese Töne sie glauben, Vater lebe noch. Besonders wenn sie müde oder erschöpft ist, wehrt sie sich nur schwach gegen diese Illusion. Sie schließt die Augen und träumt von dem Leben, das sie mit ihm geführt hat. Oft hat sie ihm lange Passagen aus Theaterstücken, Romanen oder Gedichten vorgelesen, dann hat er sich – so wie sie gerade jetzt – irgendwohin auf die Erde gelegt und zugehört. »Hat Henrike Dir früher, als ihr noch ein Liebespaar wart, auch etwas vorgelesen?« hat sie ihn einmal gefragt, aber er hat nur den Kopf geschüttelt und geantwortet: »Kein Mensch hat mir jemals etwas vorgelesen.« Das hörte sich bitter und enttäuscht an, auch ihm selbst muss das so vorgekommen sein, denn er versuchte sofort, diesen Eindruck vergessen zu machen, indem er lachend sagte: »Neinnein, mir hat niemand etwas vorgelesen, stattdessen habe ich meinen Künstlern oft die Leviten gelesen … – Du weißt, was ich meine.«

Ab und zu fingen sie auch an, über die vorgelesenen Texte zu sprechen, sie bemerkte dabei aber oft, dass ihm diese Gespräche nicht sehr behagten. Sie erklärt es sich jetzt damit, dass sie für solche Gespräche vielleicht noch zu jung war, denn vieles, was sie sagte, war für ihn wohl vorhersehbar, oder es ging zu wenig auf das ein, was ihn gerade beschäftigte. Jedenfalls waren solche Gespräche nach kurzem Anlauf zum Erliegen gekommen, und er erkundigte sich dann stattdessen nach ihren Arbeiten: »Erzähl mir davon, was Du vorhast, los, erzähl mir davon, das möchte ich hören!« Und in der Tat – wenn sie von ihren Ausstellungen und Projekten sprach, war sein Interesse viel reger, alle Details wollte er wissen, und meist hatte er gute Ideen, wie bestimmte technische Probleme zu lösen waren. »Du hast die Ideen, und ich bin der Handwerker, der weiß, wie man sie ausführt«, sagte er dann und entwarf Skizzen, wie man ihre Objekte in Ausstellungsräumen wirkungsvoll präsentieren konnte.

Etwa sechs Minuten lang ist der Herzschlag ihres Vaters zu hören. Kann man an diesem Herzschlag erkennen, dass der Mensch, der ihn hat, bald sterben wird? Bisher hat sie diese Frage noch keinem Arzt gestellt, sie traut sich einfach nicht. Sollte nämlich ein Arzt bestätigen, dass es der Herzschlag eines Schwerkranken ist, so würde sie sich vorwerfen, nicht rechtzeitig gehandelt und ihren Vater nicht zum Arzt geschickt zu haben. Der französische Künstler jedenfalls behauptete nach dem Hören dieses arhythmischen Schlagens nur, dass die Herzen aller Menschen auf jeweils einzigartige Weise schlügen und dass der Herzschlag seines Freundes Georg keineswegs ungesund, sondern vielmehr »poetisch« klinge. »Poetisch wie das Singen von Walen oder Delfinen«, sagte er, und natürlich empfand Georg das als schmeichelhaft und dachte nun erst recht nicht daran, sich untersuchen zu lassen.

Sie öffnet die Augen wieder und schaut in den Himmel. Vor vielen Jahren war dieser französische Künstler noch vollkommen unbekannt und konnte nicht einmal den Aufbau seiner Ausstellungen bezahlen. Er drehte kleine Filme von seinen Erinnerungsprojekten und ließ sie in winzigen Pariser Kinos laufen. In eines dieser Kinos war Georg durch einen Zufall geraten, und genau dort sprach er den Künstler nach einer Aufführung seines Films an. Die beiden gingen später zusammen spazieren, Georg lud den Künstler zum Essen ein, und von diesem Tag an waren die beiden gute Freunde.

Merkwürdig, sie hat noch nie länger darüber nachgedacht, wie wichtig dieser Tag wohl für Georgs weiteres Leben gewesen sein muss. Ein Archiv von Kinderobjekten sehen – das entflammte ihn damals so, dass er selbst begann, kleine Archive anzulegen. Diese Archive aber bezogen sich auf jene Erinnerungen, die er als beständig und bleibend empfand, und sie bezogen sich damit vor allem auf jene Stunden und Tage, die er gemeinsam mit seiner jüngsten Tochter verbrachte. »An das Leben davor erinnere ich mich kaum noch«, sagte er später einmal, »ich weiß nicht einmal mehr, an welchen Orten ich mit genau welchen Menschen zusammen war.«

Ein einziger Nachmittag in Paris war also vielleicht die Geburtsstunde seiner großen, späten Lebenssehnsucht, und diese Sehnsucht führte schließlich nach vielen Jahren dazu, dass er sich von seiner Familie trennte und ein neues Leben begann.

Ihr erscheint das plötzlich sehr klar, sie versteht seine Geschichte jetzt viel genauer. Sie liegt noch immer im Gras und starrt in den Himmel, und sie denkt darüber nach, wie stark auch sie selbst von diesen frühen Geschichten beeinflusst wurde. All ihre künstlerischen Arbeiten haben mit Erinnerungen zu tun, mit »Jules Archiv« hat es begonnen, später hat sie dann auch Archive fremder Personen angelegt, und heute entwirft sie künstliche Archive, die sie wie eine Regisseurin inszeniert und wie eine Schauspielerin präsentiert.

Im Grunde ist sie auf geradezu ideale Weise darauf vorbereitet, auch Johannes beim Aufbau eines Archivs zu helfen. Wenn sie ihn näher kennenlernt, wird sie mehr vom Leben und Sterben seiner Mutter erfahren, und sie wird versuchen, diese Erzählungen mit ihm zusammen in »Archivarbeit« zu verwandeln.

Als ihr dieser Gedanke kommt, richtet sie sich auf. Dass sie beide sich so schnell aufeinander zu bewegten – hat das am Ende mit ihrem gemeinsamen Schicksal zu tun? Er hat die Mutter verloren, sie den Vater, und beide Ereignisse haben sich in der Folge mit Georgs und Katharinas Lebensgeschichten verbunden. Was aber hat das zu bedeuten?

Sie denkt noch eine Weile nach und nimmt sich vor, mit Katharina darüber am Nachmittag zu sprechen. Dann erkennt sie, dass sich eine Gruppe von drei Menschen auf das Gartenhaus zubewegt. Sie erkennt Johannes, der vorausgeht, zwei Küchenhilfen gehen hinter ihm her. Es sieht beinahe aus wie ein kleiner Entenmarsch, ja, es hat etwas Komisches. Sie muss grinsen, als sie sieht, wie stolz und etwas steif Johannes geht, und wie die Küchenhilfen sich bemühen, das Mittagessen zusammen mit Geschirr und Besteck ohne einen Ausrutscher ins Gartenhaus zu bringen. Sie erkennt ihren Korb, in dem sich anscheinend ihr japanisches Geschirr befindet, und sie erkennt, dass Johannes in jeder Hand eine Flasche Wein hält, auf deren Etiketten er auf seinem Weg dann und wann schaut, als wären ihm diese Weine fremd und als müsste er sich mit ihnen erst anfreunden.

Sie bleibt noch etwas sitzen, sie wartet, bis die beiden Küchenhilfen das Gartenhaus wieder verlassen. Auf dem Rückweg zum Hotel blicken sie sich zweimal um und betrachten das Haus, anscheinend sind sie von dem, was sie gesehen haben, stark beeindruckt. Nach einer Weile öffnet Johannes einige Fenster des Hauses, dann tritt er vor die Tür, als wartete er nun ungeduldig auf ihr Erscheinen.

Sie steht auf und will losgehen, als sie sieht, dass er wieder nach drinnen geht und kurz darauf mit einer Klarinette erscheint. Er steht nun in der Tür und scheint etwas zu spielen, sie kann aber wegen der großen Entfernung nicht hören, was es ist. Das Bild des fernen Musikanten überrascht sie, und es wirkt derart anziehend, dass sie sich plötzlich sehr beeilt, den Weg zum Hotel zurückzulegen. Dort angekommen, sucht sie rasch eine Toilette auf und wäscht sich mit kaltem Wasser das leicht erhitzte Gesicht.

Dann durchquert sie das Hotel und macht sich auf den Weg zum gemeinsamen Mittagessen. Als sie in die Nähe des Gartenhauses gerät, ist Johannes nicht mehr zu sehen. Die Fenster des kleinen Hauses aber stehen noch immer offen, und von drinnen hört man Musik. Es ist eine verführerische, ruhig singende Musik, ja, sie kennt diese Musik, aber welche ist es genau?

Sie bleibt einen Moment stehen und summt mit, dann weiß sie Bescheid. Johannes sitzt drinnen, im Innern ihres gemeinsamen Hauses, und er hört den zweiten Satz von Mozarts Klarinettenkonzert.

34

Er wartet auf sie an dem großen Schreibtisch, den sie leer zurückgelassen hat. Zusammen mit den Küchenhilfen hat er den runden Esstisch gedeckt, er hat dazu ihr japanisches Geschirr und das schöne Silberbesteck benutzt, und er hat aus der Hotelküche noch einige Kristallgläser für Wein und Wasser ausgeliehen. In der Mitte des Tisches brennt eine kleine Kerze, eine Flasche Wein hat er bereits geöffnet, es ist ein kräftiger Grauburgunder aus der Pfalz, zu dem er als Vorspeise nichts anderes als gekochte, dünne Selleriescheiben mit geriebenen Walnüssen und Walnussöl servieren wird.

Nach seinem Gespräch mit Katharina ist er mit dem Lift hinab in das Tiefgeschoss des Hotels gefahren und hat sich dort auf die Suche nach dem Gourmetrestaurant gemacht. Er fand es zum Glück rasch, zwei Kellnerinnen waren gerade dabei, die Tische für das Abendessen einzudecken. Er erkundigte sich nach dem Chefkoch, und nach wenigen Minuten erschien zu seiner großen Erleichterung dann auch wahrhaftig ein freundlicher Mann etwa seines Alters, der ihn mit der Bemerkung überraschte, ein eifriger Leser seiner Bücher zu sein.

Richtig, seine Bücher. Seit er in dieser Hotelanlage eingetroffen ist, hat er kaum noch an sie gedacht, es ist, als hätte das Leben hier diese Seite seiner Existenz allmählich zum Verschwinden gebracht. Man muss ihn beinahe daran erinnern, dass er Schriftsteller ist, er selbst dagegen ist mit ganz anderen Dingen als mit Schreiben beschäftigt, ja, im Grunde arbeitet er daran, die alte Schriftstellerei zu vergessen und eine neue zu erfinden. Eine neue? Aber welche? Die neue Schriftstellerei wird mit der geplanten Arbeit an seinem Archiv zu tun haben, so viel steht fest. Erste Ideen für ihre Durchführung hat Katharina ihm zwar schon geliefert, er kann sich aber noch nicht genau vorstellen, wie aus diesen Ideen später einmal ein großes literarisches Projekt werden könnte. Er braucht weitere Hilfe, ja, unbedingt, und er glaubt auch schon zu wissen, wer ihm helfen könnte.

Unten, im Tiefgeschoss, hat er dem Chefkoch erklärt, dass er gerade erst auf das Gourmetrestaurant aufmerksam geworden sei, an seinem letzten Abend in diesem Hotel aber keine Zeit mehr finde, das schöne Restaurant zu besuchen. Das aber tue ihm leid, denn er wünsche sich sehr, einmal in diesen Räumen essen zu dürfen.

– Was hätten Sie denn gerne gegessen? fragte der Chefkoch.

Er sprach von einem kleinen, bescheidenen Menü, am liebsten mit Wild. Und er erzählte weiter, dass er davon träume, eine solche Mahlzeit gleich am Mittag im Gartenhaus am Rande des Fichtenwäldchens zu sich nehmen zu können. Er holte nicht weiter aus, um diesen besonderen Ort zu erklären, vielmehr deutete er nur an, dass die Hotelleitung ihm diesen Raum als spezielles Angebot und als Köder für eventuelle spätere Lesungen auf dem Hotelgelände zur Verfügung gestellt habe.

– Ich verstehe, antwortete der Chefkoch und fragte ihn weiter, ob er noch weitere Personen zu einem solchen Mittagessen einladen wolle.

– Ich träume von einem kleinen, bescheidenen Essen mit Wild für zwei Personen, sagte er und war dann sehr überrascht, als der Chefkoch vorschlug, ihm dabei behilflich zu sein, ein solches Essen in der Küche des Restaurants zuzubereiten.

– Meinen Sie das im Ernst? fragte er noch.

– Natürlich, antwortete der Chefkoch, ich würde mich freuen, mit Ihnen zusammen ein kleines Menü zu entwerfen.

– Und wann fangen wir damit an? fragte er nach.

– Am besten sofort, antwortete der freundliche Mann und zeigte ihm den Weg in die Küche.

In der Küche besprachen sie gleich eine Folge sehr einfacher und rasch zuzubereitender Speisen. Als Vorspeise sollte es gekochte Selleriescheiben mit geriebenen Walnüssen geben, als Hauptspeise einen Rehrücken mit Kohlrabimus und als Nachspeise geschmorte Äpfel mit Preiselbeeren.

Den Rehrücken und die Nachspeise hatte er selbst vorgeschlagen, eine passende Vorspeise fiel ihm aber ebenso wenig ein wie ein passendes Gemüse zum Fleisch. Zusammen mit dem Koch ging er einige Varianten durch, bis das ganz und gar Einfachste übrig blieb. Und so schnitten sie eine kräftige Sellerieknolle in feine Scheiben, kochten sie kurz und bestreuten sie mit fein gehackten und leicht angeschmorten Zwiebeln sowie geriebenen Walnüssen, dann noch ein kleiner Schuss Walnussöl über das Ganze – und schon war die Vorspeise fertig.

Er mag diesen Purismus, gekochter Sellerie schmeckt ausgezeichnet und regt zusammen mit den Zwiebeln und den Walnüssen den Appetit an. Einen guten Grauburgunder sollte es dazu geben, das Bild eines kleinen Tellers mit den hellen, gekochten Selleriescheiben, daneben ein Weißweinglas, gefüllt mit leuchtendem Grauburgunder, sah er schon vor sich.

Noch puristischer aber war die Gemüsebeilage zum Rehrücken, der kaum eine halbe Stunde brauchte, um im Ofen gar zu werden. Sie hackten den Kohlrabi in kleine

Stücke und kochten sie in einer Gemüsebrühe mit etwas Olivenöl, die weich gekochten Stücke wurden püriert und mit Salz, Pfeffer, Muskat und Chili abgeschmeckt. Das alles ergab schließlich ein intensives, leicht scharfes, aber noch relativ geschmacksneutrales Mus, das den Geschmack des zarten Rehrückens nicht überdeckte, sondern intensivierte.

Der Chefkoch arbeitete an seiner Seite rasch und gezielt, alles, was sie für die Gerichte brauchten, war in dieser Küche vorhanden. Kaum hatten sie begonnen, war der Sellerie auch bereits fertig, der Rehrücken war längst im Ofen verschwunden, und die Äpfel schmorten ebenfalls, dicht zusammengedrängt und mit etwas Ahornhonig übergossen, in einer länglichen Ofenschale.

Sie hatten sogar noch Zeit, sich während des Kochens zu unterhalten, und schließlich dauerte die Zubereitung dieses Mittagessens nicht einmal eine Stunde. Es war kurz vor 13 Uhr, als der Chefkoch zwei seiner Küchenhilfen bat, die Speisen in das Gartenhaus zu bringen. Als er sich verabschiedete, holte er noch eine zweite Flasche Wein aus dem Lager.

– Zum Rehrücken trinken Sie den hier, sagte er, es ist mein Geschenk zu dem besonderen Anlass.

Er schaute kurz auf die Flasche, es war ein Assmannshäuser Spätburgunder, der in der Tat zu Rehrücken passen sollte. Er bedankte sich und fragte noch kurz:

– Welchen besonderen Anlass meinen Sie denn?

– In diesem Hotel wird so dieses und jenes gemunkelt, antwortete der Chefkoch.

Er zuckte leicht mit den Achseln, als könnte er mit diesen Andeutungen nichts anfangen, dann machte er sich zusammen mit seinen Helfern auf den Weg zum Gartenhaus. Es war eine fast filmreife Szene. Mit einer Flasche Wein in jeder Hand ging er voraus, die beiden Helfer folgten langsam und vorsichtig in einigem Abstand, während ein starker Duft feinster Wohlgerüche hinter dem kleinen Tross herzog. So verließen sie das Hotel, bogen auf die kleinen Wegpfade ein und erreichten schließlich das Ziel.

Später, als seine Gehilfen schon längst wieder verschwunden sind, hört er sich den zweiten Satz von Mozarts Klarinettenkonzert an. Es ist ein Stück, das er als Jugendlicher einmal selbst in einem Konzert zusammen mit einem Orchester gespielt hat. Sein damaliger Instrumentallehrer behauptete, diesen himmlischen Konzertsatz zu spielen sei wie feinste Rindsbouillon schlürfen, er hat diese Bemerkung nie vergessen, denn als Jugendlicher hat er sie nicht verstanden. Unverhofft ist er genau diesem Konzertsatz dann später in einigen Filmen begegnet, und noch überraschender war einmal die zufällige Begegnung mit einem französischen Schriftsteller in Paris, der einen ganzen Roman genau über dieses Klarinettenkonzert geschrieben hatte.

Er erinnert sich an all das genau, jetzt aber verscheucht er diese Gedanken, denn er will nichts anderes als diese Musik hören, die in seinen Augen so etwas darstellt wie eine Empfangsmusik zur zweiten direkten Begegnung mit der Geliebten. Natürlich werden sie auch während dieser Begegnung nicht miteinander reden, denn ihre Liebe unterliegt bis zur Abreise ja dem Schweigen. Nicht Worte sollen – so die geheime Verabredung – ihre Verbindung herbeiführen, vielmehr soll alles sich wie von selbst ereignen, durch eine nur ihnen beiden eigene Zeichensprache, die ihre längst bestehende, tiefe Vertrautheit beweist. So haben sie beide ihre Annäherung von Anfang an verstanden, und an diese Regeln haben sie sich bis jetzt ohne einen einzigen Fehlgriff gehalten.

Er steht auf, als sie in der Türe erscheint. Sie schaut ihn an und lächelt, dann geht sie zu ihm und küsst ihn wieder auf beide Wangen. Zum ersten Mal sind diese Küsse nicht flüchtig, sie lehnt sich danach dicht an ihn, und sie bleiben eine Weile still in einer engen Umarmung stehen. Er atmet nicht mehr, er ist so gespannt, dass er unwillkürlich die Luft anhält, keine Nuance dieser intensiven Berührung soll ihm entgehen. Er empfindet sie aber überhaupt nicht als neu oder ungewohnt, nein, ganz im Gegenteil, er hat das Gefühl, eine Frau zu berühren, die ihm vertrauter ist als jeder andere lebende Mensch.

Erst als der zweite Satz des Konzertes zu Ende ist und plötzlich der muntere und laute dritte Satz beginnt, lösen sie sich voneinander und gehen dann hinüber zum Esstisch, sie nehmen Platz. Sie trinkt zunächst ein Glas Mineralwasser, und als sie es ganz geleert hat, stoßen sie mit ihren Weingläsern an und trinken gemeinsam den Grauburgunder. Der Sellerie schmeckt erdig und herbstlich, und die Zwiebeln haben eine leicht scharfe Bitterkeit, die von den geriebenen Walnüssen aufgefangen und zerstreut wird.

Ihm fällt ein, dass er sich ein stummes Essen zu zweit schon oft gewünscht hat. Es machte ihm nie etwas aus, allein zu essen, im Gegenteil, er hat das Alleinessen immer besonders genossen, weil er die langatmigen und vom Essen ablenkenden Unterhaltungen mit Fremden oft nicht ertrug. Manchmal hat er sich aber auch gewünscht, zu zweit und schweigsam zu essen, das, hat er gedacht, wäre wohl ein besonderer, intensiver Genuss, kein Palavern über die Speisen und erst recht kein Palavern über die Zeitumstände, sondern ein wortloses, respektvolles Schmecken und Probieren, das der Kochkunst und den mit viel Überlegung und Raffinement zubereiteten Gerichten angemessen wäre. Erst einmal die Kunst und die Dinge selbst sprechen lassen – das ist eine seiner Maximen, ja, davon geht er nicht ab.

Als sie die kleine Vorspeise gegessen haben, räumt er die Teller ab und stellt sie auf den Schreibtisch. Dann holt er die etwas größeren Teller, auf denen sich neben dem Rehrücken auch das Kohlrabimus befindet, sie sind mit winzigen, silbernen Hauben zum Warmhalten der Speisen bedeckt. Er stellt die Teller auf den Esstisch, zieht die Hauben mit gespielt gravitätischem Gestus ab und öffnet danach die Flasche Spätburgunder, nachdem er die halb geleerte Flasche Grauburgunder zur Seite gestellt hat. Er schenkt den Spätburgunder ein, sie trinken und essen, und er bemerkt, wie gut es ihr schmeckt. Als auch der dritte Satz des Klarinettenkonzertes zu Ende ist, legt er noch eine andere CD ein. Sie sitzen still und genießen das Essen, während eine Solo-Klarinette zu hören ist, die kleine, fremde und etwas skurrile

Stücke spielt, von denen er vermutet, dass sie diese Stücke im Gegensatz zu Mozarts Klarinettenkonzert nicht kennt.

Was Du kennst und was ich kenne, was Du liebst und was ich liebe – diese schöne Annäherung haben sie noch vor sich. Es sollte aber auch in diesen Dingen nicht zu schnell gehen, sondern jeder Schritt genau und gründlich überlegt sein, damit es nicht bei bloßen Mitteilungen bleibt. Die Mitteilungen sollten sich auf wirkliche Erfahrungen beziehen, die sich eingeprägt haben und haften geblieben sind.

Vor Jahren hat er einmal darüber genauer nachgedacht, ja, jetzt erinnert er sich. Er hat sich gefragt, was eigentlich sein geheimes Vorbild für eine solche »Sprache der Nähe« ist, und er ist darauf gekommen, dass es die Sprache seiner Eltern war, wie er sie abends, wenn er als Kind längst im Bett lag, noch aus einiger Ferne zu hören bekam. Seine Eltern unterhielten sich nämlich beinahe jeden Abend nach seinem Zubettgehen noch lange, er hat ihr Murmeln und ihr ruhiges Sprechen noch genau im Ohr. Diese Unterhaltung kam immer wieder zur Ruhe, und dann war nichts als ein tiefes Schweigen zu hören, aus dem sich schließlich wieder eine Stimme emporschwang und dann wie eine einsame Gesangsstimme erschien, die schließlich von einer anderen Gesangsstimme abgelöst und erwidert wurde. Ein Duett aus Worten mit langen Pausen, das hat er damals oft zu hören bekommen, ohne doch die Worte im Einzelnen zu verstehen.

Die Rehrückenscheiben sind sehr zart und liegen in einer hauchdünnen, stark eingekochten Wacholdersauce. Wenn man das Fleisch auf der Zunge hat, schmeckt es nach Gras, Wald und Nebel, man glaubt fast, einen leichten Regen zu spüren. Guten Rehrücken zu essen, das ist, wie noch einmal zur Jagd zu gehen, sich anzupirschen, das schöne Tier äsen zu sehen, die Wunde zu schmecken. Dem gegenüber wirkt das Kohlrabimus wie eine harmlose Naivität oder ein sehr gutes Kinderessen, es duckt sich weg, es spielt mit dem blutigen Ernst, ja, es kommt wie aus einer heiteren Welt, in der es niemals eine Jagd oder irgendein Opfer gegeben hat. Der Spätburgunder passt zu alledem ganz genau, denn er verbindet die beiden so gegensätzlichen Speisen, indem sein Geschmack sich mal dem Reh, dann aber auch wieder dem Kohlrabimus zuwendet, hin und her pendelnd, ohne ein Ende.

Jeder von ihnen trinkt drei Gläser, danach leert sie erneut ein großes Glas Mineralwasser, und zum Schluss serviert er noch die geschmorten Äpfel mit Preiselbeeren. Es zieht einen wieder zurück in den Garten, denkt er, es ist Herbst, die Äpfel fallen reif von den Bäumen, ich sehne mich nach frischem Apfelmost.

Zum Schluss räumt er alles beiseite und ordnet das Geschirr zu einer kleinen Pyramide auf dem Schreibtisch. Die Klarinetten-Soli sind noch zu hören, und einen Augenblick ist er unschlüssig, was er als Nächstes tun soll. Nach draußen gehen? Einen Spaziergang machen? Er schaut sich um und bemerkt, dass sie ebenfalls aufgestanden ist und zum Schrank geht. Sie öffnet ihn und entnimmt ihm zwei große Decken. Dann wirft sie eine von ihnen auf den Boden, direkt vor dem Eingang, und legt die andere Decke daneben.

Er sieht, dass sie Bluse, Hose und Schuhe auszieht und sich ein einfaches T-Shirt überstreift. Auch ihm legt sie ein solches T-Shirt hin, so dass er sofort versteht, dass sie sich mit ihm auf den Boden legen will. Die enge Umarmung von eben fortsetzen, sich aneinanderschmiegen, in ein leichtes Träumen hinübergleiten, die Sonnenflut spüren – das hat sie wohl vor. Er ist ganz und gar einverstanden damit, es ist ein guter Einfall, das passt, denkt er, wir passen zusammen.

Er zieht ebenfalls Hemd, Hose und Schuhe aus und zieht das T-Shirt an, dann legt er sich zu ihr auf die Decke. Sie liegt auf dem Rücken und hat die Augen geschlossen, er legt sich dicht neben sie und dreht sich dann auf die Seite, so dass er sie anschauen kann. Er legt sein linkes Bein leicht über ihre beiden flach nebeneinanderliegenden Beine und rückt noch enger an sie heran. Er küsst ihren Nacken und schmiegt sich mit seinem Kopf dicht an den ihren. Er riecht ihre warme Haut, sie ist wohl gerade spazieren gegangen, denn die Haut riecht nach Laub, Pilzen und feinem Moder. Sie dreht sich ebenfalls ein wenig zu ihm und umschlingt jetzt seinen Oberkörper mit beiden Armen.

Sie liegen, dicht aneinandergeschmiegt, wie zwei Lebewesen da, die einem schlimmen Krieg gerade noch entkommen sind. Es ist etwas Zutrauliches, aber auch Hilfloses in diesem Liegen, wir liegen da wie zwei Geschwister, denkt er, wie Geschwister, die ihre Eltern verloren haben, oder wie winzige Erdwesen, die ihr ganzes bisheriges Leben in Höhlen oder unter der Erde verbrachten und das Licht noch scheuen. Ein Beobachter würde vielleicht lachen, wie sie da liegen und immer kleiner werden und sich ineinander verschrauben und die ganze andere Welt von sich abtun. Es ist aber nicht zum Lachen, nein, es ist vielmehr ernst, leicht und schön, ja, es ist von einer unerzwungenen, natürlichen Schönheit, wie er sie noch nie erlebt hat.

Er greift nach der zweiten Decke und breitet sie über ihren Körpern aus, dann bewegen sie sich nicht mehr. Langsam werden sie schwerer und schwerer, er spürt ihren weichen, regelmäßigen Atem und glaubt, ihr Herz schlagen zu hören. Wir tauchen ab, denkt er, während er die wohltuende große Wärme spürt, die sich jetzt allmählich unter der Decke breitmacht.

Dann nur noch ein leichtes Träumen – und die inneren Bilder driften hinüber zu fernen Bänken, zu Meeresküsten und blendenden Stränden und zu kleinen, spitzen Zelten in den leuchtenden Dünen.

35

Bevor sie leise aufsteht, blickt sie noch eine Weile still gegen die helle Decke. Er liegt noch immer dicht neben ihr und scheint zu träumen, sie dreht den Kopf ein wenig zur Seite und hat seine breite, offene Stirn und die dunklen Lippen ganz nahe vor sich. Sogar in dieser Ruhelage wirkt er noch aufmerksam und hellhörig, als entginge ihm auch im Schlaf nichts von dem, was um ihn herum passiert. Sie würde seinen Kopf jetzt gerne in die Arme nehmen oder auf ihren Schoß legen, es wäre schön, diese Lippen zu küssen, langsam und lange, bis sie wieder mehr an Leben gewännen.

Wild, Wacholder, Sellerie, Kohlrabi und Äpfel – sie zieht den Duft, der noch immer wie eine schwere Wolke im Zimmer steht, tief in sich hinein. Sie hat schon verstanden, dass er diese Mahlzeit eigens für sie gekocht und serviert hat, denn eine solche Mahlzeit würde man in den Restaurants dieses Hotels nicht bekommen. Es ist eine schlichte, reduzierte, puristische Mahlzeit, die auf den starken Eigengeschmack einfachster Nahrungsmittel setzt. So etwas hätte auch von ihr stammen können, obwohl sie sich vielleicht doch nicht getraut hätte, nur ein paar hauchdünne Selleriescheiben als Vorspeise zu servieren. Dabei war gerade das richtig, denn die Selleriescheiben schmeckten leicht, körnig und rauchig und waren deshalb der ideale Auftakt für den dann folgenden Rehrücken.

Sie betrachtet ihren Geliebten weiter, sie kann den Blick gar nicht abwenden, wie sein erhitzter Kopf auf der dunklen Decke liegt und ein schmales Rinnsal Schweiß sich von den Haarpartien hinter dem Ohr bis zum Hals zieht. Der Schweiß glänzt ein wenig, wie der Schweiß eines Sportlers im Wettkampf, wirkt aber auch ein wenig bedrohlich, wie eine Verletzung. Sie benetzt ihren Zeigefinger mit ein wenig Spucke und führt ihn vorsichtig an dem feuchten Rinnsal entlang, die Spitze des Fingers fängt den Schweiß etwas auf, so dass nur noch eine kleine, helle Spur auf der Haut übrig bleibt, die sofort eintrocknet.

Sie streckt ihre Hand aus und fährt ihm langsam über das Haar, sie möchte es nur berühren, sehr vorsichtig, sie möchte nicht, dass er es bemerkt. Sein Haar ist unglaublich dicht und fühlt sich warm an wie feiner Pelz, sie streift immer wieder darüber, als müsste sie ihn beruhigen oder trösten.

Dann schlägt sie die obere Decke ein wenig zur Seite, er liegt neben ihr wie ein übergroßer, schlanker Embryo, der in einem weiten, fernen Traumland schwerelos umhertreibt. Die sphärischen Klänge, die Herztöne, das Archiv vor der japanischen Küste – sie erinnert sich an das, was ihr am Vormittag alles durch den Kopf ging. Irgendwann möchte sie mit ihm an diese ferne Küste verreisen und sich auf die Suche machen nach Georgs Herztönen und nach ihren eigenen. Sie zieht ihre Knie an und dreht sich etwas auf der Stelle, dann beugt sie den Kopf hinunter und lauscht mit einem Ohr, ob sie sein Herz hören kann.

Das T-Shirt riecht nach Zwiebeln und Rauch, sie saugt auch diesen Duft ein und streift das Shirt dann mit aller Vorsicht ein wenig nach oben. Sie sieht seinen kleinen Nabel und würde ihn gerne küssen, tut es aber nicht, sie will ihn nicht wecken, denn sie vermutet, dass er bei einem allzu plötzlichen Aufwachen erschrickt. Vielleicht ist sie aber auch zu vorsichtig und sollte sich nicht derart beherrschen, eine angenehm späte Weinschwere lauert etwas lüstern in ihr, so dass sie daran denkt, wie es wohl wäre, sein nacktes Glied zu sehen und zu berühren.

Diese Fantasie hat sie vor Augen, als sie das Ohr an seinen Unterkörper legt und dann langsam mit ihm an seiner warmen Haut hinaufgeht, sie untersucht ihn, ja, sie horcht ihn ab, noch ist nichts zu hören, doch dann sind seine Herztöne plötzlich da. Sie ist von diesem leisen Trommeln und Schlagen derart überrascht, dass sie ihr Ohr dann dicht an seinen Körper hält, sie liegt jetzt mit ihrem Kopf auf seiner nackten Brust, und sie fährt mit den Fingern ihrer linken Hand behutsam über seine Haut, hin und her, als spielte sie wie ein Kind mit kleinen Wellen, die sie gegeneinander anrennen lässt, bis sie sich brechen.

Sie richtet sich auf und schlägt die Decke, die ihn noch an einer Seite bedeckt, ganz zur Seite. Er bewegt ein wenig den Kopf, erwacht aber nicht, sie beugt sich wieder über ihn und sieht, dass seine Lippen einen Spalt offen stehen. Sie kniet sich so hin, dass er jetzt mit seinem ganzen Körper unter ihr liegt, dann nähert sie sich mit ihren Lippen den seinen, sie riecht den Duft des schweren Rotweins, dann berühren sich ihre Lippen, und sie atmet mit ihm ein und aus, ein und aus, ganz in seinem Rhythmus. Nicht den geringsten Druck üben ihre Lippen aus, nein, sie bleiben vielmehr in einer Art Schwebe, ja, sie schweben und touchieren nur seine Lippen, es ist eine Art – wie soll sie es nennen? – eine Art Tuchfühlung.

»Tuchfühlung« – die seltsamsten Worte gehen ihr jetzt durch den Kopf, ihr Körper wirkt wie erhitzt, in ihrer Stirn pocht es ein wenig, und auf der Rückenhaut spürt sie plötzlich eine heftige Kälte, als flössen dort kleine Ströme von Schweiß. Sie richtet sich wieder auf und fährt sich mit der Rechten durchs Haar, Georg hat behauptet, diese Geste sei ihr angeboren, schon als kleines Kind habe sie sich immer wieder mit der Rechten durchs Haar gefahren. Diesmal ist diese Geste aber so heftig, dass wirklich ein kaum merklicher Regen von Schweiß auf seine nackte Brust niedergeht, sie sieht, wie seine Haut zusammenzuckt, aber er wacht noch immer nicht auf, nein, sein Träumen ist noch nicht zu Ende.

Die winzigen Tropfen, die sich auf seiner Haut abgesetzt haben, erregen sie, sie starrt auf diese Tropfen, der ganze Vorgang hat für sie etwas ungemein Sinnliches. Es fällt ihr immer schwerer, ihre Berührungen weiter so beherrscht und vorsichtig fortzusetzen, sie möchte sich ausziehen, sofort, sie zittert ein wenig, sie zögert, dann aber tut sie es wirklich und streift sich das T-Shirt über den Kopf. Sie trägt keinen BH, sie hat noch nie gerne einen BH getragen, in Gesprächen mit Georg hat sie sich oft über das blöde Kürzel, das noch eine Spur blöder als der dadurch bezeichnete Gegenstand ist, lustig gemacht. Wie kann es einer Frau Vergnügen machen, einen BH zu tragen? Sie verscheucht diese Fragen, sie stören ihre Konzentration, denn sie will jetzt, dass er ihre Brustspitzen küsst, ja, genau das will sie.

Sie kniet sich wieder hin und bringt ihre Brüste ganz dicht an seinen Mund, dann hebt sie die rechte Brust etwas an und führt sie an seine Lippen. Sie spürt einen leichten Hauch, mehrmals, und dann auch die sanfte Berührung, so sanft berühren sich nur träumende Wesen, ja, ihre Brust träumt noch, so, wie seine Lippen träumen, diese Berührung geschieht in einer starken Verzögerung, wie unter Wasser. Dann greift sie auch nach ihrer linken Brust und lässt seine Lippen an diesen Brustspitzen entlangstreichen, die Bewegung ist aber nur kurz, sie hält lieber inne und spürt dem leichten Druck nach, der von diesen Lippen bis tief hinein in ihren Körper reicht. Es ist, als würde sich dieser Druck in sie eingraben, ja, sie spürt, dass sie etwas von ihm in sich aufnimmt.

Sie zittert wieder, ihre Erregung ist noch gewachsen, sie schließt die Augen und stützt sich auf ihre beiden Hände, während ihr Körper jetzt über ihm darauf wartet, sich langsam auf ihm auszubreiten. Soll sie? Soll sie nicht? Sie atmet tief aus und ein, sie versucht, sich zu beherrschen und wieder zur Ruhe zu kommen, es passt nicht, nein, jetzt passt es nicht, im Grunde weiß sie das. Sie will es aber nicht wissen, sondern sie will ihren Sinnen folgen, die jetzt ihre eigenen Ziele haben. Einen Moment erscheint ihr dieses Hin und Her wie ein Krampf, warum gibt sie nicht einfach ihren Empfindungen nach, so, wie sie es sonst doch wohl tun würde? Sonst? Wann denn sonst? Wann hat sie sich je einem Mann so genähert? Wann war eine Annäherung in ihrem Leben derart intensiv?

Nein, es ist nicht richtig, dieses Zusammenkommen jetzt von sich aus zu forcieren, sie atmet weiter tief ein und aus und versucht, sich zu beruhigen. Sie darf ihn nicht länger anschauen, nein, auf keinen Fall, sie darf nichts sehen, was ihre starken Fantasien weiter belebt und entzündet. Sein Körper ist von der Wärme unter der Decke leicht gerötet, sie will, dass er sich wieder in sich zusammenzieht und weiterschlummert.

Sie zieht sich von ihm zurück, sie rutscht langsam auf den Knien bis hinunter zu seinen Füßen, dann nimmt sie die Decke und breitet sie wieder über ihm aus. Sie greift nach dem T-Shirt und geht auf Zehenspitzen hinüber zum Schrank. Sie entnimmt dem CD-Player die CD mit den Klarinetten-Soli und legt eine CD mit altjapanischer Musik ein. Als sie die ersten, sehr verhaltenen und leisen Klänge hört, zieht sie sich vollständig aus und sucht nach ihrem Badeanzug. Dann schlüpft sie hinein und verlässt still den Raum. In der Tür schaut sie sich noch einmal nach ihm um, er erscheint ihr kleiner als je zuvor. Sie lächelt, als sie ihn so zusammengerollt daliegen sieht, nein, er ahnt nicht, was in den letzten Minuten geschehen ist.

Und was wird später geschehen? An diesem Abend, in dieser Nacht? Sie will darüber nicht nachdenken, nein, sie will ihren weiter etwas aufdringlichen Fantasien jetzt nicht folgen. Draußen auf der Wiese vor dem Haus springen einige Kinder herum und bleiben erschreckt stehen, als sie aus der Tür des Gartenhauses nach draußen kommt. Sie schauen sie an, sie haben nicht mit dieser Erscheinung gerechnet, »hallo Kinder«, sagt sie mit einem leichten Krächzen in der Stimme, doch diese Begrüßung erscheint ihr sofort hilflos und steif. »Hallo Kinder!« versucht sie es noch einmal, doch keines der Kinder antwortet auch nur ein Wort. Sie schaut zurück, was glotzen sie denn so, ja, was gibt es zu glotzen? Sie will etwas dazu sagen, wendet sich dann aber von ihnen ab, nein, sie hat überhaupt keine Lust, sich jetzt auf so etwas einzulassen.

Während sie hinüber zu der kleinen Anhöhe geht, von der aus man auf den Pool schaut, hört sie vom Hotel her lautere Geräusche als sonst. Ein leichtes Vibrieren und Dröhnen liegt in der Luft, manchmal auch ein Rauschen und dann wieder ein Zischen und Flüstern. Was ist das? Sie geht langsamer und konzentriert sich auf die Geräusche, dann bleibt sie einen Moment stehen. Sie hört eine auf und ab swingende Stimme mit einem starken Hintergrundrauschen und -raunen, ja, jetzt begreift sie. Es ist Samstag, es ist Samstagnachmittag … – die Türen im unteren Geschoss des Hotels hin zur Freianlage stehen weit offen. Drinnen aber scheinen die Fußballübertragungen zu laufen, »erste Bundesliga, Bayern München«, sagt sie laut, und als sie diese Worte hört, hat sie das Gefühl, mit einem Mal wieder einen Schritt zurück auf das Gelände der alltäglichen Ereignisse und Dinge zu tun.

Als sie die kleine Anhöhe erreicht, lassen die starken Bilder der letzten Minuten sie aber noch einmal zurück zum Gartenhaus blicken. Sie bleibt stehen und schaut das Gartenhaus an, in diesem Haus hat soeben etwas Geheimnisvolles stattgefunden, das sie nicht loslässt. Was aber ist dort genau geschehen? Wohin bewegt sich ihre gemeinsame Geschichte, die an einem ruhigen Morgen vor zwei Tagen hier begonnen hat?

Als sie mit ihren Überlegungen nicht weiterkommt, entschließt sie sich, noch einmal zurückzugehen. Sie geht rasch, als hätte sie etwas vergessen, doch dann betritt sie das Gartenhaus nicht, sondern schaut von der Seite durch eines der Fenster hinein.

Er liegt noch immer schlafend auf dem Boden, die leise Musik begleitet sein Träumen. Am liebsten würde sie noch einmal wiederholen, was sie eben mit ihm gemacht hat. Die Decke zur Seite schlagen, ihn berühren, sich entblößen, auch ihn langsam entblößen – ja, genau das stellt sie sich vor. All diese langsamen Entkleidungsversuche aber würde sie am liebsten auch fotografieren, lauter kleine Details in Schwarz-Weiß, ihre Brust – seine Lippen, ihr angefeuchteter Finger – sein Hals mit der Schweißspur, ja, viele solcher zarten und sehr genauen Körperstudien sollte es geben, sie hat das alles vor Augen: Zeichnungen, Malerei, Fotografien, Filme, Inszenierungen kleiner Video-Sequenzen – Tage und Wochen könnte sie mit ihm zusammen arbeiten, mit ihm, nur mit ihm …

In genau diesem Moment aber begreift sie, was gerade passiert ist. Sie hat die Lücke in ihren Arbeitsprojekten endgültig geschlossen, sie hat den Geliebten gefunden, der von nun an gemeinsam mit ihr in diesen Projekten auftauchen und sie mitgestalten wird. Das »Kopfkissenbuch« der Hofdame Sei Shonagon – es war ihr Lieblingsbuch, weil es das Verlangen nach dem Geliebten und der Zweiheit auf indirekte Weise und doch in jedem Wort spürbar enthielt. Schritt für Schritt hat sie aus den Texten dieses Buches Versuchsanordnungen entworfen, die um nichts anderes kreisten als um die Gestalt des fernen, herbeigesehnten Geliebten. Jetzt aber hat sich diese Sehnsucht erfüllt, ja, der Geliebte ist da, allmählich hat er in ihren Projekten erste Konturen gewonnen, und nun sind sie zu zweit, endlich zu zweit, und sie sind eins, ja, sie sind ein Paar.

Niemals hat sie sich zuvor vorstellen können, andere Menschen in ihre Projekte zu integrieren, kein Foto einer anderen Person hätte je darin Platz gehabt, nur sie selbst war das Thema, nur ihr Körper, nur ihre Erwartung. Ein Ausbrechen aus diesem Konzept hin zu fremden Menschen oder Objekten hätte die Intimität ihrer Körpersprache zerstört, nein, sie hätte so etwas nicht geduldet. Nur einer einzigen Person hätte sie den Zugang zu ihrem intimen Körperreich erlaubt, nur dem Geliebten, aber sie stellte sich diesen Fall niemals länger oder konkreter vor, da sie im Grunde nicht damit rechnete, überhaupt je einen solchen Menschen zu finden. Der Geliebte ihrer Projekte war eine Kunstfigur und damit ein Teil ihrer Fantasien und Einbildungen, jetzt aber ist aus diesen vagen und undeutlichen Projektionen eine reale und greifbare Gestalt geworden. Ist so etwas nicht eigentlich ein Wunder, ja, nennt man die Realisierungen unmöglicher Fantasien und Träume, nennt man solche Prozesse nicht »Wunder«?

In Zukunft wird er ein fester Teil ihrer Projekte sein, er wird sie fotografieren, sie wird ihn fotografieren, und sie werden sich natürlich immer wieder gemeinsam fotografieren. Sie wird all das, was in den nächsten Wochen geschehen wird, bis ins letzte Detail dokumentieren, ja, sie wird den gesamten Liebesprozess in allen nur erdenklichen Formen und Medien zum Thema machen. Und damit einher wird die Dokumentation ihrer bisherigen Leben gehen, ja, sie wird ihn zu einem Teil von »Jules Archiv« machen, und sie wird mit ihm zusammen das »Archiv seiner Kindheit« entwerfen, das bis jetzt noch stumm und dunkel in einer Scheune irgendwo auf dem Land steht.

Jetzt, beim Anblick seines schlummernden Körpers, flackert ihre Erregung wieder auf, doch inzwischen ist aus dem Stoff einer puren und präzisen Erotik ein Stoff für die Arbeit geworden. Das passt, das stimmt genau, denkt sie, die Erotik unserer Körper wird sich noch steigern in der Erotik der Arbeit, denn die Erotik der Arbeit wird nichts anderes sein als die Kunstform unserer Liebe und unserer Annäherung. Sellerie, Walnüsse, Rehrücken, Kohlrabi, Äpfel – sie geht die Speisenfolge noch einmal in Gedanken durch, um bloß keine Details zu vergessen. Später wird sie die Teller mit den Speiseresten fotografieren, und noch ein wenig später wird sie in ihrem Skizzenbuch kleine Bleistiftzeichnungen dieser Mahlzeit anfertigen. Ein weiter, unerschöpflicher Kontinent der Arbeit tut sich nun auf, ein unaufhörliches Arbeiten an einem gewaltigen Liebesprojekt aus Zeichnungen, Bildern, Texten und Klängen.

Hier steht sie – der Kunstkörper, und dort liegt er – der Textkörper, und was zwischen ihnen vermittelt – das ist der Musikkörper. Altjapanische Musik, Jazz, kleine Klarinetten-Soli, Mozarts Klarinettenkonzert.

Sie sieht Fragmente ihres weiteren Lebens plötzlich vor sich, sie sieht ihr gemeinsames Arbeiten, ihre Reisen, die halbe Zukunft. Morgen früh wird sie ihn nach München begleiten, denn sie werden zusammen dorthin zurückfahren, natürlich, und sie werden in München in ihren beiden Wohnungen wohnen und sich jeden Tag in ihrem großen Atelier treffen.

Das Atelier – ja, auch das ist ein Kernbereich dieser intimen Verhältnisse. Früher war es ein Teil von Georgs Galerie, dort liefen Ausstellungen und Präsentationen, so lange, bis Georg begann, diesen Teil von den übrigen Galerieräumen abzutrennen und als eigenständige Raumanlage zu benutzen. »Das wird einmal Dein Atelier«, sagte er zunächst zu dem Kind, das sie damals noch war, und tat einige Zeit nichts anderes, als zwei große Räume der Galerie leer zu räumen, Stück für Stück. Als die Räume leer standen, spazierte er gerne mit ihr darin herum, »komm, wir gehen spazieren«, sagte er und nahm sie an der Hand und holte einige ihrer Spielsachen, die sie beim Spazierengehen begleiten durften, später aber wieder verschwinden mussten. Recht lange Zeit standen die beiden Räume daher einfach leer, Georg genoss diese Leere, die niemand sonst so richtig verstand. »Was treibt er? Ist er verrückt geworden? Wieso lässt er seine beiden besten Galerieräume leer stehen?« fragte man sich, doch Georg beantwortete diese Fragen nicht.

Auch das war ein Anfang, ja, auch diese einige Zeit leer stehenden Räume, die inzwischen längst ihr eigentliches Atelier sind, gehören zu den Fundamenten ihrer geheimnisvollen Geschichte. Sie wird darüber mit Katharina sprechen, ja, sie möchte unbedingt noch einige Details über dieses Thema erfahren.

Sie schaut noch immer durch das Fenster, als sie bemerkt, dass er sich bewegt. Seine rechte Hand zuckt etwas zusammen, er streckt jetzt den Arm aus und öffnet die Augen. Sie macht sofort einen Schritt zurück und entfernt sich nun endgültig vom Gartenhaus. Ihr ist ganz nach Schwimmen, ja, sie muss jetzt unbedingt einige Bahnen schwimmen, rasch, konstant, mit viel Energie. Dann dreht sie sich um und macht sich sofort auf den Weg zu dem im Licht des späten Nachmittags daliegenden Pool.

36

– ICH HABE über Mittag ganz vergeblich nach Jule und Dir gesucht, sagt Katharina, als er zum Nachmittagstee in ihrer Buchhandlung eingetroffen ist.

– Wir haben uns im Gartenhaus aufgehalten, antwortet er, wir haben dort auch gegessen.

– Kann man dort zu Mittag essen? Kommt der Hotelservice bis ins Gartenhaus?

– Wir haben uns darum selbst gekümmert. Und außerdem haben mir noch ein paar Jungs aus dem Gourmetrestaurant unten im Tiefgeschoss beim Transport geholfen.

– Beim Transport? Beim Transport von was?

– Vorspeise, Hauptspeise, Nachspeise, zwei Flaschen Wein, der Chefkoch des Restaurants war mir beim Kochen behilflich.

– Du hast mit ihm zusammen etwas gekocht?

– Aber ja, traust Du mir so etwas nicht zu?

– Doch, natürlich, sofort, gerade Dir traue ich so etwas zu. Schade, ich wäre gerne dabei gewesen.

– Der Chefkoch hat mir angeboten, so etwas in Zukunft häufiger zu machen. Beim nächsten Mal bist Du dabei.

– Und wann wird das nächste Mal sein?

– Bald, schon sehr bald.

– Ihr werdet morgen früh zusammen nach München aufbrechen?

– Ja, zusammen, in meinem Wagen.

– Habt Ihr das schon so vereinbart?

– Nicht direkt, aber es wird so kommen.

– Bist Du Dir sicher?

– Ja, ganz sicher.

– Aber Ihr habt darüber noch nicht gesprochen?

– Wir sprechen überhaupt noch nicht miteinander, weißt Du. Aber von morgen früh an werden wir ganz sicher miteinander sprechen. Von dem Augenblick an, in dem wir diese Insel verlassen.

Katharina sagt nichts mehr, sie schenkt ihm etwas Tee nach und legt eine Hand auf eine seiner ruhig auf seinen Knien liegenden großen Hände.

– Nimmst Du mir übel, dass ich Euch beide mit ein paar Hintergedanken hierher eingeladen habe?

– Aber nein, ich nehme Dir nichts übel. Als Du es mir erklärt hast, kam es nur etwas überraschend, und ich brauchte etwas Zeit, um die Hintergründe genauer zu durchschauen. Am Ende war alles, was sich dann ereignet hat, doch wohl eine Art von Magie, ja, eine innere Magie hat uns beide zusammengeführt.

– Ich will Dir noch etwas Wichtiges sagen, etwas, das mir immer wieder durch den Kopf ging in den letzten Jahren. Als Du in meiner Buchhandlung auftauchtest, benahmst Du Dich wie ein scheuer Junge, ja, beinahe sogar wie ein Kind. Ich habe Dir Tee zu trinken gegeben, ich habe wie eine Mutter mit Dir gesprochen, und ich habe die ganze Zeit sogar genau gespürt, dass ich wie eine Mutter mit Dir spreche. Du aber wolltest nicht über Dich sprechen, Du hast nichts, aber auch gar nichts von Dir erzählt. Da habe ich es eben mit den Büchern versucht, und über die Bücher sind wir dann auch ins Gespräch gekommen. Als ich merkte, dass ich Dir auf diese Weise etwas entlocken konnte, erinnerte mich das an meine gemeinsame Zeit mit Georg. Denn – was soll ich sagen? Mit ihm ist es ja ganz ähnlich gewesen. Er kam wie einer, der sich verlaufen hatte, in meine Buchhandlung, und er wollte schon wieder auf und davon, als ihn irgendetwas noch einmal zu mir zurückzog. Auch ihm habe ich dann etwas zu trinken gegeben, keinen Tee, sondern schwerere Sachen. Aber auch Georg erzählte nichts von sich selbst, nein, dazu war er nicht bereit. Wir kamen auf dem Weg über die Bücher miteinander ins Gespräch, und genau dieses Gespräch setzten wir dann das restliche Leben bis zu seinem Tod fort. Alles Private, alles, was er zuvor erlebt hatte und was ihn weiß Gott noch beschäftigte und bedrückte, wurde zwischen uns kaum erwähnt, es gehörte nach Georgs Vorstellung nicht in sein neues Leben. Und so habe ich mir sein altes, früheres Leben aus den wenigen Andeutungen, die er machte, und aus dem, was er zu unseren Lektüren dann jeweils beisteuerte, selbst zusammengesetzt. Deshalb habe ich zu notieren und zu schreiben begonnen, ich wollte festhalten, was er gesagt hatte, jede Kleinigkeit, jede mir auf den ersten Blick noch so unwichtig erscheinende Wendung. Immer wieder bin ich dann allein und im Stillen meine Notizhefte durchgegangen, ich habe zu ergründen versucht, was den Mann, den ich so stark und unbedingt liebte, umtrieb und beschäftigte, ich habe versucht, hinter seine Geheimnisse zu kommen.

Er nimmt einen weiteren Schluck Tee und nickt, er ist hellwach, in ihm hat sich eine leichte Euphorie festgesetzt, die er kaum noch unterdrücken kann. Am liebsten würde er Katharina umarmen, und es würde ihm auch nicht das Geringste ausmachen, laut zu singen und deshalb von anderen Hotelgästen für verrückt gehalten zu werden.

– Diese Notizen, sagt er, standen also am Anfang Deines Schreibens. Und von diesem Fundament aus hast Du später, als Georg gestorben war, weitergemacht, habe ich recht?

– Ja, so war das. Die Notizen, die ich mir hier täglich zu den Lektüren der Hotelgäste mache – sie sind nichts anderes als eine Fortsetzung meines früheren Schreibens.

– Hast Du Dir etwa auch über unsere Gespräche Notizen gemacht?

– Ja, Johannes, das habe ich, und genau darüber wollte ich mit Dir sprechen.

– Sind es umfangreiche Notizen?

– Inzwischen sind es die umfangreichsten, die ich überhaupt habe.

– Und Du bietest mir an, sie zu lesen?

– Ja, ich biete Dir an, diese Notizen zu lesen, ich habe es mir genau überlegt. Außer den Notizen, die ich über Georg und unsere gemeinsamen Lektüren gemacht habe, werden es dann aber die einzigen sein, die ich Dir zeige. Ich möchte vor allem wissen, ob sie sich von den Notizen, die Du bereits von mir kennst, unterscheiden, ja, ich möchte von Dir erfahren, ob sie dieselbe Schreibweise haben oder ganz und gar anders sind.

– Das heißt also, ich soll mich jetzt erneut in Dein kleines Kabinett setzen und gleich mit der Lektüre anfangen?

– Nein, diesmal machen wir es anders. Ich gebe Dir meine Notizen mit, bring sie hinauf auf Dein Zimmer und bring sie mir später, wenn Du einmal hineingeschaut hast, zurück. Sollen wir es so machen? Bist Du einverstanden?

– Wir haben nicht mehr viel Zeit, Katharina. Ich werde einen Blick hineinwerfen, aber ich werde sie bestimmt nicht alle lesen können.

– Nein, natürlich nicht. Es kommt aber nicht darauf an, dass Du sie alle liest, Du sollst Dir nur einen Eindruck verschaffen.

– Gut, dann gib sie mir, und ich ziehe mich dann gleich damit auf mein Zimmer zurück.

– Wir werden uns am Abend nicht sehen, oder?

– Nein, ich werde den Abend wohl mit Jule verbringen.

– Ja, das habe ich mir schon gedacht. Denk aber bitte daran, dass Du mir noch etwas zu meinen Texten sagst, Du hattest in dieser Hinsicht noch einige Ideen.

– Ja, ich habe das nicht vergessen, sei ohne Sorge. Ich gehe jetzt mit Deinen Notizen aufs Zimmer, ich lese ein Stück und dann komme ich noch einmal zu Dir.

– Gegen 18 Uhr schließe ich die Buchhandlung, das weißt Du.

– Dann werde ich spätestens gegen 18 Uhr wieder hier sein.

Er sieht, dass sie erleichtert, ja beinahe gelöst wirkt. Sie verschwindet wieder hinter dem geheimnisvollen Vorhang, kommt aber schon nach wenigen Sekunden zurück. Sie hält einen großen Stapel von Karten in Händen, der wieder von einem roten Gummi zusammengehalten wird.

– Das ist nicht alles, sagt sie, das ist nur ein kleiner Teil und der Anfang, aber diese Menge dürfte vorerst reichen, damit Du einen ersten Eindruck gewinnst.

Er nimmt den Stapel entgegen, leert rasch seine Tasse und steht auf. Er küsst sie auf beide Wangen, dann verlässt er die Buchhandlung. Sie schaut ihm hinterher, sie überlegt noch einmal, ob es richtig war, ihm diese Notizen zu geben. Ja, es war richtig, diese Notizen sind nicht intim, und sie mischen sich auch auf keine andere Weise indiskret in sein Leben ein. Wie meist hat sie sich ausschließlich darum bemüht, so genau wie möglich festzuhalten, was sie zu sehen und zu hören bekam. Als er verschwunden ist, sagt sie plötzlich laut »Mein guter Junge«, sie erschrickt und fährt sich mit einer Hand über den Mund. Was ist bloß in sie gefahren, dass sie so mit ihm spricht?

Er nimmt diesmal nicht den Lift, der Lift ist ihm jetzt zu langsam, er springt die Treppenstufen mit einigen raschen Sätzen hinauf und geht dann durch den abgedunkelten Flur zu seinem Zimmer. Als er es wieder betritt, kommt es ihm vor, als wäre er Wochen fort gewesen. Sind das noch seine Sachen, die auf dem Schreibtisch liegen? Begegnet er in diesem kühlen Zimmer jetzt nicht den Utensilien eines ganz und gar Fremden?

Er zieht seine Schuhe aus und legt sich aufs Bett. Das Sonnenlicht draußen taucht die gesamte Hotelanlage jetzt in ein schwimmendes, brodelndes Gold, das immer schwerer zu werden scheint und allmählich zu Boden sinkt. Er zieht das rote Gummi von dem Stapel mit den beschriebenen Karten, dann beginnt er mit der Lektüre. In Form und Gestaltung ähneln diese Aufzeichnungen anscheinend sehr den Aufzeichnungen, die Katharina sich über die gemeinsamen Lektüren mit Georg gemacht hat. Sie sind knapp, klar und erzählen im Grunde kleine, pointierte Geschichten von ihren Lektüre-Erlebnissen.

Er selbst kann sich gar nicht mehr genau an all diese Lektüre-Gespräche erinnern, die Erinnerung stellt sich dann aber meist doch wieder ein, wenn er sich die Räume und Zeiten vergegenwärtigt, die Katharina in kurzen Protokoll-Angaben immer an den Anfang ihrer Notizen gestellt hat. *München, 17. April, mittags im »Franziskaner«. Johannes hat den »Werther« gelesen. »Ich habe den »Werther« gelesen«, sagt er, »ich, ich, ausgerechnet ich! Als ob es nichts anderes zu lesen gäbe! Und als hätte ich den »Werther« nicht schon zweimal gelesen! Es ist aber gar keine Liebesgeschichte, wie alle Welt annimmt und wie ich auch immer angenommen hatte. Nein, es ist ein Eifersuchtsdrama. Lotte, Albert – dieser Werther ist auf die halbe Welt eifersüchtig, sogar auf Gott. Die Eifersucht bringt ihn um und nicht so etwas Banales wie Liebeskummer.« Ich fragte ihn, wie er auf Eifersucht käme, und er antwortete, dass ihm Eifersucht vollkommen fremd sei, er sei noch nie eifersüchtig gewesen, wirklich noch nie, er habe überhaupt keinen Grund, auf irgendjemanden eifersüchtig zu sein. Einzelkinder seines Schlages seien nicht eifersüchtig, zumindest so etwas Positives bringe das Einzelkinddasein mit sich, zumindest das. Gerade deshalb aber, gerade weil er noch nie eifersüchtig gewesen sei, wittere er bei anderen Menschen sofort die Eifersucht. Er spüre es, wenn jemand eifersüchtig sei, er erkenne es am harmlosesten Gesichtsausdruck, und er empfinde immer einen starken Ekel, wenn er so etwas zu spüren bekomme. »Auch dieser Wer-*

ther ekelt mich an!« sagte er schließlich, so dass ich lachen musste. »Du tust, als hättest Du ihn gerade noch im Englischen Garten getroffen«, sagte ich. »Aber was redest Du denn?« antwortete er, »natürlich habe ich ihn gerade im Englischen Garten getroffen, dort habe ich das Buch vor kaum einer halben Stunde zu Ende gelesen!«

Er muss lachen, als er diese Aufzeichnung liest. Ja, so impulsiv verliefen viele ihrer gemeinsamen Unterhaltungen, viel impulsiver als die Gespräche, die Katharina mit Georg geführt hat. Mit ihrer ruhigen Art reizte sie ihn manchmal, denn er selbst konnte bei den meisten Lektüren nicht ruhig und gefasst bleiben. Lektüren, bei denen man ruhig und gefasst blieb, waren »Bildungs-Lektüren«, ja, so hatte er Romane und Erzählungen, die man nur wegen eines fragwürdigen Bildungsinteresses las, meist genannt. *»Ich lese keine Romane oder Erzählungen, um mich über irgendetwas zu informieren oder um zu wissen, in welchen Kostümen oder Regionen man um 1800 zum Beispiel gerne Spargel verzehrte. All das ist bloße Bildung, und wenn diese Bildung nichts Emotionales umkreist und durchdringt, ist sie nichts anderes als ein nichtssagender Internet-Link. Große Literatur aber handelt von tiefen Emotionen und Tiefenerfahrungen wie Tod, Trennung, Liebe und Glaube – alles andere lassen die richtigen Leser sowieso irgendwann als Geröll der Literaturgeschichte links liegen.«*

Zunächst erkennt er sich im heftigen Ton dieser Gesprächsnotate kaum wieder. Es sind Notate, die von einem gereizten Menschen handeln, der sich wie ein Verwundeter über die Bücher hermacht. Er wirft sie zur

Seite, er schleudert sie gegen die Wand, er schmeißt sie im hohen Bogen zum Fenster raus. Ein starkes inneres Wüten setzt sich anfänglich von Aufzeichnung zu Aufzeichnung fort, und dieses Wüten ist verbunden mit rigider Abgrenzung. Ich gegen die Welt! Weg da! Fort! Macht Platz! Ich brauche Luft! – er glaubt diese unterdrückten Schreie zu hören, während er die Aufzeichnungen liest.

So war das also damals, wenige Wochen nach Mutters Tod. Er macht den Eindruck eines beinahe ununterbrochen tobenden Menschen, der nichts neben sich bestehen lässt. Seine Kommentare sind Tiraden, aber sie handeln im Grunde gar nicht von den Büchern, nein, sie handeln von einer großen, verlorenen Liebe. Er hat den Kontakt zur Welt verloren, weil er den Kontakt zu seiner Mutter verloren hat, das ist es, das begreift er nun plötzlich.

Er liest weiter, dann unterbricht er seine Lektüre, trinkt ein Glas Wasser und setzt seine Lektüre etwas weiter hinten fort. Noch immer ist dieser gereizte Ton da, aber er wird langsam milder und vor allem amüsanter. Ja, allmählich findet der hilflose Mensch, der er war, sein Verhalten selbst etwas komisch und schafft es dann sogar, sich über sich selbst lustig zu machen. *München, 16. Juni, abends im »Augustiner«. Johannes hat einige Kapitel im »Ulysses« von Joyce gelesen, zur Feier des Tages. »Ich würde das Ganze furchtbar gerne umschreiben«, sagt er, »vor allem den Anfang. Der Anfang ist ungelenk und sitzt nicht und macht es dem Leser nur deshalb schwer, weil Joyce noch nicht genau weiß, was er sich da so alles vorgenommen hat. Er hätte den Roman im Nachhinein, zum Ende hin, als er das Projekt besser über-*

blickte, noch einmal von vorn angehen müssen. Ich könnte so was, glaub mir, ich wäre, was eine solche Überarbeitung angeht, der bessere Joyce, ja, glaub mir, ich bin heute sogar so großkotzig, dass ich mir einbilde, Kapitel der Bibel besser hinzubekommen als der liebe Gott sie hinbekommen hat. Verdammt, ist das jetzt stark daneben? Habe ich jetzt etwas vollkommen Deplatziertes gesagt?« Ich beruhige ihn, aber er lässt sich nicht beruhigen und geht stumm auf die Toilette. Ich bestelle ihm noch ein großes Helles, und als er zurückkommt, trinkt er es auf einen Zug leer. »Der liebe Gott hat gemeint, ich solle mir keine Sorgen machen«, sagt er, »der liebe Gott kennt weder Zorn noch Eifersucht. Deshalb hat er mir aufgegeben, das Buch Judith neu zu schreiben, aber rasch, bis Ende der Woche.« Ich frage ihn, ob er es wirklich versuchen wolle, und er antwortet, in seinem Kopf sei das Buch Judith bereits fertig. Dann aber lacht er so laut, dass die Gäste in unserer näheren Umgebung uns von allen Seiten ins Visier nehmen.

Sein lautes, heftiges, sich überschlagendes, die Worte noch überbietendes Lachen – mit einem Mal ist es da. Die große Wut scheint gebrochen, aber sie lässt noch immer starken Dampf ab, und dieser Dampf schlägt sich nieder in Lachen, Fluchen, Verwerfen.

Er schüttelt irritiert den Kopf, so etwas hatte er nicht erwartet. Ganz deutlich zeichnet sich in diesen Notaten seine innere Geschichte ab, so, wie sie sich als ein einziges Psycho-Drama nach Mutters Tod entwickelte. Sein Abstand zur Welt, ihr lautes Verlachen, seine bittere Selbstironie – es ist unglaublich, was für genaue Bilder seines damaligen Zustandes diese Notate zeichnen. Er wird sie nicht mehr aus der Hand geben, nein, er wird den ganzen Stapel und den Rest, den Katharina unten in ihrem Archiv verwahrt, mit nach München nehmen, um die Karten dort in Ruhe zu lesen.

Er überblättert einen großen Stoß und nimmt sich noch eine der letzten vor. *München, 05. November, abends im Englischen Garten. Johannes hat heute Geburtstag, und er ist so ruhig, wie ich ihn noch nie gesehen habe. Wir sitzen am Kleinhesseloher See und haben großes Glück, es ist einer der vielleicht letzten noch halbwegs warmen Tage des Jahres. Er spricht nur wenig, und als wir etwas gegessen haben, wünscht er sich, dass ich ihm einige Gedichte aus einer Anthologie deutscher Gedichte vorlese. Manchmal bittet er darum, dass ich eines der Gedichte wiederhole, bei anderen Gedichten unterbricht er mich und sagt leise »das bitte nicht«. Als ich ihm schließlich zwei, drei Gedichte von Stefan George vorlese, wird es so still, dass mir unheimlich wird. Ich schaue ihn aber nicht an, denn ich vermute, dass er mit einer starken Rührung kämpft. Als eines der Gedichte dann aber unverhofft mit der Zeile »Mein Kind kam heim« beginnt, steht er plötzlich auf und geht davon. Ich bleibe ruhig sitzen und warte auf ihn. Als er eine halbe Stunde fort ist, will ich ihn suchen gehen. Ich stehe auch wirklich auf, da erscheint er plötzlich, als hätte er irgendwo auf mein Aufstehen gewartet. »Ich bin heute keine gute Erscheinung«, sagt er, und dann entschuldigt er sich. Er hat sich noch nie für irgendetwas entschuldigt. Als ich antworte, dass er sich doch nicht zu entschuldigen brauche, antwortet er, dass er sich eigentlich für sein ganzes zerknittertes Dasein und all seine Fehlleistungen in den letzten Monaten entschuldigen müsse. Ich sage ihm, dass Entschuldigen Blödsinn sei, vollkommener Blödsinn, und dass man sich bei einem Menschen, der ei-*

nen sehr möge, für nichts, ja rein gar nichts entschuldigen müsse. Er schaut mich an und fragt mich, ob ich etwa sagen wolle, dass ich ihn möge. Ja, antworte ich, ich mag Dich sehr, Du bist mein bester Begleiter und Freund. Er starrt mich an und blickt danach auf den Tisch, dann sagt er leise: Oh mein Gott, verdammte Scheiße!

Als er diese Passage gelesen hat, bricht er seine Lektüre ab. Nein, es ist unmöglich, diese Aufzeichnungen in Eile zu lesen. All diese Geschichten seiner inneren Entwicklung nach Mutters Tod, die er noch nie so klar und deutlich vor Augen gehabt hat, konfrontieren ihn mit sich selbst, und für eine solche Selbstkonfrontation braucht er viel Ruhe und Zeit. Er trinkt noch einen Schluck Wasser, er möchte das nächste Gespräch jetzt nicht länger hinausschieben, Katharina soll gleich erfahren, was ihm durch den Kopf geht.

Er lässt die Aufzeichnungen in seinem Hotelzimmer liegen und geht sofort wieder hinunter in die Buchhandlung. Katharina lacht kurz auf, als er die Buchhandlung betritt:

– Das habe ich mir beinahe gedacht, dass Du in Kürze wieder erscheinst, sagt sie.

– Ah ja? antwortet er, dann hast Du also gewusst, dass mir Deine Aufzeichnungen sehr nahegehen?

– Ich habe es vermutet, sagt sie.

– Sie unterscheiden sich sehr von den Aufzeichnungen, die Du über Deine Gespräche mit Georg gemacht hast. Im Grunde schreiben sie an einem Porträt, am Porträt eines verzweifelten, gereizten und liebesbedürftigen Menschen, der sich mit keinem Wort eingesteht, dass er alles das ist. Ich habe aber noch nicht viel davon lesen können, dazu brauche ich einfach mehr Zeit. Deshalb möchte ich Dich bitten, mir das ganze Paket mit nach München zu geben.

– Das ganze Paket? Du willst alles lesen, was ich damals über unsere Begegnungen notiert habe?

– Natürlich will ich das alles lesen, jeden Satz, jede noch so kleine Bemerkung. Es tut den Texten und mir übrigens gut, dass Du unsere Gespräche so distanziert protokolliert hast. Du kommentierst und wertest nicht, Du hörst vor allem gut zu und beobachtest genau. Mehr kann ich im Augenblick nicht dazu sagen, ich möchte mich aber noch bei Dir bedanken, Deine Notate sind für mich ein großes Geschenk.

– Du brauchst Dich nicht zu bedanken, das Notieren war für mich ja keine unangenehme oder lästige Arbeit, sondern eher eine Übung und damit auch ein Vergnügen. Und außerdem warst Du ein wunderbares Objekt für die Gattung »Studium eines Dir nahen Menschen«, ein besseres hätte ich nach Georgs Tod ja kaum finden können.

– Hast Du über Deine Treffen mit Jule nichts notiert?

– Doch, aber nicht viel. Ich konnte darüber nicht viel notieren, es gab da eine starke, innere Blockade, die mit Georgs Tod zu tun hatte. Das Thema Georg sollte für mich abgeschlossen sein, das war es wohl, ich wollte nicht weiter in Erinnerungen herumwühlen.

– Aber Ihr beide habt bei Euren Treffen doch sicher in Erinnerungen herumgewühlt.

– Ja, anfänglich schon, das war ja auch nicht zu vermeiden, und außerdem haben wir uns über unseren gemeinsamen Verlust auf diese Weise hinweggetröstet. Schriftlich wollte ich das aber nicht tun, ich wollte diesen Trost nicht festschreiben, verstehst Du? Und schließlich kam noch hinzu, dass ich in einem solchen Fall auch über mich hätte schreiben müssen, und das wollte ich nicht, nein, das wollte ich nie. Ich möchte darüber schreiben, was mir andere Menschen erzählen, ich selbst möchte aber eine ganz untergeordnete Rolle spielen.

– Ich bekomme also das Paket mit nach München?

– Ja, ich gebe Dir alle meine Aufzeichnungen über unsere Gespräche, wenn Du mir noch etwas Hilfreiches zu meinen Aufzeichnungen über meine Lektüren mit Georg sagst.

Er lehnt sich mit dem Rücken gegen die Tür der Buchhandlung, er ist jetzt wieder etwas entspannter als noch vor wenigen Minuten. Dann sagt er:

– Ich habe Dir schon gesagt, dass mir diese Aufzeichnungen sehr gefallen. Es sind kleine, hochpoetische Lektüre-Geschichten, die einem generell große Lust auf die Freuden des Lesens machen. Darüber hinaus sind sie aber auch eine fortlaufende starke Liebes-Erzählung. Und genau eine solche Liebes-Erzählung sollte man aus diesen Geschichten komponieren.

– Und wie? Und wie sollte man das machen?

– Man sollte Deine Aufzeichnungen leicht verdichten und kürzen. Jede von ihnen sollte nicht länger sein als zwei bis drei Seiten. Die gekürzten und verknappten Geschichten reiht man dann in einer bestimmten Reihenfolge, über die man sich noch klar werden muss, aneinander, und zwar so, dass sie gleichsam fortlaufend eine einzige Geschichte erzählen.

– Was Du da sagst, hört sich wie ein Menü-Rezept an.

– Was ich da sage, *ist* ein Menü-Rezept, und zwar ein sehr gutes.

– Das bezweifle ich ja gar nicht, und alles, was Du sagst, leuchtet mir auch ein. Ich finde es fabelhaft, glänzend, ja, das ist ein sehr guter Vorschlag. Das Projekt wird nur daran scheitern, dass ich meine Texte nicht überarbeiten kann, nein, ich kann so etwas nicht, auf gar keinen Fall. Ich weiß nicht, worauf es dabei ankommt, und ich gerate in Panik, wenn ich meine eigenen Texte kürzen, verknappen oder umschreiben soll.

– Du hast mich missverstanden. Ich habe doch gar nicht gesagt, dass Du so etwas tun sollst, ich verstehe Deine Bedenken.

– Und wer sollte dann so etwas tun?

– Das ist doch klar, Katharina. *Ich!*, ich werde es tun. Ich kann das, ich hätte es doch schon im Fall von Joyce, ja sogar im Fall der Bibel beinahe getan, wie ich gerade eben zu meinem Erstaunen noch einmal gelesen habe.

– Du willst Dir eine solche Arbeit damit machen? Und eine so große Gegengabe soll ich annehmen?

Er richtet sich wieder etwas auf und entfernt sich von der Tür.

– Liebste Katharina. Wenn wir beide uns morgen früh voneinander verabschieden, vertraust Du mir Deine restlichen Aufzeichnungen über Deinen verzweifelten, grollenden, tobenden jungen Begleiter und Freund sowie Deine sämtlichen Aufzeichnungen über Deine Lektüre-Erlebnisse mit Georg an. Bist Du einverstanden?

– Ja, wie sollte ich bei einem solchen Vorschlag nicht einverstanden sein?

– Wenn mir die Kürzungen und Umarbeitungen so gelingen, wie ich mir das vorstelle, werden sie als Buch erscheinen, das ist Dir klar?

– Nein, das ist mir nicht klar. Es soll mir auch gar nicht klar sein, ich möchte jetzt nicht an so etwas denken.

– Gut, dann denken wir vorerst nicht an ein so schönes Ende. Denken wir lieber an das schöne Ende dieses Wochenendes, es ist das schönste, das ich mir vorstellen kann.

Er ist sehr erleichtert, und er sieht Katharina an, dass auch sie jetzt sehr entspannt und ruhig wirkt.

– Komm, sagt sie, ich halte es gerade in diesem kleinen Raum nicht mehr aus. Ich lade Dich zu einem Glas Champagner ein, unten in der Bar! Trinken wir auf die schöne Zukunft!

Er umarmt sie, und er geht mit ihr weiter in enger Umarmung, als sie sich auf den Weg zur Hotelbar machen. Als sie dort ankommen, bestellt sie zwei Glas Champagner. Während sie die Bestellung an der Theke aufgibt, nimmt er in einem Sessel Platz. Er holt kurz sein Handy hervor und schickt Jule eine Nachricht: *the writer is present 3: am Abend im Gartenhaus.*

37

Sie schwimmt etwas länger als eine halbe Stunde, dann verlässt sie den Pool, trocknet sich mit einem Badetuch ab und legt sich für kurze Zeit auf eine der Liegen, die am Rand des Pools stehen. Noch immer ist das Rumoren der Sport-Übertragung zu hören, ein gedämpftes, an- und abschwellendes Raunen und ein kurzes Aufschreien und Stöhnen, wenn eine Chance kläglich vergeben wurde. Sie hört genau hin, diese Geräuschkulisse macht Lust, bald selbst wieder einmal in ein Stadion zu gehen, um sich ein Spiel anzuschauen. Johannes und sie, ja, sie werden zusammen gehen, sie werden sich auf der Gegentribüne in die Massen einreihen und das Paar fotografieren, das sich ein Fußballspiel anschaut.

Sie überlegt, wie sich der Abend gestalten könnte. Nach dem kräftigen Frühstück und dem guten Mittags-Menü werden sie keinen großen Aufwand für eine weitere Mahlzeit betreiben. Sie wird etwas Käse, Obst und Wein beschaffen, und sie wird sich um ein Lager für die Nacht kümmern. Sie werden im Gartenhaus übernachten, und morgen früh werden sie zusammen zurück nach München fahren. Das neue Leben! Das Leben zu zweit!

Die bloße Vorstellung dieses Aufbruchs löst derart viele Fantasien aus, dass sie unruhig wird. Sie kommt nicht mit, nein, sie kann diese Bilderflut nicht anhalten oder dirigieren, es ist am besten, wenn sie einige dieser Ideen für die Zukunft gleich aufschreibt. Aufschreiben und benennen – das hat meist geholfen, vor allem nachts, wenn sie plötzlich wach wurde und nicht wieder einschlafen konnte. Dann hat sie sich an einen Schreibtisch gesetzt und notiert, was sie so unruhig machte, danach aber ist sie wieder ins Bett gegangen und meist sofort eingeschlafen, als hätte sich die Unruhe auf dem Papier verflüchtigt.

Also los, aufstehen, hinauf ins Gartenhaus, sich an den Schreibtisch setzen! Sie steht auf, legt das Badetuch beiseite und geht zurück. Ob er sich noch im Gartenhaus aufhält? Sie glaubt es nicht, nein, er wird ins Hotel gegangen sein, um sich noch einmal mit Katharina zu unterhalten, vielleicht bereitet er auch bereits die Abreise vor, ja, das ist möglich. Als sie das Gartenhaus erreicht, schaut sie kurz durch eines der Fenster. Er ist nicht mehr da, er ist ins Hotel gegangen, ganz wie sie vermutet hat. Sie geht hinein und zieht sich rasch um, dann setzt sie sich an den Schreibtisch und beginnt zu schreiben:

Was wir bald samstags zusammen tun werden

Am frühen Vormittag zusammen im »Poseidon« am
Viktualienmarkt Austern essen
Am späten Vormittag zwei, drei Galerien besuchen
Am frühen Mittag zusammen im »Aumeister« sitzen
Am späten Mittag auf Fahrrädern zu den Isarauen fahren
Am frühen Nachmittag ein Spiel des FC Bayern anschauen
Am frühen Abend einen Samstagabendgottesdienst in
der Asamkirche besuchen
Am späten Abend im »Franziskaner« eine Brotzeit essen
In der Nacht zusammen im Müller'schen Volksbad
schwimmen gehen …

Sie kann nicht aufhören zu schreiben, sie setzt immer wieder von Neuem an, es ist, als hätte sich das konstante, energische Schwimmen von eben in ein ebenso konstantes und energisches Schreiben verwandelt. Eine Bahn, eine Wende, eine weitere Bahn. Sie braucht keinen Moment zu überlegen, die Bilder und Fantasien stellen sich so rasch hintereinander ein, als würden sie ihr diktiert. Das beste Schreiben ist ein Schreiben unter Diktat, denkt sie, ich werde Johannes gleich morgen fragen, was er von dieser Beobachtung hält. Verstehe ich etwas vom Schreiben? Nicht viel, gerade so viel, dass es für mein eigenes Schreiben reicht. Katharina versteht mehr davon, das ahne ich, aber wir haben nur selten darüber gesprochen.

Sie spürt, wie ihre Wangen sich röten, das Schreiben erhitzt sie, so sollte es sein, denkt sie, erhitztes Schreiben, sich in Rage schreiben, so lange, bis die Ermüdung einsetzt. Wenn es sehr gut geht, bringt sie es auf zwei Stunden Schreiben ohne eine Unterbrechung, so lange hat sie heute aber nicht Zeit, nein, sie hat noch einiges vorzubereiten, für den späteren Abend und für die Nacht.

Nach einer Weile legt sie den Stift zur Seite, schiebt den Stuhl etwas zurück und atmet durch. Sie bemerkt, dass sie eine Nachricht auf ihrem Handy hat. *The writer is present 3: Am Abend im Gartenhaus* …, liest sie und flüstert gleich: »Ja, natürlich, ich warte auf Dich!« Sie schaut sich im Zimmer um und überlegt, wie und wo sie ein Lager für die Nacht aufbauen könnte. Dann steht sie auf und verlässt das Gartenhaus, um sich noch einmal mit Katharina zu unterhalten.

Als sie auf dem Weg zur Buchhandlung das Hotel durchquert, kommt sie an der Hotelbar vorbei. Sie schaut kurz hinein und erkennt Katharina, die in einer Ecke allein an einem Tisch sitzt. Sie lacht kurz auf, sie freut sich, sie dort zu sehen und geht gleich zu ihr.

– Na so was, sagt sie, es ist noch nicht 18 Uhr, und Du genießt schon den Abend?

– Ich habe mit Johannes ein Glas Champagner getrunken, antwortet Katharina, danach hatte ich keine Lust mehr, die Buchhandlung wieder zu öffnen.

– Und wo ist Johannes jetzt?

– Er ist auf sein Zimmer gegangen.

– Hast Du Lust, auch mit mir ein Glas Champagner zu trinken?

– Unbedingt, wir sollten unbedingt ein Glas trinken. Lass mich nur machen, ich bestelle zwei Gläser.

Sie setzt sich und wartet, bis Katharina mit zwei Gläsern von der Theke zurückkehrt. Sie stoßen an, dann fragt sie:

– Worüber habt Ihr Euch unterhalten, Johannes und Du?

– Er hat mir erzählt, dass Ihr morgen früh zusammen nach München zurückfahrt, in seinem Wagen.

– Das hat er gesagt?

– Ja, hat er. Stimmt es etwa nicht?

– Doch, es stimmt. Wir haben nur noch nicht darüber gesprochen.

– Auch das hat er gesagt. Anscheinend haltet Ihr Euch ja streng an Regeln.

– Das tun wir, wir halten uns sehr streng an Regeln, bis morgen früh.

– Ihr versteht Euch wortlos, das ist ein kleines Wunder. Oder was glaubst Du?

– Ich will Dir sagen, was ich glaube, aber ich möchte gerne auch Deine Meinung dazu hören.

– Also gut, dann leg los!

– Ich erinnere mich an eine Beobachtung nach einer der ersten Begegnungen mit Johannes hier in diesem Hotel. Da hatte ich nämlich das Gefühl einer seltsamen, starken Nähe, ja, ich hatte sogar die Empfindung, er wäre mir so nah wie ein Bruder. Und genau diese seltsame Empfindung hat sich in diesen Tagen verstärkt. Ich spüre keine Fremdheit, ich empfinde keine Distanz, und ich denke manchmal, wir haben die gleichen Gedanken und arbeiten an den gleichen Projekten.

– Soll ich Dir etwas sagen? Genau dasselbe habe ich früher in München gedacht, als ich mit Euch zusammen war. Es ist verblüffend, habe ich gedacht, wie ähnlich sich die beiden in vielen Dingen doch sind, es ist beinahe so, als wären sie Geschwister, die eine gemeinsame Kindheit und Jugend miteinander verbracht haben. Das habt ihr in Wahrheit zwar nicht, aber ein paar verblüffende biographische Gemeinsamkeiten gibt es eben doch.

– Welche meinst Du?

– Johannes hat seine Mutter, und Du hast Deinen Vater verloren, und beides hat sich ungefähr zu demselben Zeitpunkt ereignet. Jeder von Euch hat auf diesen Verlust heftig reagiert, und jeder von Euch hat sich eine enge Vertraute gesucht, mit der er den Verlust verarbeiten konnte. Zu dieser engen Vertrauten habt Ihr beide eine große Nähe entwickelt, ich weiß, wovon ich rede. Johannes hat mit der Zeit seine anfängliche Scheu überwunden und in mir eine Art Ersatz für seine Mutter gefunden, und Du hast in mir eine Art Ersatz für Deinen verstorbenen Vater, aber auch für Deine Mutter, die Dir mit der Zeit fremd geworden ist, entdeckt. In den vielen Gesprächen, die wir miteinander geführt haben, sind wir uns immer nähergekommen, Johannes wurde ein guter Begleiter und Freund, und Du wurdest nach Georgs Tod meine schöne, gehorsame Tochter. Ein Dreieck der intensiven Zuneigung ist so entstanden, ein »offenes Dreieck« will ich es einmal nennen. Dieses »offene Dreieck« musste eigentlich nur noch geschlossen werden, und genau dazu habe ich den Anstoß gegeben.

– Du?! Aber inwiefern?

– Ich habe Euch in dieses Hotel eingeladen, Ihr seid auf meine Einladung hin an demselben Tag angekommen, und Ihr werdet an demselben Tag abreisen. Ihr kamt einzeln hier an, und Ihr fahrt zusammen wieder ab.

– Wie bitte? Stimmt das? Du hast das alles so arrangiert?

– Nein, ich habe das alles eben nicht arrangiert. Versteh doch, ich habe Euch eingeladen, damit Ihr Euch kennenlernen könnt, dann aber habe ich mich zurückgezogen. Ich habe weder Euren Kontakt hergestellt noch habe ich sonst in irgendeiner Weise zwischen Euch vermittelt. Keine Hilfestellungen und keine Botschaften, ich bin keine Brangäne, nicht einmal zu einem gemeinsamen Essen habe ich Euch eingeladen. Eure Annäherung habt Ihr nur Euch selbst zu verdanken, das eben ist ja das kleine Wunder.

– Und wenn es anders gekommen wäre? Wenn wir uns nicht beachtet und immerzu aneinander vorbeigelaufen wären?

– Dann hätte ich nichts dagegen getan, dann wäre eben alles ganz anders gekommen. Du wärst mit dem Zug und Johannes wäre mit seinem Wagen wieder zurück nach München gefahren. Ich aber hätte geschwiegen, ich hätte die Angelegenheit mit keiner Silbe erwähnt.

Sie rückt auf ihrem Sessel nach vorn, sie presst zwei Fingerspitzen der linken Hand fest gegen die linke Schläfe, dann fragt sie mehrmals nach und lässt sich diese Zusammenhänge noch einmal erklären. Sie will das alles unbedingt zweimal hören, sie muss sich vergewissern, dass sie alles richtig verstanden hat. Katharina hat ihr Kennenlernen möglich gemacht – und danach? Danach ist das kleine Wunder geschehen.

Als sie glaubt, genau verstanden zu haben, lehnt sie sich wieder etwas in ihrem Sessel zurück. Sie pustet kurz durch, sie streift sich mit der Rechten durchs Haar.

– Ich werde einige Zeit brauchen, um die Ereignisse dieser Tage zu verstehen, sagt sie.

– Nicht nur Du, wir alle werden einige Zeit brauchen, antwortet Katharina.

– Ja, Du hast recht. Ich will Dir aber noch etwas anderes erzählen. Seit ich vorgestern hier eintraf, kommt mir immer wieder mein Atelier in den Sinn. Ich weiß nicht, warum ich gerade jetzt daran denke. Mein Atelier war früher ein Teil von Georgs Galerie, es waren mehrere Räume, die er irgendwann leer geräumt hatte, um sie für private Zwecke zu benutzen. Er ließ diese Räume dann aber leer stehen, und er beantwortete Fragen nach der Nutzung dieser Räume nicht. Wusstest Du davon?

– Nicht die Details. Ich weiß natürlich, dass Deine Atelierräume früher Galerieräume waren, doch wie genau es zu dieser Verwandlung gekommen ist, weiß ich nicht.

– Nun gut, dann pass auf, denn ich glaube inzwischen zu wissen, was damals, als Georg die Räume leer räumen ließ, geschah. Damit begann sein zweites Leben, ja, dieses zweite Leben begann damit, dass er sich einen leeren, freien Raum schuf, in dem er auf und ab ging, auf und ab …, immerzu … Als ihn seine Freunde drängten, die Räume wieder für die Galerie zu nutzen oder irgendetwas anderes Sinnvolles mit ihnen zu machen, weigerte er sich. Georg wollte nichts Sinnvolles mit ihnen anstellen, er wollte in diesen leeren Räumen nur auf und ab gehen, er wollte seine Freiheit genießen, und er wollte sein ganzes verschüttetes Innenleben entdecken, abseits von allen Geschäften und dem ganzen enervierenden Kunstbetrieb, den er früher noch mit großem Vergnügen selbst bevölkert und angeheizt hatte. Deshalb schuf er sich eine kleine, geschlossene Einsamkeits-Box, es war seine erste künstlerische Arbeit, verstehst Du, es war sein erstes eigenes Kunstprojekt: leere Räume, auf und ab gehen, eine private, vollkommen private Installation – so begann Georgs zweites Leben.

Katharina schaut sie unentwegt an, sagt aber nichts. Erst nach einer langen Pause fragt sie:

– Willst Du weitererzählen, Jule? Oder soll ich das für Dich tun?

– Erzähl *Du* weiter, Katharina.

– Die Einsamkeits-Box war sein erstes, heimliches Kunstprojekt. Der nächste Schritt aber war der, dieses

Kunstprojekt zu bevölkern und zu dokumentieren. Um das zu tun, brauchte Georg eine Partnerin oder einen Partner. Inzwischen wissen wir, wer das war. Seine schöne und gehorsame Tochter wurde seine Partnerin, sie hat sein zweites Leben gestaltet, und sie hat ihn langsam aus seinem früheren Leben herausgelotst.

– Sagen wir es so, Katharina: Die schöne, gehorsame Tochter begleitete ihren Vater bei seinen Anstrengungen. Sie half ihm vielleicht etwas, ja, sie versuchte es. Um den entscheidenden, letzten Schritt in das neue Leben zu tun, bedurfte es aber noch einer anderen Partnerin, und diese andere Partnerin warst Du. Du hast ihm noch mehr geholfen, als ich es konnte, Du hast ihn dazu gebracht, dass er endlich von seinen Empfindungen und Erfahrungen sprach. Er erzählte mir davon, wie gut es ihm tat, sich mit Dir zu unterhalten. »Ich bin süchtig danach, mit ihr zu sprechen«, sagte er, und manchmal machte er darüber hinaus noch weitere Andeutungen darüber, was es mit diesen Gesprächen auf sich hatte.

– Andeutungen? Welche Andeutungen?

– Er vermutete, dass Du manche Eurer Gespräche aufzeichnen würdest.

– Wie bitte? Wie ist er denn darauf gekommen?

– Als er einmal für einen Moment allein in Deiner Buchhandlung war, ist er anscheinend zufällig auf einige dieser Aufzeichnungen gestoßen. Hat er Dir nicht davon erzählt?

– Nein, niemals.

– Er war sehr stolz darauf, dass Du die Gespräche aufzeichnest, diese Aufzeichnungen waren, glaube ich, sehr wichtig für ihn.

– Wirklich? Waren sie das? Aber wieso?

– Sie wurden für ihn mit der Zeit sogar zu einer fixen Idee. Er betrachtete sie …, wie soll ich sagen, er hielt sie für einen wichtigen Teil seines Kunstprojekts. Schließlich wollte er sogar mit ihnen arbeiten.

– Arbeiten?! Aber wie denn, um Himmels willen?

– Du weißt, der Herzinfarkt ereilte ihn kurz vor seinem Flug nach London. In London wollte er sich eine meiner Ausstellungen anschauen, und er wollte mit mir besprechen, wie man mit Deinen Aufzeichnungen arbeiten könne.

– Er hatte bereits konkrete Pläne?

– Er stellte sich vor, dass ich diese Aufzeichnungen in meine Projekte integriere, er wollte, dass ich mit ihnen künstlerisch arbeite und sie inszeniere.

– Mit mir, Jule, hat er darüber nie gesprochen, nie, niemals, zu keinem Zeitpunkt.

– Er wollte es erst mit mir besprechen, er war sich über das Projekt noch nicht richtig im Klaren.

– Und Du? Hattest Du schon Ideen, wie man mit Texten, die Du ja gar nicht kanntest, hätte arbeiten können?

– Nein, ich hatte natürlich keine konkreten Ideen. Ich muss die Texte erst lesen, dann kann ich mehr dazu sagen – das habe ich Georg mehrmals erklärt.

– Und was hat er gesagt?

– Er sagte, dass man die Texte erst noch überarbeiten müsse und dass er Dich bitten werde, sie für eine Überarbeitung zur Verfügung zu stellen. »Das sind keine flüchtigen Aufzeichnungen über irgendwelche Gespräche«, sagte er, »sondern es ist eine große Liebeserzählung in vielen Episoden. Und genau eine solche Erzählung sollte man aus den Aufzeichnungen herausdestillieren.«

– Aber wer hätte denn so etwas machen sollen?

– Tja, hier lag das große Problem. »Es wird niemanden geben, dem Katharina diese Texte zur Überarbeitung anvertraut«, sagte er. Und dann meinte er noch, dass er selbst so etwas nicht könne und nicht die geringste Ahnung habe, wie man so etwas hinbekomme.

– Und weiter?

– Kurz vor seiner London-Reise schrieb er mir noch einen Brief, es ist der letzte, den ich von ihm erhielt. Und in diesem letzten Brief stand: »Jule, Du bist der einzige Mensch, der mir helfen kann. Wir müssen unbedingt jemanden finden, dem Katharina erlaubt, ihre Aufzeichnungen zu überarbeiten. Meine schöne, gehorsame Tochter, ich bitte Dich sehr um diesen großen Dienst.«

Sie schauen einander sprachlos an, sie sitzen in der leeren Hotelbar und versuchen zu verstehen, was sie gerade herausgefunden haben. Draußen ist es still geworden, die Sport-Übertragungen sind längst vorüber. Das Sonnenlicht zieht sich langsam hinter die Berge zurück, nur noch spärliche Reste flackern draußen zwischen den orangefarbenen Sonnenschirmen.

Nach einer Weile räuspert sich Katharina und sagt:

– Ich habe meine Aufzeichnungen gestern Johannes zu lesen gegeben. Eben, vor kaum einer Stunde, hat er mir von sich aus gesagt, dass sie ihm gefallen und dass er sie überarbeiten möchte. Morgen früh wird er den ganzen Packen mit nach München nehmen.

Jule schaut Katharina weiter regungslos an, dann sagt sie:

– Das ist nicht wahr, Katharina, das hast Du Dir bloß ausgedacht, habe ich recht?

– Nein, Jule, keineswegs, ausgedacht hat sich niemand von uns irgendetwas. Sich etwas auszudenken, war gar nicht nötig und auch nicht möglich. Unsere Geschichten haben sich von selbst geschrieben, ohne unser eigentliches Zutun, darin besteht das Wunder.

Sie sitzen noch eine Weile still einander gegenüber, sie bemerkt, dass Katharina ins Grübeln geraten ist. Als sie eine leichte Kühle spürt, die durch eine offen stehende Tür in die Bar hineinweht, sagt sie:

– Komm, Katharina, lass uns zusammen ins Gartenhaus gehen. Ich brauche noch jemanden, der mir etwas zur Hand geht.

Sie stehen beide fast zugleich auf. Dann nehmen sie sich an der Hand und verlassen die Bar.

38

Er steht am Fenster seines Hotelzimmers. Draußen wird es langsam dunkel, die Spitzen des Gebirgsmassivs ziehen sich hinter die dunkelgrünen Wälder zurück und verblassen, und das starke, monochrome Grün der welligen Wiesen löst sich in der Dämmerung auf und verschwimmt.

Er denkt an die Lektüren, die er mit nach München bringen wird. Anfangen wird er mit Katharinas Aufzeichnungen, er wird sie mehrmals lesen, langsam und gründlich, und er wird sie später in kurze Bruchstücke zerlegen und diese Bruchstücke dann wieder zu einer fortlaufenden Erzählung zusammensetzen. Was Katharina dagegen über die Begegnungen mit ihm notierte, wird er zunächst separat lesen und später einmal auch Jule zu lesen geben. Vielleicht helfen ihm ihre Eindrücke, den Menschen, der er einmal gewesen sein soll, besser zu verstehen. Irgendwann wird er versuchen, auch diese Texte umzuschreiben und sie neu zu arrangieren, er wird sich dafür aber Zeit lassen und sich vorher ausgiebig mit dem »Archiv seiner Kindheit« beschäftigen.

Er freut sich, morgen mit so vielen guten Projekten nach München zurückzukehren, die Blockade, mit der er in dieses Hotel gekommen war, ist längst überwunden. Blockaden entstehen anscheinend, wenn der Kontakt und die Nähe zu Themen und Dingen verlorengegangen sind, dann nämlich schreibt man ins Leere, und das Geschriebene hat keinerlei Verbindung mehr zu den eigenen Wahrnehmungen und Gefühlen. Sätze aufzuschreiben, die nicht durch die eigenen Gefühle gestützt und von ihnen getragen werden, führt nicht weiter. In solchen Notfällen ist es am besten, mit der Beschreibung der erstbesten Details zu beginnen, zu denen zumindest noch eine geringe Gefühlsbeziehung besteht.

Ohne es zu ahnen, hat er das während dieses Hotelaufenthaltes genau richtig gemacht. *Wer ist diese Schwimme-*

rin? – eine so schlichte Frage fixierte sein Interesse an einem solchen Detail. Es bestand zunächst nur als Interesse an einigen farblichen Reizen und an gekonnter, gezielter Bewegung, dann aber vergrößerte es sich und entpuppte sich schließlich als gesteigertes Interesse an einem Körper und an einer Person, die er von da an nicht mehr aus den Augen verlor.

Er setzt sich an den Schreibtisch und notiert noch einige weitere Überlegungen, die ihm dazu durch den Kopf gehen. Er schreibt ruhig, aber rasch mit der Hand, den Laptop hat er vorher geschlossen und beiseitegestellt. Als er fertig ist, nimmt er zwei Zitronen aus der Schale mit Früchten und durchschneidet sie mit dem Obstmesser. Er drückt ihren Saft in die Karaffe mit frischem Wasser und schaut zu, wie der trübe Saft sich in kleinen Wolken und Schlieren in der glasklaren Flüssigkeit ausbreitet. Er trinkt aber noch nicht, sondern nimmt sich vor, zunächst das Zimmer aufzuräumen und bereits die Koffer und Taschen für den Aufbruch morgen früh zu packen.

Er geht ins Bad und räumt die dort liegen gelassenen Utensilien zusammen. Dann geht er in das große Zimmer und widmet sich dem Schreibtisch. Wenn er gleich hinunter ins Foyer und weiter ins Gartenhaus geht, möchte er ein fast leeres, komplett aufgeräumtes Zimmer zurücklassen, das so aussieht, als würde es nicht mehr benutzt. Er hat mit diesem Zimmer abgeschlossen, im Grunde ist er kein Hotelgast mehr, innerlich ist er bereits aus dem Hotel ausgezogen.

Als er mit den Aufräumarbeiten und dem Packen fertig ist, stehen sein Koffer, seine Reisetasche und die Kiste mit Unterlagen und Arbeitsgeräten im dunklen Eingangsbereich des Zimmers. Er trägt eine schwarze Hose, ein dünnes, weißes Hemd mit kurzen Ärmeln und flache, leichte Schuhe. Er geht noch einmal ans Fenster und schaut lange hinaus. Der allmähliche Übergang des Abends zur Nacht, die Einschwärzung der Erde, die Vertiefung der Schatten, das Verschwinden der großen Volumina – er verfolgt diese unmerklichen Bewegungen und trinkt währenddessen das kühle Zitronenwasser. Die Frische des Wassers, die leichte Säure – ein Vorgeschmack der tiefen Nacht.

Schließlich schaut er sich noch einmal in dem großen Raum und im Bad um, dann verlässt er das Zimmer und geht ins Foyer. Das Foyer wirkt verlassen und still, nur eine einzige Frau steht hinter der Rezeption und ordnet Papiere, ohne sich weiter um ihn zu kümmern. In den Restaurants wird längst gegessen, er hört jetzt das konstante Rumoren der Tischgesellschaften, von denen die meisten ihr letztes Menü genießen, bevor sie morgen früh wieder in alle Richtungen aufbrechen. Dann macht er sich auf den Weg ins Gartenhaus.

Als er die große Freifläche und die anschließenden Wiesen erreicht hat, sieht er, dass der kleine Raum anscheinend von Kerzen oder Öllampen erhellt wird, das Licht flackert jedenfalls so durch die Fenster, dass er eine solche Beleuchtung vermutet. Er geht entspannt auf das Haus zu und bemerkt, dass einige der Möbel draußen stehen. Der

Schreibtisch, der runde Esstisch und ein Korbsessel befinden sich jetzt rechts vom Gartenhaus und bilden dort eine fast rührende Trias. Die Tür des Hauses steht offen, er geht aber nicht sofort hinein, sondern bleibt im Eingang stehen, weil ihn der Anblick des Raumes verblüfft.

Das Zimmer hat sich stark verändert, es wirkt jetzt nicht mehr wie ein kleiner Wohnraum, sondern wie ein weiter, offener Raum, in dem sich kaum noch größere Gegenstände befinden. In seiner Mitte ist auf dem Boden eine Schlafstätte aufgebaut, in deren Nähe zwei sehr niedrige, runde Tische mit Obst, Käse, winzigen Broten und Weinkaraffen stehen. Das Obst und der Käse sind bereits geschnitten und in kleine Portionen zerlegt, und in den Karaffen leuchten ein weißer und ein dunkelroter Wein, während die größte Karaffe anscheinend mit frischem Wasser gefüllt ist. Die altjapanische Musik im Hintergrund ist sehr leise und erst richtig zu hören, wenn man den Raum betritt und sich auf sie konzentriert.

Wo aber ist Jule? Er überlegt nicht weiter, sondern streift die Schuhe ab und nimmt auf der Schlafstätte Platz. Er schaut sich noch einmal genau um und betrachtet das Obst und die vielen Sorten Käse. Er überlegt sich, wovon er als Erstes probieren wird, dann legt er sich mit dem Rücken auf die sehr breite und bequeme Schlafstätte und blickt gegen die Holzdecke.

Es dauert nur wenige Minuten, bis Jule erscheint. Sie bringt zwei große Kissen mit, die sie in der frei gewordenen, linken Hälfte des Raumes auf dem Boden dicht nebeneinander platziert. Dann geht sie zu ihm und reicht ihm eine Hand, um ihn von der Schlafstätte hochzuziehen. Er geht auf das Angebot ein, und als sie dicht voreinander stehen, legt sie ihre beiden Arme um seinen Hals und gibt ihm einen Kuss. Er umarmt sie ebenfalls und küsst sie, sie küssen sich aber nicht wie zwei, die sich nach langer Zeit wiedersehen, sondern wie zwei, die nur kurz voneinander getrennt waren und sich nun wieder begrüßen. Ihre wohltuend warmen Lippen schmecken etwas nach Küche und fremden Speisen, und ihr Körper wirkt leicht und geschmeidig, als käme sie direkt von einer ihrer Schwimmorgien. Er fühlt sich ebenfalls leicht, und sein Körper ist ihr vollkommen zugetan, es gibt nur noch die schöne Gegenwart der Berührung und des gegenseitigen, starken Kontakts.

Nach der Begrüßung kümmert sie sich um das Essen. Sie stellt die beiden niedrigen Tische dicht nebeneinander, legt auf mehrere Teller kleine Portionen mit Käse und Obst und füllt einige schmale Bastkörbe mit den kleinen Broten. Dann schenken sie sich gegenseitig etwas Wein und Wasser ein, eine Weile sind sie damit beschäftigt, lauter Gläser zu füllen. Das Obst, der Käse, das Brot, der Wein und das Wasser – all das bildet schließlich ein großes Ensemble von Tellern und Gläsern, die den Eindruck erwecken, als wäre für eine größere Tischgesellschaft gedeckt. Er betrachtet das schöne Bild einen Moment, ja, er hat verstanden, diese Mahlzeit ist so vorbereitet, dass man sich von allem jederzeit einen Bissen oder einen Schluck nehmen kann.

Sie rückt die beiden großen Kissen in die Nähe der gedeckten Tische, dann geht sie zum Schrank und holt zwei Kimonos heraus. Sie reicht ihm einen dunkelroten und geht etwas zur Seite, um sich zu entkleiden und ihren Kimono überzustreifen. Er zieht sein Hemd und die Hose aus und zieht ebenfalls den Kimono an, dann nimmt er auf einem der Kissen Platz, während sie die beiden Öllampen, die bisher in den beiden hinteren Winkeln des Raumes brannten, etwas näher an den Essplatz heranrückt.

Sie beginnen mit einem Schluck Wein, sie stoßen mit ihren Gläsern an, er sieht, wie hellwach und entspannt ihr Gesicht ist, sie schaut ihn an und lächelt, die Freude über das, was hier geschieht, ist so deutlich erkennbar, dass er sofort zurücklächeln muss. Einen kurzen Moment ist die starke Versuchung da, endlich ein Wort zu sagen, doch als er den Wein trinkt, konzentriert er sich auf diesen Geschmack und hält sich weiter an die Regeln.

Ihre Bewegungen sind jetzt sehr ruhig, jeder nimmt sich von Käse, Brot und Obst, sie essen und trinken sehr langsam, während im Hintergrund die Klänge der altjapanischen Musik zu hören sind. Schaut man durch die Fenster der Vorderfront, ist das Raster der vielen schwach erleuchteten Fenster des Hotels zu erkennen, unten, im Erdgeschoss, macht sich dagegen ein heller Lichtstrom breit, der einen ganzen Flügel des Hotels grundiert. Es kommt ihm aber nicht so vor, als stünde das Gartenhaus mit dem Hotel in Verbindung, nein, im Gegenteil, er hat das Gefühl, als rückte es mit zunehmender Dunkelheit auf Distanz zu den großen Gebäuden.

Sie essen und trinken eine Weile, sie geben sich ganz diesem Genuss hin, reichen sich gegenseitig von den Speisen und schenken nach. Die Leere des Zimmers, das Sitzen auf den großen Kissen, die auf dem Boden ausgebreitete Schlafstätte – das alles macht den Eindruck eines intimen japanischen Raumes, der nie von mehr als zwei Menschen benutzt und bewohnt wird. Schöne Einfachheit, denkt er, dieser Raum ist genau der richtige für unsere Begegnung, seine Leere belässt alles in der Schwebe.

Die Blumen hat sie aus dem Zimmer entfernt, ja, auch das ist richtig, denn jetzt ist dieses Zimmer nicht mehr der morgendliche oder mittägliche Raum der großen Mahlzeiten, sondern ein Raum der sich in der Nacht verlierenden Berührungen. Das Kosten, das Tasten, das Lauschen – sie hat es wahrhaftig geschafft, eine so konzentrierte und dichte Atmosphäre zu schaffen, dass man von nichts mehr abgelenkt wird.

Als sie gegessen haben, rückt sie die niedrigen Tische noch mehr in den Hintergrund und schenkt noch einmal Wein nach. Sie trinken beide fast zugleich einen Schluck, und sie nehmen sich beide zugleich an den Händen und wechseln dann rasch hinüber zur Schlafstätte.

Sie legen sich nebeneinander auf das große Rechteck, das von mehreren Decken und Kissen bedeckt ist. Sie achten darauf aber nicht, sondern strecken sich aus und schmiegen sich eng aneinander. Sie hält seinen Kopf mit beiden Händen, nähert sich aber nicht mit ihren Lippen, sondern schaut ihn nur aus geringer Entfernung an, ohne sich zu bewegen. Er sieht, wie ihr Blick sein Gesicht jetzt erforscht, und er hält still, während er selbst ganz aus der Nähe nun ihr blondes Haar und die leicht rötlichen Haaransätze erkennt. Dann führt sie ihre Lippen in unendlich langsamer, gedehnter Bewegung an seine Stirn.

Er spürt diese Berührung wie einen Schock, sie küsst seine Stirn, gleitet mit ihren Lippen dann aber weiter bis zu seinem Hals, während ihre beiden Hände weiter seinen Kopf halten. Er schließt die Augen und sieht sie trinken, sie trinkt seine Haut. Es ist etwas unendlich Befreiendes in diesem Gefühl, es ist, als kehrte sie mit jedem vorsichtig tastenden Kuss und mit jeder Berührung sein Innerstes ein wenig mehr nach außen. Nichts mehr denken, nur noch blicken und schauen ..., wie die Schutzschicht der Haut sich in ein feines, poröses Gewebe verwandelt und die Adern plötzlich wieder zu spüren sind. Das Strömen des Bluts, der tiefer werdende Atem – als würden alle Lasten endlich verschwinden.

Er öffnet die Augen wieder und nimmt nun auch ihren Kopf in beide Hände, er berührt ihre Stirn und die dünne, glatte Haut unter den Augen mit seinen Lippen, dann öffnet er den Gürtel ihres Kimonos und gleitet mit einer Hand unter den sich aufwölbenden Stoff. Sie rührt sich nicht, wie erstarrt spürt sie den Bewegungen seiner Hand nach, die zu ihrem Rücken gleiten und ihn abtasten.

Er spürt, wie ein leichter Wärmezug zwischen ihren nackten Körpern entsteht, er schlägt seinen Kimono noch weiter zurück und führt ihre Körper dicht zueinander. Sie berühren sich, da durchfährt ihren Oberkörper ein Zucken, sie atmet tief durch und seufzt einmal kurz auf, dann reagiert sie schnell mit beiden Armen und umschlingt seinen Rücken so fest, dass er vor Überwältigung rascher zu atmen beginnt.

Die Bilder erreichen nun ein schnelleres Tempo, er sieht ihre vibrierenden Lippen und die feuchten Haarlocken, die auf ihre Stirn fallen, eine feine Ader an ihrem Hals pocht, und ihre Hände fassen immer wieder von Neuem nach seinem Rücken, als wollten sie ein immer größer werdendes Gelände zu fassen bekommen.

Auch seine Küsse werden rascher, als müssten sie die Körper für den immer intensiveren Kontakt präparieren: nichts auslassen, alles benetzen. Für einen Moment kann er sich nicht vorstellen, sich jemals wieder von diesem anderen Körper zu trennen, wie muss sich das anfühlen, sich wieder zu separieren und den Gedanken und Überlegungen langsam wieder Raum zu geben?

Im schwarzen Hintergrund der Nacht glaubt er einige ferne Bilder zu sehen, er erinnert sich an Bildsequenzen japanischer Holzschnitte, auf denen die nackten Körper unter schweren Drapierungen von Kleidern oder Decken versteckt waren und nur das Mienenspiel der Gesichter den Grad der Erregung verriet. Das Matterwerden der weiblichen Wangen, das heftige Verschließen der Augen wie kurz vor einem starken narkotischen Schlummer, der gestreckte, dünner werdende Hals, fiebernd wie der Hals eines Vogels, der sich zum Himmel reckt …

Da bemerken sie beinahe zugleich, wie der letzte Halt, den es in diesem Raum noch zu geben schien, nachgibt, die schwingenden, klirrenden Töne der Musik verebben, und eine große Stille breitet sich aus. Keine Klänge, keine Speisen mehr, die Zeit der Präparationen ist nun endgültig vorbei, ihre Körper sind nun ganz mit sich allein und wälzen sich wie in plötzlicher Gelöstheit und Verzückung auf dem breiten Lager.

Er sieht, wie sie ihre Beine spreizt und mit einer kurzen, raschen Bewegung seinen Rücken zu klammern beginnt, sein Oberkörper wird gehalten und ein wenig gedehnt, bleibt aber federleicht, als hielte sie ihn in einer luftigen Schwebe. Er stützt sich mit beiden Händen auf die Erde, damit sein Gewicht sie nicht belastet. Er sieht, wie empfänglich sie ist für diese unendlich sanfte Berührung der beiden Oberkörper, er konzentriert sich ganz auf diesen Kontakt und spürt, wie sie sich mit jeder kleinen Regung stärker ineinander verketten. Die Dehnung ihrer Waden, die Wölbung seines Rückens – die Ballung seines Oberkörpers, die Straffheit ihrer Brust.

Sie halten einen langen Moment inne, als wollten sie diese Anspannung regungslos und erstarrt erleben, sie lassen die Körper treiben … – als er erneut die Bilder der uralten Szenen erinnert. Die Leere eines altjapanischen Raumes, die ausschließliche Fixierung der Liebenden auf die Bewegungen ihrer Körper … – wie sie diese Bewegungen langsam und allmählich vorantreiben, wie sie ihre Bewegungen studieren und auf jeden Reflex eingehen!

Er dreht sich zur Seite und legt sich erneut dicht neben sie, er möchte ihr Gesicht wieder ganz nahe betrachten. Die großen Augen, den leichten Flaum über den breiten Lippen, die Haarsträhnen hinter den Ohren, das Zucken der Halsader, den dünnen, glänzenden Schweißfilm auf einer Seite des Halses. Er fährt mit seiner Zunge über ihren Hals, dann küsst er sie auf die Lippen. Ihre Zungen berühren sich, es ist, als schlügen sie leicht gegeneinander.

Erneut ein abruptes Erschrecken, ein Innehalten, eine Erstarrung. Minutenlang nur dieser Tanz der Zungen, ihr Nachfassen, ihre Panik.

Dann zum letzten Mal die uralten Bilder: Wie die Drapierungen der Kleider und Decken sich schließlich öffnen und die Unterleiber sich wie gescheckte Lemuren aus dieser Öffnung herausschälen, um das Spiel zu vollenden.

39

Nach der Erschöpfung gerät sie immer wieder ins leichte Träumen, sie glaubt seine Stimme zu hören, die etwas vorliest, dazwischen entstehen kurze Pausen, in denen eine Musik sich aus weiter Ferne meldet.

Überhaupt erscheint ihr nun alles wie ein kleines Orchester, das die Bilder in den schimmernden Fenstern instrumentiert, sie sieht Vögel, die sich in geöffneten Käfigen auf und ab schwingen, und sie erkennt Details von Blumen, die gerade gezeichnet werden und dann wieder verschwimmen. Rücken die Bilder näher, schwillt die ferne Musik an, manchmal entsteht auch ein Sprachenorchester, als befänden sie sich in einem unterirdischen Versteck und als hätte sich über ihnen eine große Gesellschaft zu einem Fest versammelt.

Wenn sie wach sind, vereinigen sich ihre Körper immer von Neuem, sie brauchen dazu aber nichts zu tun, die Körper finden von selbst zusammen, und dann fallen sie in eine lange Erstarrung, als wollten sie diese Seligkeit möglichst bis zur Neige auskosten. Sie spürt seinen Körper in solchen Momenten wie eine anschmiegsame Decke, die ihrer Haut genau angepasst ist und jede ihrer Bewegungen mitmacht, und sie hält still, um das regelmäßige Pochen seines warmen Gliedes in ihrem Leib zu spüren, das ihr vorkommt wie das Luftschnappen eines schweren, regungslosen Fisches auf dem Grund eines dunklen Bassins.

Die Liebe der Körper hat mit Sex wenig zu tun, sie spielt mit diesem Satz und mit dem lästigen, aufdringlichen Wort, sie möchte es verscheuchen oder wegkicken, und sie möchte neue Worte und Metaphern erfinden, um dieses Spiel zu beschreiben. Einverständnis! Einklang! – wären das solche Worte? Nein, sie sind noch zu passiv, zu matt und vor allem zu blass! Die Liebe der Körper ist nichts Harmonisches, nein, diese Liebe entwickelt sich langsam und entsteht aus dem Spiel all der kleinen Feuer, die sich während der letzten Tage entzündeten.

In den Momenten des höchsten Glücks hat die Sprache sowieso nichts mehr zu suchen, nein, in solchen Momenten sind nur noch die Ur-Laute da, ein Lallen, ein Rufen, ein Bitten, ein Stammeln. Gegenüber solchen Lauten hat jeder Satz oder jedes Wort keine Kraft, sie kommen zu spät, sie stimmen mit der Empfindung nicht mehr überein, nein, sie haben etwas falsch Beschönigendes, Glattes.

Die Sprache der Glücksmomente ist aber in diesem Sinne nicht »schön«, sondern rau und abgründig, sie ist ein schallendes Echo des Körpers, sie ist seine Jägerin, die ihn belauert, verfolgt und schließlich stellt: orgiastisches Laufen, Verausgabung, ein lang anhaltender Taumel entlang der Grenzen zum Schmerz, der sich in pures Glück verwandelt, in reine Ekstase.

Als sie erwacht, ahnt sie nicht, wie spät es eigentlich ist. Die Lichtraster der Hotelfenster sind längst erloschen, und nur noch zwei weit voneinander entfernt liegende Fenster sind erleuchtet. Sie weiß, dass es die Fenster ihrer Zimmer sind, sie brüten nun entleert vor sich hin, während der Lichtstrom im Untergeschoss versiegt ist, als hätte ihn die Erde geschluckt.

Sie richtet sich auf, nimmt einen großen Schluck Wasser und breitet sich dann weit über ihm aus, sie ist jetzt ein Vogel mit großen Schwingen, der seinen Leib zu fassen bekommt und mit ihm davonfliegt. Nach langem, schönem Flug über die weißen Inseln werden sie irgendwo landen, wo sie endlich allein sind und keine aufdringlichen Laute sie mehr erreichen.

Sie öffnet eine Tür, und ein Kind spaziert herein, schaut sich um und betastet die Wände des leeren Raumes. Sie erkennt ihr Atelier, seinen glatten, glänzenden Boden mit den winzigen Furchen, seine warmen Zonen, in denen sie wie sonst nirgends sicher ist. Sie spielt mit ihrem Körper, sie tanzt, singt, springt, hüpft, in diesem Raum gibt es keinen Gegenstand, der ihr noch im Wege wäre. Und niemand beobachtet sie, niemand! Keine Stimme der Mutter, kein Rufen der Geschwister – sie ist allen entlaufen und hat diesen Raum ganz für sich. Dann und wann sinkt sie nieder und legt sich auf den Rücken, dann träumt sie mit offenen Augen von der Zukunft und den ersten Menschen, die ihr auf diesem Eiland begegnen.

Die Berge sind nicht mehr zu erkennen, vor den Fenstern schimmert ein Schwarz, das ausschaut, als wäre es aus flüssigem Wachs, die Wärme des Tages ist noch darin, und die Spuren der letzten Feuer zeichnen sich ab.

Sie bedeckt seinen Körper weiter mit Küssen, sie klettert mit ihren Lippen an ihm hinauf und schnürt ihn mit Küssen zu, dann streckt sie ihre Arme weit aus und passt sie seinen ebenfalls weit ausgestreckten Armen sehr genau an, sie sind jetzt verbunden, als würden sie von zwei starken Fesseln gehalten.

Keine Unterscheidungen mehr, keine Suche nach Abweichungen! Das Ende der ewigen Sucht nach einer Benennung der Differenz!

Wer spricht? Die Sprache der Liebe.

40

Im morgengrauen verlässt die junge Lea ihr Zimmer und schleicht hinunter ins Foyer des Hotels. Noch ist niemand im Dienst, sie ist ganz allein, und sie genießt es, das Restaurant zu durchqueren und eine Tür hinaus ins Freie zu öffnen. Feine Nebelschleier kauern in den Talmulden und drehen sich auf den Wiesen. Hinter den hohen Gebirgsmassiven lauert das erste Licht. Sie bleibt stehen und betrachtet das Panorama, die Vögel zwitschern unglaublich laut, und die Frische des Morgens reibt ihr Gesicht.

Für einen kurzen Moment schaut sie hinüber zum Gartenhaus. Die Fenster dort stehen weit offen, ein dünnes Licht zuckt gegen die Wände.

Sie macht ein paar Schritte auf das Haus zu, sie bewegt sich mit nackten Füßen durchs Gras.

Dann hört sie einen hohen Akkord, einen einzigen, ausatmenden, lang anhaltenden Klang. Streicher stützen ihn und lassen ihn dann langsam verebben.

Und aus diesem Weben spazieren die ersten Gesellen ans Licht, Holzbläser, munter und mutig, kecke Blechbläser, Klarinetten und Hörner. Ging heut morgen übers Feld, Tau noch auf den Gräsern lag … – sie hört und lauscht.

Sie nähert sich langsam dem Gartenhaus, sie folgt der Musik, und dann schaut sie vorsichtig durch ein Fenster hinein. Sie sieht das große Lager und die Speisen und Karaffen ringsum auf den niedrigen Tischen. Sonst aber ist niemand zu erkennen, nur die Musik ist zu hören, lockend und klar.

Sie schaut sich um und betritt den Raum. Sie legt sich auf das Lager, schlägt die schweren Decken um ihren Körper und streckt sich aus. Dann schließt sie die Augen und horcht auf den Atem der ringsum erwachenden Welt und den Aufbruch der munteren Gesellen in weite, schöne Gefilde.

Nachbemerkung

Die Räume, Szenarien und landschaftlichen Details in diesem Roman entsprechen zum großen Teil denen von *Schloss Elmau* in Oberbayern (http://www.schloss-elmau.de).

Die wortlose Annäherung zwischen den Liebenden lehnt sich an asiatische Liebesrituale an, wie sie zum Beispiel Juni'chiro Tanizaki in seinem Essay *Liebe und Sinnlichkeit* (Manesse. Zürich 2011) anhand der Ideale einer »verhaltenen Sinnlichkeit« und einer besonderen Form nuancierter Erotik (genannt *iroke*) beschrieben hat.

Im Verlauf des Romans wird auf mehrere altasiatische Texte mehr oder minder direkt Bezug genommen: 1) *Das Kopfkissenbuch der Hofdame Sei Shonagon*, das in mehreren deutschsprachigen Übersetzungen erschienen ist, die den Originaltext aber leider nie in vollständiger Übersetzung enthalten. Am besten ist daher noch immer die englische Übersetzung – Sei Shonagon: *The Pillow Book*. Penguin Classics 2012, 400 Seiten. 2) Matsuo Bashô: *Auf schmalen Pfaden durchs Hinterland*. Hrsg. und übersetzt von G. S. Dombrady. 4. verbesserte Auflage, Mainz 2011. 3) Issa: *Die letzten Tage meines Vaters*. Hrsg. und übersetzt von G. S. Dombrady. Mainz 1985.

The Artist Is Present, die New Yorker Performance der Künstlerin Marina Abramovic, ist inzwischen auf einer DVD gut dokumentiert, die im April 2013 erschienen ist.

Hanns-Josef Ortheil, im Mai 2013